包青天传奇故事

张涛　著

远方出版社

图书在版编目（CIP）数据

包青天传奇故事 / 张涛著 . -- 呼和浩特 : 远方出版社 , 2018.8

ISBN 978-7-5555-0836-6

Ⅰ . ①包… Ⅱ . ①张… Ⅲ . ①章回小说－中国－当代 Ⅳ . ① I247.4

中国版本图书馆 CIP 数据核字 (2018) 第 196957 号

包青天传奇故事

BAO QINGTIAN CHUANQI GUSHI

作　　者　张　涛
责任编辑　董美鲜　张利君
责任校对　奥丽雅
封面设计　张　馨
版式设计　王改英
出版发行　远方出版社
社　　址　呼和浩特市乌兰察布东路666号　邮编　010010
电　　话　（0471）2236470总编室　2236460发行部
经　　销　新华书店
印　　刷　内蒙古爱信达教育印务有限责任公司
开　　本　170mm × 240mm　1/16
字　　数　306千
印　　张　20.25
版　　次　2018年8月第1版
印　　次　2018年9月第1次印刷
印　　数　1—2000册
标准书号　ISBN　978-7-5555-0836-6
定　　价　42.80元

目录

第一回　修官府鱼肉百姓　湖州地灾上遭灾

诗曰：

地狱原来在人间，贵人衙门富判官。
严惩凶恶快人心，可怜冤狱至今传。
世出包拯一青天，倒坐衙门看世界。
一生清心行直道，千秋万代照河山。

宋朝，出了一个传奇人物包拯。包拯自幼出身贫寒，与百姓亲密相处，又多受贪官污吏和邪恶势力的重重欺压，锻炼成一个疾恶如仇的铁骨人物。

世间万物因势而变，随时而化。又曰：“近朱者赤，近墨者黑。”大概出身于劳动人民家庭的人，一进入官场，就被官场的权势改变了、染坏了，这叫忘本。包拯进入官场后，没有被官场的权势改变了、染坏了，而是绝不忘本。他一生为百姓伸张正义，处处为百姓谋求利益，与贪官污吏和邪恶势力斗争到底，被千秋万代赞誉为“包青天”。

闲言少叙，书归正传。

话说宋真宗年间，刘妃伙同太监郭槐、接生婆尤氏，制造了一起狸猫换太子冤案，夺取了皇后的位置。刘皇后依仗权势，为所欲为，倒行逆施，罪大恶极。她纠结朝野权奸和邪恶势力，上下串通，手眼通天，祸国殃民。后人有诗叙之，诗曰：

一人掌权神通大，鸡犬猪驴可升天。
独裁官府神鬼怒，官官相卫民不安。
豪华楼屋年年建，权贵享乐百姓难。
宋朝刘妃用权力，代代流行代代传。

且说刘皇后在金殿上本，保荐侄子刘庆庭封官治民。万岁下圣旨，封刘庆庭为湖州知府。刘皇后奉了万岁的圣旨，办理好手续，令手下心腹传书刘庆庭到任。

刘庆庭是一个不学无术的“混混儿”，长得胖大粗横，头如大圆球，口鼻眼挤在一处。他接到了信印家书后，辞别了家人，带着家属亲信走马上任。

刘庆庭去到湖州后，用了几天时间，把湖州的事物接手过来。

送走了旧知府，刘庆庭回到府衙，坐在二堂，令亲信刘吉元去请湖州府主簿王学善前来。

王学善随王吉元快步来到二堂。刘庆庭坐在桌案旁品尝龙井茶。王学善走过来，急忙跪下，叩头行礼，道：“给刘知府见礼。”

刘庆庭起身离座，用双手相搀，道：“王主簿免礼，快快请起。”手指旁边的椅子道：“王主簿坐下说话。”

“谢知府大人。”王学善起身走到花椅前，撩袍衣坐下，看着刘庆庭道：“不知知府大人叫下僚来有何训示？”

刘庆庭哈哈一笑，用手一摆道：“王主簿不必客气。只是想与主簿商议一件事。”

王学善道：“不知知府大人商议何事，下僚定当尽心竭力为知府大人服务。”

刘庆庭拿起面前的水杯，慢慢咽了一口茶，放下水杯，道：“我这几日把府衙上下左右看了看，见府衙破旧不堪，规模太小。我想重修府衙，再修几个公园，闲下时好游乐。”

王学善已是五十多岁的人了，听罢，捻着胡须道："这……这……这恐怕有些不妥吧。"

刘庆庭问道："有何不妥？"

王学善道："第一，祖上是有定制的。州、县衙不可过大。"

刘庆庭把桌案一拍，道："我是皇亲国戚。你不用担心。那第二呢？"

王学善应道："第二，这湖州是个穷地方，恐怕一时拿不出那么多钱来。"

刘庆庭听罢，跷起二郎腿，身子往后一仰，双手合十抱在胸前，眯着眼睛道："我姑妈是皇后，肯定会帮忙的。如果不够的话，咱们增加几项税，不就有了嘛。"

王学善忧虑道："这……"

刘庆庭哈哈一笑，放开手，用手指指点着王学善道："你白当了十几年主簿。常言道，三年清知府，十万雪花银。想来知府弄银子是很容易的。你连这个也不知道吗？"

王学善应道："这……我全听知府大人的。"

商议完之后，刘庆庭写了一封书信，命亲信刘吉元去京城交给刘皇后。

一日，宋真宗升座宝金殿。宣旨官高喊道："有事出班奏本，无事卷帘退朝。"

话音刚落，从武班中走出一人，撩袍端带，跪倒在九龙口前，口呼："吾皇万岁，万岁，万万岁。臣有本启奏。"

真宗手扶龙案，朝下观瞧，见此人四十多岁，头带二品官帽，身穿紫红蟒袍，前额凸，下巴尖，猫眼睛，鹰嘴鼻，四肢细，脚外撇，原来是兵部尚书刘文进。真宗道："刘爱卿平身。快快奏来。"

"谢万岁。"刘文进站起身，低头奏道："自我大宋朝开国以来，主上圣明，官吏廉正，国泰民安，天下太平，兵强马壮，八方朝贡。只是兵部衙门房屋破旧，规模狭小。望万岁批八十万两银子，扩建兵部衙门，以壮我中华威仪。"

真宗听了，不禁眉头紧皱，沉思片刻，道："刘爱卿将本章留下。朕着户部议定。下去吧。"

此后无人再奏，真宗退朝。

真宗退朝后，进了勤政殿，坐在龙椅上休息，一面品着香茗茶，一面心里思考着刘文进的本章。一杯茶未饮完，忽然昭阳宫刘皇后的一个太监请旨求见。真宗闻奏，忙传旨召见。这个太监进殿，参拜道："万岁，刘皇后有请驾临。"

真宗认为，刘皇后贤惠温良，精明强干，是一个出色的贤良皇后。可不是嘛，曾有几次确实为真宗排忧解难哩。今日真宗对刘文进的本章拿不定主意，正想去昭阳宫散散心。于是真宗与刘皇后的太监一同去了昭阳宫。

真宗进得昭阳宫内，见刘皇后打扮得花枝招展，亭亭玉立，头戴镶玉悬珠金凤冠，身穿日月龙凤袄，柳眉黛染，杏眼素描，面施薄粉，唇涂淡红。刘皇后平日总是面带三分笑，今日更是满面春风，笑脸相迎。施礼毕，轻移莲步，慢摆纤腰，五指尖尖拉着真宗衣袖，将真宗让到绿纱窗下的雕花八仙桌旁坐下，柔声细语道："今儿个，我亲手为皇上做了三个小菜，是猴头爆鸡胸、金针穿银耳、醉虾拌鹅爪，选了玫瑰酒、葡萄酒、海棠春，请皇上尝尝。"说罢，命宫女摆在桌上。

真宗笑道："既然娘娘如此盛情，今日你我开怀畅饮。"

二人酌酒对饮，碰杯递盏，一边吃酒，一边闲谈。谈笑了一阵，刘皇后话入正题，问道："皇上，今日升殿，可曾有人奏本？"

真宗道："别的大臣没有本奏。只有兵部尚书刘文进奏了一本，他欲扩建兵部衙门和官府，要朕拨八十万两银子。"

刘娘娘接道："依我看，刘尚书也是为国着想，大公无私。皇上恩准了没有？"

真宗口出唉声，道："唉！娘娘有所不知，今年遭灾的地方多，丰收的地方少，眼见税收要减少。还有，现时正与辽邦战事频繁，军需费用浩大，所以有些为难。"

刘皇后听罢，微微一笑，道："我当是何事值得皇上为难呢。自古下有贫民，上无穷朝，与民取一斗，国库粮满仓。皇上何不增加点税项，让富者多出，贫者少出，灾者不出，不就行了吗？"

真宗听了，并不赞同。他注目而视刘皇后，道："先祖留下遗训，不许随意增加税项。恐怕此端一开，底下乱摊乱收，搅得民间不安。"

又见刘皇后两眼来回一转，马上应道："皇上圣明，皇上虽然仁政爱民，但百姓也应该尽力为国家效忠。皇上若下一道严旨，不许下面乱增税收，他们就不敢胡作非为了。”

真宗听了，心里直打转转，深思半晌，道：“皇后说得也是。朕就下一道严旨，遍告各地官吏。再着户部严加监察施行。”

刘皇后听了，心里直乐，与真宗下棋消遣。弈棋中，刘皇后又道：“几个月前，我侄儿刘庆庭来信，说他那湖州府府衙破旧不堪，因此上本，想恳求皇上拨给十万两银子，修缮府衙。我代为奏本，请万岁恩准。”真宗道：“也罢，一并拨给十万两。”

二人弈棋已毕，真宗留寝。

过了几日，真宗就从国库中给刘庆庭拨下十万两银子。刘庆庭收到银子，别提多高兴啦。他选吉日，选良辰，挂红结彩，足足响了三百挂鞭炮，放了九九八十一响礼炮，在府衙和他的府院两处开了工。用的自然是云南的大理石，关北的粗木材，两湖的能工巧匠，府郊的民工人役，河东的砖，景德镇的瓦。立了些项目，弄了些玄虚，好歹公用七分、私藏三分，把十万两银子花销一空。

再说，湖州知府刘庆庭，这一日在公堂上处理完一些公事后，就去到醉春楼。

书中暗表，一月前，刘庆庭去苏州游玩，无意中在月安镇发现一位姑娘叫春花，生得俊俏，并且琴棋书画样样精通。出了万两银子买过来做二房带回湖州府。刘庆庭把州府街上最好的一座楼买过来，让春花居住，因此叫作“醉春楼”。

刘庆庭来到醉春楼，命人在舞厅里排开筵席，招来两位歌女，弹唱取乐。正唱到妙处，听得入神，却见一个穿红着绿的使女丫头进来禀报：“王主簿有要事求见。”“哦，带他进来。”刘庆庭道。

使女出去，带着王学善进入歌厅。王学善靠近刘庆庭，神色紧张地禀告道：“刘大人，现有户部传递公文，并带着圣旨，在衙中等候。”

刘庆庭不知何事，立刻紧张起来，急忙让歌女退去，吩咐王主簿道：“你好好招待上差，我随后就到，在公堂上接旨。”“是。”王主簿走了。

王主簿走后，刘庆庭急匆匆跑回衙府，穿好朝服，又急急赶到公堂，摆设香案。一切安排妥当，命人告知王主簿带来上差。

王主簿领着公差走进公堂。刘庆庭早已在堂口迎接，抬眼观看，见公差三十多岁，面目清秀，细条个子，双手捧着公文，一步步走来。

刘庆庭上前施礼，道："上差辛苦，请进公堂。""免礼。"

刘庆庭陪着公差，走入堂中。公差停住脚步，道："刘知府接旨。"

刘庆庭早已准备好，把公案变成香案，走到香案前，亲自点燃七炷香，回转身，整一整官帽，弹一弹朝衣，双膝跪倒在香案前。

公差道："圣旨在公文中，我不便开拆。刘知府自己看吧。"说罢双手高举公文过头。刘庆庭三拜九叩首，也双手高过头接圣旨。公差双手把圣旨交到刘庆庭手中。刘庆庭接旨后高呼："吾皇万岁，万万岁。"然后站起身来，把圣旨和公文放在香案上。

刘庆庭从一位站堂衙役手中接过一个红包，走到上差面前，笑容满面道："上差大人远道而来，一路辛苦。我这里有五十两银子，权为上差大人压尘。"上差接过银子道："多谢刘大人。"他接银子揣入怀中，又道："我公务紧急，这就告辞了。"刘庆庭道："上差大人慢走。"刘庆庭把公差送出公堂，吩咐王主簿送上差一程，上差一行离去。

刘庆庭送走公差，回到大堂公案后坐下。拆开公文封皮，见公文上面有一道腾抄的圣旨，写道：

奉天承运皇帝诏曰：

圣人立国而安天下，百姓精忠以报国。缴税纳捐，乃国之大计也。今岁西夏寻衅，边陲不安，战事频繁，军需浩大。又京都兵部衙门扩建，势迫莫待。是年，岁征向例；外增人丁保安费人均二十文。朕恻隐民生艰难，富者多收，贫者少收，灾者不收。不可擅增税项。各州府县幸勿自误。违旨者严惩不贷！

钦此

圣旨下面是一些户部的税收公文，并附公告一篇。公告上，其中有一段，刘庆庭念道：

……圣上着户部成立监察机构，专一监察各地的征税情况。望各州府县官吏奉旨执行，切勿自误。一经查出违旨之端，决不姑息，就地严惩！

刘庆庭念罢，鼻子里哼了一声，不屑一理，放下公文，又拿起圣旨推敲。他边看边琢磨，越看越高兴得差点蹦起来，不由得在心里连声叫好：“好！好！该着我发财啦！”把圣旨和公文一齐拢入衣袖中，传命退堂。接着，他兴冲冲地又去醉春楼。

此时，春花正坐在书桌旁作画，旁边站着一个使女伺候。忽听屋门被推开，回身一看，只见刘庆庭异常高兴地撞进来。“哟，吓我一跳。什么事值得你这么高兴？”

刘庆庭眉开眼笑地应道：“刚才去接圣旨，接来财神啦。怎不叫人高兴！”

春花道：“是吗？我还正要问你接了什么圣旨哩。”

刘庆庭一屁股坐在椅子上，从袖中取出圣旨和公文，放在桌上，道：“美人儿，你自己先看吧。”春花把画纸等让使女拿走，坐下身，逐一细看起来。

刘庆庭命使女：“桃叶，快把酒菜端上来，我要痛痛快快喝两杯。”“是。”使女端来酒菜，摆在桌上，然后退出。刘庆庭自斟自饮，一连干了四五杯。他今天太高兴啦，把右腿放在左腿上，手拍着桌子，哼着小曲，摇头晃脑的，别提心里有多高兴啦。

春花看完圣旨和公文，莫名其妙，抬起头来，看着刘庆庭兴高采烈的模样，迷惑不解地发问：“啊哟，我的知府大人，这圣旨是警告那些贪官污吏，不可在收税时为非作歹，哪能是财神送喜呀？”

刘庆庭晃了晃脑袋，道：“谅你也看不懂。来，我讲给你听。”说着，把酒菜推过一边，将圣旨铺在桌上，指其中一行，念道：“……是年，税征向例；外增人丁保安费人均二十文。”这一行是说皇上今年出旨增税收，我嘛，就可以借此向下面多增多收，而且是奉旨征收，谁敢抗旨？”又念道：“富者多收，贫者少收，灾者不收。这富贫灾是由人定的嘛，能拿秤来量？我来它个富者多收，贫者不少收，灾者也要榨出四两油！”

春花听罢刘庆庭所言，感到刘庆庭有些无法无天，不由得为这个贼官担心起来，道：“那你不怕皇上怪罪吗？违旨者严惩不贷呀！”

刘庆庭听了，却仰面大笑，道：“世上要是真按口中说的纸上写的去办，就出不了贪官污吏了。当今贪官污吏遍地窜，都还不是睁一只眼闭一只眼地哄上面？谁去告发我？至于那些老百姓，吓死也不敢告我，即使告也是白告。”

春花闻听，仍不放心，又道：“可这次，户部专发文告，奉旨成立监察机构。若是被监察出来，如何了得？”

刘庆庭道：“嘿，你呀，妇人见识，不知道官场上的事儿。现在官场上说什么廉洁奉公，报国为民，其实是官官相护，都昧着良心中饱私囊。我实话跟你说吧，真当我每天白吃国家饭？我这半年上上下下联了多少关系网，这个网比蜘蛛的网还密着呢，护着我呢。再说，到时候，朝中的刘皇后会让我过去的。”

春花听罢，这才放下心来，道：“这么说，你还真不怕呀。”

刘庆庭道：“这你就放心吧。过几天，你就大把大把地替我收银子吧。”刘庆庭说完，兴致未消，又补充说：“今年我要狠抓一把，落它个几十万银子。我还要修一处醉仙楼，再娶一个仙子，红红火火和你过日子。”

春花听了，用纤指轻轻一戳刘庆庭的脑门，笑骂道：“你们这些黑了心的官，真不是人。”刘庆庭反而一乐，斟满两杯酒，端起酒杯，对春花道：“来，干杯。祝贺我万事如意。”

第二日，刘庆庭派出几路衙役，快马加鞭，去召集下属的各县官员前来议事。各县令接到通告后，齐来湖州府报到。刘庆庭把他们召集在客厅里开会。

会上先宣读了圣旨，然后刘庆庭又点明会议精神道：“这次，召集各位前来，主要是商议收税事务。今年，要抓住两条收税，一是皇上出圣旨增加了税项，二是各位当不辞辛苦、想方设法多征多缴税收，精诚报国。”说罢，让王文案宣读给各县摊派的缴税任务。

王文案宣读后，大家嘁嘁喳喳议论起来。

座中，有人道："刘大人，我县地僻县小，百姓稀少，恐怕不能如数缴纳。"

刘庆庭道："今年皇上下旨增加税项，要以这条为宗旨，多想些法子，无论如何要多征多缴。告诉大家，多缴者立功受奖，少缴可不行。你们纵有点儿一差二错，我给你们担着。"

又有人问道："刘大人，这富者多交，贫者少交，灾者不交，该如何区别对待？"

刘庆庭道："贫富由你们定嘛，皇上又没跟着。这还用我教你们吗？"

还有人问道："刘大人，倘有刁民拖欠迟交，该如何处理？"刘庆庭道："倘有刁民拖欠，家中有什么拿什么；无物可拿，将人关押；胆敢抗旨，严惩不贷。"

"是。有刘大人撑腰，我县必能如数缴纳。"

于是，各县官员，多怀鬼胎，各有心事，有的想升官，有的要发财，人人争取立功受奖，多数设法假公济私，个个摩拳擦掌，捋袖拍胸，在刘知府面前，纷纷表示回去要大干一番。

书中暗表，这当官的人分两种，一种官同情老百姓，能为老百姓的苦难着想；另一种官与老百姓毫无感情，只知道如何吃喝享乐，与禽兽一般，弱肉强食。

刘庆庭就是第二种人。他当湖州知府不到半年，又娶了两房姨太太，雇用了几十个院公护卫和老妈使女。用的是金装银饰的物品，为什么，多数是送礼给的。穿的是绫罗绸缎外加名贵的进口衣服。说起吃的来，那就更数不上来啦。简短说，家中备有酒池肉林，什么天上的天鹅、大雁、仙鹤鸟，地上的熊掌、梅花鹿，水里的螃蟹、大鲤鱼，山间的猴头银耳、人发菜，江南的稻米，河北的麦，两湖的果脯，山东的梨，还有南海的海参，高丽的人参，反正各地的食物挑着弄来享用。

刘庆庭每月的俸禄是二百两，按说是够用的了。可他日费千金哪。所以，刘庆庭就半鼓励半命令地让各县令去老百姓那里横征暴敛，大干一番。

这一番大干，有分教：只因官官相卫护，致使圣旨成空文。

第二回　征税收官吏横行　包石柱背井离乡

上回书说到，各县令领了收税任务后，要大干一番。这些官员，从湖州府回归县衙后，想法子，弄权威，纷纷行动起来，要催征税款。

却说，湖州府有个青山县。县令名叫黄祥，第二日击鼓升堂，把三班衙役及一些其他人员全部招来。

黄县令先说了一遍上面的意思，然后说道："今年，你们本着皇上增加税项这一条为宗旨，给我征收税款。"

有人问："黄老爷，这富、贫、灾如何区分？"

黄县令道："这还用问吗？你们看着办，不就行啦。"

"是。"

黄县令继续交代："知府刘大人吩咐我等，多收税立功者受奖。如有刁民拖欠着，家中有什么先拿什么；无物可拿，将人押回；胆敢抗旨，严惩不贷。"

"是。"

"你们都记好了吗？"

"记好了。"

"去吧。"

众人夹了账册，拿了绳索、木枷，三个一群两个一伙，分头去各乡各村催收税款。

这帮人，平日去到哪里都是横眉立目，敲诈勒索，鱼肉百姓；这次，更是狐假虎威，一个个凶神恶煞，似饿虎恶狼。进院入户后，他们见什么打什么税，土地、财产、六畜、树木及各行各业，都上重税敲诈，甚至连鸡、鸭、鹅、兔也得缴税。所到之处，牵马拉牛，宰猪杀羊，抓鸡撵狗，抬箱扛物，弄得鸡犬不宁，哭声震天。

单说有两个公差，一个名叫李小虎，一个名叫王四郎。这两个人是青山县出了名的恶衙役。因李小虎的脚有点儿跛，人称“跛脚熊”。因王四郎是疤红眼，人称“红眼狼”。凑巧，跛脚熊与红眼狼相随在一起，走到乡间，良民百姓还能有好吗？这一日，他俩来到一个名叫“五间窑”的村子。五间窑这地方，东面是山区，山上杂草丛生，向阳处稀稀拉拉地长着树竹，背阴处有些灌木丛。北面是连绵起伏的黄土坡，住着二三十户人家。家家依北坡挖窑洞居住。人家南面和西面是宽阔的沙土平地。一条河从东山间流下来，横贯沙土平地往西流。人们把沙土平地分割成许多小块，种植小麦、谷子等作物；又在河边种植杨树、柳树、榆树、桑树等树木。这地方水源丰富，挖四五尺，就能见水。多数人家在院中打水井，栽培桃树、杏树、梨树等果木。因这地方水草丰茂，多数人家又饲养些兔子和猪，耕畜牛马也比别处多一些。空闲时间砍些灌木条，编织成箩筐之类的实用工具，拿出去卖。

红眼狼和跛脚熊一走进这个地方，就东观观西瞧瞧，边走边合计着。“这个地方，树挺多，六畜也一定不会少的。”“嗯。咱俩得仔细上税，可千万不能让他们漏掉什么税。”“对。”“这地方，地也好，水也充足，土地税得重重地加。”“对，得重重地加。”

一狼一熊边走边说，走进村西口边一户人家的院内。

这户人家用木栅栏把院子围起来。几十株豆角藤蔓从围墙里爬出墙外，星星点点开着红花。院外长着二十几株碗口粗的杨树和榆树，院内栽着五棵大杏树和七株小果树，枝叶茂盛，郁郁葱葱。院内还有一片菜地，长着白菜、萝卜、辣椒，黄绿相间，含露浓染。靠西墙拴着一头大黄牛，旁卧小犊；旁边猪栏中圈着一头一百多斤重的黑花猪。北面是两间土窑洞。

院中有一个年轻人，二十七八岁，粗眉大眼，面带忠厚。上身穿一件旧白布褂子，下身穿一条黑灰布裤子。褂子和裤子大大小小补了些补丁。他正蹲下身子绑豆角架。

红眼狼把木枷“啪”地往地下一放，问道：“你是户主吗？”

“是。我是户主。”

“我们是县里下来收税的。”

年轻人一听，赶忙站起来，道：“你们快进屋。”

跛脚熊道：“不进去啦。你叫什么名字？”“叫包石柱。”“包石柱，今年皇上下旨增加税项。你可要老老实实地讲，问什么，报什么，可不能隐瞒。”

红眼狼接下去说道：“要是查出来，可说不定要罚多少。你听懂了吗？”

“是。小人不敢隐瞒。”

跛脚熊从出差包中拿出账册，又取出毛笔、墨汁、算盘，然后把出差包往地下一放，坐在上面，准备登记。

“家里几口人？”“四口人。”

“种了多少地？”“二亩沙滩地，十二亩黄土地。自己的四亩，租种人的八亩。”

“有几头牛？”“一头大牛。”“那牛犊子是谁的？”“也是我的。”“那就是两头牛，连小的也算数。有马没有？”“没有马。”

“有驴没有？”“没有。”

“有几头猪？”“就那一头半大猪。”

“有几只鸡？”“大鸡五只，小鸡十一只。”“共十六只鸡。有鸭子没有？”“没有。”“有鹅没有？”“没有。”

“有兔子没有？”“两只兔子，十三只小崽。”“嗯，共十五只兔子。”

红眼狼又问道：“有多少棵能做椽的杨树、榆树和其他树？”“哦……有二十八棵。”“有多少果木树？”“五棵杏树，七棵小果树。”

跛脚熊拿起算盘，噼里啪啦地算了一阵子，说：“共五两银子另五十文。”

红眼狼也没闲着，两只贼眼骨碌碌在院子内外搜看，看到院子里有一只箩筐，忽然又想起一项，问道：“你会不会编箩筐？”“会编。可今年还没有编呢。”

“好。你们这地方，到处长着细木条子，肯定年年编的箩筐不少。再加五十文编织税。以后，编多少不管了，算便宜你。”

跛脚熊道：“正好凑整五两另一百文。快交来吧。”包石柱答应一声，回窑中取出四两银子，递给跛脚熊，赔着笑脸说：“大人，这是四两银子，小的存在家中，准备交税。今年，我爹病了半年，又吃药又看病，家里花空了。欠下的，请宽限几天。”

跛脚熊接过银子，黑沉着脸道：“我们两个人跑十几个乡，能三番五次地来吗？再说，上面有限期。不能宽限。你想办法交齐吧。”

“大人，小的借的也不少了，实在是没有法子了。”

红眼狼道：“闭上你的臭嘴，给我少啰唆。交不齐，我们拉牛！”

跛脚熊道：“先把牛拉走。三天以后，交钱来赎。过了三天，就别想赎啦。”

红眼狼大步流星向牛冲去，弯下腰去解缰绳。

包石柱也是急了，跑上前把缰绳牵住，道：“求求你们，这牛不能拉走，我还得靠它耕地种地呀。”

红眼狼站起一回身，骂道：“去你娘的。”照着包石柱的脸面“啪”就是一巴掌。

包石柱忍着气，对跛脚熊说：“大人，要不，把我那头猪赶去吧。”

“你的那头猪，是个小耗子，不够欠下的税款。”

正在这时，从窑里走出一位老人，年近六旬，形如残烛，体若筛糠，两手瘦骨嶙峋，脸如苦菜叶，连连咳嗽，气喘吁吁地走过来，抓住缰绳，哀求红眼狼留下耕牛。

红眼狼大怒，骂道：“老东西，你想找死？”照着老人一脚踹去，正中心窝。老人被踢得当场闭过气去，口中吐出血来。

跛脚熊与红眼狼连理也没理，拉着牛扬长而去。

包石柱跪倒在地，连哭带叫地扶起老人。他爹好半天才缓过气来。包石柱两眼落泪，调转身把老人背回窑里。当天夜里，老人就含恨离开人世。

且说，包石柱在家料理了一番丧事之后，赶着猪到县城变卖了。第四日一早，打听到红眼狼与跛脚熊在于家村收税，包石柱揣着一两另一百文钱，急急前往于家村。至村口，看见一狼一熊用绳子捆了一个年轻人正走出村口。

包石柱紧走几步，急忙迎上去，对两人说："我拿够了钱，来赎我的牛。"

跛脚熊瞪着眼道："你已经过了期限了。还想赎什么？我早已告诉过你，过了期限就不能赎了。我们又拉了好几头牛，派人都送回县城里去了。"

包石柱听罢，气往上撞，争辩道："你们是官府的人，怎么比土匪还不讲理？我爹也被你们踢死了。"

红眼狼瞪大红眼睛骂道："什么！你爹明明是病死的，还敢赖老子踢死？你小子也是活腻味啦。"骂着，恶狠狠挥起拳头要打。

跛脚熊急忙挡住，对包石柱说："这样吧，我给你写个条子，你带着去找黄大人赎牛吧。"包石柱无可奈何，心中焦急，只好愁眉苦脸地等着跛脚熊开条子。

跛脚熊写好个条子，交给包石柱。包石柱接过条子，抱着一线希望，急急忙忙就往县城奔去。

却说这一日，青山县令黄祥坐在公堂上，正与手下人商议收税事务。忽见守门衙役走进来，禀报道："黄老爷，外面有一人，拿着李小虎的条子，要求见黄老爷。"

黄祥道："带他进来。"衙役出去把包石柱领进公堂。

包石柱跪下，叩头道："小民叩见黄老爷。"

黄祥打量了包石柱，问道："你叫何名，因何来见？"

包石柱道："小民叫包石柱。黄老爷容禀，是这么回事。公差李小虎和王四郎到我家中收税，因我差一两多银子没有凑齐，就拉走了我的大耕牛。我爹跪下哀求宽限几天，被王四郎一脚踢在心窝，当时闭了气，吐了血，当夜死了。他们把牛拉走后送回县城。李小虎写了个条子，叫我来县城赎牛。"说罢，从衣袋中掏出李小虎的条子呈上。

一个衙役接过条子，送给黄祥。黄祥接过来一看，上面写着："黄老爷，我和王四郎去包石柱家收税，不料想惹出人命来。包石柱找我们赎牛，因过了期限，已将牛赶回县城。请黄大人明鉴处理。李小虎。"

黄祥看罢，心中思忖，这两个人搞得也太过分了。不过，还得向着李小虎和王四郎，要不然，今年的税收任务就完不成啦。黄祥想到此处，开言道："包石柱，我想你爹之死，是抗税犯法。实话告诉你，今年是皇上下旨增加税项，抗税就是抗旨，比往年罪加一等。按理说，对你也要治罪。念你爹死，格外开恩，对你就不加治罪了。至于牛嘛，明文规定，过了期限就不能赎了。再说，现在正在收税的火候上，等以后再说吧。你先回去吧。"

包石柱一听，就像数九天从头浇下一桶冰雪水，心想，这明明是不管吗？这明明是在推干净吗？不由得悲伤欲绝，气愤填膺，连叩了几个头，高声道："小民冤枉啊！小民要状告王四郎，求青天大老爷为小民做主申冤！"

黄祥一看，来软的不行了，立时把脸一沉，拿起惊堂木一拍，怒喝道："嘟！刁民包石柱，本老爷不治罪于你，就便宜你了，怎么竟如此不识抬举！来呀，把他给我责打十板，轰出去！"

两个衙役领命上前，不容分说，将包石柱按倒在地，噼里啪啦打了十板，然后拉起来，连推带搡，赶出门外。

包石柱从衙门出来，疼痛难忍，有气无力地走在街上。

时已黄昏，他跑了一天，水米没沾牙，肚子饿得咕咕叫唤。他冤屈满腹，一肚子怨恨，寻思道，且吃点东西喝口水吧，于是信步走到一家饭馆。进去一看，见有三个饭桌，桌旁放着几个橙子，里边两个饭桌边坐着七八个人，在吃饭聊天。

包石柱就在靠门的饭桌前停下趴在桌上喘息。他无精打采，木呆呆地趴在那里，想到这几日横祸连连，有冤难申，气哽咽喉，不禁眼中落泪。

有一老人满头白发，花白胡须，离开那几个颤歪歪地走过来，在包石柱对面坐下，问道："这个乡下人，你有什么为难事？为何在此落泪？"

包石柱满腹冤屈，见有人问询，就把事情的经过详细诉说起来。

那几个闲聊的人，闻听包石柱痛述跛脚熊和红眼狼的横行之事，也围过来听。他们一边听一边恨得握紧拳头直咬牙。为什么？因为这一熊一狼人人痛恨哪。

几人听完之后，有人愤愤不平地说："县里不管，你去府里告他们。"

白发老人瞪了那人一眼，劝说道："常言说，天下衙门朝南开，有理无钱莫进来。咱们穷苦人，告到哪里也是白告哇。”

包石柱这时痛不欲生，气恨地说：“我也豁出去了，不告也是个气死。我也不信上面不管。可我一不会写状子，二又递不进府里去，这怎么办呀？”

一位书生模样的年轻人，捅了包石柱一下，说：“我领你去找一个会写状子的。”包石柱要了两碗面，吃完就跟着书生走了。

书生是城里人，拐弯抹角把包石柱领回家中。书生说：“这是我的家，家中只有一位老母亲，相依为命。你就在我家住下。我也是痛恨跛脚熊和红眼狼。你想告他们，我给你写状子。我有个舅舅，在湖州府办事。托他给你递进去。”包石柱连连点头称谢，就在书生家住下了。

第二天，书生把包石柱送出家门，说：“你回家等消息吧。”包石柱又谢过书生，回家去了。

包石柱回到家里，等着打官司，把他爹停放在院中，没有埋葬。

过了十几天，包石柱早上进南山沟砍灌木条子，中午背着三大捆条子走进来，刚刚放在院中，一回身，见有两个公差手里提着铁链子和木枷走进院内。

包石柱见了，不觉狐疑，正疑惑间，一公差问道：“你是包石柱吗？”“是。小民正是包石柱。”

另一公差道：“我们是湖州府的公差。你犯了案子，跟我们走一趟吧。”

两个公差不容分说，恶狠狠地将包石柱锁住。包石柱紧张异常，急忙分辩道：“小人是个安分守己的人，从未犯法，因何锁了我走？”

一公差指着他骂道：“你这个刁民，连县太爷都告，还说安分？”说着，照他的小腿狠踢一脚道：“快走！免得老子揍你。”

骂声未了，魏氏从土窑中痛哭出来。包石柱道：“你别哭啦，快去找你爹商量，想个法子吧。”说完，就被两个公差扯着铁链强行带走了。走出老远，仍听到魏氏在哭泣。

书中交代，包石柱的状子很快就递进了湖州府衙门。

知府刘庆庭看了，气得嘴也歪了，心里骂道：“好哇，胆子真不小。因为收税，竟敢到我这里告状。不把这些刁民整治住，我今年这税款就别想好好地收啦。”

他立即派人去青山县调查了一回情况，然后命两名差役把包石柱锁回湖州府，下在狱中。

次日一早，刘庆庭传谕升堂。三通鼓罢，只见十八名兵丁顶盔贯甲，手执长矛画戟，从衙门口分两行排列到公堂前面。公堂上又有十二名站堂军，手执阔斧大刀，恶狠狠地分立左右；八个衙役，手执刑板，横眉怒目，排列两厢。公案前站着两个捆绑手，各提绳索；站着四个刽子手，手捧鬼头刀。公案上，放着大印、飞签、火票等物。地上放着三夹棍、老虎凳。

刘庆庭坐在公案后，头戴乌纱帽，身穿宝蓝色官袍，足蹬朝靴，面沉似水，怒气冲天。刘庆庭传谕："带罪犯包石柱上堂。"下面一声接一声往下传："带罪犯包石柱上堂。"

包石柱身带木枷，被两名差役推搡着，踉踉跄跄走上堂来。差役使劲一按包石柱的头，吼道："跪下。"包石柱身不由己，跪倒在地叩头道："小民叩见大人。"

刘庆庭把惊堂木一拍，道："大胆刁民，你父亲明明是因病而死，竟敢诬告好人。你明明是拖欠国税，反而无视国法。今日不加治罪，国法难容。"说罢，扔下一条签子，道："先打二十大板！"

且说，包石柱原以为，告到府里，虽不能为自己申冤，也不至于获罪，今日幻想破灭，已知大祸临头，急忙道："大人开恩，小民知罪了，情愿撤了状子回家。"

刘庆庭喝道："打！给我狠狠地打这个刁民！"

两名差役上前，把包石柱的木枷取开，按倒在地，"噼噼"打了二十大板，打得皮开肉绽，鲜血横流。打完，把包石柱拉起来，按跪在地上听从发落。刘庆庭道："念你知罪，装入木轮囚车，游街示众三天，罚银三十两保释。"

两名差役一松手，包石柱倒在地上，气哽咽喉晕过去了。刘庆庭见了，又传堂谕："把包石柱抬下去，关在空牢中。退堂。"

再说包石柱家中。魏氏的父亲魏明九，得知包石柱被公差锁走，赶忙来到女儿家做伴居住。魏氏父女俩，每日提心吊胆，坐卧不安。

一天，一个公差牵着匹高头大马，走进包石柱的院内，高声问道："这是包石柱的家吗？"

魏氏在土窑中应道："是，就是。"应着，走出家门。

公差道："我是湖州府公差，特来你家送公文。"

魏氏心中怦怦乱跳，急忙问讯道："公差大人，不知我家的包石柱怎么样啦？"

公差道："也没什么大事，公堂上判你家拿出三十两银子，去担保释放。若要去得迟了，恐怕要判刑了。"公差说完，从公文包取出一封公文，递给魏氏道："你们收下看吧。我走啦。"然后牵着马走出院子，跨马而去。

魏氏拿着公文，急忙出去找到父亲，又寻人念了一遍公文内容，方知与公差所说相同。

父女俩回到家中，商议了一阵后，无可奈何，决定变卖家产。几天后，将田地、院子、树木、鸡、兔全部卖了，变卖了四十两银子。银两是凑齐了，但父女俩好不凄惨。

魏明九带上银两，来到湖州府，送进衙门内，把包石柱保释出狱。

包石柱从牢狱大门出来，见岳父魏明九在门外等候。两人进入一个小面馆中，要了几个蒸馍，喝水充饥。就在吃饭中，魏明九把他走后的情况说了一遍。

包石柱听了，方知自己已经倾家荡产，无家可归了；父亲已经埋葬，魏氏住在娘家。

吃过饭，包石柱随岳父而去。包石柱在岳父家住了一些日子，将棒伤养好了，却又无计可施。

他想了几日，思量着在本地不好再待，想起自己有一门远房叔叔包怀，家业也不少，现住庐州合肥县小包村。于是和岳父、岳母、魏氏商议，要背井离乡，前去投奔。

这才是：贪官污吏猛于虎，百姓不堪多般苦。

第三回　亲骨肉陷害亲骨肉　落难人怜救落难人

上回书说到，包石柱倾家荡产，要背井离乡，去合肥县投亲。

一天，包石柱备好两只箩筐，一长条扁担，一头放了点破行李卷和破衣物，一头放好两岁的孩子，别无一物。叹了阵气，与岳父母一家洒泪相别，拉着哭哭啼啼的妻子魏氏，登上去庐州合肥县的路。暂且不表。

却说，庐州府合肥县有个小包村。村子不大，只有十几户人家，却生出一位惊天动地的人物来。小包村的西面是连绵起伏的群山，东面是一望无际的大平原，小包村就在西山脚下。从山里流出几股清水，清澈见底，流到平原上形成缓缓流动的小河。这里，土地平坦而肥沃，水源充足。因此，一户人家有个十几亩土地，就成了富裕户。

且说，村中有一户人家，户主姓包名怀，年过四旬，乐善好施。院君周氏，四十出头，勤劳俭朴。长子包山，娶媳王氏，生有一子。次子包海，刚成家，娶妻李氏。一家七口人，种着十七八亩滩地，二十多亩坡地，饲养着两头牛，有房在院，农具俱全。每年农忙时也雇佣几个短工帮忙。旱年滩地收，涝年山地收，日子过得倒也舒心。

只是有一件事，包怀还不如愿，就是缺少个女儿。包怀拜佛求神，修桥补路，希望如愿。天遂人愿，今年周氏又怀了孕，包怀盼望生个女儿。

谁料，自从周氏怀了孕后，身体突然坏了下去，先是恶心呕吐，吃不下饭，医生说是恶阻。吃了几服药，呕吐止住了，却经常茶饭不思，一天天面黄肌瘦，无精打采，思卧懒动。包怀与院君周氏议论道：“要是生下个女儿，不管怎样也是一喜。要是再生下个小子来，眼见得就是个祸根。”

看官听说：原来人家有贤良、聪明之家长，有糊涂、混蛋之家长。家中有忠厚、有用之人才，有奸恶、坏事之歹人。因人各异，同一件事就会产生出不同的结果来，叫人得益，叫人受害，叫人高兴，叫人愁烦。

且说，包怀与周氏的议论传出去以后，两个儿子、儿媳也合计开了。

大媳妇王氏忠厚善良，老老实实过日子，对包山说：“你娘要是生下个女儿来，一定是个掌上明珠；要是生下个小子来，可就讨嫌啦。”包山生性与王氏差不多，应道：“你说得也是。”

二媳妇李氏奸邪歹毒，惯会投机取巧，损人利己，对包海说：“你娘要是生下个男的来，二十年后，怕要把家业分三成去，到那时，咱们全家人口多，该怎么养活呀？”

包海劝解说：“还不知是男是女哩。再说，那是多少年以后的事儿，你也想得太多了。”

李氏一听，立刻不高兴起来，噘起大嘴，手点着包海的脑门训斥道：“我挑来挑去地嫁给你，为的是什么？不就是看中你家田产多吗？就凭你老实巴交的，连个响屁也放不出来，我能嫁给你吗？到时候，真要是生下个老三来，你要是不劝你爹娘扔了，我就不再和你过啦！”

包海起初还不肯答应。以后，三天两日，李氏在吃饭时絮叨，在枕头边唠磨。包海看着心爱的人儿，想着甜美的日子，终于答应了李氏的要求。可这该怎么个劝法呢？包海向李氏讨教：“我该怎么开口说呢？”

李氏骂道：“真是无用！你不是念过几年书吗？家中放着本《玉匣记》，平日做长办短都要看看。你不会从里面找些借口，就说如何如何，不就行了吗？”

包海挨了婆娘一顿骂，讨了个主意，就存起心来，每日钻研《玉匣记》。

光阴荏苒，包怀一家人乱糟糟地忙了一秋天，看看天气渐渐冷了，已是十月出头。

十月初五，周氏临产了，因为周氏身体虚弱，孩子生得很不顺利，那真是三番五次死去活来。好不容易生下来了，一看，是一个黑小子。当时，周氏自叹没福，包怀心凉了半截。

包怀对周氏说："真不称心，又是个小子。你的身体不好，恐怕是孩子也拉扯不大，就把你累垮啦。我想，干脆把他送人算啦。"

周氏道："这孩子，生他的时候差点儿要了我的命，又是个黑小子，我心里也不舒展。你想送人，我也愿意。只是，得给孩子选一家好人家呀。"

包怀道："可这好人家，一时到哪儿找呀？要不，咱们听听阿山、阿海他们的意见，再说吧。"周氏应道："也好。你去问问。"

包怀出去，把包山、包海和两媳妇叫到包山房里，征求他们的意见。

包山说："给人也好，不给人也好，我没意见。留下，也不争他一个孩子吃饭。"王氏说："这些事，我们可管不了哪。"

包海则居心叵测地诽谤："我翻了好几遍《玉匣记》。这孩子是火命，我娘是金命，火克金，命中相克着哪。再说，他生在初五就不好。初五是个月忌日。初五、十四、二十三，太上老君不出庵。他的命硬得很，终究要受他的害哪！"

包怀听了，若有所思，不禁心跳动起来，看了看包山、包海，惴惴不安道："啊呀，阿海一提，我又想起来了。就在这孩子出生的前天夜里，我梦见一个怪梦。真真地见到有一个怪物，头生双角，青面红发，巨口獠牙，从空中落到咱们院中。当时可把我给吓坏啦！"

包海听了，心中暗喜，心想，鬼使神差，真来巧合，这是天助我也，赶紧应道："这就对啦。这就是不祥之兆哇！"

李氏坐在那里，巴不得闯进周氏屋里把孩子抱出来掼到深山沟中。她看看这个，望望那个，转动着一双狡诈的夜猫子眼睛，伺机使坏。在这个火头上，又扇了一股阴风："命中相克，厉害得很哪！我们村的李虎虎，算命先生说把他娘克死了。"

包怀沉思片刻，道："我想给一家好人家，可一下子该给谁呢？"

李氏马上又应道："听说柳家村郝三仁要孩子。"

“真的？”

“真的。”

经过这一番商议，包怀算是吃了秤砣——铁了心啦。包怀回到自己的屋里，跟周氏添油加醋地述说了一遍，周氏听了，也是吃了桩子——定了心啦。

当日午后，周氏坐在炕上，叫包怀取来两块新布，失魂落魄地把孩子仔仔细细包好。包怀接过孩子，抱着出了家门。

却说，包海早已手提一个竹篓，在院中迎候。一见，赶忙上前，说道：“爹，不劳您去，我抱去给人吧。”

包怀口打唉声，道：“也罢，此事就托付于你啦，也免得我烦心。”说罢，将孩子付于包海。

包海接过孩子，装入篓中，背上竹篓，奔出村外。走出三里远近，在路边一块大石头旁，连破篓放下，就扭头离开。回村中逗留了半天，方才回到家里。按下慢表。

再说包石柱夫妻。包石柱挑着担儿，魏氏巧莲挎一篮儿，一路上边走边要饭。饱一顿，饿一顿，住破庙，宿寒窑，披星戴月地赶路。谁知祸不单行，孩子患了病，不幸夭亡了。二人把孩子安放在路旁的一片树林里，魏氏痛哭了一场，就又往前走去。

这一日，两人走上一处高地，路两边荒草茂盛，见路旁有个老人牧牛。包石柱放下担子，对魏氏道：“你先稍等。我去问问路。”魏氏就坐在路边歇息。

包石柱踏着荒草走到老人跟前，赔个笑脸问道：“老人家，去小包村该怎么走？”

老人定睛一看，见包石柱穿一身开花衣裤，满脸尘垢，满脸忧愁，心想，这不是个叫花子吗？“哦，你去哪一家？”

“老人家，我要去包怀家。”

老人一听，忙说：“认得，认得哩。不远啦，不远啦。还有五里。”用手一指，“前面，西山脚下那个村子，就是小包村。”

“多谢！”包石柱谢过老人，回来和魏氏说知。

魏氏听了，不禁露出一点儿喜色来，道："啊哟，谢天谢地，总算快到啦。"

包石柱也现欢欣，却又忧心忡忡地说："也不知叔父待我们如何？但愿叔父热心肠，好生照应我们。"

二人说了几句，就又继续前行。看着离村子更近了，突然前面传来婴儿的啼哭声。

魏氏止住脚步，侧耳听了听，道："啊呀，这孩子在前面石头那儿哭哩。"

两人快步走到大石头前面，见一破竹篓中有个小包裹，哭声从里面传出来。

魏氏轻轻放下篮儿，弯腰把孩子抱出来，坐在大石上，解开包裹。

两人定睛一看，里面包着个小男孩，胖胖的，五官端正，脸色黑黑放光，胎毛还未退哩。

魏氏道："孩子饿得哭哩。"说着，解开衣襟，喂起奶来。魏氏边喂奶边思忖，想起自己的孩子扑簌簌往下掉眼泪。这才是落难人遇落难人，流泪眼看流泪眼哪。

包石柱把担子放下，横坐在扁担上，低下头打量眼前这孩子。

魏氏思忖片刻道："这孩子好可怜啊！不知是哪家父母丢在这里，要是没人拾，恐怕就没命啦。"

"是啊。"包石柱应了一声，抬起头来，看着魏氏道，"这孩子是丢下呢，还是拾上呢？这该如何是好？"

魏氏撩衣襟擦了擦眼泪，抱紧孩子道："要不，咱们救这孩子一命，把他拾了吧。反正咱们能活，他也能活。"

包石柱愁眉苦脸地又低下头忖度：如此，既救了孩子，又可安慰妻子的伤感。他定下主意，抬起头苦笑了笑，应道："我也是不忍心扔下不管。你想拾就拾上吧。"

孩子吃饱了奶，也不哭了，反而露出笑脸来。魏氏心中一乐，亲了亲，重新包裹好，把孩子放在箩筐里。

包石柱又看了看左右，空无一人，叹了口气，挑起担子，和魏氏向村中走去。

且说，包海回到家里，对父亲包怀交代说："我走出三里地，遇见一个过路的中年人，是个做买卖的。听说我送孩子给人，欢喜得不得了，要走了。"

包怀信以为真，进屋内与周氏说知。

周氏放下心来，道："可怜的孩子，也不知是个什么样的主儿抱走了。"说着，反而哭个不停。

正在这时，包山进来，道："爹，有个年轻人，带着媳妇孩子，从湖州来。说是您的远房侄儿，找您呢。"

包怀听了，略一深思，应道："许是你湖州那个包拴大爷的儿子吧。你先把他们领到厨房吃饭，我随后就去。"

"好。"包山答应一声，出去招待。一会儿，包怀去到厨房，与包石柱、魏氏相认。

包石柱夫妻一齐跪倒拜见叔父，他俩声泪俱下，说明来意，请求收留。

包怀点头应诺，也悲伤了片刻，与包山商议道："阿山，你看让你哥嫂住在哪儿好？"

包山应道："仓房里堆满了粮食农具，住闲棚又太冷。离村不远，我们那有一间看菜小房子，锅灶现成，又有炕。再修严密点，有的是柴草，多烧些火，正暖和。"

包石柱赶紧附和："有这么个住处，最好啦。比我家那挨打窑也强。"

包怀道："为暖和，你们就住这个小房吧。"包石柱夫妻执意马上就去住。

包怀吩咐："阿山，多背些柴草，领他们去。"

"谢叔叔。"

包山背些柴草，领包石柱、魏氏去到小房，落锁开门，安置他们住下。

次日，包石柱夫妻又拜见了婶娘周氏，会见了王氏、包海、李氏。其中情节，不必细表。从此以后，包石柱夫妻就在小屋住下来，落脚谋生。

包石柱每天早起晚睡，给他叔叔担水、扫院、喂牲畜、出圈，还能赶车、推磨，做轻活，扛重活。魏氏也帮着洗衣、缝补、喂猪、做杂活儿。包怀和周氏爱的是吃苦耐劳的勤快人，包山、包海也能解忙，合家满意，经常送米、赠柴，接济包石柱夫妻度日。

第二年，包怀无偿租种给包石柱三亩坡地，又出面跟别人给他租种了五六亩坡地。包石柱很卖力气，每日起五更睡半夜，给叔父家干完活，又干自己的，顺便为叔父看瓜种菜，勤俭节约，粮半年、菜半年地过日子。

光阴似箭，日月如梭，一晃五年过去了。包石柱一直没有给孩子起个名字，因生得黑色，顺口就叫“黑子”。这年，魏氏又生了个小子，起名包勉。魏氏又奶小的，又拉大的，干的活少了，日子就更紧巴起来。遇到荒年厄月，日子就更不好过了。

只因人在贫寒中，有分教：贫家常为衣食愁，包拯堪尝民间苦。

第四回　遭荒年贫家啼饥　包黑子吞糠咽菜

上回书说到，包石柱披星戴月，忙忙碌碌，在小包村度过了五个寒暑，小黑子在贫寒中生长，也六岁了。

这一年，种下去之后，天气大旱，禾苗不生，满山遍野光秃秃的。庄稼人每年就指望种地打下粮食度日，地里没有苗可怎么生活。正在旱得冒烟之际，星星点点降了一阵小雨。包石柱趁着这场小雨，又种了一次。谁知天气干旱，又一直点雨不滴。人们望着天上的薄云散了又生，生了又散，个个唉声叹气，愁眉不展。包石柱种的是靠天吃饭的山坡地，颗粒未收，反而赔进不少籽种。幸亏秋雨连绵，包石柱又种了些菜，总算收了几十担菜。

人常说："天下乌鸦一般黑。"原来世上的贪官污吏都是黑心肝。在这么严重的灾年，那些官吏不但不向上面反映灾情，反而更加严厉地催征税收。

一天，三个征税的人从上面趾高气扬地来到小包村。

一进包石柱家，就吹胡子瞪眼睛地催粮逼税。包石柱和魏氏吓得面色大变。魏氏坐在灶前哭啼啼申诉灾情，哀求缓减。

一个脸上长着一撮毛的家伙不耐烦地骂道："你他娘的，别装穷啦，快拿出来吧！"

另一个家伙留着八字胡，粗声大气地说："真丧气，走到哪里都是这个哭腔。你们都喊遭了灾，那我们的税就别收啦？"

第三个家伙提鼻子一嗅，嗅出锅里有米饭味，跳到灶前，伸手把锅盖揭开，一看锅里焖着点儿白米饭，将锅盖"啪"地扔到地上，用手指着魏氏骂道："好个刁妇，现焖着白米饭吃，却泪唏唏地呻唤没粮食！"又一指米饭，"这是什么？"

八字胡横暴地说："包石柱，你听明白了，识相些。今年就是砸烂锅卖生铁，也得把税交出来。告诉你，别误过我们的期限。超过期限还要加倍罚！"

包石柱哀求道："你们行行好吧。本来遭了大灾了，你们也知道，可为什么硬要逼我们哪？"

一撮毛手点着包石柱的脑门应道："哼！不为什么！这里面的道理能说给你听吗？能说得清吗？"

八字胡接道："少跟他废话。包石柱，你要不主动交税，我们可要采取措施拿东西啦。猪、牛、鸡、鸭，值钱的东西都要。不够的话，就把你带走。"

这三只恶狼一样的公差，翻破箱，揭烂柜，看泥缸，搜了一袋米，又赶走一头百十斤的猪，抓了五只鸡，哼着小曲，摇头晃脑地走了。

公差走后，魏氏领着黑子，去叔父包怀家哭诉了一番。

包怀听了，一迭声地叹气道："唉，唉，这是什么世道？这些当官为吏的把心都坏了，哪管老百姓的死活呀！唉，我还有点粮，你拿去一斗，接济孩子。"

魏氏谢过叔父，将米拿回家。以后，每天就用少量的面做成菜糊糊、菜片片、菜丸子，哄着黑子吃。

可真是，饿得时间长了，越吞糠咽菜地吃，肚子越大越觉得空，对米饭和面越馋得慌。有时魏氏做点儿小米饭，黑子就站在灶前，咽着口水，小眼睛睁得圆溜溜地看着，等着吃。

魏氏做熟了，铲在碗里，喂包勉吃，小包勉吃饱了，魏氏把剩下的半碗米往笼架上搁。黑子揪住娘的后衣襟不让放，说："娘，我要吃米。我饿！"

说实在的，魏氏也真想吃点儿米饭，何况是孩子呢？魏氏强忍住泪水，把米饭搁好，转过身，低下头对黑子说："咱家的粮只剩一点点了。这米饭得留给你弟弟吃，要不，你弟弟会饿死的。黑子长大了，听娘的话，留着给弟弟吃吧。"黑子瞪着眼，咽着口水，想了想，也就不吃了。

这一天，包石柱干完活回到家里，坐在小凳上休息。黑子见爹回来，很高兴，站在爹面前，说："爹，我要吃米饭。你跟爷爷借米去。"

包石柱抚摸着黑子的头，心里涌起一阵辛酸，张了几次嘴没说出话来，最后哄着黑子道："好。过几天，爹给黑子借些米回来。"

魏氏也假装道："借回米来，给黑子饱饱吃一顿。"

黑子记在心上，坐在门前，天天盼爹爹借米回来。过了几天，包石柱刚回到家里，黑子问："爹，你怎么还不往回借米呀？"

包石柱苦笑着，蹲下身，抓起黑子的一只手放在自己的脸上抚着，应道："快啦，快啦。爹一定给你借回来。"

一天，包怀来到包石柱家，正遇上黑子躺在地上打滚儿，哭着要米饭吃。包怀把黑子扶起来，道："黑子，别哭啦。一会儿，我领你去，叫你奶奶做米饭吃。"

黑子止住哭声，小手抹着眼泪说："爷爷，我饿！你领我走。"

包怀细看黑子，见他面黄肌瘦，头大下巴尖，眼窝下陷，两只手竟皮包骨头，不禁颤动着头，对魏氏道："看把孩子饿成啥样啦！怎么不吱声？我比你们强，再拿几斗去。"

魏氏噙着泪，道："今年家家打得粮食不多。我们想，能省就省吧。"说着，止不住哽咽起来。

包怀叹了口气，道："大人吞糠咽菜也难挨，孩子更不行呀。等石柱回来，去拿。"

"谢叔叔。叔叔的大恩大德我们永远也忘不了。"

就在那一年，饿坏饿死的人屡见不鲜。黑子还算幸运，多亏爷爷包怀有点吃的，不但没饿坏饿死，还吃了几顿米饭。

严冬一到，朔风渐冷。

这一年遭了荒旱，连柴草也没有，包石柱愁肠苦结，天天愁着没吃的，没烧的。他一有工夫，就挑着箩筐出去扫草毛毛。捡牛马粪，刨树根。遇上这么个大旱年，不仅草毛毛都难扫到，连牲畜粪也很少捡到。十冬腊月，有时烧了上顿，没下顿的。家里冷得像冰窖，炕上很少有点儿热气。

小黑子衣不蔽体，鞋不挡寒，有时出去贪玩，被冻得脸青鼻子红，心里直打战。跑回家里，家里也暖不过身子，反而冷得哭起来。一次，天气很冷，黑子在外面见到几片牛粪，就用衣襟包回家，可两只小手被冻得青紫，魏氏急忙用手握住黑子的小手温起来。

冬去春来，百草生发。家里的菜叶子吃完了，地里面长出野菜来，魏氏就寻思着挖野菜充饥。

一天，天气晴朗。魏氏背着包勉，挎着一个大箩筐，七岁的黑子提着一个小柳条篮子，拿着小铲跟母亲走进田野。

平原上，山地里，到处是庄稼苗。地里，田间，渠堰上，河滩边，生长着河蓖梳、蒲公英、燕尾草、车前草等，最多的还数苦菜啦。魏氏每遇到一种，就一边挖一边详细地对黑子讲它的形状、特征。

黑子记忆力好，听过一遍，就全记住了。之后，自己也能辨认。当时，黑子年龄尚小，根本无心观赏景色，肚子饿得“咕咕”直叫，小脑袋里装的全是想吃饭。

他提着小篮，握着小铲，使劲地和母亲挖野菜。他们母子二人挖呀，挖呀，挖到日色偏西，挖了一大筐和一小篮野菜。

挖满筐篮，二人坐下歇息。黑子蹲在母亲身边，眼珠一转，问道：“娘，这苦菜怎么又叫甜苣菜呀？”

魏氏讲道：“穷人们饿得肚里难受，吃这种菜时又甜又香，就叫它甜苣。富人吃它时感觉苦得厉害，另起了个名叫苦菜。你长大以后，要是当了官，可不能忘了这甜苣菜，也不能叫它苦苣。”

黑子睁着漆黑的眼珠道：“娘，我一辈子也忘不了这甜苣菜。”

母子二人说了一会儿，魏氏挎起箩筐，黑子挎了篮儿，走回家去。

魏氏做甜苣菜也很有法子。先把甜苣菜去净硬根和黄叶子，再洗干净，放在缸子里。然后，熬半锅小米汤，倒进缸里淹住甜苣菜。腌过几天后，看看腌好了，取出来当饭吃。黑子饥肠辘辘，吃起来果然很香，又有点儿酸甜味。魏氏把其他野菜洗干净，煮熟，掺混了点米或面做饭吃。

以后，隔三天两日，黑子就随母亲出去挖野菜，从甜苣菜刚从地里生出芽，到长起一尺多高的茎，至开出黄色的花。

只因包拯从小受饥寒煎熬，有分教：今日艰难贫贱人，它日报国要安民。

第五回　八岁童西山放牛　杜恶霸仗势欺人

上回书说到，黑子六岁遭荒旱，家中无粮，随母挖菜。

包石柱一家人盼望来年丰收，谁知，来年粮食又是歉收。黑子就继续挖野菜、吃野菜糊口度日。他啼饥号寒地度过了两个年头，已经八岁了。

却说，在本村里，紧靠西山边有一处私塾学堂，周围的富家孩子三三两两前来读书。

黑子的上进心很强，每每看到和他同龄的孩子跳跳蹦蹦，背着书包上学，心里很是惆怅。一次，黑子在学堂前拔野菜，看见几个孩子又向学堂走去，心里热起来。他回到家里，迟迟疑疑地对包石柱说："爹，我也要念书！"

包石柱正要出去耕地，肩上扛着犁，木呆呆地看了一会儿黑子，叹了一口气，应道："唉！到了你这个岁数，爹应当让你念书去。可咱家穷得供不起你呀。等过几年，爹供你念几天书，也好睁睁眼。"

黑子听了，心里凉了下去，想了想，也叹了口气，只好拉着牛和爹一块到地里去。

有一天，全家吃晚饭。包石柱对黑子说："黑子，你现在能干点儿活啦，给你爷爷放那两头牛吧。"

黑子倒挺踊跃，应道："行。我放牛的时候，还敢骑它哩。"

第二天，黑子提着个小鞭子，把牛拉出来，要出去放牧。魏氏站在院中，叮嘱道："黑子，千万别骑牛，掉下来可就摔坏啦。小心吃了人家的庄稼。"黑子应道："娘，你放心。我记住了。"说完，牵着牛走了。从此，黑子就经常相跟着隔壁二十多岁的周长保出去放牧。

他一边放牛，一边挖野菜，采野食，有时拿个小布袋往家里驮些干牛粪烧火。本村和邻村中，放牛的孩子也不少，黑子有时和他们三五结伴，游走放牧。遇到草地宽阔的地方，把牛钉在地上，任牛吃草，便玩起游戏来，或者追野鼠，找鸟窝，觅食吃，采野果。

然而，灾难也不时降临。就在黑子放牛还不到一个月的时候，一天，早上起来晴空万里，黑子忘了带那把破雨伞，就相跟上周长保出去放牛。

二人将牛赶上西山三里之遥，寻一片草地让牛吃草。

谁料，突然间黑云从西边升起，黑压压地压过来，霎时竟天昏地暗。随之，狂风猛起，刮得人睁不开眼，挪不得步，站在地上身子还直摇晃。

不一时，闪电如巨龙从天上直划到地下，响雷一声紧似一声，震得人心头颤动。雷电交加，狂风怒吼，片刻"哗"地下起大雨来。

初时，天地间灰蒙蒙一片，连三里外的村子也看不见了。在这灰蒙蒙的一片中，但见无数线条从天上源源降落，由西向东倾斜注下。顷刻，脚下出现水洼。接着，几个巨雷在头顶炸裂，大雨如瓢泼水，天上空间的线条变成水帘，地下的水四散流淌。一时，天上地下已分不清楚，出现一个水的世界，如临汪洋。

黑子和周长保在半山上。周长保撑开一片雨布，蹲在坡上，让黑子蹲在他面前。狂风卷着暴雨，早将两人打湿了，衣服上的水直往下淌。黑子瑟瑟发抖，坚持不住了，想回去，说："长保叔，我冷得抖哩，回家吧。"

周长保咧了咧嘴，道："这么大的风，这么大的雨，如何能行走？且待小些再走。"

风渐小，雨渐弱，周长保见黑子被雨水浸得直哆嗦，于是就和黑子赶着六头牛往回走。山坡上到处是泥浆，使人一步一滑，黑子一不小心摔倒了，滚得身上泥水淋漓；爬起来，还未站稳，又滑倒在地。

两人费了好大的劲，才把牛群往家的方向赶走一里多。那些牛见有一处青草，因饿着，却又赶不动了，低下头吃起来。周长保看看，只好又停下来。

黑子像个泥人站在雾雨中。正在这时，他娘魏氏撑一把雨伞前来看望，替黑子放牛，让他回家休息。黑子赶紧往家里走。

放牧人最怕夏月天了，到了夏热天，更是遭殃。

有一个暑热天，他和周长保将牛赶上西山坡，简直就像走进烧烤炉中。

刚到半前晌时，天上就已像是在下火，从天至地一片灼热，全身上下都被热气紧紧包围住。阳光白炽，耀人眼目，烤得地上的石块沙子烫手脚，坡上的草弯了，几棵树木的叶子卷了，烤得手和脸火辣辣的发疼。山上处处干燥，处处闷热，热得他几乎喘不过气来，脸上、身上，连手背上都虚汗流淌，黏糊糊地粘住了衣衫和裤子。

他舌苦唇焦，嗓子干涩，时时想喝凉水，拿了点水早已喝光了，山上连点儿水汽也没有，到处是干巴巴的。

天气炎热，大肚子牛虻却又飞来捣乱，“嗡嗡嗡”地叫着飞落在牛身上，叮得那些牛乱跑乱窜，他和周长保只好轮换着跑去追赶。跑上几步，就觉得头晕眼花，喘不过气来。汗水浸湿了衣服，裹在身上，令人热得难挨，躁得难受。他脱下衣衫，擦一擦臭汗，搭在肩上，却在脊背上、肩头上、胳膊上晒起大小燎泡，脱起层层薄皮。

就在这一天，黑子中了暑，病得真玄哪，恶心呕吐，发高烧，躺在炕上直说胡话。魏氏很着慌，为黑子敷了一天湿毛巾。包石柱奔跑了半日，拿回一包石膏、卜荷，给黑子喝了些卜荷汤、绿豆水，总算退了烧，好起来。魏氏睁着红肿的眼睛，再三嘱咐黑子：“以后，千万要小心，别把人和牛晒病了。”“哎，我知道了。”

从此，黑子再遇到大热天，就少上西山，多去水多树多的平原上放牧。

长话短说，黑子放了一年牛。第二年，黑子又长大了，放牛也熟了，常常一个人出去放牧。

一天，又是个大热天。微风不起，树梢儿不动。黑子牵着牛向平原走去。走一阵儿，让牛吃一阵儿，转来转去，来到一条小河边。

河水清澈见底，时时有几条小鱼在水里缓缓游动。黑子把牛钉在岸边吃草，捧河水洗了洗手、脸，跳进河里捉起鱼来。

一会儿，他抬头一看，见一头牛拔起橛子跑到地边想吃庄稼去。黑子急忙去赶。说来霉气，就在这时，从地梗上走出两个人来。前面这个人，生得肩宽体胖，粗脖子，突眼球，络腮胡须，敞着白绸衫，穿件半腿裤，手摇绣花扇。后边一个人，像个瘦猴子，斜着眼，歪着嘴，给突眼球撑一把大布伞。突眼球脸色阴沉沉，恶狠狠，抢近牛身，一把抓住缰绳，凶巴巴地对黑子问道："这是你的牛吗？""是我的牛。"

"回去告诉你家大人，我是杜家庄的杜员外。你的牛吃了我的庄稼，我把牛拉走啦。"说着就要拉走。

黑子急哭了，扑上去抓住缰绳，分辩道："我的牛刚到你的地边，没吃你的庄稼。给我，给我！"

突眼球用另一只手一把推倒黑子，骂道："别惹老子发火。"瘦猴子也用另一只手指着黑子威胁道："你娘的，你再拦，我踢死你。"两人骂骂咧咧，把牛拉走了。

黑子拉着一头牛，气喘吁吁地走回家，边哭边和母亲说明事情的经过。魏氏听了，又气又怕，急忙跑到地里，跟包石柱、包怀等人讲说了一遍。

众人听了，都很生气。包石柱、包山、包海怒气难压，要去和杜员外评理拉牛。

包怀说："杜家庄的杜员外名叫杜万金，是方圆几十里出了名的大财主大恶霸，上通官府，下结地痞，还养着几名家丁。咱们去了，不能发火气，只能说好的，看人家怎么办。"

众人一听，暂压火气。

包怀和包石柱去到杜万金家，自然给人家说了许多好话。可杜万金根本就不听，蛮横无理地说："拿来十两银子赎牛。"十两银子，不就又能买一头牛吗？这不明明是霸夺吗？包怀和包石柱空着手，窝着一肚子火，走出杜家庄。

回到家里，众人商议。商议来商议去，认为，总得经官府。于是，包怀求人写成状子，递进县衙门。

书中暗表，合肥县县令名叫左玉堂，贪赃枉法，搜刮地皮，黑眼珠只认得白银子。杜万金为非作歹，不勾结官府就活不下去。平日里，杜万金就借机会给左玉堂送礼物，办事情，左玉堂下乡来，也成了杜万金的座上客。

却说，左玉堂看过包怀的状子，心里一阵冷笑，鼻子里“哼”了一声，派出一个衙役乘骑去请杜万金。

杜万金骑一匹高头大马随衙役来到县衙门。杜万金将马拴在衙内石柱上。衙役转入禀报。

左玉堂闻报，把杜万金请进客厅，分宾主坐了，献茶相谈。谈了几句，转入正题，左玉堂问道：“杜员外，现在小包村包怀状告你无故抢了他一头牛。有这回事吗？”

杜万金皮笑肉不笑地应道：“左老爷莫听他的强辩。因包怀的牛吃了我的庄稼，故此被我把牛扣在家里。”

左玉堂又问：“杜员外，你的意见如何处理？”

杜万金呷了一口茶，放下茶杯，应道：“请左老爷给我做主。我有几顷良田，若不狠狠镇住，不知要损失多少呢？我要包怀拿出十两银子赎牛。”

左玉堂听了，皱了皱眉头，心想，杜万金也太横啦，这不是明着要霸夺包怀的牛吗？为了他这么点儿小事，我被百姓指着骂娘，可不值得。于是，他俯前身子，靠近杜万金解释道：“杜员外，我肯定会向着你，这你是知道的。可是，我不能以官府的名义，把人家的牛全霸占了。我让包怀出三两银子，你看如何？”

杜万金自知理亏，不便多争，应道：“三两也成。这三两银子，就孝敬您当茶资吧。”然后，杜万金抱拳施礼，告辞出衙，骑上坐骑，得意扬扬地回去了。

再说，左玉堂送走杜万金之后，派人将包怀传到县衙。

左县令升堂入座。包怀上堂，跪倒叩头，道：“小民包怀，叩见左老爷。”

左玉堂官派十足，现出一副公正的样子，道：“包怀，本官接到你的状子后，就立即派人去调解。现在，本官一不向杜万金，二不向你包怀，判决你拿出三两银子赎牛。”

包怀一听，大出意外，心里的苦水直往上泛，含冤委屈道：“左老爷，我这三两银子，出得冤枉啊。”

左玉堂听了，脸上发烧，但还是沉下脸来，用手一拍公案，道：“我也是体谅你的苦衷，才如此判决。难道你要违抗本官不成？”

包怀一听，心里思忖道，看来，左玉堂已经昧了良心向着杜万金啦。再争就更糟啦。想到此处，只好咽下苦水，强扮笑脸道：“小民不敢。老爷明断，谢老爷！”

左玉堂缓过脸色，道：“这就是了。你再出一两银子作为办公费，一并拿来。”

包怀赶紧诺诺连声道：“是，是。小民遵命。”

“回去吧。要赶快拿来。”

“是，是。小民告退。”包怀走下公堂，回到家中。

包怀回家取了四两银子，交给县衙门。

左玉堂派一个衙役和包怀去杜家庄，杜万金把牛交给包怀。

包怀谢过衙役，拉着牛，慢慢地向家里走去。他被屈含冤，越想越气，看看左右无人，骂道：“左玉堂，你枉做世上官。原来，你和杜恶霸狼狈为奸。何年何月，才能严惩你们这帮家伙！”

这才是：身居衙门可徇私，自古横行倚权势。

第六回　黑子山沟抄课本　王舒爱才收弟子

上回书说到，包拯在河边放牛，被杜恶霸仗势欺凌。黑子经过这场惊吓，无心和孩子们玩耍，常常一个人静静地放牛。

却说，本村的学堂紧挨在西山边上，往西是一个大斜坡。斜坡上，水沟分割，乱石遍布，长着茂密的杂草和灌木丛，是个好牧场。

教书先生是个外地落第未中举的秀才，姓王名舒。其人心慈面善，气宇轩昂，口若悬河，目光如电，为人精明豁达，热心耿直。王先生来到这里，被几户财主留下，设馆授徒。方圆的富家子弟，纷纷前来入学求教。

有时候，黑子牵着牛，到这里来，站在学堂墙下放牧。里面传出琅琅的读书声："赵钱孙李，周吴郑王……"黑子心不在焉地跟着念起来。过一会儿，里面又传出诵读声："锄禾日当午，汗滴禾下土，谁知盘中餐，粒粒皆辛苦。"黑子又跟着念几遍。黑子的记性特别好，以后竟记住了。黑子很感兴趣，心想，我不能进学堂念书，但也能背一些书啊！于是，黑子经常来此地放牛，在学堂外跟着人家背诵。

书以简短为妙。如此，经过一年多的时间，黑子把《百家姓》《三字经》背会不少，还背会了许多诗词和《论语》，连杜甫的《茅屋为秋风所破歌》也能全文背出来。有时，他无事背几句，人们听了，以为他贪玩呢，不以为然。

春节刚过，一天，包海来到他家坐在炕上和他爹娘聊闲话。黑子很想学一些字，于是对包海道：“二叔，教我学字吧。”包海随口应道：“好。我先教你写姓名。”黑子又道：“二叔，我背会好多书，就是认不得，写不出来呀。”包海一听，很是惊讶，问道：“你是怎么学来的？”

黑子就如此这般细述了一番经过。包海道：“把你背会的，全背出来，让我听听。”于是，黑子滔滔不绝地背了许多。

包海听了，乐得心花怒放，想不到黑子未入学堂，竟如此博学，记性如此好。他抚摸着黑子的头，高兴地说：“黑子，你真聪明。二叔惭愧念了几年书，边念边忘了，远远比不上你。”

包石柱、魏氏见包海乐呵呵地夸赞黑子，心里似喜非喜。魏氏道：“看他二叔乐的，记性好，有啥好处。”

包海道：“你们没念过书，哪里知道其中的好处。”也顾不上细讲，跳下炕去，撒脚如飞，跑回家里。

一会儿工夫，包海拿来几本书，往炕上一放，相继拿起书本，对黑子说：“这是《百家姓》，这是《三字经》，这是《论语》，这是唐诗书。你背会的，差不多就在这些书里。”当天，包海就教了黑子许多字，吩咐黑子照着书本上的字多写多描，然后笑眯眯地走了。

从此，包海有了闲时间，就来教黑子认字、写字。黑子有了书本，更加上进了，每日总要拿着书本出去放牛。他把牛拦在山沟里，拿出书本，从地上捡起树枝、草棍或石子，边背诵边照着书上面的字形在地上描着写。时间长了，书本上的许多字，他就会读会写了。

一天，包海去学堂和王先生谈起黑子自学识字的事儿来。

王先生听了，也很惊奇，道：“你快把他领来见我。”

包海应诺，当天晚上，就把黑子领进了学堂。

王先生先让他俩坐下，然后对黑子说：“听说你自学认字，又背会不少东西。你给我背几篇听听。”

黑子站起来，清了清嗓子，背了一篇又一篇。

王先生听了，又惊讶，又欢喜，又是感叹，一把抓住黑子的手，语声颤抖地说:“真难为你自学了这么多东西,叫我这个教书的人,不知该说些什么才好。”王先生感慨不已,一时竟说不下去了,略停片刻,才又说道:“听说你记忆力很好。我念一篇《卖炭翁》，我念你跟着背诵。”说罢，念道：“卖炭翁，卖炭翁，伐薪烧炭南山中。满面尘灰烟火色,两鬓苍苍十指黑……”王先生一连念了三遍，黑子跟着也背诵了三遍。王先生念毕，对黑子说：“明天，你再来。我听你背诵这一篇。”

黑子点点头，应道：“明天早上，我就来。”“好，我等着你。”

包海坐在一旁说道：“王先生，这孩子很爱学。往后，劳您多教教他。”王先生把头一点，应道：“那是一定的。”包海起身告辞，领着黑子回家去了。

第二天一早,黑子起身后就去了学堂。王先生见黑子来了,急忙拉住他的手，扶着坐在桌子前，吩咐师娘：“快，拿点心和水来，给黑子吃。”

“哎。”师娘取出半盘点心,倒了一杯水,一齐放在桌子上,“黑子,快吃吧。”

王先生拿起一块，塞到黑子手里，说：“黑子，吃吧，别拘束，多吃几块。”

黑子怯生生地吃了几块点心，又咕嘟咕嘟地喝了一杯水。

王先生道：“黑子，你先背一遍《卖炭翁》吧。”黑子站起来，一字不漏地背了下来。

王先生听罢，心中大震，暗自惊叹：“啊哟！这孩子的记性太好啦！这真是过目不忘呀！”他想，这孩子如此上进，如此强记，如果能专门读书深造，将来必成大材。我若把他收为弟子，日后必有成果。想到此处，定下主意，笑嘻嘻道：“黑子，我愿收你入学堂读书，不知你愿不愿意？”

黑子听了，心里一阵高兴，可是又一想，却又犯起愁来，由愁生悲，不禁哭起来，边哭边说：“王先生，我家里穷得连顿好饭也吃不上。我爹说，供不起我念书。”

王先生听了，也生伤感，很同情地安慰黑子道：“好孩子，你先别哭。你别发愁，我一定想法子让你念成书。”

黑子止住悲声，道：“谢王先生。”

王先生俯下身子，掏出绢巾为黑子擦了擦泪水，又整了整衣衫，然后说：

“你先回去吧。我和你爹娘商议去。”黑子又高兴起来，行了个点头礼，道：“谢王先生！我先走啦，还得放牛去。”

王先生拉着黑子的手，送出学堂外。

王先生有幸遇到一个很上进、很聪明的孩子，喜出望外，心里高兴得再也坐不住，饭也忘记吃了。他赶快判完作业，当天晚上，就顺着田间小路，直奔包石柱家。

包石柱和魏氏一见王先生登门进屋，立刻热情招呼，连忙让座。

王先生坐在炕上，眉开眼笑道：“我说石柱哇，你们两个还一直蒙在鼓里吧。黑子这孩子聪明好学，还具有走马记碑文的能力，将来必能博学成才。现在，你们可不能荒废了他，让他进学堂读书才是啊。”

包石柱听了，愁眉苦脸，唉声叹气，道：“王先生啊，可惜我家贫如洗，供不起他。再说，黑子放牛，耗了他爷爷四两银子。我想叫他多放几年牛，也算赔偿些损失。眼下，这书是不能念呀。”

王先生一听，很扫兴，把一肚子的高兴劲泄了不少。但是，他收黑子读书的主意已十分坚定，于是又非常恳切地说：“我对黑子很爱惜。我是愿意教他读书的。我免费教他，还不行吗？”

包石柱应道：“王先生如此热心肠，叫我感激万分。这样吧。我和他娘商议商议，再说吧。”魏氏在一旁也应道：“王先生，您的好心，叫我们感谢不尽呀。您先等一等吧。”王先生看看也难得结果，只好说：“我且等你们几日。”说罢告辞，起身出门。

三人把王先生送出门外。王先生低着头走了几步，站住了，却又返回，道：“你们千万要把黑子送到学堂去！”“我们尽量送他去。”

王先生道：“如此，才好。”说完，这才走了。

王先生走后，包石柱与魏氏一商议，决定让黑子读空闲书。凑巧，这些天，包石柱起五更睡半夜地干活儿，忙得不可开交，竟没有去找王先生。

再说，王先生回到学堂，巴不得立刻将黑子收入学堂。他左等不来，右等不到，好几天不见黑子去，心里十分焦急，于是就第二次直奔包石柱家。

王先生进了包石柱家，当时一家人正准备吃晚饭。包石柱坐在炕边，一见王先生来，急忙下地迎接，道："啊呀，王先生，我早就想去跟您说一说，可是，这几天实在太忙啦，没时间去。请您原谅。"

王先生微微一笑，道："我心急火燎地天天等你们去，可把我急坏啦。等不见，就又来了。你们什么时候送黑子读书去啊？"

魏氏擦了擦炕上的灰尘，说："王先生，快坐下说话。"

王先生将鞋脱去，就坐在黑子身旁，问道："黑子，你还在放牛？""是。王先生，我今儿个又放了一天牛。"

包石柱道："王先生，我们商量好了，黑子一有空闲时间，就叫他去学堂念书。劳您费心教他。"

王先生一听，很不合心思，把头摇得像个拨浪鼓，连连说："不行，不行，不行。我是叫黑子一年四季在学堂读书。说了半天，你们还不理解我的心事吗？"

包石柱和魏氏听了，像吃了一颗大苦瓜，张着口，皱着眉，满脸愁云，不知如何是好。魏氏应道："啊哟，王先生，这天天念书，实在是办不到哇。"

王先生一看自己的想望要吹，心里焦急万分，不知该如何再说。他一急，跪起来，指着油灯说："我对着这盏油灯，给你们两人立个保证，我教黑子专心读书，一定会成才。现在，你们绝不能耽误他。你们好歹得想个办法呀！"说着，拉住黑子的手："黑子，你可要念书去呀！"

黑子多么想进学堂读书去，可是他知道无法前去，说："王先生……"转过头，眼巴巴望着包石柱。

包石柱急忙扶王先生坐下，道："王先生，您快坐下，让我想想。"包石柱看了看黑子，又看了看王先生，心里翻腾开了。他暗暗说，看这两人，一个想读，一个要教，该叫我如何是好？思来想去，定了定心神，竟悲声悲气地说："王先生，我现在只有一个办法啦。"

王先生一听有办法，马上来了精神，道："好，你快说。"

包石柱道："王先生哪，黑子的亲生父亲正是我叔叔包怀，让我叔叔认回去，供黑子读书成才。"说罢，眼中含泪。

魏氏一听，大出意外，不由得哽咽起来。

王先生却心中暗喜，劝慰道："你们俩要往宽处想。黑子能念成书，比什么都强。你们就别伤心啦。"

包石柱应道："说得也是，我们不该伤心落泪。"魏氏撩衣襟擦了擦眼泪，把小米饭端上来，又放上一碗萝卜菜。

王先生留下来，一同吃饭，就与包石柱、魏氏促膝谈心，说古论今，促使他俩下决心把黑子让包怀认了。

吃过晚饭，王先生又叮咛了一番，然后才乐呵呵地走了。

送走王先生之后，包石柱、魏氏二人又进行了一番议论。包石柱听了王先生一席话，心里很佩服王先生目光远大。可是，对黑子的前程却感到渺茫，终究是镜中观花，很不踏实。魏氏呢，她一来舍不得离开黑子，二来心中的疑团更大。因此，埋怨包石柱做事鲁莽，道："黑子爹，王先生说得再好，谁知道日后怎么样呢？咱们受了多少苦楚，好不容易把黑子拉扯大，怎好送人呢？"说着，呜呜咽咽地哭起来。包石柱也是一阵阵心酸，道："既是你不愿意，咱们把这件事搁下休提。"魏氏止住哭泣，道："咱先搁一搁吧。可难为人家王先生一片热心。"就这样，把这件事搁下凉了。

却说，王先生回到学堂，心里十分高兴，等了几天，却未见动静。他心里思忖：唉，人呀，往往让一个情字一个爱字坏了多少事情。总是包石柱两口子又舍不得把黑子认出去啦。可惜我苦口婆心地说了那么多话，原以为会把他俩说通了。看来，人的思想，用言辞是不容易说通的。这该怎么办呢？王先生思来想去，定下主意："嗯，我必须如此这般，这般如此……"

当日中午，他去到包怀家。

包怀老两口正在吃午饭，见了，急忙相让。

他坐下，满面笑容道："我今日是无事不登三宝殿，有一件要事，来与你们相谈。"

"王先生，请讲。"

王先生道："我听包石柱说，他家的黑子，正是你们的亲生儿子。"

包怀、周氏闻听，怔在那里。

霎时，周氏突然哭起来，道："我那苦命的孩子，原来是被石柱收养了。"

包怀手捋长须道："王先生，我有个三儿子，生下一天就送人了。没想到今日得到了音信，你是如何得知的？"

王先生道："黑子聪明好学，言过不忘。我很爱惜，曾两次前去，劝其入学。因为家贫，未能如愿。是石柱突然提起此事，想让你们认了，供黑子读书。"

周氏破涕一笑道："那我就认去！"

包怀把眼一瞪，道："且慢。可人家石柱不吭声，咱们怎好贸然去认？"

王先生道："你们不便去认，我去办理。"说罢，起身而去。

包怀站起来欲阻，想了想，摇摇头，依旧坐下，叹息起来。

且说，王先生一溜小跑，急急去到包石柱家。

包石柱吃过午饭，正领着黑子准备去地里干活儿。见王先生来，急忙招呼："噢，是王先生来啦。"

王先生紧走几步，庄重严肃地对包石柱讲："石柱哪，我已经把黑子的身世，告诉给你的叔叔他们了。"

包石柱闻听，很感意外，忙问："哦？这话是真？""哪个哄你呀！"

一语未了，魏氏忙忙从屋里走出来，对王先生道："啊哟，王先生，我怕黑子走了，心里空得慌，所以一直没提。"

王先生听了，立即责怪道："我说句不中听的话，你们怕空得慌，难道就不怕耽误了黑子的前途？你们空得慌是小，黑子的前途是大呀！我一生不愿得罪人，可这次，我不怕你们埋怨指责，也不许你们打退堂鼓！"说罢，拉住黑子的手，道："黑子，走！快跟我认你亲爹娘去！"

魏氏心中乱跳，道："王先生一片好心，我们怎敢埋怨？我们让黑子认了他亲爹娘就是了。"

王先生听了，心中欢喜，放开黑子，转过身，向着魏氏长揖在地，深施了一礼，道："如此最好。多谢啦！"

包石柱见状，心里热乎乎的，连忙说："王先生，你太热心了。正是我们俩，多谢谢王先生才是呀。”

王先生一回身，又拉住黑子的手道：“走！咱们快走。”说着，拉着黑子，往前就走。包石柱低头不语，随后跟着。魏氏则高声道：“王先生，等一等！”

王先生应道：“等什么？等不了呀！”头也没回，拉着黑子走了。

这才是：三顾茅庐因爱才，良师奋发培栋梁。

第七回　包怀认子供读书　亲嫂设计害三弟

上回书说到，王舒三次入草庐，领包拯去认亲爹娘。

却说，魏氏见王先生拉着黑子走了，忙转身，回屋里取了两块布，装在布袋里，提着布袋，急忙赶来。几人相随，来到包怀家。

其时，包怀与周氏坐在桌旁，正在议论此事，见几人进来，急忙站起。

王先生一进屋，对包怀喜逐颜开道："包哥，今日你们父子相认，实乃是大喜呀。"

魏氏似喜似悲，将黑子拉在身旁，用手擦了擦眼泪，说："叔叔、婶婶，为了让黑子念书，今儿个，我就让黑子认叔叔是亲爹，认婶婶是亲娘。"

包怀应道："这些年来，难为你们收养了黑子。不知你们是如何收养的？"

包石柱听了，就把以往情节细述了一番。魏氏补充道："我们进了叔叔家很快就知道了，原来黑子是叔叔的三儿子。"

周氏问道："当时，包孩子的是新布旧布？是什么颜色，什么花纹？"

魏氏答道："是两块新布，都有三尺多长，一块是黑蓝布，一块是灰布，都没有花纹。"说着，从衣袋里取出两块布，往周氏手里一递，道："这就是当年包黑子的黑蓝布和灰布。在布上还绣了一朵梅花。"

周氏接过布去，悲喜交加，走上前，把黑子揽在怀中道："儿啊，娘一定认你。"

包怀也哽咽地说："黑子，是爹对不起你，不该把你放在路边。"说着，掉下几滴泪来。

魏氏道："黑子，快给你亲爹、亲娘磕头，叫爹、叫娘。"

黑子推金山倒玉柱，跪倒身，给包怀、周氏磕头，叫了声："爹！娘！"认祖归宗。

周氏擦了擦泪花，把黑子扶起来，悲痛地说："黑子，叫你吃苦了。"魏氏站在一旁，也一滴一滴掉下泪来。

包怀、周氏认了儿子，喜出望外，吩咐包山、包海备办酒席，合家欢聚。

酒席上，包怀先叫黑子拜过两个兄嫂，然后向包石柱、魏氏征求黑子以后如何相处。

议来议去，王先生从中说道："供黑子念书，不是三年五载的事儿。我要叫黑子考秀才，考举人，考进士。这期间，时间长，费用大，变化多，须得留下来才好。"

众人听了，都表示赞同，包山乐陶陶地说道："今天认下黑子，我非常高兴。黑子聪明过人，又上进好学，将来必能出人头地，为咱们争气。我情愿给黑子多分些家产，供他读书成人。"话音刚落，王氏笑容满面，立即赞同，道："我很赞成黑子大哥的话。"周氏也笑道："对啦。给黑子多空点儿家产，供他读书成人。"包怀接道："对。反正我得供黑子念几年书。"

包海今天更是欣喜万分，他也愿意给黑子多分些家产，供其读书成人，于是，高兴地站起来说："黑子是个天才。我也……"刚说到这里，抬眼瞅了瞅李氏。

再说李氏，她这时候正气得肚里翻江倒海，怒火冲天，恨不得掀翻筵席，大闹一场。她怒容满面地坐着，直向包海怒目拧眉，瞪着牛蛋眼。包海见李氏恼怒，把下面的话咽回去了，眨了眨眼，皱了皱眉头，把话头一转，提出个问题："往后，黑子对我石柱哥嫂该如何称呼？"

王先生接道："就叫恩爹，嫂娘，如何？"

众人听了，又一齐说好。

王先生定了定激动的心情，高兴地又说道："今日，我如愿以偿。今日，我就收黑子为徒。"

包怀连忙说："黑子，快给王先生磕头，叫先生。"

黑子又跪在王先生面前，叫声："先生！"磕头拜师。

王先生扶起黑子，抚摸着黑子的头顶说："今日，我收黑子为弟子，还得给黑子起个好名字呢。我早已想好。我希望黑子日后能成为国家的栋梁之材，为国出力，为民着想，为世谋利。就叫包拯，字文正吧。"

大家一齐乐了，拍掌称赞。

接着，众人干杯换盏，饮酒谈论。王先生今日太高兴了，喝得酩酊大醉，由包海送回学堂。

从此，包拯就进了学堂读书。王先生苦心教导，自不必细说。

却说包海的妻子李氏，略有不顺心处，就拿包海出气，还寻死觅活，搅得家中经常不安。如今，已是三十多岁的人了，生了一个儿子，一个女儿，仍然游手好闲，好吃懒做，时时在家中邻里搬弄些是非。人们看在包海老实巴交的面上，又惧她刁恶，时时让她三分。看到包怀认子留在家中，李氏心中十分不满。听说要多分给包拯些家产，更是七窍冒火。李氏三番五次地逼着包海劝说他父母把包拯退回去，威胁包海说："你不把包拯那个野猫弄出去，我和你过不到头。我总要做给你看。"

包海硬是不笑装笑道："包拯又不是件东西，说弄走就弄走。如今，既然全家人都把他认回来，我一个人能做得了这个主吗？"

李氏把鸡脖子一扬，骂道："你真是个烂忠厚没用的人！"

月余之后，李氏果然闹出事来。

那一日，日近西山。包拯放学回家后，从包家大院走出来，要去探望嫂娘。他正往前走着，忽听背后有人在叫："黑子！黑子！"包拯停下，回头一看，见李氏挎着个箩筐匆匆走来。李氏紧走几步，赶上前来，抓住包拯的一只手，又神秘又着急地说："黑子，今儿个出了件怪事啦。有人说咱们房后那口井里有件东西放光哩。二嫂听说后也上前去看，不小心把头上的一只金钗掉到井里了。找你二哥偏又不在。啊哟，可真气人啦。你快跟二嫂下井取上来。"说着，从箩筐里拿出一团绳索，"你看，我把下井用的绳子也拿上了。"

包拯也没多想，看李氏很急的样子，应道："好。我跟二嫂取金钗去。"

李氏脸上露出一丝阴险的笑容，道："黑子真好。"然后前行，领着包拯急匆匆走去。

二人来到井前，包拯站在井口探身子往下一瞧，原来是口干井，约有一丈深，里面黑乎乎的。

李氏放下箩筐，取绳索拴住筐梁，对包拯笑了笑道："黑子，你坐在筐里，我把你吊下井去取。"

包拯一听，想到那黑乎乎的深井，毛发竖立，不免有点儿担心起来，生怕井口边有石块掉下去打伤身体。于是，举目四下观察，见井口边并无一块石头，方才放下心来。他定了定心神，进筐内坐好，双手抓紧筐梁，对李氏道："二嫂，你可要抓紧绳子，千万别把我摔下去。"

李氏笑道："黑子，这你就放心哇。我一定会小心的。"李氏见包拯中了自己的圈套，心中一阵狂跳，提起箩筐慢慢放到井口上，往下一吊把手松开，故意"啊哟"一声，就把包拯摔到井底。李氏还不罢休，在井上手脚乱动，把预先放在井口附近的几块石头连滚带推地推入井中。只听包拯"啊呀"一声，就不吱声了。李氏伸脖往下一看，见包拯蜷伏在井壁旁一动也不动了。李氏又听了一会儿，仍无动静，这才幸灾乐祸地慢慢往家里走去。

李氏走回院内，连哭带喊直奔包怀的屋。她一把鼻涕一把泪地对包怀、周氏鬼编了一番。

二人闻听，骇得半舌不展，急忙招来包山、包海、包石柱、魏氏。

简短说，几人急忙把包拯救回家中，只见包拯两眼紧闭，气息微弱，前额上有一片月牙伤痕，血流满面。周氏、魏氏坐在床头心痛落泪。李氏站在床前号啕痛哭。包山急忙去请医生救治。

经过医生急救治理，包拯才转危为安。

书中暗表，包拯掉到井下，井下有一旁窑，正好滚进里面，才幸免于难。

周氏、包怀坐在床前，询问包拯出事的经过。包拯躺在床上，想了想，把当时的情况细述了一遍。

周氏听了，不觉气得头晕眼花，咽喉哽塞，扑簌簌掉下泪来。

包怀闻听之后，不禁气得胡须倒竖，气促连声，愤恨唾骂。

两人骂了一阵，包怀把包山、包海找来，又让包拯再述详情。包海听了，气得浑身哆嗦。包山听了，气得吱牙切齿。

几人气了一会儿，骂了一阵。包怀口打唉声道：“唉！我有心严加追究，又怕坏了阿海的人家。再者，怕是二媳妇鬼迷心窍以后或许能清醒过来。你们看，该怎么办才好？”

包山喘着大气，仰着头，瞪着眼，想了想，道：“爹，我看这样吧。常言说：‘让人一步自然宽。’咱们让她这一回。往后改好，也就算了。继续作恶，再做打算。”

包海脸色惨白，借坡下驴，道：“唉！我也没个好办法，就依大哥说的办吧。”

周氏气恨满胸，指着包山、包海骂道：“你们……你们真是些窝囊废！罢了。你们都要让，我怎能不让？”

此事就这样马马虎虎过去了。

再说，李氏看表面是大有改变，竟安安静静地过起日子来，并且对包拯格外亲热起来，经常问寒问暖，叙长说短。

谁知，过了一年，李氏竟又闹出事来。

第二年，八月十三这一天，包拯放学回家，就被李氏接住，亲热地拉着手叫回屋中。李氏笑眯眯地对包拯说：“眼看八月十五啦，我做了些五仁三油糖饼。里面有核桃仁、杏仁、花生仁、芝麻仁、龙眼肉，油渍渍，香喷喷，挺好吃的。你也尝尝。”说着从桌上细瓷盘中拿起一个糖饼，塞在包拯手中。

包拯不要，李氏不依。包拯只好拿了饼，走出屋外。

也是包拯命不该绝，想起母亲和嫂娘三番五次叮嘱他不可吃李氏的东西，于是把饼喂给了院中的大黄狗。不料大黄狗吃了饼 ，疼痛翻滚，吐血而亡。包拯见了，吓得是面色更变。

这才是：害我为鬼助我神，原来神鬼本是人。

第八回　周氏气恨离人世　包怀无心供读书

上回书说到，包拯看到黄狗被毒死，吓得心里“咚咚”乱跳。暗想：“好玄哪。我差点被毒死。看来，二嫂仍想害死我呀。”包拯失魂落魄地跑回上房，见了娘亲周氏，就一五一十地叙说了发生过的事情。

周氏听了，气得咬牙切齿，痛恨万分，大骂道：“包家真败兴，娶进这么个丧门星！”还未骂完，就觉得头晕眼花，天转地转，房屋旋转，“扑通”一声，摔倒在地。

包拯见母亲倒在地上，惊慌万分，急忙呼叫：“不好啦！我娘晕倒了，快来人呀！”

包山闻听急忙进屋，见周氏二目紧闭，昏昏沉沉，呼唤不应，慌忙抱上床去。

包拯奔出门外，找回包怀、包海。几人见周氏人事不省，心如火燎，慌作一团。

包怀道：“这病可不轻呀。阿海，快去请医生来。”包海答应一声，跑出屋外，请医生去了。

时间不长，包石柱、魏氏闻讯赶来探望。几人边等候医生，边询问包拯。包山问道：“黑子，娘好端端的，怎么突然就晕倒了？”包拯不敢隐瞒，应道：“这是被我二嫂气的。”接着把经过始末说了一番。

众人一听，都气炸了，跑出院中一看，见大黄狗果然口中流血，倒地而死。

包山说：“这狗确是吃了毒药死的。”

包石柱怒气难按，道："这还了得。要不是黑子精，可就没命啦。走，找这个该杀的去。"说罢，起身要走。

包怀用手拦住，道："你们先静静。我也要找她后账，等阿海回来再说，先顾病人要紧。"

众人听了，觉得有理，也就一齐回到屋中，议论如何处理。

过了三个多时辰，包海请来了医生。

医生姓王，五十出头，行医多年，有点名气。王医生坐在床前，诊过脉，仔细观察过症状以后，问道："病人是不是生过气？"

包山应道："是生过气。这气生得可大啦。"接着，把前边发生的事又说了一番。

包海闻听，顿时气得浑身发抖，恨恨骂道："这个贱人，就给我闯祸。今天我憋不住了，非揍她一顿不可！我这就找她去。"说罢，扭头跑出屋外。

此时，王医生沉思片刻，道："这个病人，皆因气愤过度，肝火上扰，气夹火冲了大脑了。据我的经验判定，这个病不好治哪。跟我去抓两剂药，吃上好转，再找我，吃上不好转，就另请高明吧。"说罢，站起来，告辞要走。

包怀取出银两，给了王医生出诊费和药钱，又命包石柱去送王医生，一并去抓药。包石柱点头应诺，相随王医生走了。

王医生走后，包怀越想越气，吩咐魏氏守护病人，叫上包山，要去找李氏论理。

正要走，见包海回来。包海一进屋，苦着脸说："这个贱人，我回家不见，寻了几处也不见。"

包怀道："许是逃回娘家去了。"

包海此时是又气又愤，六神无主，哭着腔说："爹，这个贱人，每天拿我出气，又连连生事闯祸。我该怎么办呀？"

包怀恨恨骂道："我真没想到她如此歹毒。阿海，不是爹不成全你的人家，这些年来，我一直忍着，今天是忍不住了。你明天就给我休了她，咱们再娶一房好的。"

包山接道："对。爹说得对。上次就该休了她。留下她，咱们谁也别想过安生日子。”

事到如今，包海也感觉到过去的美梦做到头了，不休了李氏全家不宁，不休了李氏无脸见人，于是握紧拳头，咬了咬牙，道：“好。我也受够气了，我也担够心了。爹，明天我就休了她。”

由于李氏为非作歹时间太长，罪恶太多，义愤太大，父子三人很快就做了决定。第二天，包海拿着一纸休书，去到老丈人家，对着岳父岳母，痛诉了李氏的罪恶，扔下休书，把李氏休了。

且说周氏，她的病，按现代医学诊断是脑溢血。自病倒后，身患半身不遂，不能动，也不能吃饭，每日昏昏欲睡。请了几个医生治疗，都无疗效。半个月后，周氏含恨去世。包怀一家伤心地把周氏安葬出去。

却说，自从包拯母亲周氏去世后，包拯和他爹包怀冷冷清清地过日子。包怀每日唉声叹气，心疲意懒，精神一天不如一天。每每想起生包拯时的怪梦和《玉匣记》上的说法，后悔不该将包拯认回家，终究害了她母亲。因此，包怀对包拯读书的事冷淡下来。

包拯也少魂失魄，心情沉闷。放学回家，默默无言，水饭削减，面黄肌瘦。

包石柱、魏氏见了，疼在心里，急得坐立不安。两人邀王先生一道去与包怀商议，结果又把包拯领回去了。

包拯住在嫂娘家中，心境日渐好转，精神恢复了原样，更加刻苦读书。

转眼又过了一年，这年秋季，县里举行乡试，消息轰动山野。凡读书童子，都跃跃欲试，报名参加。

这一天，王先生兴冲冲地来到包怀家。包怀见了，热情让座，然后，在王先生对面坐下。

包怀见王先生高兴而来，便问道：“王先生高兴而来，必有喜事相谈啰。”

王先生道：“包哥，算你想对了。确实有件喜事，来和你相谈。”

包怀道：“你快说来。”

王先生道：“今年县里举行乡试。这不是大喜事吗？”

包怀听罢，不以为然，淡淡应道：“举行乡试，何喜之有？”

王先生道："包拯虽然年纪不大，但已学得满腹才华，若参加乡试，必然金榜题名。包哥，你千万别让他错过机会，须给他报考才是。"

不料包怀应道："王先生啊，黑子从出身起，就是我家的灾星。你也看到了，自从把他接回来，家中祸事频作，弄得家败人亡。他考中秀才，就还想考举人，考进士，考个一官半职，说不定会使全家遭殃呢。我不想叫他参加乡试。再念一年书，岁数大了些，找个正经营生干，平平安安过日子，也就行了。"

王先生听罢，大出意外，又是吃惊，又是生气，如一盆凉水从头浇下。王先生手捋胡须道："包哥，你说到哪里去了。自古人人都是盼子成龙，你怎能说出这般话来？我早就对你说过，包拯是个人才，是个难得的人才。不参加考试，怎能跳过龙门？"

包怀道："我早已思考再三，你就别提啦。"

王先生见包怀顽冥不化，横加阻挠，竟气得右手颤抖，指着包怀，高声说道："包哥啊，包哥，是什么鬼迷了你的心窍啦。你不支持，我支持。好歹，今年得让包拯参加乡试。"

包怀见王先生气成这样，忙赔笑脸道："王先生，你别生气，让我再想想。"

王先生仍生气地说："你想吧。你让考更好，你不让考，也要考。"说罢，王先生气呼呼地关门走了。

王先生从包怀家出来，就把包山、包海召集到包石柱家，一块儿商议报考之事。包山、包海、包石柱全都赞成报考。然后，包海去县城给包拯报了名，包山去街上买回几块布料和应用物品，魏氏、王氏赶做新衣新裤，王先生抓紧时间进行辅导，自不必说。全家欢欢喜喜迎接考期的到来。

只因这一次考试，有分教：山沟飞出金凤鸟，国家有了栋梁材。

第九回　小包拯乡试夺魁首　左县令信谗泄私忿

上回书说到，包拯报考乡试，迎接考期的到来。

星移斗转，转眼考期来临。

在开考前两天，王先生领着包拯和另外两名报考弟子陈奎、韩玉，四人相随，去到县城，寻店住下。

第二天，王先生与三名弟子来到乡试场所。先领取准考证，又看了看考场，接着，在场所中瞧那些应试童子。

应试童子有几十名，有的秀气精明，也有的粗鲁笨拙，全是由老师或家长带着，进进出出，喊喊喳喳。

其中，有一人很引人注目，看穿戴非常阔气，许是个大财主。此人生得身高体胖，粗脖子，突眼球，络腮胡须，约有五十岁。再看他领的孩子，更是引人注目，看岁数十五六，穿着华丽的衣裤，露出的小胳膊比同龄人的大腿还粗，腿就更粗了，肥头大耳，两眼和嘴陷在肉里，腰粗肩膀宽，挺着个大肚子赛如十月怀胎。

包拯三人看了，忍不住暗暗发笑。包拯一指，悄声道："这个大胖子，一定是个大笨蛋。"陈奎道："你怎么知道的？"包拯道："养尊处优，才能长出这身肥肉，怎么能上进学问。"韩玉道："对。他走路都跌跌撞撞的，竟然也来应试。"

王先生道："别说了。走，咱们出去。"王先生在前，包拯三人在后，离开了试场，上了大街，买了些应用物品，回店不提。

次日早上，王先生领包拯三名弟子进了考场。然后，王先生退出门外等候。两场考试过后，包拯、陈奎、韩玉一齐走出考场。

王先生迎上去，首先询问包拯的考试情况。包拯把考题和答案一一讲给王先生听。

王先生听后，感到很满意，料定包拯必中秀才。接着，又询问陈奎、韩玉，二人也详细回答，王先生认为也有希望上榜。师徒四人，欢欢喜喜回到家中等候消息。

等了一个多月，闻听县城贴出榜文。王先生派包海去看榜文。

包海骑一匹快马，飞奔进城，在榜文前细细观看，见韩玉上了榜，翻来覆去地看，却找不到包拯的名次。包海当时就心凉了，垂头丧气地回到村里，去到包石柱家。

众人闻讯，聚在包石柱家中，得知包拯榜上无名，大家都觉得很意外。包海道："以三弟的才学，必能考中。这是怎么回事？"包石柱道："我吃过官司，知道官场腐败不讲理。说不定是被官场上的那个人害了。"包山着急地说："咱们快去打听打听。"王先生说："对。石柱说得有道理。包山，你快去县城打听吧。"于是，包山风风火火，急忙去县城打探去了。

书中暗表，原来包拯中了头名秀才，考场闻名。碰巧，杜家庄杜万金的儿子也参加了这次乡试。包拯三人在乡试场议论的那个肉胖子考童，正是杜万金的活宝儿子。杜万金的儿子从小不成器，好吃懒动，不学无术，又得了肥胖症，大脑发育不良，自然是考不中了。

杜万金只好备了财礼，去县城打关节，走后门，在乡试场所，他无意中听说小包村包怀的儿子包拯中了头名秀才，心里很不高兴，又嫉妒，又恼恨，心寻着要害包拯。主意已定，于是火速回家，又备了一份礼品，跨上坐骑，快马加鞭进了县城。

时到中午，杜万金赶到左县令左玉堂的私宅。杜万金与门人早已熟识，说明来意，门人快步进去禀报。时辰不长，门人出来，说：“杜员外，左大人在客厅接见。”于是，杜万金将马牵进宅院，拴在桩上，提着礼品，走进客厅。

却说，左玉堂刚回私宅，闻报杜万金求见，去到客厅迎接。见了杜万金，赐座后，又命使女献上茶点。

使女端来茶点，放在桌上，然后退出。

杜万金将礼品放在桌上，开言道：“我今天来有一事相求，望左老爷周旋。”

左玉堂问道：“杜员外，有何事为难？”

杜万金叹了口气道：“唉，我有个儿子，今年参加乡试，因学业不太好，未能上榜。求左老爷做主，令他上榜，我感激不尽，特备薄礼一份，望左老爷笑纳。”

左玉堂应道：“区区小事一件，让令郎上了榜就是了。”

杜万金赶紧谢道：“多谢左老爷。”左玉堂指着点心道：“这是有人从庐州城买回的上等点心。杜员外，你吃，你也尝尝。”

杜员外拿起一个点心品尝，又一面饮茶。杜万金一边吃一边想心事，道：“左老爷，我听说今年考中头名秀才的那个，正是小包村包怀的儿子包拯。”

左玉堂不以为然地应道：“噢，这个，我知道。这孩子学得不错嘛。”

杜万金一听，感到左玉堂对包拯并无恶意。心想，我来搬弄是非，恐怕是竹篮子打水一场空。不管了，就按我想好的说罢。于是，把嘴一歪，道：“啊呀，左老爷，您还夸他呢。您原来不知道哇，自从我和包怀因为牛打了场官司后，那包怀全家人都心中不服气，经常骂您呢。他们各处一骂，把你搞得声名狼藉。”

左玉堂听了，双眉耸起，睁大眼睛，急忙问道：“哦。有这回事？骂些什么？哼，真是可恶！”

杜万金一看有门儿，更来了劲了，应道：“骂得可凶了，骂得也太多了。我也不敢学着说。”

左玉堂很感兴趣，催促道：“杜员外，说，你快说来。”

杜万金接道：“好，我说。骂您是贪官、赃官、昏官、狗官，枉做了百姓官；骂你贪赃枉法，搜刮民财；骂您勾结地痞，串通恶霸……这，骂得太多了，我也一时全想不起来。”

左玉堂越听越生气，越听越恼恨，脸色也变了，出气也粗了，不觉大怒，气哼哼又问道：“那个小兔崽子包拯，骂我没有？”

杜万金道：“啊呀，左老爷，这个小兔崽子学了些臭文，文绉绉的更会骂人，骂得更是厉害呢。”

“怎么骂？”

杜万金接道：“骂您是衣冠禽兽，昏聩透顶，酒囊饭袋，黑白不分，权奸污吏，国家蠹虫……”

还没等杜万金骂完呢，左玉堂就已经气得恨恨连声，拍着桌案，大发雷霆：“啊哟，气死我也。这个兔崽子，我绝不饶他！”

杜万金看看火已点好了，心中暗笑，就告辞走了。

左玉堂气恨难消，找借口，施权威，命主管乡试之人，硬把包拯的名次取消了。

书接前文。过了一日，包山回来了，把包海、王先生叫到包石柱家，对他们说：“我打探明白了。原来，黑子考了第一名，被左县令左玉堂从中作梗，把黑子的名给除掉了。”

众人听了，又气愤又焦急。包海道：“这可如何去办？”包石柱道：“咱们快想办法吧。”

王先生道：“俗话说，有钱能使鬼推磨。给左县令送些礼物，凭我的三寸不烂之舌，再好言奉承，说不定能顶些事呢。”

大家商来议去，觉得只能如此。包怀听说包拯考了全县第一名，心中欣慰，拿出一些银两。包山、包海、王先生又备了些礼品。于是，包山和王先生拿着银两礼品，带了包拯，三人进县城，找个门路，递进左玉堂私宅。包山回家不提。

第二日，王先生领着包拯，在左玉堂私宅门前等候。见左玉堂回来，迎上去要求接见。

左玉堂接到礼物，还算开恩，把他俩带进客厅。王先生和包拯叩头见礼。

左玉堂赐座。王先生谢座坐下，包拯侍立一旁。

王先生谈笑风生，谈古论今，对左玉堂说了许多奉承的话儿。包拯也感恩地说了一些恭敬的话。

二人说得左玉堂心中高兴，两眼快眯成一条缝了，笑声不断，火气消了不少。

左玉堂又得了一些银两礼品，又看到包拯知书达礼，文质彬彬，才学出众，一派正气，感觉并不像杜万金说得那样坏，心里对包拯改变了看法。于是左玉堂道："王先生学识深渊，必能教出高徒。包拯的事儿，怕是主考部门搞错了。这样吧，我叫主考官复查一下，果真能上榜，定要补上。你们放心好了，回家去吧。"

王先生听罢。起身离座，急忙与包拯致谢："多谢左老爷！""多谢左老爷！"然后，告辞离去。

再说，王先生与包拯继续留在县城，第二天，去榜文前观看，果然见榜文最后面添上了包拯的名字。二人这才放下心来，返店起身回家报喜。

这真是：良言一句三冬暖，恶语伤人六月寒。

第十回　包拯初次考举人　科场推荐屈才子

上回书说到，包拯参加乡试，夺魁首中了秀才。包拯自从考中秀才，全家欢喜，人人刮目相看，就连包怀也不再说长记短了。

包拯益发上进，终日认真攻读，等待日后考取举人。

寒暑易节，人随年长。又过了四年，包拯已经长成大人，到十九岁了。

这一年，州府贴出榜文，要开科考取举人。包拯一家忙碌起来，为包拯报名注册，打点行装。王先生更是乐在眉梢，希望自己的得意弟子一举成人。

临到考期，王先生陪伴包拯早早到了州府，找个客店住下。过了几日，三场考试下来，包拯都是圆满答卷。

王先生恐怕其中有个不测，拜访几位同窗老友，代为留心打探。过了半个多月，王先生心中焦虑，赶忙又到州府，去到同窗好友常永泽家打探情况。

这个常永泽是州府的一名文职官员，诗赋文章很有名气，在这次科考中任判卷人员。因此，知道一些内情。常永泽把王先生让到客厅，分宾主坐下，献上茶茗。

王先生接茶杯在手，却顾不得饮茶品尝，就急急问道："常贤弟，不知我那弟子包拯考得如何？"

常永泽对王先生道："令徒包拯的试卷我已看过。他对四书五经、诗词文章都答得很好，答题很圆满。只可惜，他是个无依无靠的平民百姓子弟。"

王先生听罢，心里不禁“咯噔”一下，就知道情况不妙，又急急问道：“常贤弟，这话如何说起？”

书中暗表，宋朝年代，在科举制度中有一条是推荐人才。常永泽道：“科考实行了个推荐人才。你想，这推荐还有个准头吗？谁优谁劣，有何标准？还不是当官的说了算。谁能分得清，弄得明呢？神仙佛祖也难以弄清楚。因此，这就为那些达官贵人打开了方便的大门。他们推荐的人，自然是非亲即故，重礼之徒。无学之辈名列前面，饱学之人却名落孙山，一般老百姓的子弟，只能靠边站了。”

王先生听了心里像被浇了一桶冰雪水，登时冷得浑身直哆嗦。他忙将热茶一饮而尽，勉强稳了稳心神，放下茶杯，有气无力地问道：“如此说来，包拯是没有希望了？”

常永泽长长叹了口气，应道：“唉！真个是没有希望了。你想，考试脱离成绩，单凭推荐，你考得再好，有什么用处？人家说你无人推荐，就证明你不好。别人推荐选拔上了，就证明是好的。你纵然浑身是嘴，也难以分辩哪。唉！这真是哑巴吃黄连——有苦难说哟。我也是爱莫能助啊！”

王先生越听，心里越凉，口里喃喃地说道：“包拯的时运真不好啊。”不料，常永泽又道：“包拯霉运，考不上倒也罢了。谁知，因为包拯考得好，还生出一桩事端来。”

王先生听了，心不住地“怦怦”乱跳，气息难平地问道：“有可意外？贤弟快讲。”

常永泽靠近王先生，低声说道：“是这样的。王知府有个侄子叫王建生，交了三张答卷，竟然全是焦煳卷。王知府却说是搞错了，把包拯的答卷替换，硬说是他侄子的答卷。包拯的答卷都变焦糊卷了。”

王先生听罢，气得胡须倒立，道：“朗朗乾坤，竟有此事。我回去后，让包拯前来追问。”

常永泽把头摇得像个拨浪鼓，道：“老兄，你别犯傻了！官场上官官相卫。我比你看得清楚，见得多了。再说，不说成绩优劣，只说品行好坏中举，谁也没法子办，就是神仙罗汉也反不过来。你去追问也是白问，也中不了举。”

王先生听罢，长长叹了口气。只好告辞，垂头丧气地回去了。

王先生回去后，先去到包石柱家里。包山、包海闻讯赶到。包怀也来了。

王先生又是气愤，又是悲伤，颤抖着嘴唇跟众人说了一遍。

众人听了，是气贯胸膛，愤愤不平。包山气得紧握拳头，把腿一攞，愤愤骂道："这是什么事儿？真气死人啦！"包海也气得直跺脚，恨恨骂道："这些缺德狗，生着法子欺压咱们这些无依无靠的老百姓。"包石柱气得脸色发紫，喘着粗气，也骂道："真够损的！照这样，咱们这些平民子弟，更没有出头的日子啦。"魏氏气梗咽喉，浑身打战，竟气得哭了，边哭边说："可怜的黑子命这么苦啊。"包怀也气得坐在凳上喘粗气。

包拯气得横眉怒目，却一言不发。

几人气了一会儿，骂了一顿，总归于事无补。于是，都问王先生该怎么办。

王先生口打唉声，道："难哪，难办哪！不是我打退堂鼓，我比你们还急，还气哪。常永泽再三劝我说，闹腾也是个白闹腾。我看，等下一次再考吧。"

包怀口出唉声道："唉！我早就料想咱们平民百姓的子弟，难跳龙门。你们都不信。这回该明白了吧。还是安心做些省心事算了。"

王先生听了心中一震，反倒镇静下来。他觉得要是让这种思想占了上风，可了不得，必将毁了包拯的前途。他立即反驳道："包哥，你不该常说风凉话。包拯聪慧，绝非池中之物。今年不中，还有机会。千万不能灰心丧气。"

包山听王先生一说，心中豁然开朗，道："王先生说得对。常言说，天无绝人之路。"

包海也认为不可灰心丧气，说出了他的想法："大哥说得对。我看，让黑子去州府问问。能顶事更好，不顶事也无妨碍。难道怕磨鞋底吗？"

包拯气冲牛斗，咬着嘴唇，握着拳头，沉默着，半晌没言语。这时候，他雄心勃勃道："天生我材必有用！无论如何，我非要去州府走一遭，与他们据理力争。"

众人议来议去，认为纵然追问无效，也一不犯法二不算错，更无妨碍，所以一致同意让包拯去州府走一遭，希望有所收获。王先生感到希望渺茫，无心前去。包怀摇着头不吱声，由他们弄腾去了。

却说，包拯、包山带着盘费，急匆匆去到州府，在吉祥客店住下。

第二天一早，包拯迈开虎步，雄赳赳去到知府衙门。他上前，对守门老衙役施了一礼，道："这位军爷，请您向里面传报一下，我要求见王知府。"

老衙役问道："你与王知府是沾亲还是带故？"包拯道："一不沾亲，二不带故。我是今年考取举人的秀才。我本来考中了，却被人压了。想进去问个明白。"

老衙役听了，把嘴一咧，皮笑肉不笑地干笑了几声："嘿嘿嘿嘿！你好不自量。你是什么人，还想进去问个明白？他们还能办错事？这是专管办错事的地方。就是办得不对，也容不得你去找错。听我良言相劝，你趁早回去，免得自找麻烦。"

包拯从衣袋里掏出二两银子，赔着笑脸道："军爷，这是我孝敬您的。不让您白通报。您给我通报进去，见不见我，我都感谢您啦。"

老衙役接过，现出笑脸，道："你等着。我给你进去。就看你的造化啦。"

包拯取出个纸条，交给老衙役，道："这个，您交进去。"

老衙役捏住条子，转身进去。时辰不长，老衙役走出来，对包拯说："王知府不见你，叫你回去。"

包拯道："我等他出来，再见他。有劳军爷，到时指点一下。"

"好。王知府出来时，我指给你看。"

包拯就在衙门外等候。等到日色中午，见四个轿夫从里面抬出一顶绿绒大轿来，前面两人鸣锣开道，后面跟着十几个衙役。

守门老衙役向包拯点头，用手一指大轿，意思让他上前去见。

包拯掸了掸尘土，清了清喉咙，几步上前，跪到街心，高声道："晚生拜见王知府。"

轿后一名校尉快步上前，问道："你是何人？何事求见？"

包拯答道："学生是合肥县的秀才，名叫包拯。因今年参试考举人，有事求见王知府。"

校尉一听，放下脸来，嘿嘿一阵冷笑，道：“我当你是什么人物，原来是个小秀才。告诉你，秀才在我们王大人眼里不值钱。王大人没工夫见你。”说罢，恶狠狠地上前把包拯推开，骂道：“你给我滚远点儿。”再推一把：“再滚远点儿。”

正吵闹间，轿子停了下来，王知府从轿窗中伸出头来，问道：“什么人挡道？”

校尉去到轿前回话：“禀告大人，有一个参加今年考举人的秀才，叫包……包拯，家住合肥县。”

王知府听了“哦”了一声，道：“把他领来，我看看。”

“是。”校尉把包拯带到轿前。

包拯在轿前跪下叩头，道：“晚生包拯，叩见王大人。”

“抬起头来。”

“谢大人。”包拯把头抬起。王知府细看包拯，见包拯虎背熊腰，相貌堂堂，目光炯炯，声如洪钟。心中思忖，这小子才华出众，绝非寻常之辈。初生牛犊不怕虎，万一闹腾起来，恐有不测。我不如软硬兼施，连哄带吓，打发他安安静静回家为是。想到此处，道：“把这一秀才带上，回府。”

“是。”于是，包拯被带进府中。王知府下了轿，吩咐校尉把包拯领进客厅等候，拂袖而去。

过了一顿饭的时辰，王知府换了衣服，大模大样，腆着肚子来到客厅。

包拯一见，急忙抖衣袖，跪倒叩头行礼，道：“学生拜见王大人。”

王知府把手一摆，道：“起来说话。”

“是。谢大人。”包拯站起身。

王知府居中上座，斜着眼，慢条斯理地说：“包拯，你的答卷，我也见过，很好。可是，今年与往年不同，今年是以推举选拔为主。你们合肥县没有人推举你，这叫我也没办法哪。”王知府开门见山，一语道出了问题的关键。

包拯听了，怔在那里，过了片刻，申诉道：“求大人开恩，学生有下情回禀。合肥县左县令，因我家在县衙门打过一场官司，心存芥蒂，因此不愿推荐学生。求大人明鉴。”

王知府听了，抽了抽鼻子，歪着嘴道：“这个……据我所知，左县令是个好县令，一向光明磊落，绝不会因为这个不推举你。再说，这次科考，上面三令五申，要大公无私，不许因私挟恨；要实行群言堂，不许个人舞弊。因此，不推举你，也不是左县令一个人的主张。”

包拯继续申辩道：“学生自幼学孔孟之教，读圣贤之书，行仁义礼孝，绝无半点越轨之言行。在品德方面，并不比别人逊劣。求大人高抬贵手，提携学生。学生感激不尽。”

王知府微微一笑，手捋短须道：“包拯，无奈今科已成定局。你下次科考时，我一定格外照顾。你回去要好好攻读，切莫辜负我的一片好心。”

包拯应道：“学生十年寒窗不易。下次科考，谁知要等到何年何月？学生于心不甘，想今年求个公理。”

王知府听了，心中不悦，眉头紧皱，感到包拯确系初生牛犊不怕虎。恐怕不知怎么折腾哩。他心中合计，看来，得给包拯施加些压力，杀一杀他的锐气方好叫其死心塌地。想毕，他把脸沉下来道：“包拯，今天我对你是格外开恩，盛情对待。实话跟你说，这庐州府上上下下都是我说了算。我说不行，就是不行了。你要不听我的良言相劝，一意孤行，可要自讨苦吃啦。闹腾得厉害，我就把你收监关押，那时可就悔之已晚了。”

包拯还想再说，王知府叫道：“秦管家出来。”话音刚落，秦管家从屏风后走出来。王知府吩咐管家道：“秦管家，你把这个小秀才送出府去。”“是。”

包拯只好告辞，跟秦管家走出府去。

本来，王知府说的也是些实话。就凭包拯这个贫贱地位，是走到哪里也讲不出公理来的。

可是，古人云：“人为黑白子，天下争荣辱。荣者自安安，辱者定碌碌。”包拯正值血气方刚之时，块垒满胸。在回客店的路上，他感到一肚子的委屈难以诉辩。包拯越想越憋气，越想越窝火，竟想到往上面诉苦。他回到客店，感慨满怀，义愤填膺，连饭也吃不进去了。

当天夜里，包拯夜不能寐，奋笔疾书，又写成一纸诉状。写好诉状后，经过几天的辗转，好不容易托人把诉状向上面递上去了。然后，他闷闷不乐地回家去了。

过了一个多月，一天，包拯在家刚吃午饭，两个公差手提铁链、木枷走入包石柱的院子，问道：“这是包拯的家吗？”

“是的。”

“包拯在家吗？叫他出来。”

包拯闻听，走出家门。

一个公差上下打量着包拯，又问道：“你就是包拯？”

包拯应道：“我就是包拯。不知上差有何贵干？”

另一个公差道：“我们是府里来的。你犯事了。跟我们走一趟吧。”

公差不由分说，把一根大铁链子“哗啦”一声套在包拯的脖子上。

包拯心中惊骇，双手扯住铁链，往上提去，想挣脱。两个公差就势用木枷“咔嚓”一声锁住包拯的双手。

包拯问道：“二位公差，不知我犯了何事？”

公差应道：“我们也不知道。你去了就知道了。千错万错，来人不错。少啰嗦，快走吧。”

一个公差抓住铁链，使劲拉着包拯就往外走。

魏氏跑到院子里，被惊得半舌不展，惶惶不安，放声大哭道：“好端端的人，你们不能带走他。”

两个公差头也不回，脚下加劲，扯着包拯，踉踉跄跄走了。魏氏望着包拯，痛哭不已，泪如雨下。

这才是：人生浮沉变化多，烈火炼出金刚来。

第十一回　王知府横行无忌　包文正监牢受苦

上回书说到，包拯考举人未中，反而吃了官司。

书接前文，包拯被两个公差锁住，不容分说，带离家门。

一路上，如狼似虎的公差轮换牵着铁链，扯着包拯跌跌撞撞往前走。

遇上石头土坑，包拯跌倒了，爬起来，弄得满身是泥是土。其时，包拯书生气十足，又气，又恨，又委屈，又想讲道理，又不敢发作，心里口里，是酸咸苦辣样样俱有。他对两个公差道："二位上差，我与你们往日无冤，近日无仇，为何如此对待？这不合情理吧。"

两个公差听了包拯所言，感到手里的羔羊犯人竟敢与其讲理，真是岂有此理。一公差心中大怒，指着包拯骂道："哼，撞到我的手里，你就算走了大红运了。老子张口就骂，举手就打，还不犯王法，无人管，无人说，这是合情合理。"说着，脚踢拳打，把包拯打了一顿。打过之后，又赶包拯，道："快走！"

有道是：人犯王法身无主。包拯只好切齿痛恨，强忍怒火，又往前走。挨到太阳下了西山，走到贺家镇，找店住下。

到了客店里，公差打开木枷，命包拯去打洗脸水。

包拯无奈，拖着十分疲惫的身子，接连去院内火房，端了四趟水走到客房。

他早已走得脚痛，脚上起了几个燎泡，这时愈加疼痛难忍，一跤跌坐在地上，呻吟起来。

一个公差恶狠狠地骂道："不许叫唤！叫得老子心烦。"包拯只好忍气吞声，止住呻吟。

伙计端来饭菜，两个公差先吃了，把剩的菜汤和半碗二混米让包拯吃。

吃过饭，包拯就在凳子上坐了一夜，打了几个盹。

第二天早上，包拯如前打水、吃饭，然后被钉上木枷催赶行路。

晓行夜住，走了几日好不容易走到府衙，公差把包拯关押在牢中，禀报王知府去了。

却说，王知府听说包拯已被拘到，传谕升堂。

三通鼓响，三班衙役依次进堂，王知府入座。包拯被带到公堂前，只见十六名站堂兵，腰悬利刃，手拿斧戟，排列在公堂外面。包拯被带到公堂上，抬头一望，又见八名值班衙役，分立两厢，各执刑板。一个人横眉怒目，杀气腾腾。堂口上，放着各种刑具。往正中一看，八面屏风前面，摆着一张一丈多长的公案，公案上放着飞签、火票、铁牌、大印。屏风上写着一副对联，上联写：惩恶扬善秉公执法；下联写：耿耿忠心报国为民；横批写：明镜高悬。

王知府头戴乌纱帽，身穿官袍，怒容满面，坐在公案后面。

两个公差开了木枷把包拯推倒在地，喝道："跪下！"

包拯跪在地上叩头，道："学生包拯拜见王大人。"

王知府一拍惊堂木，喝骂道："大胆包拯，竟敢诬告朝廷命官！你知罪吗？"

包拯应道："学生不知身犯何法？"

王知府把一张状纸扔下来，道："这就是你的罪证。拿去看看，是不是你写的。"

包拯拿起一看，正是自己写的上诉原文。

王知府冷笑道："哼哼！你没有想到吧？这个诉状又转到我的手里了。上面批复指示，命我亲自处理呢。"

包拯这时如泥塑的金刚，木雕的神像，怔在那里。

王知府拍着公案又骂道："你诬告朝廷命官，就是污蔑朝廷，就有反叛之罪。这些朝廷命官，一个个忠心耿耿，正直廉明，终日为国为民操劳，功绩卓著。你诬告他们，罪责难逃。我今天不惩罚你，你就不知道国法的厉害。哼哼！

恐怕你连东南西北也弄不清啦。”王知府唾沫四溅，一口气说了这么多，累得气都接不上来啦。这家伙喘了几口气，喊道：“来呀，先把他重打二十大板，然后宣判。”说完扔下一支签来。

四个衙役闻令，一齐上前。两个衙役按住包拯，两个衙役举起大板，鼓着腮帮子，甩开肩膀，“啪哧，啪哧”用力打了二十大板。打得包拯皮开肉绽，鲜血淋漓，疼痛难忍。

打完之后，衙役拉起包拯，命其跪下听判。

王知府宣判道：

“按律判处诬告国家命官犯包拯，服苦役两年，收监严惩。”

王知府宣判完，又问包拯：“包拯，你是服罪还是不服？若要不服，准许上诉。你愿意往哪儿去诉，我不怕你诬告，我等着。”王知府已知上面庇护于他，内心像一块石头落了地，一副横行无忌之相。

此时，包拯气得两眼发黑，愤得肝肠欲裂，惊得六神失主。他突然感到，一个平民百姓，原来在社会上无处可立，有理无处辩，有冤无处申。若再上诉，也是白诉。想到此处，忍气吞声道：“学生心服啦。”

王知府道：“写上认罪供词来。”

包拯要了笔墨纸砚，心中气愤难舒，感慨万端。包拯咽着苦水，悲愤得颤抖着手指写道：“庐州合肥县小包村包拯，今年参加本省科考。因本人学业不精，未能考中。误信人言，怀疑主管人员调换了试卷，因此上诉。现已水落石出，确系诬告。本人悔悟，甘愿认罪服刑。”

包拯写好后，衙役呈给王知府。王知府看了，道：“画押。”

包拯画了押。

王知府道：“把罪犯包拯押下公堂，收监看管。”

一个衙役把包拯押下公堂，送往监牢。

却说，衙役把包拯押送到监牢内，将王知府的“判决书”交给牢头。

牢头姓吴，五十多岁，肥头秃脑门，五短身材。吴牢头接过“判决书”，看过一遍，收下包拯。衙役转身而去。

吴牢头取出罪衣罪裤，扔在包拯面前，板着面孔，凶狠狠地对包拯咆哮："穿上！"

等包拯穿上罪衣罪裤，吴牢头横眉怒目，狠狠地在包拯的小腿上踢了一脚，命令道："站好，听我训话！"接着，扳着手指头说："你要遵守牢规。第一，不许乱说乱动；第二，不许打架斗殴；第三，不许在狱中闹事；第四，不许越狱逃跑；第五，要服从劳改；第六，要听从命令；第七，不许反抗；第八，……"吴牢头溅着唾沫，说了一大堆。

然后，唤来一个年轻狱卒，体如细麻秆，吩咐道："把包拯关到重犯牢房，要严加看管。"

"是。"麻秆狱卒应了一声，将包拯带到一间牢房前站住。狱卒从腰带上取下钥匙，开了大锁，推开半边牢门，把包拯一把推进去，恶狠狠道："进去！好好尝尝坐牢的滋味。"狱卒反手关上牢门，又锁好大锁，听了听，走了。

且说，包拯一跤跌进牢房。牢房里因光线暗，一时看不清什么，只觉得一股难闻的恶臭味扑鼻而来。

包拯在牢房门口坐了一会儿，听见有人小声议论。渐渐，包拯才看清了牢房里的情况。牢房从上至下，全是用石头砌成的墙壁。墙壁上全无窗户，只开了一个小铁板门。地上铺了一层干柴。靠门处，放着一个大马桶，里面有半桶屎尿，发出难闻的恶臭味。靠墙角坐着两个犯人，手足上了镣铐，看上去都是中年人。他俩的头发胡子都很长，散乱不堪，脸上尽是汗垢泥土。

一个犯人开言道："到这里来。你是哪里人？因何被关进来？"

包拯撑着疼痛的身子靠近，望了望两个犯人，应道："我是合肥县小包村人，叫包拯。今年考举人时，我本来考中了，却未被录取。我不服气，写了封信上诉，被抓进来。"

一个犯人叫道："啊呀，原来是个有文化的读书人。"

另一个犯人道："从古到今，官官相卫，你到哪里告去？告也是白告。"

一会儿，狱卒提来了饭桶和饭碗，把牢门下角的一个一尺见方的小铁板打开，喊道："取饭来！"

两个犯人先后把饭接进来，又把包拯的饭接进来。

狱卒把小门关上，插上销子，走了。

饭是一碗稀粥，一个玉米小窝头。包拯问道：“怎么没筷子？”“咱们是重犯，只给碗，不给筷子。”

包拯揣起饭碗，正要吃，一股酸臭霉腥气味扑鼻冲来。他勉强喝了几口。这小米稀粥，哪是人吃的东西，有一半沙子糠皮，又硌牙又难嚼。他啃了几口窝窝头，又粗糙又有霉气。包拯难以下咽，把饭放下，对两个犯人道：“你们吃了吧。”

两个犯人却狼吞虎咽地吃了。一个犯人道：“我叫张来有，他叫李二贵。”

李二贵道：“牢里一天是两顿饭。每顿是半两小米的稀粥，二两面的玉米窝头。时间长了，能把人饿疯。到那个时候，你就不嫌这饭了，还嫌少呢。”

张来有道：“咱们穷百姓，犯了点鸡毛蒜皮大的事儿，就要当重犯关押，如此虐待。要是有钱人把钱送进衙门，就不吃这饭了，还能把大事化小，小事化了，杀了人也能放活。”

包拯无辜身陷囹圄，对社会有了一个极其深刻的认识，他深有感触地应道：“现在我才知道，享受荣华富贵的权奸掌了权，这衙门更是个不说理的地方。”

“对啰。小兄弟，世上根本就没有地狱。要说有地狱，这贵人把着衙门，人间就是地狱。”

他们杂七杂八地谈论了很长时间后，包拯就在草上翻来覆去地躺了一夜。

第二天，狱卒提来饭和水，包拯勉强吃了一半饭，把剩下的给了其他犯人。

一天一夜不准出门。第三天，细麻秆狱卒前来巡查，一个犯人叫道：“请开门，马桶满了。”狱卒闻声，前来打开了牢门，命令包拯道：“包拯，把马桶提上，跟我走。”

包拯提着马桶，挤出牢门。狱卒把门锁上。

包拯强忍棒伤带来的疼痛，咬着牙，跟着狱卒去到厕所，把马桶倒掉。

狱卒又命包拯：“提上马桶，赶快回房。”

包拯看了看被高墙围住的一片蓝天，看了看头上的太阳，呼吸了一阵新鲜空气。

狱卒见包拯行动迟缓，立时举起手掌，在包拯脑后狠砍了几掌，然后飞起特制的铁鞋头，朝包拯小腿后面又踢了一脚。包拯被踢得摔倒在地，把马桶甩出好远。

包拯爬起来，取上马桶，被押回牢房。

狱卒出门后，把牢门锁好。

过了几天，狱卒给包拯提来一卷行李，扔进牢房，喊道："包拯收起。"包拯在牢房住了一个多月，狱卒拿来两次金创药，让包拯使用。伤势渐渐好了。

一天，开早饭时，麻秆狱卒给包拯多加了一个玉米面窝头，吼道："包拯，赶快吃饭，吃完出工。"

这时包拯也不嫌牢饭难吃，大口吃完。

吃过早饭，狱卒把包拯带到监狱院中。院中已有二十多个犯人，排成"一"字队形站着。队边有三个带刀狱卒看着。

麻秆狱卒命令包拯："包拯，站到队形后面去。"说着，冲包拯腰上踢了一脚，"快点儿！"

等包拯站到队形后面，三个带刀狱卒，手执大棍，押着队伍走出院子，上了街，到一个施工场地。

场地上，已砌好一溜十几间房的地基，等着砌砖墙。场地一角，堆放着几垛红砖。砖垛旁，放着许多大箩筐和扁担。

一个狱卒，年约四十岁，精瘦身子，一张驴脸，面如猪肝，眼如铃铛，嘴如干鱼嘴，颏下微有须，名叫张铁杆。张铁杆睁大铃铛眼，咧开干鱼嘴，命包拯与一个年轻犯人抬砖。

那个年轻犯人二十七八岁，体格强壮，比包拯高出二寸多。他拿了扁担，叫包拯拿上箩筐，一齐去砖垛装砖。两人把箩筐装满后，包拯停下不装了。

张铁杆看见了，走来喝道："装得冒出尖来。"

包拯只好又往箩筐里装砖块。张铁杆握着一只拳头，撞着包拯的鼻尖，又骂道："好好干，别耍奸。要是不给我好好干，小心老子揍你一顿。"骂完走了。

装好砖，包拯在前面抬杠子，那箩筐太重了，往起一抬，压得肩头生痛。包拯咬紧牙关，颤颤悠悠往前走。

把砖抬到地基前，放下筐子，往外倒砖块。倒完砖，年轻犯人看看左右无狱卒，小声对包拯讲:“那个驴脸看守，数他最凶，看见谁不顺眼就打谁，常用木棒打人，人称张铁杆。你以后要小心他。”包拯点头作应。

包拯抬了十几趟砖，两肩被压得疼痛难忍，浑身汗水淋漓，用两手扶住杠头走路。

张铁杆见了，幸灾乐祸地骂道:“看你那个熊样，外边逞英雄，进来是个孬孙。谁叫你进来了，你就出大力，卖大劲地给我干吧。”

包拯越抬筐，感到筐子越重，压得气喘吁吁，头上的汗珠纷纷滚落，浑身汗水直淌，两腿越来越打战。他实在走不动了，把筐子放下，想喘一喘气。

张铁杆望见，几步蹦过来，冲包拯左右开弓，“啪啪啪”，一连扇了几个大耳光，吼道：“快走！”

俗话说:“既在矮檐下，怎敢不低头。”包拯咬紧牙，憋足气，抬了一整天砖。

第二天，天快午时，包拯又累又饿，眼冒金星，头晕身抖。他抬着砖正走间，眼前一黑，跌倒在地。

张铁杆见了，窜过来，一时凶相毕露，兽性大发，从场地上捡起一根细木棍，恶狠狠地举起来，挂着风声打在包拯肩头，只听“叭”的一声响，木棍断为两截。恶狱卒仍不歇手，举起半截木棍，继续毒打。张铁杆打得累了，坐在一块砖上喘粗气，指着包拯骂道：“你以后再不好好干，我打断你的腿。”恶狱卒喘过气，站起来，拍了拍屁股上的土，喝道：“快给我抬走。”

这真是龙搁浅滩遭虾戏，虎落陷坑被犬欺。包拯怒火满腔，忍气吞声，硬撑着又乏又痛的身子，把掉在地上的砖块收进筐中，站起来，与年轻犯人抬筐往前走。

晚上，包拯回到牢房，浑身疼痛，肩头高肿，一夜未能睡好。

第二天一早，包拯挣扎起来，又去场地拾砖块。

简短地说，包拯被催赶着，一连抬了半年砖。场地上，盖好房子，又砌院墙。

原来，这是给张铁杆这一伙人面兽心的人盖家属房。

包拯被逼着盖完了监狱家属房，又去做别的重活儿。除了过年和中秋节休息几天外，终日被催赶着干活儿。这其中，挨打受骂无其数，吃的苦头说不尽了。

这真是：自古权奸无人性，倚权仗势妄横行。

第十二回　包文正精疲染病　诸葛遂妙手回春

上回书说到，包拯被王知府下到监牢，备受折磨。

包怀备了些银两礼物，托人讲情，使包拯服刑一年，释放出狱。

却说，包拯释放归家，精疲神衰，面黄肌瘦，悲愤满腔，痛恨忧伤。悲的是权奸当道，暗无天日；愤的是无辜受屈，无处申冤；痛的是一介书生，无力回天；恨的是何年何月，横扫权奸；忧的是前途暗淡，渺渺茫茫。

包石柱、魏氏、王先生、包山、包海都用好言安慰，以宽其心。只有包怀对包拯埋怨了一番。

之后，包拯每日饮食懒进，感到体倦身乏，头昏脑涨，夜间睡眠不好，白天昏昏欲寝，竟生起病来。请了几位医生治疗，竟不见好转。昏昏沉沉拖了一年，至后来连书籍也不能学了。包拯心急如焚，不知何时才能身强脑健起来。

一日，忽听院中有一高人诵道："前知前因，后知后果。若有疑难事，请来推算哟。"

包石柱在家中听了，急忙奔出屋去。只见一位年老和尚，生得身高体健，满面红光，眉目和善，仙风道骨。老和尚身披袈裟，手拿一根一丈多高的竹竿招牌，上书"医卜星相"四个大字。包石柱抱拳施礼，问道："老师父，从哪里来？""贫僧从省城而来。""师父会相面算卦吗？""会，会。相面、算卦样样精通。""师父，请进来。给我家黑子相一相面，算一算。"

“好，好。”老师父把招牌竖在院内，挑门帘进到屋中。

包拯见了，急忙作揖施礼，道：“师父请坐。”

老师父道：“不必客气。你是包拯？”

“我是包拯，师父贵姓高名，仙乡何处？”

魏氏也让道：“老师父，坐下说话。”

老师父坐在炕上，应道：“贫僧复姓诸葛，名遂，法号了然，是本省城白马寺的方丈。我在省城里，听人讲合肥县小包村有个包拯，德才兼备，风华正茂，因科考吃了官司，特来一见。”

包拯与了然大师对面坐下，道：“承蒙大师光顾，弟子感激不尽。说来惭愧，是我一时气愤，竟惹出事来。”

了然大师道：“呱呱一落地，便入是非中。若想无是非，除非入空门。包拯哪，人生在世，总在是非之中。这次弄出事来，绝不是你的过错。你何必要沮丧自责呢？尘世间，祸福无定，变幻莫测。切不可鼠目寸光而斤斤计较一时的得失。常言道：烈火炼真金。不经风雨，不见世面，不经锤炼，弱不禁风，怎么能在社会上立足。这一场是非，只不过是经了一场小小的风雨，恰好是一次对你的锤炼。乘风破浪，踏破关山，这才是成功之路。包拯，你说是不是呀？”

了然大师说得包拯开颜笑起来，道：“多谢大师指破迷津，使弟子茅塞顿开。但是，弟子还有一事迷蒙，有请大师指点。”

“你快说来。”

包拯道：“经过这场科考风波，弟子感到卑贱之人，在社会上几无立足之地。权奸当道横行，官官相卫作恶。我恐怕日后无有出头之日。”

了然大师道：“在历史上，卑贱之人出了头的，绝非少数；成就卓著的，多数还正是卑贱之人。再说，朝中也绝非都是权奸贪官，也有不少清正廉明者，这也是历史事实。并且，上至君主，下至官民，最终还是光明战胜黑暗。要不然，历史哪能逐步前进？社会哪能日趋文明了呢？对这个问题，你莫要过度疑虑，灰心丧气。要多努力，百折不挠。说不定在哪个时候，就会得到机遇。还有，要一心为国为民着想，就会心雄气壮。至于处处为一己的得失忧愁，那只不过是庸人钻牛角尖儿，绝非有志气男儿的本色。我以前莫明此理，作茧自缚，蹉跎日月，至今后悔不已。”

包拯听了，点头领悟道：“多谢大师指点。”

看官听说，包拯其实并无大病。只因境遇不佳，备受折磨，使得他身心疲惫，块垒满胸，意沮心灰，苦闷烦恼，又感到前途渺茫，愁肠百结。听了了然大师一席话，包拯心胸豁然开朗起来，顿觉块垒融消，心旷神怡，精神倍增，病情去了一半。

且说魏氏，她心中有一大堆问题，向了然大师问道：“老师父，给包拯看看命相，再给算一算，他的病什么时候能好了？”还没等魏氏问完，包石柱也插话问道：“老师父，包拯日后能不能考中举人？”

了然大师应道：“人生在世，创形造势，趋吉避凶，百折不挠，努力争取，从而争得好命，争得好运。若能如此，包拯日后必能高中。至于包拯的病么，我先做诊断，然后再说。”

书中暗表，诸葛遂乃世外高人，学问广博渊深，医卜星相无一不精。因几次科考失意，怀才不遇，看着年事已高，一愤跳出红尘，落发为僧。他在城里闻听包拯科考夺魁，反吃了官司。一来同病相怜，二来爱惜人才，特意来指点包拯。了然大师不意遇上包拯身染病症，于是妙手回春，把包拯的病治好了。

接着，了然大师诊了包拯的脉象，又观察了包拯的舌苔，问了一些身体情况，然后对包拯道：“你其实并无大病，以身体虚损、精神不佳为主。你舌苔白腻，乃痰湿阻滞上焦，导致头脑昏沉；你怒悲忧思太过，导致饮食减少，睡眠失常。这个病，好治疗。我多住几天，给你吃药，再教你一套气功疗法，很快就会好的。”

包拯急忙施礼道：“多谢大师。大师真乃世上高人，今日相见，三生有幸。”

当下，了然大师开出两个药方。

第一方：半夏三钱、桂枝六钱、白术三钱、猪苓三钱、茯苓六钱、泽泻四钱、生龙骨一两、生牡蛎一两、枳壳三钱、香附一两、乌药六钱、柴胡一两、神曲一两、麦芽二两。

第二方：当归、川芎、石菖蒲、远志、柏子仁、酸枣仁各二两，人参、黄连、朱砂、磁石各一两，蜂蜜一斤。

了然大师拿着药方解释道："第一方水煎服，化痰利湿，开郁散结，开胃进食。第二方，炼蜜为丸，补虚安神，通窍醒脑。你们快去县城抓药，我好用药。"

自此，了然大师住下来，为包拯精心治疗。包拯每日吃药，练气功，空闲时间又与了然大师谈古论今，讲说学问。不知不觉，一晃过了十几日。其间，王先生、包怀、包山、包海都来与了然大师请教、攀谈，不必细表。

单说这一日，了然大师对包拯道："现在，你的病已经好了，你的脑力已经恢复。我平日喜爱写诗作文，今日，咱师徒二人对联几首诗句，你看如何？"

包拯应道："弟子会作几首歪诗，有请师父多加指导。就请师父出题。"了然大师道："好。我作上句，你联下句。"二人精神抖擞，各显才华。

了然大师曰："人生如逝水明天有明天。"包拯曰："光阴似飞箭今朝惜今朝。"

了然大师曰："祸福祥不同又有同。"包拯曰："悦愤悔有同也有异。"

了然大师道："战国时期，群雄争霸，秦王用商鞅实行变法改革，遂致民富国强，我俩就以'颂商君'为题，作一篇七言诗。"

包拯道："好。请师父先作。"

了然大师略一思索，曰："群雄争强出商君。"

包拯不假思索曰："慧眼灵心装乾坤。"

紧接着，二人继续联诗曰：

"秦王借重国振兴，商君倚仗展经纶。
般般实行大改革，事事不作固步封。
于国于民建奇功，后来贤者学商君。"

了然大师听了包拯的联句，非常满意，喜笑开颜道："你果然是名不虚传。今天，咱师徒俩抒怀尽兴，作一首《沁园春·壮歌行》如何？"

包拯应道：“弟子遵命便是。”

于是，了然大师排开纸墨笔砚，心潮起伏，写了上阕，递给包拯。包拯接过来，从头看罢，取过文房四宝，豪情激越，写了下阕。全诗词如下：

沁园春·壮歌行

满腔遗恨，了然脱尘，难泯七情。
看山河壮丽，世事纷纭，感慨万端，心头潮涌。
壮志凌云，热血沸腾，伏枥犹存报国心。
忆往昔，记依稀泪痕，几经奋争。
瞻望未来征程，树雄心踏破万山重。
要力求上进，奋发斗志，激扬豪情，叱咤风云。
为国为民，建立功勋，气壮山河乘长风。
心相印，与君共振奋，不虚此生。

了然大师接过包拯的下阕一看，不禁拊掌称赞，道：“好个与君共振奋，不虚此生。我这趟来得也是不虚此行啊。”

几天之后，了然大师执意要走，包怀挽留不住，设宴饯行。酒席宴上，了然大师开言道：“依包拯的才学，是能考中举人，然而，他在省城吃了官司，考举人恐怕大有妨碍。不如远走他乡考取举人，比较吉利。”

王先生首先表示赞同。其他人也都点头称是。包怀应道：“这样也好。我也落个清静。”

宴席之后，了然大师辞别而走。包怀众人送出村外。包拯不忍分别，送了一程又一程。了然大师道：“送君千里，终有一别。我临别之际，再赠你一句话：以后，你凡事要随遇而安，方能保持身心健康，开拓前程。”包拯应道：“师父教诲，弟子谨记心间。”

包拯与了然大师洒泪告别。了然大师缓缓离去，频频回头顾盼。包拯站在高岗，目送大师前去，一直到望不见了，方才转身回去。

是年，包拯帮助家里收拾完庄稼，就决计出去，去寻求光明前途。

这才是：有志男儿莫许愁，正气凛然展宏图。

第十三回　求前途包拯离乡　遭窘境书生做工

上回书说到，包拯为求前途，决计离乡出走。包拯去到学堂，与王先生商议。

王先生道：“我有个本家哥，叫王存，六十多岁。早年，他经常以贩卖牲畜为业，跨州过府，四处游走。后来，在庆州林安县马家集定居下来。近年，他家中有些田产，人又精明强干，很能办事。我送你去他那儿落脚，找个教书的地方，以待开科。”

包拯应道：“老师既有这个去处，想来是靠得住的。我就去那儿落脚谋生吧。”

师徒二人商议好了，包石柱、魏氏、包怀都同意，就决定前去马家集。

几天之后，包拯告别了家里的亲人，和王先生一同上路，向林安县马家集匆匆奔去。

二人来到了马家集一看，原来是一个很大的乡村，有二百多户人家。四面一马平川，水浇田地，富庶之乡。

二人进村，问明住址，进到王存家中，王存果然热心招待。

老兄弟俩谈了些旧话家常后，王先生先说了一遍前因和来意，然后又说道：“有劳兄长费心，先给包拯办理好落户登记，再给他找一处教书的地方。需要花费些银两，我也预备好了。”

王存手拍胸脯满口应承道：“这些事项，都包在我身上。你们暂歇几天，等我出去办理。”

当天，王存安排俩人休息。

次日一早，王存出门办事。走了两天，回来对王先生道：“包拯的落户登记已经办妥了。只是跑了方圆二十多里，眼下，竟没有一处要个教书先生的地方。”

包拯道：“我八岁就上山放牛。后来，读书有了空闲时间，经常帮助家里干活儿。田地里和家中的活儿，我都会干。大伯给我临时找些活儿干也行。”

王存道：“现在我家里的营生很多，往年，常雇用短工。你就先在我家帮工吧。你看如何？”

包拯应道：“就依大伯吧。”王先生也道：“也好。省得吃闲饭。日后，找到个教书的地方再去。”三个人就如此定了。

且说王存家中情况，家住四合院子，老伴儿张氏，料理家务，有两个女儿，都已找了婆家。一个儿子叫春旺，娶妻安氏，同院居住。王存种着二十几亩上水地，一年两熟，营生很忙。此外，还和隔壁候跃合伙开了一个肉铺，生意也不错。

书接前文。第二天，包拯就随着春旺下地干活儿了。王先生住了三四天，再三托付王存好生照顾包拯，告别回去了。

从此，包拯就在马家集住下，每天在田地里干活儿。包拯身强力壮，吃苦耐劳，勤快肯干，田地里的活儿样样都会，做得又快又好。他每天还挑水扫院，喂畜出圈，看到有什么零碎活儿，就主动做完，极像一个老实巴交的庄稼汉。王存一家人见包拯忠厚老实，勤劳肯干，就一天比一天亲热起来，好似家中的一员，王存更是放心依靠，倍加照顾。

一天晚上，吃饭之际，王存对包拯说道：“腊月已到，田地里的活儿不忙了。我开的那个肉铺却更忙了。我想叫你去帮做几天，不知你干了干不了？”

包拯应道：“能，能。大伯放心。”

次日，包拯跟着王存去到隔壁。包拯进了候跃家，抬头一看，地上畜毛乱飞，血迹狼藉。院中石桩上拴着一头大黄牛。门框上吊着一口脱了毛的大肥猪。

候跃正在开剖肠肚，听见有人进来，直起身子，抬起头。只见候跃生得身高体壮，腰粗肚大，头大肩宽，横眉大眼，臂如粗木，手如薄扇，手里握着一把牛耳尖刀。穿一身粗布蓝衣，油腻腻，明晃晃，黑一片，紫一块的，身前戴一片油布围巾，看年纪三十多岁。候跃见了，打个招呼道："包拯，你来啦？"

包拯笑着应道："我来和候师傅学一学宰猪杀牛。"

候跃道："开头，谁也免不了笨手笨脚的。其实，这也是个粗活计，不神秘。只要不怕脏，肯卖力气就行。"说着，双手一摊，又道："你看，我全身上下都是油渍渍、硬僵僵的，跌倒能打碎。你这个读书人，能吃了这个苦吗？"

包拯道："我从小长在穷人家，其实也是个受苦人，吃点儿苦也不当回事。"

王存道："候跃，我算服了包拯了，干起活来，一个抵俩，肯定会成为你的好帮手。"

候跃道："好。包拯，你洗了手，今天跟我整这头猪。"包拯答应一声，去旁边洗手。

王存问了候跃一些事务后，转身走了。

包拯就与候跃倒肠肚，剥油膜，劈骨剔肉。干完后，候跃对包拯道："今天你早些回去休息，明天来和我杀那头牛。"包拯应道："明天我一早就来。"说毕，归家去了。

次日一早，包拯就去到候跃家中。候跃已在院中，一见包拯道："现在，咱们就杀那头牛。"包拯应道："好。"

候跃手握尖刀，提一团长绳。包拯端一个铁盒子。二人走到牛身前，候跃道："你先拿这根长绳子把牛腿捆住。"包拯应道："我去捆。"接过长绳，大步流星地走到牛前。

那牛自从进了院子，看见地上到处是血迹，闻到阵阵血腥气，早已是又怕又怒。见人走来，吼了一声，低下头，挺着长角，准备撕斗，样子十分可怕。

包拯见了，不由得胆怯起来，迟疑着不敢上前。

候跃放声大笑："哈哈！见了牛都怕，怎么敢杀？看来，你没见过杀牛。"

包拯道："不瞒你说，我确实没见过杀牛。"

候跃道："那牛已经拴牢了，你别怕。绕到后面，从肚下穿过绳子，把两条后腿并着捆住，再捆前腿。"

包拯壮起胆气，绕到牛身后。那牛见人走到跟前，左挣右挣，摇头摆尾，只是不能挣脱，不由得怒吼起来。包拯从后面靠近牛身，把绳子从肚下扔过一头，然后就把牛腿缠绑起来。

候跃原本想试试包拯的胆量，见状急忙跑过去，和包拯一起把四条牛腿捆了个结结实实。那牛累得气喘吁吁。包拯也擦了擦头上的汗珠。

候跃道："你闪开点儿，看我杀它。"包拯退后几步。

候跃气昂昂、恶狠狠上前，贴着牛身，咬紧牙关，憋足气，照着两牛角间后面，狠狠一刀刺下去。手起刀落，那牛"扑通"一声倒下去。候跃解开石桩上的拴牛绳，道："快接血。"说完，割开牛的咽喉血管，血哗哗地往外流。

包拯赶忙拿盆接牛血。他一边接血，一边在心里说："原来，杀牛也有技巧，也好杀，也简单。看来，这活儿能干成。"

接着，候跃一边做，一边教包拯；包拯一边帮，一边学。割头、剥皮、取内脏、洗内脏，忙活了一上午。

吃过午饭，又忙活了一下午。晚上，包拯回到了王存家里。

话休烦絮。以后，包拯跟着候跃又杀了几头猪、几只牛。后来，包拯也能亲手持刀宰杀猪牛了。杀倒后，他能独立剥皮、取内脏、剔骨，而且越做越熟练起来。

一天早上，候跃对包拯说："这几天，除了你嫂子和你王存伯伯卖肉外，家里存下不少肉。今天，你和我上街卖肉去。你也学学做买卖。"

包拯道："好。我再当几天买卖人。"

在家里，候跃就把做买卖的方法、诀窍、经验和注意事项，一一说与包拯。然后，各挑了一担肉，去县城叫卖。

走进县城街上，候跃一边吆喝，一边走。来到十字街口，两人放下担子，摆开一个小摊子。候跃扯开嗓子吆喝起来："卖肉啰！卖肉啰！又肥又嫩的猪肉、牛肉。快来买哟！"喊了几遍，让包拯吆喝。

包拯清了清嗓子，稳了稳神，干咳了几声，低声喊道："卖——肉——啰。卖肉——啰！"包拯在街上还是初次吆喝叫卖，心慌口结，嗓子怎么也不听使唤，那声音很不自然，自己听起来也怪别扭的。

候跃道："别紧张，慢点儿，喊惯了，就行啦。"

包拯喘了喘气，定了定神，清了清嗓子，继续吆喝起来："卖肉啰！卖肉啰！又肥又嫩的猪肉、牛肉。快来买哟！""好，就这么喊。"

包拯越喊越自然，回到摊前，断断续续地吆喝起来。

这时，有十几个人围上来，有翻着看的，有问价钱的："多少钱一斤？"包拯应道："二十二文一斤。"

一个胖女人说："吓，这么贵哪！我出十五文钱一斤。"

候跃道："好。从你开个吉市，十五文就十五文。""那我买五斤牛肉。"

包拯提起秤，装上肉，称好分量，取油纸包了，先收钱，然后递给胖女人。

接着，以十五文定了价，卖开了。卖到后半晌，还剩多半担。

候跃对包拯道："我在这儿卖。你挑上些，去串巷子，也许卖得快些。"

包拯挑了一部分肉，去串巷子。过了一会儿，包拯卖完了肉，回到摊前。

这时，摊子上还剩十几斤。包拯道："离这儿不远，有两家一共买十几斤。拿去就卖啦。"

候跃咧嘴一笑，道："原来你真能干。"

两人收拾了摊子，挑起肉担。包拯领路，把肉全卖完了。

二人进入饭铺，要了几碗面，一碟菜，倒了二两酒。吃喝完毕，挑着空担回家。

第二天，两人各挑了一担肉，进城去卖。这次，包拯熟练了，一进街就吆喝起来。他们在街心卖了一上午，下午又分开卖肉，也回了个早家。

长话短说，每日包拯就与候跃杀猪宰牛，卖肉。干到来年二月底，王存看肉铺的生意淡下去了，又让他去田地里帮工。

话休烦絮，包拯在繁忙中又度过了两个寒暑，他一边干活儿，一边温习功课，准备开科进取。

这才是：才华发挥方结果，栋梁无运伴蓬蒿。

第十四回　包拯二次考举人　王芑为国选贤才

上回书说到，包拯在马家集干农活儿，做买卖，忙忙碌碌度过了两年。

是年州城贴出布告，要开科考举人。包拯拿出银两，又及时把名报上去。

到了考期前，包拯提前去到庆州州城，找个客店住下。

过了两天，包拯入考场，参加了三场考试。然后，回店等候消息。

书中暗表，科考后，主管部门又进行推举人才。上回书说过，这推举人才，正好为官场开了方便之门。推举的人，自然是那些有权有势、有头有面之人的三亲六友及行贿之辈。其他人，只好靠边站。推举来，推举去，还是没有包拯的份儿。

却说，有一位朝廷重臣，姓王名芑，是当朝丞相。他下来办公，正巧在庆州考场。考试之后，王丞相急于要看一些答得好的试卷。主管人就把名列前茅的十几份答卷送到驿馆。王丞相拿起逐一细看，气得连声骂道："荒唐！真荒唐！"你当为何？原来，尽是些低劣之品，有的甚至是份焦烟卷。

王丞相很生气，立时派随员去召集那些判卷人员来。时辰不长，那些判卷人员都召集齐了。王丞相很不客气，让他们垂手环立。

王丞相坐在桌前拍着桌子大发雷霆，严加斥责道："哎哟，你们把文学念到哪去了？该叫我如何说？你们，你们真是些酒囊饭袋，无用之辈！"说着，从桌上伸手拿起那叠答卷，用手指狠敲了几下，又骂道："你们长眼珠子没有？

你们好好看看，这是答卷么？这交的是焦煳卷。这些考生，恐怕连《百家姓》都答不了。怎么能名列榜首？哼！真是岂有此理！”

众判卷人员被骂得低下头，脸色发红，虚汗渗出。

王丞相又气呼呼地问道：“这么大一个考场，难道就没有真才实学的考生吗？”

话音刚落，其中有一人应道：“卑职手下判出一份答卷，赏心悦目，答得很好，考生名叫包拯。”

另一个判卷人员也应道：“卑职手下也判出一份好答卷，考生叫王礼。”

“拿来，我看看。”

“这个，都被主考大人收去了。”

王丞相一一做了记录，然后道：“你们先回去，好好想想。如再有好答卷，随时向我禀报。”

“是。是。”众人羞容满面而退。

王丞相叫来主考之人，点着名要包拯和王礼的答卷。主考之人一听，当时就冒出白毛汗来，结结巴巴应道：“这个……是，是。卑职拿来，请王丞相过目。”

主考大人出去，慌忙从废纸堆中乱找。他找呀，找呀，找了半天，才找到，拿上急忙送到驿馆。

王丞相早已等得不耐烦了，训斥他办事不力，叫他回去再找好答卷。

王丞相先看包拯的答卷。他看了第一场试卷，感到很满意。接着，看第二场答卷。第二场试卷的题目是：以“咏花”为题写三首诗词。以“咏物”为题写三首诗词。包拯答卷如下：

咏花一　苦菜花

春馨苦菜长，根茎泌乳浆；
饥餐味甘美，金秋花幽香。

咏花二　萝卜花

大江南北民何生？稻麦为粮辅菜瓜。
莫道梅杏桃李艳，遍地偏植萝卜花。
夏织花朵如伞盖，丛丛簇簇满枝丫。
春种一株秋满担，日日月月益家家。

咏花三　咏梅花·卜算子

冰封著雪飞，悬崖长蜡梅。
未知上苍是何意？生此硬气派。
纵然难争春，也要把春催。
随它冰雪寒欲绝，梅花满枝开。

咏物一　咏茅屋

遥望田野起绿波，几幢茅屋隐树间。
屋顶茅草层叠铺，泥墙纹理色斑斑。
休论此屋形简陋，几代农夫避风寒。
飞雪茫茫传笑语，天倾瀑布合家欢。

咏物二　咏竹

挺拔直立数翠竹，暴雨狂风腰不折。
宁愿长持腹中空，不压一身多气节。

咏物三　咏蜜蜂

蜂儿午翩跹，安得花浓艳。
倾心觅春意，力弱随风转。
针毒勇拼斗，忙忙腰欲闪。

酿就百花蜜，留芳在人间。

王丞相看完包拯的第二场答卷，面露喜悦，点头赞许。他又看了包拯的第三场答卷。考题是：贵粟论。包拯答卷如下：

贵粟论

天下贵粟，天下幸矣，万民幸矣。何者？我国十之八乃执禾之户，种粟之人。国，实乃种粟之国，民，实乃种粟之人。

经营珠宝者，其人必贵，此因珠宝贵也。经营柴草者，其人必贱，此因柴草贱也。以此观之，粟贱，种粟者必贱；粟贵，种粟者必贵也。

民以粟为贵，必千方百计，勤奋劳作，而粟必大增。粟丰则普天同庆，粟贵则万民富足。

民富国必强，故天下幸矣，万民幸矣。

贵粟之益，大概有五，益民益国，略述如次：

一、贵粟，则人勤奋，粟倍增。

粟贵之域，人喜种粟。山野无荒芜之地，乡里少闲懒之人。闻鸡鸣而劳作，披星月犹不息，精神抖擞，废寝忘食。如斯，人尽其力，地尽其蕴，产丰硕而物倍增。

二、贵粟，则民致富。

种粟之家，其衣食住行，莫不依赖于种粟之收入。五谷丰登，其家则丰衣足食，成家迎娶，修舍造屋，喜气洋洋。至若仓空草缺，其家则啼饥号寒，百废不兴，无以生息。

三、贵粟，民安乐。

贵粟，则人喜农业。安居乐业，勤奋耕作，千方百计，争利其业。家业丰收，仓充有余，抵抗灾年。民致富，则民安乐也。

四、贵粟，则百业兴。

贵粟，则粮草充。粮草充，则畜禽兴。粮牧兴，则民富裕。民富裕，则办事多般，购物种种，改旧增新，各取所需。由是，七十二行艺业兴盛发达，千百种商贾供不应求，从而使国家百业兴旺也。

五、贵粟，则国强盛。

贵粟，则物产增，民致富。民致富，则国亦富。国家富有，国必强盛。

粟贱，则人轻种粟。弃耕流离，势如潮涌；投机取巧，夺利四方，甚尔，盗贼蜂起，哀鸿遍野。

国贵粟，布措施，益农作，必将民富国强。此国之大策，民之大幸也。

宁教天下八人饱，不教天下二人富，此国之善策也。宁教天下八人饥，却教天下二人富，此国之良策也。选取何策，未可知也。

王丞相看毕包拯的三场答卷，接着，又看了其他几场答卷，均有可赞之处，皆是才学横溢，比以前选中的人强多了。王丞相思考再三，觉得这推举选拔虽然意在选贤，实则官场舞弊，屈没人才。王丞相触目惊心，非常感慨，决意这次来个重人才轻举荐，为国为民选贤奉能。之后，在王丞相的全力主持下，庆州的这次科考面貌一新，方使包拯有幸得中举人。

却说，包拯全然不知其中原委。科试之后，在客店流连多时。盼到出榜以后，包拯见自己中了举人，方才把悬着的心落下去，自是欢喜，准备启程归家。

再说，王丞相在驿馆中对包拯非常眷顾，很是放心不下。他思量包拯虽然才华出众，但究竟是一个普通的农家子弟，身份低贱，关系空白。日后进京赶考，官场更是凶险万分，怕是难以进取。于是，王丞相派一心腹随员去叫包拯。

包拯相随，来到驿馆。见了王丞相，推金山，倒玉柱，跪倒叩头道："学生包拯，拜见王大人。"

王丞相双手相搀，道："贤契免礼。坐下叙谈。"

包拯站起身，道："有王丞相在座，晚生岂敢告坐。"

王丞相哈哈一笑道："看你字里行间，绝非胆小之人，奴颜之辈。今日不必客气，坐下，听我对你说一些事情。"

包拯道："谢大人！晚生就告坐了。"说罢坐下。

王丞相一摆手示意随员出去，屋里只剩下王丞相与包拯两人。王丞相问道："包拯，你这次因何考中举人？"

包拯道："晚生虽然粗劣，但凭胸中才学，上次考试即可考中。只是那一次是推举人才，我在官场中两眼一抹黑，只好名落孙山了。"

王丞相嘿嘿一乐道："实话告诉你吧，这一次，你也是名落孙山了。"包拯一怔，道："王大人，这……这榜上明明有我的姓名嘛。"王丞相道："第一次的榜文稿，原本就没有你的名。"接着，就把包拯因何中举的经过讲了一遍。

包拯听了，这才如梦方醒，连忙跪倒，叩首谢恩。

王大人再次搀起包拯，道："我这是为国举贤哪。以后，你一定要战胜困难，务必进京赶考。你进京之后，千万到我府上打个招呼。我也好替你排忧解难。千万谨记。"

包拯见王丞相十分关心自己，没想到朝中竟有如此贤良之臣，激动得眼含泪花，抱拳当胸应道："多谢恩师栽培！晚生铭记不忘。"

王大人道："回去要加劲攻读，务必要考出个好成绩来。你不便久留，你就去吧。咱俩后会有期。"包拯恭恭敬敬道："晚生谨记恩师教诲。晚生这就告辞了。"说罢，叩了几个头，站起来往外走。王大人送出门外，招手致意，目送包拯走出驿馆。

这才是：民幸有赖良官治，国盛须得真贤才。

第十五回　备赶考包拯借盘资　发义愤甥舅两反目

上回书说到，王丞相科场纠时弊，包拯有幸中举人。

且说，包拯回到马家集，众人自有一番庆贺，不提。包拯名声大振，与一户忠厚的富户王学礼合伙在县城开了个大肉铺。包拯做了经营掌柜，王学礼、王存、候跃等人操办杂务。包拯一边经营业务，一边温习功课，吟诗作文，为进京赶考做准备。如此，又过了一年。

次年春，京城出榜考进士，布告张贴到各个府、县。包拯读罢布告，就为进京准备一切。因为盘资不够，包拯又回到家乡筹集。包拯回到家乡之后，父亲包怀年事已高，力不从心；二哥包海又娶了个郭氏；三个兄嫂清淡度日，所以积蓄无几。商量来，筹划去，父亲包怀提出一法，让他去六十里外亲叔伯舅舅周金虎家借贷。包拯小时，曾随母亲周氏去过一次，知道这位舅舅家有良田几顷，牛马成群，估计能够借一些回来。

这一日，包拯起个清早，兴冲冲步行前往东河子，去他舅父周金虎家。也是包拯急如星火，健步如飞，日色偏西时分，就去到了东河子村外。

包拯走得腿酸脚痛，坐在路旁一块石头上歇息。路两边都是很大的平滩庄稼地。庄稼地中田埂交错，水渠纵横，一尺多高的庄稼随风起浪。只见一男一女两个小孩子，衣衫褴褛，面黄肌瘦，手里拿着镰刀，向这边跑来。

两个小孩子跑到一头大黑牛前面，望着牛，竟哭了起来。

包拯好生奇怪，走过去问道：“你们两个为什么哭起来了？”

小女孩指着牛道：“这头牛进了我们租种的地里头了。”

包拯道：“你们把它赶出去不就行了。何必哭呢？”小男孩擦着泪眼，嘟囔道：“我们不敢赶出去。”

包拯道：“你们不敢赶，我替你们赶出去。”说罢，上前要去赶牛。

小女孩和小男孩却十分慌张，急忙拉住包拯道：“不能赶，不能赶。”包拯又生纳闷，问道：“为什么不能赶出去？”

小男孩道：“叔叔一定是外地人，不知道这牛是周金虎家的。他家养了好多牛马，就吃别人的庄稼。谁要是打了他家的牛马，轻的给牛看病花钱，重的还要打人哩。我家租了他家的地，要是打了他的牛，就要把地要回去。谁也不敢碰他家的牛马，只能等着牛吃饱了，自己走出去。”

包拯听了，不由得气愤起来，道：“周金虎是我舅舅，你们怕他，我不怕他。我给你们赶出去。”说完，大步流星走过去赶牛。大黑牛吃惯了庄稼，又无人敢赶，今日见有人来赶，很不满意，瞪着眼，挺着角，就要撞人。包拯见它那个横行模样，更加气恼，决定狠狠教训教训这个畜生，也教训教训它的主人。于是，返回身，对小男孩说：“把你的镰刀给我。我怕它撞着，拿镰刀赶它。”

小男孩把刀递给包拯，生怕包拯伤了牛，惹出祸来，道：“叔叔，赶出去就行了，千万别伤着它呀！”

包拯道：“我清楚。”包拯接刀在手，又大踏步走过去。那牛不曾受罚，大胆惯了，只顾低头吃庄稼，根本不把包拯放在心上。包拯悄悄绕到牛身后边，猛一伸左手，抓住牛尾，右手举刀用力一劈，将半截牛尾巴硬生生地砍了下来。大黑牛疼痛难忍，连跳带叫，箭一般向村中跑去。

包拯哈哈大笑。两个小孩却吓得面色苍白。包拯把镰刀还给小男孩，道：“你们不要害怕。今天的事，我给你们兜着。你俩先回村去。”两小孩吓得跑了。包拯也往村中走去。

却说，那牛狂奔回村，有人看见后，赶忙去告诉了周金虎。周金虎见自家的大黑牛被割掉半个尾巴，鲜血还在往下滴，气得咬牙切齿，怒从心头起，恶向胆边生，气狠狠地要查个水落石出，进行报复。

周金虎相随几人，来到村口查看。只见迎面走来一人。周金虎已全不认识包拯了，包拯却依稀认得舅父，走上前问道："面前，莫不是舅父周金虎吗？"周金虎一愣，仔细打量包拯，道："你是谁？为何叫我舅舅？"包拯道："我是小包村包怀的三儿子，小名叫黑子。小时候，跟我娘来过一次。"周金虎回过神来，道："噢，你长得认不出来了。原来是包怀的黑子。"包拯道："正是。"

周金虎道："黑子，我的大黑牛被人割了尾巴。有人看见是从你来的方向跑回村的，你可看见是什么样的人割的？"

包拯道："这个人不需查了。远在天边，近在眼前。正是我割的。"

周金虎听了，立时目瞪口呆，半晌，喘着粗气，才结结巴巴道："你……你这是为何？"包拯道："咱们回家谈吧。"

周金虎一时有气难泄，气哼哼道："好，咱们回家去。"他又回过身，对那几个人一挥手道："你们回去吧。"那几个人也一哄而散了。

周金虎在前，包拯在后，二人默默无言，相随回到周家大院。

周金虎把他领进客房，出去吩咐用人端茶做饭，然后返回。二人分宾主而坐。

周金虎问道："你父亲身体可好？"

包拯应道："我父亲身体还好。只是大不如以前了。舅舅的身体挺好呀。"

"是。我的身体不错。"周金虎又问道："你今年多大了？"

包拯应道："我今年二十五岁。"

"娶过媳妇没有？"

包拯应道："谢舅舅关怀。这几年我只顾读书、考试了，没顾上成个家。前年考中个举人。"

"好哇。恭喜你了。"

这时，包拯的舅母、表兄、表妹也一齐进来，围着包拯坐下。

一个女用人提着茶水，拿着茶杯，放在桌上，退出客房。

表妹周瑞芳将茶杯逐一排放在桌子上，提起茶壶，先给包拯斟了一杯，然后逐一斟满，道："表兄，请用茶。"

舅母陈氏端起茶杯道："黑子，快喝茶吧。"说完，先自喝了几口。包拯走得口渴，也喝了一杯茶水。

舅母问道："黑子，听说你在州城考举人时，文章写得很好，被人调换了。你因为打官司，坐了一年牢。有这回事吗？"包拯道："舅妈，有这回事。"

表弟周瑞庭骂道："王知府真不讲理。我们听到后，又是气愤，又是惋惜。"

表妹周瑞芳道："以表兄的才能，以后必能考中举人。"

包拯道："后来，我去到庆州参加考试，有幸考中举人了。"

三人一听，异常高兴。

周金虎却面沉似水，一言不发，拉着脸坐在旁边想心事。

包拯与舅母、表兄妹正谈得亲热之际，周金虎转过脸来很不高兴地问道："包拯，你今天老远从家中来，为何和我过不去？为何半路上割了我家牛的尾巴？你就当着你舅母和表兄妹的面，给我讲个清楚。"说得全家人云里雾里。

包拯委婉申诉心意道："舅父在上，请舅父见谅外甥的一片苦心。"

周金虎道："哼！现在全村人都惧我三分。你这一弄腾，眼见得伤了我的面子，丢了我的人啦。你究竟安的什么苦心？"

包拯道："舅父息怒。我从小至今，时时遭人欺负。每遇到不合理的事，就气愤，就热血上涌。今天，听到舅父恣意放纵牲畜糟蹋人家的庄稼，就气愤起来。也是那头大黑牛横行惯了，还不服赶，想撞我。是我一时恼起，就惩治了它一下。"

周金虎嘿嘿一阵冷笑，道："今天，你不是在惩治牛，怕是在惩治我吧？"

"舅父，您还不通大道理。村子里的人表面上惧您、捧您，骨子里却恨您。日子长了，倘有什么不测，您就要遭祸受害啦。我这是为您好。"

"哼！什么我不通大道理？世上多少凶狠之人，却安享荣华富贵，多少善良之辈却受人欺辱。这个理，你怎么讲？"

包拯听了，触动心事，感慨异常。是呀，这个现象世世存在。这个理，还真难评。包拯呻吟片刻，站起来道："常言道，善有善报，恶有恶报。善无善报，理不公；恶无恶报，世不公。要是评这个理的人多起来，总有一天会把这个世理讲公平不可。我包拯三寸气在，就要尽力评这个理。要是人人像我包拯一样，那就好了。”

他舅母见他们吵得不可开交，将包拯按住坐下，忙把话题岔开，道：“黑子，罢了，你们别讲那些大道理啦。你们谈些别的不好嘛。哎，黑子，你平常不来，今儿个来，准是有什么事吧？”

包拯乘机说明来意道：“不瞒舅母说，我今年要去京城赶考，缺少些盘费，来跟舅父借些回去。”

他舅母听了，把包拯的肩头一拍，道：“哎哟，你这孩子！来跟你舅父借银两，怎么能惹你舅父生气呢？去，快给你舅父认个错。你去京城赶考是好事，我劝他多借给你些。”

包拯坐着不动，扬着头，道：“这件事，错的是我舅父。我没有错，我怎么能认错呢？”

周金虎早已气得按捺不住了，听了此话愈加恼怒，睁着眼睛，撅着胡子，骂道：“你考中举人砍我的牛。你考中进士，说不定还要砍我的人呢。咱俩哪里是甥舅相亲？分明是冤家对头！我有钱也不能借给你！”

包拯见舅父有错不认，有恶不改，不觉得气恨起来。心想，决不能向这种人妥协。于是，他针锋相对，道：“舅父如果执迷不悟，不听我良言相劝，就是借给我，我也不要。”

这甥舅俩是面红耳赤各不相让。包拯的舅母和表兄妹看他俩高声大吵大嚷，尽皆现出惊讶的神色。

包拯气冲冲站起来和舅母、表兄妹客气了几句，告辞要走。舅母和表兄妹再三苦留，包拯执意要走。

舅母一把拉住包拯的手，道：“黑子，你好久才来一次，说啥也得吃顿饭再走。”

表兄周瑞庭道：“表弟，你是个有学问的人，怎能和我们大老粗一般见识。你才能高强，正气冲天，将来说不定能当个宰相。常言道：‘宰相肚里能撑船。’你就从容大度地坐下吧。你是个举人，今天到我们家里来，我们深感荣幸。你这个举人亲戚上门，空着肚子走了，会叫人们说我们的不是，说我们不懂得人情道理。这可不好。”

包拯道："表兄真是能言善辩，能当个高明的说客。表弟我自愧不如。如此说来，我是不应该走的。恕我性急，我就不走了。"说罢坐下。

舅母道："黑子，这就对了。瑞芳，你快去把饭菜端来。"

表妹答应一声，走出客房。表兄道："我拿酒去。"也起身而去。

舅母道："你舅舅是个赖脾气，我劝说了几次，可就是不听。你这次刺激了他一下，也许以后能改一改。你舅舅没文化，是个虫虫牛牛一般的人。不像你顶天立地，能干大事。你考中进士，以后当了大官，可要经常来看我们呀。"

包拯道："不用舅母吩咐，我以后也会来看望你们的。"

周金虎看包拯正气凛然，自惭形秽，道："黑子，舅舅是个粗人，平时自以为是，真没有想到，我的一些言行让亲戚六人都不满意。看来，我以后确实得改一改了。"

正说着，表妹和女用人拿来用具，端来饭菜。表兄也拿来好酒。大家排开酒席，准备饮宴。

舅母道："黑子，先敬你舅舅一杯。"

包拯给舅父斟了一杯酒，道："外甥因事情繁忙，多年未来看望舅舅。我敬您一杯，请您原谅。"

周金虎举起酒杯，一饮而尽，道："我也多年未去看望你们，请你原谅。"

表兄周瑞庭与包拯干了一杯，道："祝表弟高中进士。"

接着，几人开始用饭。酒过三巡，表妹周瑞芳道："表兄，给我们说说你两次考举人的经过吧。"

包拯道："好。我给你们说说。"如此这般，叙说了一阵。

几人听见了，又是气愤，又是赞叹。气愤的是，贪官污吏倚权仗势，为非作歹，凶残狠毒；称赞的是，朝中竟有王丞相这样的好官。

吃过饭后，天已黑了。表兄周瑞庭安排包拯在客房休息。

次日天明，安排包拯吃早饭。舅父周金虎拿出五十两银子，道："舅舅资助你五十两银子。你可别嫌少。"

包拯一见面就和舅父闹了个脸红脖子粗，不好意思再开口多借，道："多谢舅舅。这就很多了。”

包拯吃过早饭，执意要走。

几人送出门外。舅母拉住包拯的手说：“以后，你千万来看望我们呀。”

包拯深施一礼，道：“舅母放心。我一定会来的。咱们日后再见吧。”

包拯与舅父、舅母、表妹相告别，转身而去。

表兄周瑞庭将包拯送出一里之外，临别时道：“表弟性情刚强，以后千万不能胆大行事，以免招来灾祸。”

包拯道：“多谢表兄提醒。送君千里，终有一别。表兄回去吧。”

二人相别。包拯迈开虎步，返回家去。

这才是：世人善恶分两派，争斗未知何时休。

第十六回　金龙寺遇难逢豪杰　荒芜村善老留贵客

上回书说到，包拯去舅父家借盘费，借子五十两银子，归家。

包拯回到家中，与众人详述了经过。

包拯见众人愁眉不展，却又气往上撞，对家里人说道："从此不必再想办法筹借。我决定有多少拿多少就行啦。反正一个大活人，不能憋死。"

嫂娘魏氏道："人常说，走一天拿三天的干粮。出门人无依无靠，如要困住，如何是好？还是多准备些为好。"

包拯道："嫂娘放心。常言道，车到山前必有路。难道当真会把我饿死不成？再说，吃得世间苦，方知世间情。如有困难，也正好是对我的锻炼，日后必有益处。"

众人再三劝说。包拯只是不听，执意近日就要起程。

临行前，有一本家侄子，名叫包兴，年方十五岁，生得聪明伶俐，口齿灵便，自告奋勇，愿与包拯做伴前往。

包拯临行之际，王先生拿出多年的积存，并谆谆告诫了包拯一番。众人又变卖了一些东西，为他多凑了些盘费备用。

包拯拜别父亲包怀和王先生，辞别了兄嫂，与包兴牵着一匹坐骑，挑一担书物行李，直奔京城而去。

一路上，二人饥餐渴饮，夜住晓行，匆匆忙忙走了半月有余。

一日，包拯正在赶路，忽见一童，腰悬宝剑，骑一匹骏马，飞驰而来。

包拯仔细观瞧，见此童年十五六岁，一身武生打扮，生得眉清目秀，五官俊美，豪气十足，精神焕发，二目炯炯有神，大放异彩。包拯暗思，此童小小年纪，武功一定不浅，将来必是武林高手，豪杰壮士。看他正气凛然，必定能除暴安良。我包拯今生定要除暴安良，如得此生援助，实乃万幸。何不与他一叙，且看缘分如何。想毕，包拯迎上前去，问道："小兄弟，路上辛苦。我是上京赶考的举子，见小兄弟乃人中豪杰，敢请下马一叙，如何？"

那武生听了，仔细打量包拯，见包拯生得天庭饱满，五官端庄威严，面色发黑，黑里透光，一团正气，精明异常，身形高直，气宇轩昂，声如洪钟，语调刚强。武生暗思，这个举人，气概与常人大不相同，日后许是国家的栋梁。何不与他一叙，看看他的胸府如何？想毕，跳下坐骑来，抱拳施礼道："既蒙兄长错爱，小弟愿与兄长一叙。"

包拯欢喜，道："包兴，你把两匹马牵着，在近处吃草。"

武生从马背上取下行装和鞍镫之类，连宝剑放在地上。包兴也从马上取下行李物品，一齐放在地上。包兴牵着两匹马放牧去了。

包拯对武生道："小兄弟，咱们坐下相叙。"

武生应道："好。"蹦一个高，一下子蹿出十几步远，两手从草丛中硬生生拔出一块大石头，端来，放在包拯脚下道："兄长，请坐。"

包拯也不谦让，坐下，问道："小兄弟，你该坐个什么？"

武生道："好说。"一个箭步过去，提来一个马鞍子坐了。

包拯摇头道："不好，不好。这如何好坐？"

武生笑眯眯道："我经常铁丝上走路，树梢上立脚，坐马鞍算是享福啦。"

包拯听了，哈哈一乐，问道："小兄弟，你姓氏何称？家住哪方？"

武生道："我姓展名昭字熊飞，家住常州府武进县遇杰村。惩恶扬善，昭明尘世。兄长大名何称？"

包拯道："我姓包名拯字文正，家住庐州府合肥县小包村。除暴安良，拯救不幸。"

展昭眨着眼，瞅着包拯问道："你们读书人，学的是安邦治国的大道理，不知兄长能不能安邦治国？”

包拯挺着胸，一本正经地应道：“愚兄不才，却也学了不少学问。对历史得失如数家史，观国家大事，如掌上观纹。”

展昭一乐，道：“兄长既学得满腹经纶，如此才学，不知此次进京，欲考个什么好成果？”

包拯信心十足地说：“以愚兄才学，不中状元，也想高中进士。”

展昭听了，更来了兴趣，从马鞍上一跃蹦起，竖着拇指道：“兄长好大抱负，志气非凡。不知兄长将来想做个什么样的官职？”

包拯道：“为国出力，为民解忧，官职越大，我为国为民做的贡献也越大。”

展昭故意显出一副不以为然的神态，重新坐下，道：“人常说，三年清知府，十万白花银。人当了官之后，时间长了，就变啦。恐怕兄长日后也是做官发财罢了。”

包拯听了，端然正坐，斩钉截铁道：“兄长今天当着贤弟的面发誓，我日后若是做了贪官污吏，死于贤弟剑下。”

展昭急忙摇手道：“兄长言重啦。”

包拯情真意诚地说道：“贤弟有所不知，愚兄自幼出生贫贱低微，日日与贫苦百姓共生存，时时受强暴势力相欺凌。最忧的是黎民百姓，最恼的是凶残强暴之辈，最恨的是贪官污吏。无论做官做民，都要抑恶扬善，除暴安民，为民着想。”

这几句话正说到展昭的心里去了，他把手一拍，道：“兄长说得是。我练就浑身武艺，也就是要抑恶扬善，除暴安良，为民着想。日后兄长做了官，有用我之处，小弟一定全力以赴。”

包拯听了，乐在眉梢，满面春风，问道：“贤弟，你究竟有什么绝艺在身，能帮我除暴安良？”

展昭“噌”地跳起来，指着上空说：“一丈六尺高的树，我一蹦就上去了。”举手往上一伸，道：“双手力举八百斤。”在地上施了个旋转，道：“三十六般兵刃件件精通，七十二绝技样样熟练。去年，在金顶太行山与一异翁王九元比武，赠送我一把‘金阙’宝剑。日后，只要兄长一声令下，我展昭能在万军阵中斩凶暴，高墙殿内擒奸贼，取上将之首如囊中探物。”

看官听说，世间凡武学英杰与文豪之士，皆是英雄好汉，原本性气相合。包拯与展昭相见恨晚，今日这一场叙谈，真是珠联璧合。

谈了多时，包兴把马喂饱，一齐牵来，站在一旁。

展昭道：“兄长要抓紧时间，前去赶考，莫要失了时机。我还有一些事办。今日作别，他日再会。”

包拯道：“说得是。贤弟处理完私务，千万抽空去寻愚兄。”

二人各整行装，执手相挽，行了半里，恋恋不舍而别。

包拯别了展昭，和包兴又往前走。看看天色已晚，却不知路途。忽见一牧童赶着羊群回家。包拯上前问道：“小兄弟，前面是什么地方？可有客店村庄？”

牧童答道：“前面二十里处名叫三元镇，那儿有客店。近处只有一个小村子，名叫沙屯儿。你们寻一户人家住吧。”说罢，赶着羊走了。

包拯与包兴直奔沙屯儿去。走了三四里，只见路旁有一处庙宇。

包拯和包兴下了马。上前一看，匾上大书“敕建护国金龙寺”。

包拯道：“想这敕建寺院，必是个好处所。与其干扰人家，不如在这庙内安享清静。明日施些香资，岂不也好？”

包兴道：“三叔说得是。我上前敲门。”包兴提着马鞭去叩门。

工夫不大，山门开处，走出一个小僧，十七八岁，问明来历，道：“施主稍候，等我问了师父。”说罢，仍关了庙门，进去了。少时，小僧又开了门，将包拯、包兴请进庙内。包兴在树上拴好马，挑着担，与包拯跟小僧走进三间净室。

这三间净室，一明两暗，里面床铺齐全，还放着桌椅、水壶、茶杯等日用品。

片时，从外面走进一个胖大和尚，扫帚眉，铜铃眼，满脸横肉，嘴边无须，四十多岁，脖子上挂一串佛珠，身上披一领袈裟，白袜僧鞋。

小僧道：“施主，这就是我师父。”

和尚合掌当胸，高声诵道：“阿弥陀佛！施主从哪里来，到哪里去？”

包拯应道：“我从庐州合肥县来，去京城赶考。路过宝刹，借宿一晚。明日布施香资。万望师父慈悲，方便一二。”

和尚露出笑脸，道：“阿弥陀佛！我佛慈悲，与人方便。施主是饱学之士，更教贫僧敬重。只管住下，不必客气。”

包拯道：“多谢师父。不知师父尊号是何？”

“我名法本，与这个小僧德明，两人住持本庙。德明，去给施主提水备饭。”

小僧应答一声：“是。”然后走了。

和尚道：“我处是佛门净地，扫地恐伤蝼蚁命，爱惜飞蛾纱罩灯。只能给施主吃些素菜、素饭。万望不要见外。”

包拯道：“寺院乃佛门圣地，人皆敬仰。小生岂敢见外。有粗饭淡茶，就十分好了。”和尚又寒暄了几句，道：“施主走路辛苦，吃过饭就早些安歇吧。贫僧还要到佛前咏经许愿，就不打扰了。告辞。”说罢，走了出去。

一会儿，小僧提来一壶开水，拿过茶几上的茶杯，倒了两杯水，说：“施主，请喝茶。”“谢谢。”小僧出去又端来四碗米饭，两碗素菜，放在桌上，说：“施主，请用饭。”包拯、包兴面对面坐在桌前用饭。小僧提来一桶洗脚水，点着室内的油灯，说：“施主，早点歇息。”掩上门，出去了。

包拯和包兴确实累了，吃过饭，洗完脚，顶住门，展开铺盖，就睡觉了。

睡到半夜，忽听屋门“轰隆”一声大响。包拯急忙睁开眼，在月光下，只见那个和尚和小僧走进来，每人手里提着一把明晃晃的大砍刀。

包拯一骨碌坐起，厉声问道：“师父在这佛门净地，拿刀弄杖的，这是为何？”

和尚嘿嘿一笑，道：“阳关大道你不走，地狱无门自来投。休得啰唆。明年的今天，就是你的忌日。”说罢，举刀恶狠狠向包拯劈来。

说时迟，那时快，只听得“当”一声响，和尚手中的砍刀掉在地上。凶僧咬牙咧嘴，护着拿刀的手腕蹦高。

忽听从屋上跳下一人，厉声骂道：“大秃驴，竟敢图财害命。小爷听你多时了。”骂声未落，早窜进一人，手执寒光逼人的一把宝剑，逼住大小凶僧。

大小凶僧跪下求饶：“小爷饶命，小爷饶命！再不敢了。”

包拯一看，原来正是展熊飞。

展昭骂道："如此凶僧，饶你不得。"一剑刺杀了大凶僧。展昭举剑又要杀死小凶僧。包拯反而不忍，上前拦住，道："贤弟，住手。念他还未成人，怕是受人威胁。饶他去吧。"

小僧急忙磕头如同捣蒜地说："相公饶命！小爷饶了我吧。我是被和尚逼的。"

展昭道："看在兄长面上，饶你不死。今后改过，如不改过，日后我绝不饶你。"

"谢小爷大恩大德。今后，小僧再也不敢了。"

展昭道："起来，头前引路，到你们住的屋中，我们要喝酒吃饭。""是，小僧遵命。"小僧爬起来，引着展昭、包拯，包兴进了和尚的寝房，只见桌上正摆着酒肉。

书中暗表，原来展昭与包拯分手之后，很快走到十几里远一个小树林跟前，忽见一个老僧上吊自尽，急忙救下。一问，才知老僧是金龙寺的住持。因法本几次抢掠妇女，图财害命，老僧奈他不得，只好到本县出首。谁知，凶僧常与县内书吏差人等结交，买通了，竟将老僧责打二十大板，判他诬告良人。老僧无处申冤，气愤难忍，又怕凶僧残杀。因此，来林中欲寻自尽。展昭听了，心中吃惊。暗思，包兄长要是误宿金龙寺，必遭暗算。因此，将马匹和行装交于老僧，约定了地点，然后，暗中来金龙寺，察听动静。见老僧所言属实，这才救了包拯，杀了凶僧。

书接前文。展昭和包拯对饮了几杯酒道："兄长受惊了。"

包拯应道："要不是贤弟及时搭救，险些伤了性命。可真是险哪，我没有想到这佛门圣地，竟是杀人的地方。那拜佛诵经的和尚，却凶残如此。"

展昭道："听我师父说，世上的凶险，非人所能料及。"

三人又吃喝了一阵子。展昭道："此处不是久留之地，我们快走吧。"

包拯道："贤弟说得是。包兴，取来行装，牵来马，咱们快走。"

包兴去找行装和马匹，踪影皆无。包兴慌慌张张跑来说："三叔，咱们的行李、钱袋、马匹都不见了。"两人听了，立时愣在那里。

展昭道："这一定是那个小凶僧干的。待我前去寻拿。你们去前镇等我。

不见不散。”说罢，急速而去。

且说，包拯与包兴二人空无一物，盘费尽失，垂头丧气地出了寺院，向前走去。

天色五更，才走进一个小村庄。望见有一户人家透出灯光，二人走到跟前，包兴上前叩门。

柴门开处，走出一个老者，衣衫不整，皱纹满面。

包兴道：“老爷爷，因我二人走迷了路，望您老人家方便方便，留我们暂歇一时。”

老者道：“无妨，请进屋里来。”

二人来至屋中，原来是一明一暗两间茅屋。明间安着一盘小磨，放置着一口大锅、方屉，还有几只大木桶，原来是家做豆腐的。

走进里屋，见床上坐着一个衣衫破烂、头发半白的老妇人。老妇人见了包拯等人，热情让座。

包拯问道：“老人家几口人？”

老妇人应道：“就我们老两口儿。眼看又老又有病，往后，这日子可怎么过呀。”言语很是悲怆。老者道：“我姓孟，以卖豆腐过日子。看你们走得乏困，快上床歇息吧。”

包拯道：“多谢老伯。”说罢，与包兴上另一张床上，躺倒休息。

包拯一觉醒来，太阳已升起很高，急忙推醒包兴，二人用凉水擦了把脸。

老妇人已做好小米饭，将碗筷放在小炕桌上。孟老用手相让道：“二位，请吃饭吧。”

包拯抱拳施礼道：“老人家，多谢了。滴水之恩，理当涌泉相报。实不敢相瞒，我是庐州合肥县上京赶考的举人，姓包名拯字文正。只因昨天遇见了强人，抢走盘费马匹。现在，身上没有半文。这顿饭，日后一定加倍奉还。”

两位老人听了，竟露出惊喜之态，孟老人道：“啊呀，原来你是个举人。老汉失敬了！老汉祖祖辈辈难得一个举人进我这茅草房。今日，本当酒肉相待，只因家贫地困，你就将就着吃吧。”

包拯道：“多谢二位老人家热情款待。这就十分好了。”

吃过饭，包拯对孟老道：“老人家，我无以为报，你二老年纪已大，我替你们磨好一锅豆腐再走。”

孟老连连摇手道：“使不得，使不得。你还是赶路要紧。”

好说歹说，包拯只是不依。孟老只好取出豆料，整顿家什。包拯推动磨杆，包兴帮助给孟老磨了一锅豆腐。

磨完豆料，老妇人已做好几碗豆浆，让包拯、包兴喝。

包拯、包兴喝过豆浆，告辞要走。

两位老人再三叮咛，要包拯日后再来。

包拯心头热乎，喉间如梗，说了一些感谢和宽慰的话。接着，告别二老，与包兴上路。

这一去，有分教：车到山前寻出路，人逢困境智勇增。

第十七回 遭困境书生当法师 隐逸村包拯美联姻

上回书说到，包拯告辞了两位老人，和包兴向前赶路。

日到中午，到了三元镇。三元镇虽然不太大，却也人烟稠密，铺户繁杂，做买叫卖，人流不绝。

包拯找了个吃家常便饭的二荤铺住下。包拯与包兴一边休息，一边等展昭。

等到日临西山，包兴道："三叔，展昭不来，我肚中饥了，如何办哪？"

包拯沉思片刻，从身上脱下一件新布衫，对包兴道："我们上街，把这件衣服当几文钱，凑合几顿饭再说。"

说完，将衣衫搭在臂上，领包兴走客房，去到街上。

二人来到当铺，当了二十几文铜钱。

从当铺出来，只见旁边墙上贴张告示，一群人围着看。

包拯挤上前，一看，原来是一张告白，上面写道："告白四方仁人君子知之。今有隐逸村内李老大人宅内小姐被妖迷住，倘有能驱邪捉妖者，谢纹银二百两，绝不食言。谨此告白。"

包拯看毕，想了一想，伸手揭了。旁边站着一人，三十多岁，上前问道："客人，你是替人揭的，还是法师？"

包拯道："我是外地云游四方的法师，姓包名拯，善驱邪除妖。"

"你在哪里居住？"

“我在本镇三荤铺居住。我先回店收拾一下。如果诚心，派人来请。”

“好咧。我去告诉李老爷。”这人答应一声，兴冲冲走了。

包拯领包兴急匆匆回到客房。包兴在路上就感到很有些玄乎，不便多问，这时问道：“三叔，你当过法师？”“不曾当过。”

“你当过医生？”“也不曾当过。”

包兴担心起来，道：“啊呀，三叔你揭了这张告白，人家来请，如何应付？”

包拯笑起来，道：“唯有这个病，我正晓得几分。有人心意不遂，忧虑过度，形疲意乱，思想沉重，就会胡梦难寐，不思茶饭，精神恍惚，疲倦无力。严重的竟幻声幻形，如有妖邪。我第一次考举人不中，就生出这种病来。后经一位了然大师，振作了我的精神，安定了我的心神，给我吃了几剂药，治好了。这几剂药，很有效。这回，就把它用上。治好李小姐的病，更好；治不好，也无妨事，吃几天饭，等来展昭再理会。”

包兴听了，才放下心来，不过，还有疑问：“三叔，人家请的是法师，要捉妖邪。你怎么蒙混过关？”

包拯应道：“法师只不过是用些杂七杂八的方法，使病人精神振动，脱了虚幻境地而达到病愈。到时，也难不住我。”

包兴这才疑心尽释，又问道：“那我们该准备些什么呀？”

包拯道：“需要准备的东西也不少啊，比如八封衣啦，斩妖剑啦，黑狗血啦，驱邪药啦，等等。你拿上十文钱，赶快去街上买一根薄竹片，一袋桃红，一块墨，三块黄布。我只做一把斩妖剑带去。”

包兴接过铜钱，依言出去购买。

包拯在家思索斩妖剑如何制作。时辰不长，包兴把四样东西全买回来了。包拯叫包兴去厨房借了一把菜刀，将竹片削成一把竹剑，在竹剑上涂了桃红，画了三道黑符，用黄布包好。

包拯刚做好斩妖剑，就见店掌柜领着一个人来找。店掌柜一指包拯，道：“李二爷，这位客人便是包拯。”

来人双膝跪倒，道：“小人名叫李保，是李大人家的总管。奉了主母之命，来请法师救小姐。”说毕叩头。

包拯道：“你起来。你家老爷是什么人，住在哪里？”

李保回道：“我家老爷是吏部天官李文业，一生为官清正，告老还乡，回到隐逸村居住。离这里三里远。”

包拯道：“李总管，头前引路。”包拯拿了斩妖剑，吩咐店掌柜道：“如有人找我，叫他去隐逸村找。还有，算了店费，多少？”“好。两文。”

李保付了店费，领包拯、包兴向隐逸村走去。

李保领着二人到隐逸村一直进入待客厅，让座献茶，然后，向李大人、夫人禀报去了。

书中暗表，李大人膝下无儿，只生一女，名叫翠萍，年已二十，高门不合，低门不就。老两口爱如掌上明珠。因游园染病，延医调治无效。李大人和夫人无奈，只好贴出告白，觅请高明法师驱邪。

李大人和夫人闻听法师已到，急忙来到客厅相见。

包拯见了，连忙站起，见李大人和夫人皆是面慈目善。包拯不慌不忙，向前一揖，道：“李大人、夫人在上，晚生包拯拜揖。”

李大人见包拯体格魁伟，气度不凡，五官端庄，相貌清奇，连忙还礼。

分宾主坐下。李大人问道：“法师仙乡何处？”

包拯回道：“家住庐州合肥县。因拜了然大师为师，学了些降妖驱邪的法术。今特来为小姐驱邪，为李大人和夫人解忧。”

李大人和夫人齐应道：“多谢法师。”李大人问道：“法师驱邪，不知需要些什么？说出来，我叫下人置办。”

包拯胸有成竹地应道：“桌子三张，椅子一把，上香器具全套，黄表纸，新笔；朱砂、银珠、龙骨，各半两；红纸、黑纸、黄纸、七色纸各七张，蜡烛十根，我穿的新鞋一双，黄袍一件，就全有啦。”

夫人道：“这些东西好置办，求法师今夜就为我女儿驱邪，如何？”

包拯道：“东西齐全，今夜就能驱邪。”

李大人道：“法师请先用饭。我叫人把东西全拿来，请法师安排。”李大人和夫人告辞走了。

下人端来酒菜，李保作陪。包拯和包兴风卷残云，饱餐一顿。

饭毕，下人把东西一齐拿来。包拯又命下人取来铁钵、糨糊、剪刀。

他粘了七色三角小旗七面，然后研细朱砂、银珠、龙骨，化成汁，在旗上各画了一道符。

掌灯以后，包拯和李保、包兴把东西全拿到小姐闺房外，设立法坛。命李保取来七个碗和半袋小米备用。

月光下，在院中央，先并排两桌，上面放了香炉，将七面小旗按北斗七星图竖立在碗中设置好，旗下各置蜡烛一根。

又在后面摆了桌椅，在桌上点起三根蜡烛，放了药汁，纸、笔、斩妖剑、鞋、袍。又命李保、包兴抬来干柴，堆在院中，让二人退立一旁。

包拯穿上新鞋、黄袍，在香炉中插了七炷香，一齐点燃。

对着香炉恭恭敬敬作了三揖；坐下，铺开黄表纸，蘸药汁画了九道符。

画完符，披发仗剑，将十支蜡烛一齐点亮，烧化三张符纸。

包拯挤眉弄眼，打一哈欠，口中念念有词。

念了几句，吩咐李保去叫夫人、使女相陪去小姐卧房。

片时，夫人和使女到了。包拯用剑穿了三张符纸，让夫人、使女前行，随后走进小姐卧房。

包拯抬头一看，见小姐躺在绣花纱幔床上，虽然二目微闭，却也是一个窈窕淑女。生得五官秀丽，头上插金戴玉，穿一身绫罗绸缎。

小姐闻得法师进来，睁开眼，看了法师几眼，又闭上。

包拯将一张符纸放在小姐床头，另两张符纸在屋内茶杯中烧化，吩咐夫人加水少许，令小姐喝了。

小姐喝完纸灰，包拯仗剑大喝一声："何处妖孽，本法师在此，趁早遁去，免遭除灭！"喊毕，口中仍然念念有词，挺剑在床下、屋中乱舞。

舞了一会儿，包拯吩咐夫人、使女用纱巾包住小姐头部，搀扶出院，他在后仗剑相随。

儿人来到院中，包拯命李保点烧大火。

候火势小了，包拯命小姐站在火前。他收拢七面小旗和符纸，一齐扔入火中。

然后，大喝一声："妖孽快去！"说罢，将小姐一把推入火中。

小姐被推入火中"哎哟"一声惊叫，快步跑回屋中。

包拯吩咐夫人、使女夜间与小姐作陪睡觉。

然后，又命李保领着去客房休息。

第二日，李小姐因昨夜被推入火中，猛吃一惊，精神一振，觉得头脑清亮了许多；又听说云游法师为她作法驱了妖邪，于是心安虑清，方觉饥渴起来。

夫人询问女儿，得知病情大有好转，心里欢喜，连忙去告诉了李大人。

李大人听后，稍觉心宽，在客厅设宴招待包拯。

在酒席间，包拯对李大人、夫人道："小姐的妖邪已除，但需药物调理身体。我已开好一剂丸剂，三剂汤剂，同时并用。"

李大人急忙吩咐李保拿上药方，去三无镇买药。

李保买回药物，包拯照葫芦画瓢，如法做成丸药，并汤药拿入小姐房中，依法服用。

又过了两日，小姐因吃了安神醒脑、健胃开郁之药，病情越发好转了七八成。

夫人、李大人见了，更加欢喜。李大人又设宴招待包拯二人。

酒过三巡，菜过五味。李大人开言道："法师，这几日，我看你的言谈举止，很像一个饱学诗书的读书人。"

包拯一笑，道："李大人和夫人心地善良而贤明，我也不必隐瞒。我确实是一个读书的举人，眼下，正是进京城赶考去。因我跟了然大师学了法术和医术，凑巧把小姐的病治好了。"

李大人闻听，哈哈一笑，有意考问包拯。他先问了许多学业，包拯对答如流；又问了些安邦治国之大事，包拯谈论得有经有纬；再问了包拯考中举人时所答的三场答卷，包拯一一做了复述。

李大人听后，连连点头赞许，暗想到，看此举子相貌清奇，正气凛然，又学问渊深，才思敏慧，久后不可限量。谈了多时，李大人又问包拯是否婚娶。

包拯答道："晚生既无成婚，又无定亲。"

李大人听后，面露喜色，推故酒多，让包拯回房休息，却到后宅与夫人商议心事去了。

李大人到后宅找到夫人张氏，把包拯的身份和才学细说了一遍，然后道："咱们翠萍，如今已不小了，高门不合，低门不去。眼下这个举子包拯，我看很好。把女儿许配与他，我也心满意足啦。"

夫人接道："老爷说好，一定是好。我看包拯也很好。招了这个女婿，女儿和我们都有了依靠。"

李大人道："你快去和女儿说，看她的意思如何？"

"好，好。我这就去说。"

夫人连忙去小姐闺房。夫人进了小姐绣房，先问了女儿的身体状况，接着，把包拯的身份和才学学说了一番，之后，又道："你爹和娘都非常愿意，已经商议好了，要把你许配给这个包拯。娘问你愿意不愿意？"

小姐脸一红，沉思片刻道："娘，女儿大门不出，二门不迈，能知道什么？全靠爹和娘做主。不过，我还得考考他才好。"

夫人道："哎哟，好就行了。你如何考他？"

小姐道："娘，这个你就别管啦，我自有道理。"说罢，坐在书桌前，铺开锦棉纸，写了一首诗，折好，交给夫人道："娘，你把这个交给我爹，再交给包拯，让他作诗给我好啦。"

夫人接过诗，收藏好，笑盈盈道："好主意。叫他知道我女儿也会诗书文章。我这就找你爹去。"说罢，乐呵呵地走出闺房。

小姐送出门外，回房候音不提。

午后，李大人又把包拯请入书房，献上香茗。李大人喝了几口茶，笑容满面，道："小女多亏贤契救助，如今欲配与贤契。不知意下如何？"

包拯脸色飞红，连连摇头道："多谢大人厚爱。只是，晚生须得回明父亲和兄嫂，方敢应承。"

李大人道："贤契不可过于迂惑。凡事应当随机应变，方是成功之道。先联姻，后回明吧。”说着，笑嘻嘻从怀中取出一纸，道：“我女儿从小也读书，精明通达，也会作文作诗，将来必是贤契的好内助。贤契万不可错过机缘。这是我女儿作的诗，还须贤契作诗回答。”说罢，递与包拯。

包拯接过一看，其诗曰：

泰山奇峰三百转，游人须得上天街。
云里谈天非常易，俗子不度仙人观。

包拯看毕，感到小姐才貌出众，心里高兴万分，也就无所顾忌了，脱口应承道：“小姐的才貌，晚生十分仰慕。晚生十分情愿。就高攀啦。”

李大人见包拯欣愉应允，喜欢非常，道：“就请贤契写诗作答。”

包拯琢磨了几回，就在书房，排开文房四宝，挥笔写道：

雄伟挺拔看泰山，无限风光无限欢。
会当绝顶迎日出，排除艰险与万难。

包拯写好诗，交给李大人。李大人看了，十分赞赏。之后，李大人就拿给小姐看。小姐看了，满心欢喜。自此，包拯与小姐翠萍良姻缔结。

次日，大摆筵席，邀亲接友，热闹非凡。

当日下午，展昭来到隐逸村，在席间找到包拯。包拯给展昭引见了李大人道：“这位就是李大人。他老昔日是朝中的天官，现在是我的岳父。”

展昭跪倒磕头道：“李大人在上，展昭有礼了。”

李大人搀起展昭道：“贤侄，免礼。”

包拯对李大人、张夫人道：“这就是我和你们说过的展昭展熊飞，他可是我的好贤弟，是人中的俊杰。”

李大人上下打量展昭道：“展贤侄果然是少年英俊。快请入席。”

筵席散后，包拯把展昭领回寝房。

展昭道:“兄长,东西和马匹一时难以找到。不过,我给兄长拿来五十两银子。以后再行筹备。”

包拯道：“盘费不必犯愁了。李老爷自会赠送。你拿着路上用吧。”

展昭再三要留，包拯收了十两。当夜，又告诉了些别的话，休息不提。

第二天，包拯执意要走。李老爷怕耽误了赶考，不便多留，当时赠了包拯三百多两银子和一些衣物书籍，又挑了两匹坐骑，命李保相随，牵马挑担，伺候包拯。

临行，李老爷、夫人亲自送出老远，千叮咛万嘱咐，让包拯下了考场，就前来迎亲。

包拯应允，拜别了李大人、夫人，与展昭、包兴、李保一同上路而去。

展昭送了一程，也挥手相别。包拯三人，继续前行。

这才是：英气勃勃往前走，天下自有逢生处。

第十八回　招贤店包拯遇壮士　解行囊挥金救王朝

上回书说到，包拯在隐逸村喜联良姻。他拜别了李大人、夫人，告别了展熊飞，与李保、包兴赶奔京城。

匆匆又走了几日。这一日，走到京郊一个名叫“集贤镇”的小镇，离京城很近了。

看看日头已临西山。包拯三人顺着冷落的街道往前走，打听得“招贤店”是一个大客店，于是，经往招贤店住宿。

来到招贤店前，只见人来人往，三五成群，议论纷纷。

包拯向人询问，得知是一个外地武生，因住店与店东打起来了，状告到县衙，公差下来带人。

包拯三人，一边在人群中往前挤，一边喊：“借光，借光，住店的来了。”刚走进招贤店大门内，就见两个公差，恶狠狠地锁着一个壮汉，拉拉扯扯，迎面走出来。

包拯仔细打量那个壮汉，见其人生得体格壮大，面色红紫，年纪二十三四岁，粗眉大眼，五官端正，正气凛然，虎目圆睁，挺直身躯，迈着虎步向前走来。

包拯哪知壮汉是什么样的人呀？观其外往往知其内。他心中思量，此人不像个奸恶之徒，却像个落难英杰。怕是出门在外，有什么隐情，而被屈含冤罢。待我上前问问。思罢，抢前一步，抱拳当胸施礼道：“两位差官恭喜。我想与这个壮士问几句话，请千万行个方便。”

两个公差见包拯系一儒流，衣着显贵，言语不俗，并且威气逼人，因而退缩三分，道：“客人，请吧。”

包拯问道：“这位壮士，我看你相貌堂堂，一团正气，因何吃了官司？你姓氏何称？家住何方？干什么行业？”

那壮汉听了，看包拯超凡出俗，体质清奇，朗声答道：“武生姓王名朝，家住湖北洪泽县。自幼习练枪棒，来京会试武举。因病受困，不合，吃了官司。详情一言难尽。”

包拯一听，此人果然是个习武的英杰。看官听说，包拯心忧天下，要除暴安良，专爱结交天下的英雄好汉。因此，以前结识展昭，以后恩收五鼠。他听了个粗枝大叶，很不合意，还想问个来龙去脉。于是，从怀里掏出二两纹银，对两个公差道：“二位差官，你们迟行片时。我想借一步与王朝谈一会儿。这二两银子，权当二位茶资，万望笑纳。”

一个公差接过银子，道：“客人就在此处谈吧。不可时间长了。”“多谢二位差官。”

包拯从马身上取下行李，坐了，令李保、包兴牵上马，拿上其他行装，进店内安排住宿。

二人答应一声，进店里去了。

包拯对王朝说：“你也坐下讲话。”王朝一屁股坐在地上。

包拯问道：“王壮士，家里有什么人？”

王朝应道：“我娘只生我王朝一个，我娘去世十几年了。家有薄田几亩，靠我爹种地糊口度日。我自幼爱练枪棒武艺，十几岁上出家寻师学艺。学艺七年后，回家一看，我爹也去世了，田地荒了。我只好以给人看家护院为生。闲时，常和我要好的结义兄弟马汉研习武艺。”

“你进京会试，考得如何？”

王朝应道：“骑马射箭，刀枪对比，长拳短打，也算过得去。我和马汉的成绩都够格。可惜，庞太师他们说我俩是山野毛子，不能录用，将我们逐出考场。我从考场出来，气愤交加，又感伤风，走到这个招贤店，就病倒了。谁知一病半年，盘费用尽。这几日，被店东多次催逼房钱、饭钱。我说，我凛凛一躯，等病体康复后，绝不亏了他们。他们不听，今日竟邀了几个人来，借端打我。小人是个很守本分的人，因情急火燎，不合，打了店东等人几下。店东告到衙门，派公差拘我。”

包拯点头道：“我明白了。”

王朝问道：“听客人口音也是外地人。请问，贵姓大名？”

包拯应道：“我是庐州合肥县人氏，姓包名拯字文正。今来京赶考进士。”

王朝听了，爬起身，跪倒磕头，道：“小人有眼无珠，不知是包举人。包相公胸怀经略，千万替小人筹划筹划，这官司如何了结？”语声很有些悲怆。

包拯扶起王朝，道：“王壮士免礼，坐了说话。”

王朝坐下，道：“有劳包相公了。”

包拯是个从牢狱里爬出来的人，知道牢狱是个随意给人加上罪名，肆意摧残人的地方。王朝身无分文，若陷入牢狱，说不定会安些什么罪名，如何遭受摧残呢。他想何不用些身外之物，解救了王朝，日后或许能跟我惩恶除凶。想到此，包拯道：“这是个破财的官司。你身无分文，后果不堪设想。我带的盘缠很多，替你还清店钱、饭钱等项，再替你赔礼道歉，抚慰店东一些银两，赠给官差一些路费，让他们就此结束这场官司。不知能否如愿？”

王朝听了，欣喜万分，急忙又跪倒磕头，道：“恩公在上，小的万分感激恩公。我王朝今生今世永志不忘恩公的大恩大德，必当执鞭坠镫，为恩公效力。”

包拯道：“你且宽心，我先去和店东商议。”说完，站起来，与公差说了几句，说完快步走入店中。

包拯走入客店中，来到柜房，打个问讯道：“请问，贵店掌柜的在哪里？”

一个头发秃顶、长着山羊胡子的矮胖老者坐在柜前应道：“我就是，客官有何吩咐？”

包拯问道：“掌柜的贵姓？”“姓李。”“李掌柜，我有一事和你相商。”“什么事？请讲。”

包拯道："我在外面遇见了王朝。我看他生性愚鲁，是个老实巴交的死心眼儿，又是个外乡落难之人，怪可怜的。我想替他赔礼道歉，还清房钱、饭钱，再给您些医疗费用，就此把这场官司结束了。不知李掌柜意下如何？"

李掌柜听了，眼珠一转，马上答应下来，道："看在客官面上，可以结了。赔礼道歉就免了。不过，连房钱、饭钱加医疗费用，总共需八十两银子。不知客官肯出否？"

包拯想，救人要紧，连忙应承道："好说，好说。李掌柜如此宽厚待人，往后，这生意一定更加兴隆。""不敢当，不敢当。"

包拯略一思索，道："李掌柜，先随我找到我的伴当取银子。然后，需同我一起向公差撤了讼状，放了王朝才是。"

李掌柜连连点头，道："那是自然。你交清银子，我就放人。"

包拯叫李掌柜相随，二人一起在一间客户里找到包兴、李保。

包拯向包兴问道："包兴，咱们的银子呢？"

包兴用手一指床下，道："在床下放着呢。"

包拯也不多问，走到床前，弯下腰，伸手拽出银袋，解开口子，取出几锭大银，放在地上。

包兴不解其意，蹲下身，问道："三叔，你拿出这么多银子干什么呀？"

包拯应道："刚才我们遇到的是个落难的英杰，官府要把他下监入狱。我拿这些银子解救他。"

包兴、李保听了，同时惊叫起来："哎哟！"包兴捧起银子，道："三叔，你管的事儿也太宽了。王朝与咱们素不相识，他坐不坐班房，与咱们何干？把盘费送了人，咱们被困住了，谁解救呀？还是顾咱们自己要紧哪！"说着，又要往袋里装。

李保也从旁劝道："姑爷，这可使不得呀！这世上落难之人多得很，咱们能解救得来吗？包兴说得对，还是顾咱们自己要紧。"

包拯拦过包兴，又接过银子，捧在手中，道："你们说得也不无道理。我叫包拯，就是想要拯救天下的受难之人。别的，眼下我无能为力，也就罢了。

这个王朝，我是非救不可。你们不必多言了。”

二人看看阻拦不了，只好作罢。包兴噘着嘴，站过一旁。李保叹着气，看着包拯。

包拯拿着银子，邀李掌柜一同去见公差撤讼放人。

李掌柜欣然同往，二人走出店外，来到院中，径直走到公差面前。

包拯对公差深施一礼道:“二位上差容禀,我为王朝付了房钱、饭钱和医疗费，又赔礼道歉。李掌柜同意撤了讼状，就此放人。万望二位高抬贵手。”

两个公差一听，差点儿把嘴咧到耳根。一个公差道：“你们别拿我们当小孩子耍！不来时，由得李掌柜，来了就由不得李掌柜了！”

包拯急忙掏出十两纹银，递过去，赔着笑脸道：“二位休要生气。绝不会让二位空来一趟。这十两银子，权当跑路费。”

两个公差还是不应。包拯又从怀中掏出十两银子，道：“这十两银子，权当饭钱。这桩官司本无什么大不了的。只要二位高抬贵手，没有办不了的。”

李掌柜也讲情，道：“二位，就放了那小子吧。二位日后来，我请客。”

一个公差接过银子，掂了掂，道：“看在这位客人的面上，就饶了他吧。”说完，给王朝开了锁，取下链子。两个公差对李掌柜、包拯道：“咱们回头见。”掉头走了。

王朝倒身便拜谢包拯：“多谢恩公大恩大德。”

包拯又让王朝谢过李掌柜，交付八十两银子，然后带王朝去客房。

来到客房，包拯让三人相见。包兴一指鼻尖，道：“我叫包兴，你恩公是我三叔，我是他的书童。”李保道：“我叫李保，是前任吏部天官的大管家。你恩公是我家李老爷的姑爷，命我随京侍奉。”

王朝道：“我叫王朝，是个练武之人。日后，咱们一起侍奉我恩公。”

包兴对李保一伸舌头，做了个鬼脸。

王朝见了，也不便多言，在心里暗暗赌气道：“你们不相信？日后，让你们心服才是。”

包拯命包兴去打洗脸水，命李保去买饭菜。二人分头去办。包兴打来水，包拯、王朝洗了脸。接着，李保端来饭菜，摆在桌上。

四人一同坐下吃饭、叙话。王朝表示要留下来。包拯不允，劝其快速还家。

王朝悲声道：“那就容小人日后报答恩公吧。”

包拯又取出三十两银子，赠送王朝做盘费。

王朝接了，泪流满面，叩头谢恩。

第二日，吃过早饭，王朝向包拯说了些千恩万谢的话，又磕了几个头，洒泪与包拯告别，上路去了。

包拯三人收拾行装，告辞店主，要去进京。

这才是：行侠仗义数包拯，安得拯救天下人。

第十九回　京城内又遇落难人　怜百姓仗义又疏财

上回书说到，包拯拿出百两银子，解救了王朝。

却说，包拯与李保、包兴收拾起程，直奔京城。

偏午时分，三人进入东华门，到了京城。

京城果然强似地方小镇百倍，但见九街八市，繁华喧嚣；买卖行业，遍地星布；士农工商，应有尽有；三教九流，屡见街头。

李保牵着马，包兴挑着担，东张西望，看得眼都直啦。包拯边走边留意客店。来到一处名叫“春来客栈”的客店。他们挂了号，订了房间住下。

吃过晚饭，包拯三人与人在客栈聊天，问询京城街市何处热闹，胜景何处可观。有人说：“鼓楼最为热闹。来京的人，都要前去观看。”包兴当时记住了。

第二日，包兴吵着要去鼓楼开开眼界。包拯也想出去看看京城的盛况。因此，把银两存在上房，三人一同去鼓楼游玩。

来到鼓楼前，只见人山人海，川流不息。有布匹店、鞋帽店、衣服店、日用品店，水果铺、药铺、肉铺、手工铺、家具铺，各色各样。还有两个戏园子，南腔北调。还有卖艺的、耍猴的、耍狗的、弄蛇的、变魔术的。三人在人丛中挨着转悠，目不暇接。

转悠到一个戏园子门前，见一堆人议论纷纷，围着一个乡下人、一个小姑娘看。

包拯挤上前，见老人年过五旬，半头白发，满脸皱纹，衣衫破烂，赤着双脚，木呆呆地站在那里。身旁坐着一个小姑娘，年十三四岁，上身穿一件褪了色的破蓝衫，上面补了几个大补丁，遮盖大腿；下身穿一件白布单裤，裤脚口破烂不整，露着双脚。小姑娘眉清目秀，面黄肌瘦，眼里噙着泪水，头上插一根谷草。

片刻，乡下人开口道："我是相州人，叫杨和。因家乡遭了灾，我和小女及小女的母亲，三人出外乞讨度日，一路来到京城。本想找我的本家侄儿，不想我侄儿几年前搬走了。我和老伴儿只好在京城乞讨些盘费，好回家去。没想到，老伴儿劳累成病，死在城外的一个村子里。我万般无奈，又返回城中，想卖了小女安葬，也让小女讨个活路。有哪位好心人，给我五十两银子，把小女领去，好好收养，我感激不尽。"

包拯见了，目不忍睹；听了，耳不忍闻，心里老不自在，不忍离去。

过了一会儿，老人又说了一遍。

话音刚落，只见从人群中站出三个人来。为首一人，长得五大三粗，年近五旬，满脸络腮胡须，狍子眼，蒜头鼻，猪拱嘴，穿一身绸丝缎，腰系丝绦。身后二人，年约三十岁，摇头晃腚的。

为首这人，向老人施了一礼，掏出十两银子，道："客人听明白了。城中掏五两银子，就能买个姑娘。我看你可怜，多出了五两银子。买回去日后给我做个续弦。你的女儿享大福啦！"那两人挤眉弄眼、阴阳怪气地说："这姑娘长大了，换上好衣服，还不错嘛！"

乡下人看这三个人，绝非良善之辈，心中厌恶，道："十两太少啦！不卖，不卖！"

那人"啪"地把银子扔在地上，沉下脸来道："嗬！你这个人，还真不识相！我给你的银子已经够多的啦！"说罢，向两人一点头道："拉了走！"

另二人扯住姑娘，道："走吧！跟我大哥享福去吧。"拉上要走。

小姑娘吓得"哇"的一声哭了。乡下人也大放悲声，哽咽道："哪位好心人，救救我的小女。"

包拯大喝一声："住手！我掏一百两银子买啦！"只这一嗓子，如晴天霹雳，把那三个人镇住了。

二人放开小姑娘，回过头来看包拯。

为首凶汉，见包拯脸色铁青，犹如铁打的金刚，听包拯声如巨雷，赛似天神临凡，威风凛凛，咄咄逼人，心里掂了掂，未敢贸然发作。他弯腰捡起银子，道："咱们走！"三人悻悻走进人群中。

老人连忙跪倒，给包拯叩头，道："多谢恩公搭救。恩公贵姓？"

包拯扶起老人，道："我是庐州合肥县人，姓包名拯。来京会试考进士，现住春来客栈。老人家，随我来。"三人领着一老一少，分开众人，走出人群。

包拯把他俩领进衣服店，挑拣着给小姑娘买了一身新衣服，让小姑娘穿上；又领到鞋帽店，给小姑娘买了一双鞋；然后领着这父女俩，径直回到春来客栈。

进了住的房间，包拯让父女二人坐在床上，命包兴去提开水泡茶，命李保去取饭菜。

老人拍了拍身上的尘土，坐在床边上。小姑娘也坐在床头上。包拯搬一个凳子，放在床前，坐下。

老人似乐非乐地问道："恩公，家里有什么人？现在哪行发财？"

包拯道："家里有父母兄嫂，我与李天官李文业的小姐定亲，还未婚娶。我在家一边读书，一边开了个铺子。只因我母亲生了三个儿子，没有女儿，每每想有个女儿。我把她带回去，做我的妹妹。"

老人听了，心里欢喜得不得了，笑逐颜开，道："如此最好。我女儿可落到福地里啦。我也放心啦。"

包兴提来水，泡来茶。包拯让父女二人喝茶。父女二人怯生生地捧着茶杯喝茶。

一会儿，李保端来了饭菜。包拯让他们父女坐在桌前，一起吃饭。老人谢了又谢，带小姑娘坐在桌边吃饭。

老人一边吃饭，一边笑道："恩公日后考中进士，当了官，我女儿小桃子，就是进士的妹妹，官老爷的亲人啦。我老儿一辈子做梦也没有想到哇。"

包拯道："老人家放宽心，我日后一定当她为亲妹妹看待。"

包兴、李保听了，方知包拯已把小姑娘认作妹妹了。包兴笑道：“三叔真能办事，给我认了个小姑姑。”李保接道：“姑爷这门子亲认得好。我是心服口服，外加佩服啦。”

包拯也笑道：“不如此，难成其美啊。”

几人说笑了一会儿。包拯对父女俩道：“你们快吃饭吧。吃好了，我先给你们拿五十两银子，去料理小桃子娘的后事。如今，我看这京城之地，也不太平。你们父女太弱了，拿多了，怕有闪失。过几天，再来这里取。我一时走不了，等着你们。”

老人应道：“好，好。就依恩公办。”

包拯与老人又谈些其他事儿。等他们父女俩吃好了，去店房取出五十两银子，递给了老人。

老人接过银子，又说了些感激的话拉着小姑娘走了。

父女俩走后，包兴就来词了：“三叔，你当真要认个妹妹吗？”

包拯一笑道：“哪里话。我这不是救人要紧嘛，才不得不如此承诺。”

包兴听了，立时噘着嘴说：“三叔，你的心也太好了。救了父女俩，给他们五十两银子就行了。怎么还承应他们再来取？我们总共还有二百六十多两。若给他们一百两，只剩下一百六十两。往后，咱们的日子怎么过呀？你如何支应考试呢？”

李保也道：“包兴说得是。这五十两，再不能给人啦。”

包拯指着包兴道：“包兴，你小小年纪，想得倒不少。这事，不用你操心。我救人要救到底。再说，人要言而有信。我答应了人家，就要兑现。”

“那我们受困，怎么办？”

包拯道：“随遇而安嘛。天无绝人之路。我自有主张。”

包兴感到别扭，也无心再逛了，躺在床上，趺倒头睡大觉。李保也觉得不妥，闷闷不乐地喂马，料理杂务。当天无话可说。

第二日，三人吃过了早饭。包拯道：“今日，我们再上街去，顺便我要想个挣钱的法子。”

于是，三人又上街去了。刚转过春来客栈，就见迎面走来五个人，摆开阵势，拦住去路。

包拯抬头一看，竟是昨天抢买小姑娘的那三个凶汉，又邀了两个凶神恶煞，前来闹腾。

包兴、李保见了，也急忙紧腰带，挽袖管，亮拳头，摆弄架势，二人护住包拯。

包拯怒目圆睁，一手掐腰，一手点指着凶汉等人，大喝道："青天白日，在天子脚下，你们竟敢胡作非为？听我良言相劝，善罢甘休，算你们走运。若要胡来，哼！叫你们一个个难得好处！"

凶汉哪听这个呀！咆哮着喊道："呸！我不听你鸟叫，你奈我何？"其他四个恶煞也一齐呼叫："呸！不听你鸟叫！"

包拯用手指点众歹徒，稳如泰山，脸色铁青，威严地应道："众泼皮听真！我是吏部天官李文业的女婿。李大人虽然告老还乡了，可他的那些属下，散布在京城各个衙门。我这次来京赶考，不便住在衙门。你们胆敢妄为，和我过不去，我叫你们吃不了兜着走！"

包兴、李保都收回架势，一齐呐喊助威："今天，我们正是要去吏部衙门。""你们胆敢惹我家姑爷生气，小心你们的狗头！"

那人听了，半信半疑，相互看了看。一个恶煞走近凶汉，附耳低语了一番。凶汉上下打量包拯，见包拯临危不惧，气度不凡，心内怯了，一抱拳道："相公见谅。日后再见。"说罢，示意其他四人一同走了。

包拯三人松了一口气。包兴擦了擦头上的虚汗，道："好玄哪！"李保放下袖管，道："这些恶煞，横行惯了，今日却被姑爷给镇住了。"包拯一笑，道："我也是急中生智。要不，今天准得吃亏。"三人无心上街，返回店中安歇。

过了两日，杨和老人领着小姑娘又来了。

他一进客房，就对包拯道："包恩公，我把女儿留给你。我要回家去啦。你给我写个地址，我日后去探望女儿。"

包拯一听，老人当真要把女儿留下，觉得很为难，推故应道："老人家，我考完试，先不回家。带着你女儿，诸多不便。你先领回去。我给你写个地址，日后探我好啦。我仍然再给你五十两银子，做盘费。”

老人仰着头，眨巴着眼想了想，问道：“包恩公，你莫不是不诚心买这个妹妹么？”

包兴摇头晃脑袋，在一旁插言道：“老人家，我三叔是天下的大好人。看你们受难可怜，实是救助于你们的。”

老人听了，心里不自在起来，又是感激，又是钦佩，“扑通”跪下，叩头道：“恩公在上，不管你买与不买，今日老汉定让小女认你这个哥哥。你要不答应，我再也不起来。”

包拯一看，这可是弄假成真了，不答应也不行，只好相认。于是，对老人道：“我认下就是了。老人家，快起来。”说罢，两手搀起老人。

老人听了，心花怒放，激动得眼泪都流出来了，一把拉住小姑娘，道：“快谢恩公。快给恩公叩头，叫声哥哥。”

小姑娘也怪机灵的，连忙跪倒磕头，道：“哥哥在上，妹妹给哥哥叩头啦。”

包拯道：“妹妹免礼。大家一齐坐了说话。”

包兴拍掌笑道：“今日三叔给我认了个姑姑，我爷爷知道了，保证高兴。”

包拯吩咐李保备饭招待。李保买来饭菜，几人同桌而食，欢声笑语，边吃边谈。

吃过了饭，包拯写了详细地址交给老人收好，又取出五十两银子赠送老人。

老人推辞不要，只收了二十两。老人热泪盈眶，千恩万谢，最后，对包拯道：“包恩公，日后，我和小桃子一定去找你。”

“好。我等着你们。你们要快些回家去。一路上要多加小心。”

“多谢恩公关照。”

老人和小桃子又拜过包拯，含泪走出客栈。包拯三人送出半里之遥，方才告别父女俩，返回客栈里。

这才是：一介布衣怜百姓，做官方能忧民生。

第二十回　春来客栈主仆受困　长安街头包拯卖字

上回书说到，包拯仗义捐盘费，解救了杨和父女。

却说包拯赠了杨老银两，因此，他们的费用紧张起来。包拯只好节食俭用。三人先搬到下等房间住宿，又吃些便宜的饭菜，并且尽量节省各项支销。

包兴、李保心里老大不然，闷闷不乐。

在客房中，包拯坐在木凳上，锁着眉头，低头合计。纵然吃住简朴，尚且能得过且过。但是，支付考试诸项，却是断不能缺少的。事到如今，不想个挣钱的法儿，恐怕以后应付不了。思来想去，想到一法。

这日早上，包兴、李保眉间结着疙瘩，撕嚼着馒头、咸菜，喝着白开水。包拯却毫不介意，大口吃馒头，大碗喝白水，样子倒很开心，笑着对二人道："人常说，学武的踢拳卖艺，学文的提笔卖文。我再三琢磨，想上街头卖字联去，也好赚一些银子支用。"

二人听了，心存疑虑。包兴当下嘟囔道："恐怕不行。要是卖字能赚了钱，只怕天下的读书人，都上大街去卖字啦。"李保也道："即使能赚点儿钱，恐怕也不济事呀。"

包拯看他二人信心低落，又补充道："无论如何，我决计试一试。如果不成，再想其他办法。"

吃过饭，三人起身，走上街去。转了三街六市，看了些买卖铺户。包拯亲自选买了几种纸张，又买了几块墨、几支合用的笔和糊裱之品。然后回到客房。

包兴去柜房借来一把剪刀。包拯将纸铺在床上，裁成一副副对联纸条，接着裱糊好一副。然后，吩咐包兴、李保照样子裱糊其他对联纸。二人依样裱糊。

包拯研好墨，把对联纸条铺在桌子上，饱蘸墨汁，就书写起来。那字体写得飘洒秀逸，刚劲有力，美观悦目，瞧一眼，简直是一种艺术享受。再看佳句，更是美不胜言，情景并寓，理意共存，看一遍，又是一种情操陶冶。

客栈中，南来北往的客人听到，纷纷前来观赏，人人见了赞不绝口："好字体！""好词句！"当时，就有一些人买了去。

客栈马掌柜和伙计们见了，齐翘大拇指称誉。马掌柜眉飞色舞地对包拯道："包拯,这些对联写得太好啦！人人喜爱。拿出去,准能卖了。只怕是供不应求呢。"

包拯听众人称赞，心中也高兴，应道："承蒙夸奖。借马掌柜的福口，若能赚了钱，助我成大事也。"

包拯奋笔疾书，工夫不大，就书写好许多对联。然后，将这许多对联糊裱，卷成几大卷，又用布包了两包袱。

吩咐包兴、李保各提一包，自提了文房四宝，一同上街。

去到繁华人多之处，在地上展开一块黄布，铺个摊子，叫卖起来。

前书说过，包拯在大街上卖过肉类，吆喝惯了，这回，吆喝得那是有腔有调、自自然然："卖对联啰！卖对联啰！哪位客人，快来买哟！"

包兴见状，在一旁乐开嘴笑，拍着手道："三叔，还真行！"

包拯一笑，道："我以前做过小买卖，卖东西，这是老本行啦。"

时间不长，围来许多人看。众人一看，悦目赏心，几乎人人称赞："这对联太好了。给我来两副。""好呀！给我买一副。"嗨，买的人竟真不少。

卖到日色偏午，已卖了一大半。有给五文、十文、二十文的不等。

这时，有一个穿戴很讲究的人，年约五十岁，挤上前来，对包拯问道："先生，我想让你现编现写一副对联。不知可否？"

包拯应道："可以。可以。将你的意思，讲来我听。"

那人是个书店老板，如此这般，将胸中的大意讲了一番。意思是想多销售书籍。

包拯听罢，从包袱中取出几样对联纸，任其挑选好。然后，思索片刻，挥笔写了一副。

那人接过一看，上联写：要知万事之理广读书；下联写：欲晓日常成败多阅史。

那人看后，连连称赞：“好极了，好极了！正合我意。我给你五十文。”说罢，将钱付与包拯。接着，和包拯攀谈起来，问道：“先生，你是哪里人？有如此好的才学，因何出来卖字？”

包拯应道：“我是庐州合肥县人，姓包名拯字文正。因来京赶考进士，不想盘费缺亏，因此出来卖字赚几个钱。”

包兴看到字联卖得很快，高兴起来，心中的犹疑早已飞到天边。他扬扬得意，从旁补充道：“我们的盘资本来很多，很充足。走在路上，因救了一个王朝，用去一百多两；进城内，为救一个老人和他女儿，又赠送了一百两。因此，把我们给困住了，才出来卖字。”

围场的人听了，都点头赞许，心里暗暗钦佩。一时间，一传十，十传百地传开了。

包拯三人把对联全部卖完后，又去店铺买些纸张，拿回客房书写裱糊。

过了几日，包拯卖字联的惊奇事儿，在京城轰动传诵。来买字联的，来特意写对联的，蜂拥而来。

一日，包拯三人铺开摊子，围观者甚众。买的人应接不暇，将包兴、李保喊叫得头昏脑涨，手忙脚乱。

正在这时，有一人匆匆走来，挤上前，问道：“谁卖对联？”包拯应道：“我卖对联。”

那人道：“我是个外地人，叫王瑞。”王瑞眨了眨眼睛，对包拯笑了笑，又道：“我家老爷，闻知你的对联写得很好，命我前来，叫你写十副屏风对联。你可要用心想好，用心写好。写好了，有赏，赏你二十两银子。”

包兴听了，十分惊喜，把眼一眯，两手快拍不到一块啦，道：“哎哟，赏这么多银子？”李保也心中暗喜，面露笑容。

王瑞也眯着眼，笑道："小兄弟，别大惊小怪的。我家老爷腰粗得很哩，有的是钱。高兴时，往往赏人许多银子。"

包拯问道："你家老爷贵姓大名，是何行业？"

王瑞狡诈异常，避而不答，应道："先生不必多问。我家老爷姓王，并无大名。说给你不知，领你去路远。你还是用心写对联吧。"

包拯道："也罢。我就好好地想，用心地写。你回去后，对你家老爷说知，就说我这里深表谢意。"

"那是一定的。"

包拯取出纸墨笔砚，一边向那人问明一些事体，一边思考书写。

包兴、李保也没闲着，边叫卖边出售。

包拯写了整整半天，把对联全写好了。王瑞接过十副对联，左观右赏，连连称赞，从怀中取出二十两银子，递给包拯。

包拯接过银子，拿在手中，仔细打量此人。

王瑞低着头把对联卷好后，用包袱包好，对包拯道："要是我家老爷子看了高兴，说不定还要赏你银子呢。"说完，冲包拯笑了笑，拎着包袱走了。

包拯心下疑惑，命李保跟梢察访。李保点头会意，悄悄尾随那人而去。按下不提。

却说，过了几日，那人又来买字联。

包拯一见，上前扯住王瑞衣袖，拉到背巷无人之处，低声问道："你家老爷，姓王名苣，是当朝丞相，是也不是？"

那人听了，睁大眼，显出惊奇之态："哎哟！先生，你是怎么知道的？"

"我叫李保跟梢你去察访，得知实情。"

那人一乐，靠近包拯，环顾四周无人，也低声说："包拯，你真精灵。我是王苣王丞相府的总管。探得你因救人疏财，上街卖字，住在春来客栈。本来想赠你银两，一怕你不肯收，二怕惹人耳目。故此，命我假作买字联，其实是助你银两。"

包拯听了，心头发热，欢欣鼓舞，拱手说道："王总管，请你在王丞相面前，替我多说些感谢的话。拜托了。”

王瑞附在包拯耳边，悄声说：“包相公，你继续在街上卖字。两日后，我来此处找你。”

包拯点点头，应道：“是。王总管，我在此恭候。”

王瑞道：“好。咱们改日再见。”说毕，匆匆离去。

包拯回到摊子前，依然卖对联。卖完了对联，收拾毕，回客栈去了。

话休烦絮。包拯三人继续上街卖对联。过了两日，三人去到原地，刚摆开摊儿，就见王总管领着一人，挑两只木箱子，径直走来。二人来到摊前，放下挑子。

王瑞靠近包拯，小声说：“包相公，这是我家王老爷赏你一桌酒席，权当接风。你莫要推辞，赶快挑回店中吃。王老爷吩咐：叫你放宽心全心全意应试。如有什么难处，派人告诉于他。”

包拯异常激动，道：“多谢你家王老爷！我全记下了。”

王瑞留下挑子，领人匆匆而去。

包拯三人，卖了一会儿对联，就收拾了摊子。李保挑了箱子，回转客店。

回到客房中。包兴早已等不及了，急急解掉绳索，双手揭起两只箱盖。

三人一看，果见里面是些上等名酒名菜和食盒。

包兴、李保把酒菜食盒一齐摆在桌上。取掉酒菜，见一只箱间露出一层黄布。取起黄布，箱底放着三百两银子。

包兴乐得直蹦高。李保乐得咧开嘴。他俩一齐嚷叫道：“哎哟！箱里有这么多银子！”

包拯也是感动不已，打个手势，道：“小声点儿。千万别声张出去。”

二人听了，一伸舌头，不敢嚷了，把银子放入钱袋中藏好。

三人排开酒席，开怀畅饮，品尝名菜名酒，好不快活！

从此以后，包拯抽时间写一些对联，吩咐包兴、李保上街去卖。他在客房中专心温习功课，以待临期应试。

这真是：扶危济困挥金去，贤人钦佩助银来。

第二十一回　揭弊端包拯闹考场　抒学识书生答试卷

上回书说到，包拯在京城解囊救人后，费用紧张，因而上街卖字。

包拯一边卖字联，一边温习功课，看着考期临近了。

这一日，春来客栈又来了一名考生住下。这个考生，三十多岁，自称冯敏，河北人氏，长得像一头大胖猪。圆滚滚的西瓜脑袋，油光光的面庞，下巴下又长出个大下巴，粗胳膊粗腿，挺着个大肚子，中等身材。穿戴非常阔气，带着仆人使女好几个。他来了以后，终日大块吃肉，大碗喝酒，是一个十足的酒囊饭袋。

冯敏见包拯对联写得很好，料定学问不浅，还不时来包拯住的房间攀谈。谈论之中，语词甚为粗陋，几乎胸无点墨。不是个有才学的读书人。

一日，冯敏拿来一篇文章，叫包拯润笔。包拯接过一看，题目是《天下易治论》。文章中，虽然词句华美，但语意不精辟。包拯一边读，一边还给修改了几处。

包拯看完后，问道："冯相公，你因何写这篇论文？难道拿它应试不成？"

冯敏见问，一时支支吾吾，很不自在，揉着鼻子，半晌才结结巴巴应道："我这是……习作……习作论文。谁知能不能用上呢？"

包拯不以为然，把这件事放下，不去理会。冯敏说了几句客气话，走了。

且说国政。自真宗驾崩，仁宗赵祯登上帝位。封刘妃为太后，封庞妃为西宫，封庞吉为太师，封郭槐为总管都堂。先朝元老，照旧供职。庞吉乃朝中的奸贼，与一班趋炎附势之人，结成党羽，横行霸道。因有一些以王芑丞相为首的忠正之臣支撑，朝政倒也不至败乱。仁宗开科考试，广选贤材。钦点王芑丞相、庞吉为主考官，温颜博学士为副主考官。

会试举子，有走后门的，有打关节的，纷纷不一。包拯在客栈稳坐，专心以才学待试。

到了考期，包拯报了名，挂了号，随众举子入考场应试。

第一场，考的是《大学》《中庸》《论语》《孟子》等书中的一些论述。包拯做了圆满解答。

第二场，考的是作诗词，作赋文。包拯一一做好如次：

一、作诗词：《来京路上见闻》

夜静叩柴门，迎出一老翁。
千里来相逢，亲如一家人。
开口颂皇恩，恰与昨日同。
原是卖菜民，临别助其工。

二、填诗词：《菩萨蛮·长江》

一条长江连中华，功功过过各千秋。
代代长堤护，茫茫入海流。
万里广益处，两岸得丰收。
安得滔滔水，化雨洒神州。

三、写一篇短文：《长城赋》

列国强盛，灿烂如星。寻衅纷争，未知谁雄？御敌国而尽地利，借物用以筑长城。

夜以继日，竭万民之艰辛。年以续岁，极府库之财金。

五里一台，十里一墩。山不厌高，盘崛长峰。其长也，环国千里。

其宽也，并骑驰骋。

至若敌寇入侵，狼烟直升。一处告急，几方援应。木石如雨，士开劲弓。蚁聚冲锋，碰壁逃遁。当此之时，其不愧为一法宝，赖以取胜而建奇功也。

然则，六国造长城，未谋一旦并于秦；秦皇益暴筑长城，后人嗟叹二世终。

古人云："天时不如地利，地利不如人和。"此之谓也。抑或可信？

却说，至第三场考试时，包拯列在队中，进入考场。他对号入座后，一看试题，题目是《天下易治论》。

他不由得大吃一惊。联想到冯敏予作《天下易治论》，必与朝中贪官污吏通气作弊；如此，考场中砂珠难分啊。包拯沉吟片刻，"噌"地站起来，问道："主考大人，我有一事要问，未知准否？"

王丞相坐在上面，不知他要问什么，应道："请讲？"

包拯道："前几日，我在春来客栈中，见有人予作《天下易治论》。我想，这次考题已经泄露。请主考大人给我另换个题目做。"

坐在上面的庞吉一听，气急败坏，也霍然站起来，指着包拯大喝道："大胆狂生！这题目是皇上御笔亲题，何人敢擅自更改？你必是无学无才，做不上来。故此，在考场起哄。来呀，护场军校，把这个狂生给我用乱棍赶出考场外！"

话音刚落，考场中的两个护场军校"呼啦"扑向包拯，欲行逐赶。

王丞相见状，也急忙站起来，把手一挥，大声道："退下！"

两个护场校尉停住脚步，看着庞吉。

王丞相转身走近庞吉，小声道："庞大人，我看这个考生说得有眉有眼，说不定还真有其事。若有其事，必与朝中重臣有关。这事闹大了，让皇上知道了，你我都难脱干系。就让这个考生胡乱考吧。请庞大人三思。"

庞吉转动着三角眼，想了想，也就作罢，道："就依王大人裁断吧。"

王丞相走到包拯身边，大声道："这一举子，休得胡思乱讲！这题目是皇上御笔亲题，任何人不得改动。你就依此题应试吧。”

包拯应道：“学生知晓了。谨遵诸位大人之命。”说罢，坐下。他再不敢言语，低着头，挥笔疾书，应试作文如下：

天下易治论

天下本易治。何也？夫天下之人，十之八九，皆欲安其居，乐其业，欢度天年，永享太平，而望天下安宁。故曰天下本易治。

天命之君，顺天下之常势应万民之心意，立朝政治清平世界，万民欢乐而和顺安宁也。故曰天下本易治。

立朝政，治清平盛世，必然安官设吏而各有所司。官吏廉正，报国爱民，则朝政法明，奸邪不生，而天下安宁。天下易治也。

君以民立国，民以食为天。民安宁则国安定，民不安则国不宁。民富裕则国稳定，民贫苦则国动乱。抚民苦，致民富，广革新，激生产，民富国强，则国泰民安，天下易治也。

至若天灾无情，伤民生气而民不安也。防天灾，抚民情，则民有生气而天下安宁。

或有民中凶暴者不法横行，骚扰民间。诛凶暴惩不法，则贼平乱息而天下安宁。

或有外寇入侵，激励士卒，迎头痛击，安定边陲而天下安宁。

千里之地，万里之域，若有贪官污吏，损公营私，搜刮民间，贪赃枉法，暗无天日；其民必生机日竭，怨声载道，则民不宁则政纲乱也。

贪官污吏作祟，则法律难明，奸邪横生；巧取豪夺，民不聊生；贪污受贿，百姓呻吟；上行下效，气势汹汹，污浊腥风，难以清平。

仓充鼠雀喜，草无狐兔愁。五口之家，十户之村。若其衣食不周，则婴童啼饥，大人号寒，少年形槁，老弱呻唤；再加天灾人祸，更是难以聊生。则或毙，或逃，或盗，或夺，人乱作而社会乱也。

贤人济世，颂扬廉政，维护国法，指责贪官，发明科技，广开生产，而忧民生。贤人不朽，天下怀德。

圣明之主，建立廉政，明正国法，严惩贪官，注重科技，推动生产，而解民忧。圣明之主，天下怀恩，而天下易治也。

官吏廉政，国法严明，百姓富足，民间太平，天下必易治。

凡此种种，乃国之大事，政之大略也。

包拯考罢三场，在春来客栈停留，静候揭晓之期。

这正是：十年寒窗欲济世，世人金榜望题名。

第二十二回　庞太师发难毁包拯　王丞相力争中进士

上回书说到，包拯考罢三场，在客店中静候消息。

却说，京城内开科考试已毕，仁宗皇帝着值班太监宣旨王芑、庞吉进文华殿召见。

王丞相、庞太师随太监去到文华殿。参拜见礼毕，侍立一旁。

仁宗口出圣旨道："如今，考试已毕，你二人抓紧时间判卷、选卷。要秉公执法，不可徇私，务必选出真才实学的贤才来。如有徇私枉法者，送交刑部审理。"

王丞相应道："臣遵旨。臣一定遵圣上旨意，为国选贤。"

你别看庞吉每日吃人饭，却经常办鬼事不办人事，可嘴里说得比谁都好听。他应道："臣遵旨。臣一定遵万岁旨意，秉公执法，把万岁的浩荡天恩布于天下。如有胆敢营私舞弊者，决不对其姑息容情。一定要为国选出贤才，不辜负万岁的重托。"

二人领旨后，退出文华殿。

且说庞吉老贼，办完公务后，回到太师府。早有那些狐群狗党前来营私舞弊。这些人各拿礼品，堆积注目；奇珍异宝，金条银块，精品美味，是种类繁多，其势夺人。

庞吉命人一一收起。然后，与他们在客厅相聚，设宴招待。

庞吉对他们提示道："诸位，今年皇上对这次科试，是十分认真对待的。近日，特意在文华殿召见了我和王丞相。出口旨，不许徇私，不许枉法。如有徇私枉法者，一经查出，就要送交刑部审理。你们要小心在意，绝不可露出马脚来。"

这帮家伙，依仗自己的权力、地位，互相串通卫护，逍遥法外，横行无忌。平日里，无论万岁出公文也好，出圣旨也罢，都可当作耳旁风。这回也照样置若罔闻。

其中，有一人嘿嘿冷笑道："常言说，县官不如现管。握在我们手里的事儿，还能没法儿做？街上的买卖还分十样做哩。"另一个家伙接道："仁兄，你说得不差。常言道：'天高皇帝远。'万岁只能出个圣旨罢了，办事情还得全靠下边。庞太师长青不老，只要庞太师给咱们撑腰遮护，就什么也不怕啦。"还有人道："天下乌鸦一般黑。谁没有点儿私情？谁不办点儿私事儿？除非是山门前的金刚，寺庙里的佛像。没有私情的世道，还不知有没有？防止徇私的办法，还没有造出来呢。哈哈哈！"

庞吉见这些人无法无天，胆大猖獗，生怕弄得不可收拾。于是，沉下脸来，狠狠地"啪"一拍饭桌，怒目大喝道："放肆！大胆！尔等千万要小心！都给我记住了！"

众人这才止住狂言，诺诺连声应道："是。是。请太师放心。"

庞吉把狐群狗党送走之后，去到书房休息。一个人坐在太师椅上，一边品着刚送来的香茶，一边想心事。

书中暗表，这几天已进入评卷阶段。王芑和温颜博对包拯的答卷很赏识，对包拯很器重，提出要列为前几名，上呈皇上御批。庞吉当时就提出反对意见，道："这是个狂生，不可录取；如若录用必将于国家有损无益。"但是，那王、温二人已拿定主意，不听这个奸贼滥谈。这件事，使庞吉大伤脑筋。

看官听说，世上的邪正之争，往往是水火不能相容。

庞吉坐在太师椅上，心中合计，王芑丞相对我常常作梗，很不快意。如果让他把包拯按前几名选上，将来岂不成了王丞相的助手？对我是大大的不利呀！这还了得。再者，我办的事儿，就有落了空的。不行！怎么说，我也不能让包拯金榜题名，更不能让其名列前面。无论如何，我务必得想个法儿才好。这该怎么办呢？老贼庞吉那是绞尽脑汁地想鬼主意。看来，只有借包拯闹考场为由，去皇上那儿连真带假，搬弄是非，惹得皇上恼了，把包拯毁掉，说不定还能斩首示众呢。庞吉越想越开心，把愁眉展开，自言自语道：“对，就这么办。”

庞吉老贼想好主意，急匆匆乘坐大轿，去到皇宫内院，请值班太监启奏，求见仁宗。

仁宗传出旨来，让庞吉去勤政殿召见。庞吉随太监走进勤政殿，一见仁宗，跪倒行君臣大礼：“参见吾皇万岁，万万岁！”

“太师平身。”

庞吉站起。仁宗和颜悦色道：“太师请坐。”

庞吉见仁宗对自己恩宠有加，心里甭提有多高兴啦，忙说：“万岁身旁，微臣不敢坐下。”

仁宗一摆手道：“这不是在金殿之上，国丈还是坐下谈吧。”

庞吉道：“谢主隆恩。”说罢，斜坐在绣龙墩上。

仁宗问道：“太师今来，有何本奏？”

庞吉看了看左右太监宫女。仁宗会意，挥手示意他们退出去。

庞吉奏道：“启奏万岁，现在，试卷已经判完了，正在进行评卷，选拔人才。有一个举子，姓包名拯，是庐州合肥人氏。这个举子，试卷答得也说得过去，只可惜，是一个狂生。因为这个考生，我与两位主考意见不合，竟然吵了一场。请万岁圣裁。”

仁宗问道：“如何是个狂生？两位主考如何与你不合，细奏上来。”

庞吉重新坐了坐，干咳了几声，道：“就是这个考生，在第三场考试时，入场后，他无视圣上，竟站起来说‘天下易治论’这个题目出得不好，要求主考改换个题目做。这件事，在场的监考官员和护场军校都可做证，就连二位主考也不能否认。”

庞吉乃是仁宗的重任之人，又是其岳父国丈。仁宗哪能不信，哪能不听呢？仁宗听了，不由得恼起来，愠愠怒道：“果是狂极啦。”

庞吉又道：“万岁，就是这个狂生，也不知王丞相心里是怎么想的，竟要把他名列前面，还想让万岁您御笔钦点呢，真是不可思议。”

仁宗脸色不悦，道：“我知道了。这样的狂生，决不能录用。太师，你就把他废了得了。”

庞吉听了，心中暗喜，像吃了一颗定心丸，暗道：“王芑呀王芑，看是你说了算，还是我说了算？”

庞吉仍不满意，还不肯善罢甘休。心想，我把皇上再激一激，让皇上把包拯定成死罪，斩草除根，免除后患，岂不更好？想罢，贼眼珠转了转，又进谗言道：“万岁呀，朝中的多少有功之臣，若是轻慢圣上，欺君罔上，皆定为大逆不道之罪，置于死地。如今一个草民白身，竟敢在如此庄重的考场上，肆意轻视万岁，欺君罔上。如不斩首示众，有损于万岁的尊严。请万岁圣裁。”

仁宗想了想，道：“一介书生，无足轻重。杀了他，恐天下举子捕风捉影，议论纷纷，从而有损于朝政。不予录取，就行了。”

庞吉跪倒身，叩头再奏道：“微臣耿耿忠心，处处为万岁着想。万岁呀，这个举子虽然不值得一提，但是事关重大，不加惩处，于国法不利，于万岁尊严不利啊！”

仁宗听了，感到说得很有些道理，终于道：“把这个举子收到大理寺，关他几年。太师，你就去办吧。”

“遵旨。万岁圣明。臣告退。”庞吉退出勤政殿。

再说，包拯在客栈中左等右等，盼望金榜题名。忽一日，起床刚梳洗完毕，就见有一百御林军，各执刀枪。围住春来客栈。

一名禁军头领带领十几名军士，在马掌柜的导引下，扑进包拯住的房间，道：“谁是包拯？”

包拯应道：“我是包拯。”

禁军头领恶狠狠道：“包拯，你犯事了，今天将你逮捕。跟我走吧。”

包拯听了，十分吃惊。包兴、李保更是惊骇得张着嘴，木呆呆地不知所措。

包拯分辩道：“我是个守法之人，未触犯刑律。如何拘捕我？”

禁军头领凶性十足，吼道：“这个我不管。庞太师有令，叫我抓你。”说罢，从军卒手中取过木枷，给包拯戴上。不由分说，押上走了。

包兴、李保唬得魂飞魄散，二人面面相觑，不知其中原因，包兴怔了半晌，哭着对李保道："李总管，你快去丞相府，告诉王丞相，或许能救我三叔。"

李保面色苍白，抖着嘴应道："我也左思右想，该去托谁呢？好，先找王丞相。"说罢，急忙走了。

却说王丞相。判完试卷后，这几日，他和温颜博等官员进行评卷，选拔人才。王丞相对包拯的答卷非常满意。在会议中，提议要把包拯列为前几名。可庞太师坚持异议，从中作梗，不能通过。

这日，吃过早点，王丞相坐在书房中，正思量此事。忽然门人进来禀报，道："王大人，外面有一人，名叫李保，自称是包拯的随从，说是有非常紧急之事，要求见大人。"

王丞相道："快，快把他领来见我。"

门人出去，把李保引进书房。李保跪倒叩头，道："参见王丞相。"

"起来说话。"

李保站起，把哭腔都带出来了，道："啊呀，王大人，包拯遇上大祸了，被一队御林军抓走了。"

"什么时候？""今天早上。""因何被抓？""不知道。""抓到哪里？""也不知道哇。"

"王大人，求您快救包拯啊。"

王丞相很是吃惊，道："你先回去。我去查问。"

李保又磕了一个头，告辞回店。

且说，王丞相急忙派人四下查问打听。查问了两天，才问清原委。王丞相气炸肝肺，恨恨骂道："好你个奸贼庞吉！你嫉贤妒能，任人唯亲，乱走后门，倒也罢了。没想到如此歹毒！在皇上面前搬弄是非，诬陷良善。"

王丞相对庞吉的胡作非为恨得咬牙切齿。但是，为什么不去揭发呀？因为庞吉是当朝国丈，在皇上面前红得发紫。平日与皇上言谈之间，知道扳他不倒。不然，或许要引火烧身哪。故此，隐忍难发。王丞相意识到，要想解救包拯，非得去皇上面前分辩，若是皇上准奏，方能解救包拯。王丞相在府中想好主意，决定第二天早朝后求见仁宗。

第二天，散朝之后，王丞相没走，请值班太监往里启奏，请旨召见。值班太监得旨后，把王丞相领到勤政殿面见仁宗。

王丞相见了仁宗，跪倒行君臣大礼："吾皇万岁，万万岁！""王爱卿平身。"王丞相站起身。

"王爱卿，你今天有何本奏？"

王丞相躬身低头奏道："启奏万岁，试卷已经判完。这几日，正在评卷，选拔人才。在考生中，有一个举子，姓包名拯，是庐州合肥县人氏。这个举子，才华出众，试卷答复很有些见地。我与温学士及许多官员，都赞同把包拯列为前几名。不料，这个考生却被抓进大理寺监牢中。"

仁宗道："我听人说，这个考生搅闹考场，是个狂生，有欺君之嫌。"

王丞相听了，心里直打冷战，啊呀，怪不得包拯身遭大祸，这真是"恶语伤人六月寒"哪。他又分辩，奏道："万岁啊，这是有人恶语中伤哪。这个考生，进入考场后站起来，向主考禀告，说临考之前，见有人予作《天下易治论》。他猜测有人泄露了国家机密，恐有人预先答题，鱼目混珠。因此，他提出想另换个题目应试。"

仁宗追问一句："如此说来，考场中确有其事？"

王丞相奏道："事是确有这么一回事。但是，依臣看来，这个考生身在民间，并不知道题目乃圣上所出，本心决无欺君之嫌，实则是揭发弊端有功。臣当时也在场，回复他此题乃圣上亲题，不能更改。那个考生听了，惶恐万分，汗出满面，不敢再言，低头答题。"

仁宗道："如此说来，朝中有人竟营私舞弊？"

王丞相应道："臣不敢妄断，请万岁明鉴。"

"王爱卿，你回去查究。如有舞弊者，送刑部审查。"

"臣遵旨。"王丞相又奏道："万岁，这个考生的答卷，让人看了悦目赏心，我把他的答卷也全都带来了，请万岁看一看。"说罢，从衣袖中取出包拯的三场答卷，双膝跪倒，双手高举头上。

仁宗本来不想看，见王丞相两鬓斑白，多年来忠诚可信，情形恳切感人，不忍推脱不接，又听王丞相说试卷答得非常好，心中好奇，于是伸手接住，道："爱卿平身。"

仁宗先看了《天下易治论》，点头赞许；又看了诗词赋文，微露笑容；接着，把第一场答卷也看了，觉得答得圆满动人。

书中暗表，仁宗自幼攻读经书，吟诗作赋，很有文才，且有爱才之癖。仁宗不看则已，看了之后，对包拯产生了好感，想了想，对王丞相道："王爱卿，这个包拯，既是闹考场事出有因，而且情有可谅，揭发有功。你就去大理寺把他放了吧。""谢主隆恩。""还有，难为他饱学之苦，你就在进士之间填上他的名吧。"

"臣领旨。谢万岁！"

仁宗此次为什么能纠误改正呢？这是因为当时仁宗当上万岁还年不长，又正值年轻开化之时，头脑中的保守意识和顽固思想还不严重，再加上有爱才之癖；另一方面，又因包拯才华出众，王丞相举贤诚恳。故此，仁宗格外开恩，御点包拯中了进士。

王丞相叩头谢恩，然后退出勤政殿。接着，乘轿急速去大理寺解救包拯。

再说，包拯从大理寺监牢中出来，回到春来客栈，面色憔悴，心情沉闷。

又等了几天，听说皇榜已经贴出。包拯三人急忙飞奔去看。

来到皇榜之前，只见人山人海，人头攒动。

包拯在人群中挤了半天，挤上前去。从头看下，只见前三名中，冯敏竟高中榜眼，自己中了第四十二名进士。

包拯看了，喜愤交加，喜的是自己总算中了进士。愤的是，想那个冯敏本无才学，是一个十足的酒囊饭袋，却能高中榜眼，其中必有隐情。又想到自己本来才学出众，几乎身陷囹圄，若无王丞相从中出力相助，连后面的进士也轮不上。包拯越想越气闷，感到人世茫茫，风云莫测，叫人感慨万端，叫人啼笑皆非。

这才是：莫道世人心公正，天衣无缝有漏洞。

第二十三回 小包村双喜临门 定远县首平冤案

上回书说到，包拯在京城应试，金榜题名，中了进士。包拯在京城候了些日子，奉旨封为凤阳府定远县县令，限期上任。包拯领旨后，三人急急出京。

却说，包拯与李保、包兴风尘仆仆，先回到隐逸村。李保先进宅院向李大人报知，二位老人和翠萍小姐闻听包拯中了进士封了县令回来，一齐在宅院内迎接包拯。

包拯一见二老，倒身便拜。“贤婿免礼。”李大人急忙搀起包拯。

几人相随，走进客厅。

落座后，李大人笑逐颜开，道：“听说你考中进士，又封了县令，没有辜负我的期望。”

李老夫人乐呵呵道：“老爷子的眼光真好，给我们找了个好女婿。”

翠萍小姐更是满怀喜悦，乐在眉梢。

包拯道：“多谢二老夸奖。我总算天遂人愿了。”

李大人道：“贤婿今日事遂人愿，以后一定会鹏程万里。”接着，吩咐李保设宴接风。李保出去，安排宴席。

李夫人和翠萍小姐继续询问了几句，包拯一一作答。

一名下人前来，恭请三人赴宴。三人止住话题，前去赴宴。

酒席宴上，包拯把路上的经过和京城的经历一一细述了一遍。二老听了，称赞不绝。

欢宴已罢，安息不提。

次日，李大人把包拯唤入书房，翁婿对面落座。

李大人开言道："我今日唤你来，有一事相商。"

包拯问道："不知岳父所问何事？"

李大人道："你已封官，限期上任，再加路途遥远。我想让翠萍与你一道回小包村完婚。你看如何？"

包拯听罢，沉吟应道："这个，按民间习俗，男方须上女方迎娶。我还是多走一趟，前来迎娶吧。"

李大人微微一笑，道："包拯啊，看你不同凡响，怎能让民间风俗束缚住？你们离村十里时，再行迎娶之礼，不就行了。"

包拯一想也行，急忙跪倒在地，磕头称谢，道："多谢岳父厚爱。小婿遵命。"

李大人双手相挽，扶起包拯，道："贤婿免礼。起来说话。"包拯重又落座。

李大人手捋胡须，哈哈一乐，道："你先住下。待我选个黄道吉日，安排喜宴，宴请亲朋，聘我女儿。"

过了几日，李大人宅中张灯结彩，鼓乐喧天，大排酒宴，亲朋满座。

到了吉时，将新娘子翠萍小姐扶进轿车。几名亲人另乘一轿车，李保和另两名家人骑马相随。包拯拜别二老，赶路回家。

且说，包兴骑快马一匹，先行回小包村报信。

包怀家中早已做好准备，也是张灯结彩，鼓乐喧天，亲朋满座，胜友如云，喜气盈庭，热闹非凡。

包拯一行，行至离村十里停下，派李保送信安排。包怀派人众迎出十里，依礼将李小姐迎娶回家。

酒席筵上，人人扬眉吐气，个个喜气洋洋，议论纷纷，赞声不绝。包拯与几位亲人及王先生欢聚一堂，倾诉心声。

包石柱乐不可支，对众人笑道："如今，黑子中了进士，封了官。多亏王先生出了大力。我太感激王先生啦。"魏氏笑盈盈接道："对。我也太感谢王先生啦。”

包石柱又对包拯道：“黑子，你当了官，可千万不能忘了本。要时时为穷百姓着想啊。还有，要和那些贪官污吏狠狠地斗。”

包山接着笑道：“黑子，你恩爹的话，你可要时时记住。我再嘱咐你一句，那些民间邪恶人也太可恨啦，对他们也要狠狠地整治。”

包海乐得手舞足蹈，道：“三弟，你要当个朝廷清官，争一个‘包青天’美名扬天下，为国出大力，为民造大福哇。”

座中王先生更是高兴，也笑道：“我早已料定包拯会及第成人的。我给他起名叫包拯，意在他能治国安民，拯救世人。包拯，你千万不能辜负为师的一片厚望啊。”

包拯热血沸腾，心潮汹涌，站起来，斩钉截铁地回答道：“老师和哥嫂们的嘱咐，我一定会记在心里，时刻不忘。我绝不会辜负你们的希望。”

包怀也笑道：“我以前，办了些糊涂事，说了些糊涂话。我今天还想说几句。我听得多，见得也多了，社会凶险，官场更凶险。黑子，你可要时时注意，处处小心。千万不可锋芒太露，惹出事端来。”

包拯应道：“爹，放心吧。您的话，我会时时铭记不忘的。”

包怀听了，更加高兴，眉开眼笑，捋着胡须道：“你能听爹的话，爹就放心啦。”

到了良辰，大家齐进喜堂为包拯完婚。包拯与翠萍小姐拜过天地，拜过高堂，被扶入洞房，不提。

包拯完婚之后，命李保保护亲属回隐逸村去。

又过了十几日，看看赴任限期快到了。包拯拜别亲人和王先生，带李小姐坐轿车，包兴乘马，向定远县赴任而去。

包拯去定远县上任之后，将衙内诸事安顿了一番。

一日，包拯坐在公堂之上，将积案细细查阅。他发现其中有一个周海燕打死人的命案，案情漏洞颇多，证据不足，心存疑虑。

第二日升堂，包拯命衙役贾喜将女犯人周海燕带上公堂。贾喜答应一声，前去牢中把周海燕带上公堂。

周海燕脚戴脚链被带上公堂，跪倒在公案前，道："给青天大老爷叩头。"

包拯道："抬起头来。"包拯仔细观察，见周海燕眉目长得还算和善，悲切切地跪在那里。包拯一拍惊堂木，大声喝道："嫌疑犯周海燕，把杀人经过从实招来！"

周海燕又叩头道："青天大老天爷哪，民女周海燕并未杀人，是被人诬陷入狱。如何能招出杀人经过。求大老爷明察，民女冤枉啊，为民女申冤。"

包拯道："你既无杀人，如何被人诬陷为真凶？"

周海燕答道："我原是开了一家小绸缎店铺，被秦茂昌排挤倒塌。秦茂昌见我是个买卖行家，又能说会道，就雇佣我去他秦记绸缎店当伙计卖货。因店中丢了几匹布，我怀疑是使女郭素萍偷去，拿回乡下家中。于是与郭素萍几次争吵并且撕打过一次。不料有一天夜间，郭素萍被人在屋中用小木凳打破脑袋死了。店掌柜秦茂昌硬说是我挟恨打死郭素萍，被公差拘捕到衙，下在牢中。几次过堂，我绝不承认是凶手。旧县令一口咬定是我杀死郭素萍，几次严刑拷打，我熬刑不过，屈打成招，被定为死罪。"

包拯又问："你可知道郭素萍平日品行如何，在店内外与何人有仇有怨？"

周海燕答道："郭素萍是一个乡下女孩子，年纪十六岁。进店来干做饭洗衣等杂活。平日循规蹈矩，性情也和善，与人无争。每日足不出户，并没有听说与店内外的人有仇有怨。我也只不过是怀疑她偷了店中的布匹，争吵了几次，其实我还没有恨到杀死她的程度。再说我一个软弱的妇道人，就是叫我杀人，我也不敢。"

包拯再问道："你可知道，平日秦茂昌与郭素萍关系如何？"

周海燕答道："我知道秦茂昌平日对郭素萍很好，并无打过骂过。只是秦茂昌有几次对郭素萍嬉皮笑脸，行为不轨。听说争吵过两次。第二次争吵后，郭素萍执意不干了，要回乡下去。没过几天，就被人打死了。"

包拯沉思片刻，命衙役把周海燕带回牢房，严加监管。

包拯退堂后，坐在二堂，命包兴去叫来定远县文案王振芳。

王振芳随包兴走入后堂，施礼毕。包拯道："王文案，坐在公案旁说话。""谢座。”王文案坐在桌案旁。

包拯道：“今天叫你来，是想了解一下周海燕案的情况。”

王振芳就把当时的整个情况，一五一十地说了一遍。

包拯道：“如此看来，周海燕一案仅凭秦茂昌一面之词定案，并无真凭实据。”

王振芳应道：“是这样的。以前的县令李才智李大人，一直认为周海燕是真凶，经过几次严刑拷打之后，周海燕供认不讳，定成死罪。”

包拯又问道：“现场勘察发现些什么？”“现场勘察并无发现什么。”

包拯道：“王文案，明日随我再去勘查现场。你回去吧。”

“是。属下告辞。”

王文案起身离座，走出二堂。

次日，包拯与王文案还有三个衙役去到秦记绸缎店。

秦记绸缎店的掌柜秦茂昌闻讯迎出店外，道：“不知包大人到来，有失远迎，望乞恕罪。”说罢，躬身施礼。

包拯仔细观察秦茂昌，见秦茂昌四十多岁，矮胖身材，颏下微有须，白净面皮，贼眉鼠眼，薄嘴唇，神气倒十足。包拯命道：“带我去郭素萍房间去。”

包拯与王文案随秦茂昌进了郭素萍的房间。三个衙役留在店外，屋内已经收拾干净，并无发现任何证据。门窗完好无损，仔细观察，见门框上有很微小的几点血迹。

包拯对秦茂昌道：“秦茂昌，我今天问几个问题，你可要如实回答。”

秦茂昌连连点头道：“小的一定如实回答。”

包拯道：“是谁先发现的尸体？”

秦茂昌应道：“是我。我早上见郭素萍迟迟未起，近屋前喊人，也无人答应。于是我推门进屋。屋门虚掩，进屋一看，郭素萍躺在床边地下。近前一看，郭素萍竟然死了，血流在地上。”

包拯问道：“死者大概的死亡时间是什么时候？”秦茂昌答道：“是在人们睡后夜间。”

包拯道：“夜间你听到了什么动静？”

秦茂昌应道："我本来睡得死，晚上又喝了半斤酒，未听见任何动静。"

包拯问道："出事那天夜里，周海燕在不在店中？""不在店中。"

包拯道："你说郭素萍死在床边，为什么屋门框上有小点血迹？"

秦茂昌一听，吃了一惊，怔在那里道："这个，这个，大概是郭素萍的手破了，开门时沾上去的。"

包拯问道："黑夜大门上不上锁？"

秦茂昌答道："我每天上锁，恐怕丢了东西。"

包拯问道："你可知道，郭素萍每天夜间屋门上不上木栓？"

秦茂昌应道："郭素萍每天插木栓睡觉。"

包拯道："秦茂昌，周海燕既然不在你店中，黑夜间，是如何打开大门锁，推开木栓，进屋杀人的？"

秦茂昌闻听，又吃了一惊，支支吾吾道："这个，这个，是我忘了上锁，也是郭素萍正巧忘了插门闩，所以进去杀了人。"

包拯听到这里，对王文案说："你出店叫来两个衙役进屋。"

"是。"王文案走出屋，一会儿叫进来两个衙役。包拯命道："给我把秦茂昌拿下。"

两个衙役从褡裢中取出绳索，不由分说，将秦茂昌捆了个结结实实。秦茂昌挣扎着连声地大叫："我没杀人。我冤枉啊，我冤枉啊。"

包拯又下令："把秦茂昌和他的婆娘朱氏一并带回县衙去。"

"是。"一行人押着秦茂昌、朱氏走回县衙。回衙后，把秦茂昌、朱氏分牢关押。

过了几天后，包拯升堂。包拯命站堂衙役魏四海前去女牢把朱氏带上堂来。

朱氏被带上公堂，跪在公堂上叩头道："给大老爷叩头。青天大老爷，我冤枉呀，我没有杀人。"

包拯道："我不怀疑你是杀人犯，但你是同案犯，包庇犯。你知情不报，包庇罪犯。今天，你若如实招供，可免去你同案犯之罪。如不招供，从严治罪。"

朱氏听了，叩头如捣蒜，道："大老爷，我大门不出，二门不入，什么也不知道哇。”

包拯道：“我对秦茂昌已过了两次堂，他已经全部招供了，你还想为他隐瞒？从实招来，免得受皮肉之苦。”

朱氏听了，慌乱不安，道：“这个，这个……”

包拯“啪”地一拍惊堂木，大声道：“不用大刑，量你也不招。来，大刑伺候。”一指地上的几种刑具，命令道：“把她拖过去，套上刑具。”

两个衙役走上前来，一个抓住朱氏的头发，托起上身，一个抓住朱氏的双腿，抬起朱氏往刑具前走去。朱氏惊得六神无主，神魂颠倒，连忙道：“我招。我招。我全招。”

包拯命道：“放开她，让她招供。”“扑通”一声，朱氏被扔在地上。

朱氏爬起来，跪在地上道：“大老爷，我招了之后，放我回家。”

“从实招来，就放你回家。”

朱氏道：“好。我招。杀人那天夜间，我刚睡下，听见郭素萍屋中争吵。我平日知道秦茂昌对郭素萍心存邪念。店中夜深人静，并无别人，怕是秦茂昌又去纠缠。于是起床，悄悄去郭素萍屋外偷听。听到有人跑到门前，忽然听到‘啪’的一声响，接着，又听到‘扑通’一声。我急忙推开虚掩的屋门，进去一看，郭素萍后脑勺破裂，流血在地。秦茂昌站在跟前，身上有溅着的血。我两人急忙去扶郭素萍。郭素萍眼睛紧闭，呼吸全无，已经死了。秦茂昌紧张地对我说：‘是我一时糊涂，打死了人。你千万别说出去。好保住这份家产大业。剩下的事，由我来应付。’我怕倾家荡产，就替他隐瞒着。这就是杀人案的实情。”

包拯道：“画押。”王文案从座上走下来，拿着供词，让朱氏画押。朱氏颤抖着手，接过笔，在供词上画了押。王文案收起供状，走回公案坐下。

包拯又传命令：“去，把秦茂昌带上公堂。”

“是。”魏四海答应一声，出去把秦茂昌带上公堂。秦茂昌脚戴铁链跪在朱氏身边，叩头道：“叩见包大人。”

包拯道：“秦茂昌，朱氏已经供认，是你打死了郭素萍。赶快如实招来。”

秦茂昌叫道：“包大人，冤枉呀。莫听这个疯婆子胡说。”

包拯一拍惊堂木道："现在，证人、证词已摆在你面前。你仍然抵赖不招。来呀，先给秦茂昌上刑，三夹棍伺候。"

这三夹棍乃五刑之祖，用上能把人的腿骨活生生地夹断。秦茂昌被上了三夹棍。

包拯传命："行刑。"两边站堂衙役拴拉着绳索双膀一用力，只听"咯吱吱"一声响，把秦茂昌夹得七窍冒火，灵魂出窍。看着秦茂昌将要昏死过去，包拯命道："松刑。"

秦茂昌跌坐在地上呻吟，缓过气来，指着朱氏说道："你诬陷我杀人，对你有什么好处？"

朱氏道："事到如今，你还想抵赖，还想让我也陷进去。包大人把你我抓来，就说明事情已经败露。你别让我再隐瞒了，快点儿实话实说了吧。"

秦茂昌仰天长叹了一口气："想我秦茂昌在定远县街上是个有名有脸的人，不想一时糊涂气恨，竟打死人命。也罢，我招供就是了。""快招！"

秦茂昌喘息了一会儿，道："我见郭素萍生得俊俏，几次想要无礼，无奈郭素萍拒不依从。那天夜间，我拿了一对百两银子买的金镯，乘夜深人静，假说来了一位客人，要郭素萍出来做一顿宵夜饭，骗开屋门。先是用金镯哄骗无效，后行无理之事。不想被郭素萍挣脱，要跑出屋去。我一时糊涂气恨，拿起屋内的小木凳，打在郭素萍的后脑上，当时头破血流，郭素萍倒在屋门前。我婆娘进来，和我欲行抢救，不料郭素萍已经死亡。这就是我杀人的经过。之后报了官府，我出了六百两银子上下打点，又诬陷是周海燕挟恨杀人。周海燕被逮捕入狱，屈打成招，判为杀人真凶。"

包拯道："画押。"秦茂昌趴着画了押。

包拯传命道："将秦茂昌关入死囚牢，严加看管。"当堂给秦茂昌又上了手铐，被两个衙役押入死囚牢。

包拯又传命，道："把周海燕带上堂来。"

一个衙役下去，将周海燕带上公堂。

周海燕已知真凶被捕，跪在堂口，声泪俱下，高呼："多谢包青天为我申了冤。

民女感激不尽。”

包拯道：“王文案，去府中拿来十两纹银，赐予周海燕。”当堂宣布周海燕无罪释放，回家休养。

周海燕接过银子，又跪倒叩头，千恩万谢后，回家去了。

包拯又道：“朱氏虽有包庇之罪，但揭发罪犯有功，免去罪行，不予追究。回家去吧。”

朱氏也跪倒叩头，道：“谢包大人。”起身走下公堂。

包拯宣布退堂。

这正是：包拯办案凭良心，为民申冤人人敬。

第二十四回　包青天细审玉蝴蝶　整署衙严惩胡班头

上回书说到，包拯上任定远县，审清冤案一起。

话说，包拯在二堂清理旧案，忽闻堂鼓响动。

包拯立即升堂。三班衙役又陆续走入公堂，分立两边。包拯端坐公案后面，命："带上击鼓之人。"

一个衙役出去，带着两个人走上公堂。二人上堂，一齐跪倒，叩头见礼。包拯闪目一看，一个人年约二十岁，一个人六旬左右。包拯问道："你二人因何击鼓起讼？"

年轻人抢先答道："小人名叫谢玉。我父亲名叫谢来宝。在街上开了一个皮革铺。三年前，我父亲命徒弟解二全执玉蝴蝶为凭，到乡下收账。不想，返回时被人抢夺，连玉蝴蝶也一并抢去。不料，今日见此人在街上吸烟，烟袋上悬着个玉蝴蝶。小人上前借故细看，认得是我家的玉蝴蝶。求老爷明断。"

老年人道："小人名叫宋宾。今日遇见这个年轻人，硬说我的玉蝴蝶是他家的，要和我争夺。真是岂有此理！求老爷明断。"

包拯听了，道："将玉蝴蝶呈上，我看。"

宋宾将烟袋和玉蝴蝶一并呈上。

包拯接过，仔细一看，见玉蝴蝶乃翡翠琢成，颜色碧绿，光华润滑，小巧玲珑，夺人眼目，果然可爱。包拯问："谢玉，你家玉蝴蝶有何凭据？"

谢玉应道："我小时玩它，把左边翅膀边擦伤一处，重一两五钱。"

包拯又问："宋宾，你的玉蝴蝶有何凭据？"

宋宾应道："回老爷，我的玉蝴蝶是人送的，不知有何凭据。"

"是谁送你的？""这个……"宋宾吞吞吐吐，不想直说。

"快讲！""这个，是县衙胡班头胡成送我的。"

包拯细看玉蝴蝶，果见左翅尖上有一处擦伤，即刻命包兴取秤来称，一称量，恰好是一两五钱重。

其时，胡成正在堂上侍立。包拯叫道："胡成，出来答话。"

"是。"胡成走出班列，跪在案前，应道，"胡成候老爷问话。"

包拯问道："胡成，宋宾说，这个玉蝴蝶，是你所赠送，是真的吗？"

多年来，胡成行迹不正，但屡受上司庇护，因此，越来越无状。这次，以为包拯仍然庇护于他，于是，满不在乎地应道："回老爷，确有此事。"

包拯听了，不觉皱了皱眉头，又问道："胡成，这玉蝴蝶，从何而来？"

"这是，这是……"胡成结结巴巴，半晌答不上话来。

包拯见状，心中生疑，大喝道："快讲！"

胡成两眼转了转，才答道："是从街上买来的。"

"跟谁买的？多少钱？"

胡成抓耳挠腮，应道："啊呀，是小的办事粗心，未问姓名及家住何处……价钱么……"

包拯立时拉下脸来，将惊堂木重重一拍，怒容满面，喝道："大胆胡成！你心怀鬼胎，说话吞吐不爽，其中必有隐情。老爷我在下层生活多年，对世上许多不法行状，早已是司空见惯了。你不讲，我也略知一二。你还想哄骗本官么？张林元，给我狠狠掌嘴十下。"

值班衙役不敢违抗，走上前，扯住胡成的耳朵，两面开弓，"啪啪"一连扇了胡成十个嘴巴子，打得胡成鼻青脸肿。

包拯又怒喝道："胡成，老爷愤恨的是营私枉法之人。本官绝不会营私庇护于人。你老实言讲倒也罢了。如若继续狡猾抵赖，本官先大刑伺候于你，然后从重发落。”

胡成看看苗头不对，只好应道：“回老爷，是乔润虎卖给我的。”

“乔润虎住在哪里？是何行业？”

“回老爷，乔润虎就住在西街中间，开一个茶馆为业。”

包拯预断玉蝴蝶与解二全被劫一案有关。他见宋宾、胡成二人支支吾吾，鬼头鬼脑，心怀鬼胎的样子，当时传下堂谕：“将宋宾收监看管，将胡成在衙中隔离看管，不许自由行动。谢玉回家听讯。”

宋、胡二人被押下公堂。谢玉自行归家。包拯随后退堂。

退堂之后，包拯派包兴、李保去街上乡下访查乔润虎和胡成的行状。

书中暗表，李保护送李大人的亲属回到隐逸村后，又被派来定远县。二人领命，分头去访。过了几日，陆续回来向包拯禀报情况。

包兴禀道：“乔润虎，绰号‘乔恶虎’。他是街头首恶，纠结一批地痞流氓，终日搅扰街市及乡下。盗家动舍，拦路抢夺，偷鸡杀牛，污辱妇女，种种罪恶极多。街上乡下，人人害怕，个个咒骂。”说罢，从公文袋中掏出十几份揭发材料，递给包拯。

李保禀道：“胡班头胡成，经常与乔润虎一伙密切往来，吃喝鬼混，人说两人狼狈为奸。”

包拯听了，心里明白了几分。

次日，包拯升堂入座，当堂抽出两张火票，命两个衙役去拘捕乔润虎归案，命一个衙役带谢来宝、解二全来衙。

时辰不长，谢来宝、解二全上公堂，跪在堂口，叩头见礼。包拯先让谢、解二人辨认玉蝴蝶，诉说被抢夺经过。

解二全诉道：“三年前，腊月初。我持玉蝴蝶到乡下收账。回来时，天已黄昏。走到离城三里僻静处，突然从树林中跳出四个人，手持短刀，拦住要钱。我给了一些，仍不放走，一人用刀背劈头把我打倒，然后脚踢手打，把我的大腿打断，我昏了过去。半夜醒来，身上的五十两银子全被抢走，连玉蝴蝶也被抢走。天明后被人救回家，至今成了个拐子。”

谢来宝接着诉道："我向几起被抢劫的人了解情况，认为解二全被抢劫与乔润虎一伙有关。几次进县衙诉状，都被推说没有证据，拖延至今。求老爷接状明断。"

包拯道："现已查明，玉蝴蝶确系被乔润虎抢劫。你二人写一诉状，呈来受理。"

谢、解二人急忙当堂写好诉状，呈上公案。

包拯传下堂谕："谢来宝、解二全回家候问。"

谢、解二人退下堂后，过了片时，一个衙役把乔润虎押上公堂，去了锁链，当堂跪倒，叩头行礼。

包拯命道："抬起头来。"然后注目观瞧。见乔润虎四十多岁，凸脑门，黄眼珠，火盆大口，络腮胡须，满脸横肉，眼露凶光。往下看，肚大胳膊粗，穿一身长袖长裤蓝衣服。包拯注视片刻，将惊堂木一拍，大喝道："狂贼乔润虎，我已查出，你在定远县城里乡下为非作歹，罪恶累累，把你的罪恶事实，一桩一件，细供上来！"

乔润虎听了，却满不在乎，面不改色心不跳，神色如常地答道："青天大老爷听禀，小人是个安分守己的人，在街上开一个茶馆为业，从不曾触犯过国法。叫小人如何招供？"

包拯面色铁青，手指乔润虎，怒目喝道："大胆狂贼，休得嘴硬。现在有玉蝴蝶为证，你伙同他人抢劫解二全一案已真相大白，不容你抵赖。别人治不了你这只乔恶虎，我要拔你的虎牙，断你的虎爪，非治了你不可。此外，你的其他罪恶，许多人已状告于你，现放在公案上。王文案，念给他听。"

王文案答应一声，从公案上拿起状纸，一份一份往下念，一连念了十几份。

念毕，包拯喝问："乔润虎，你可认罪么？"

过街虎仍是坦然如常，应道："小人冤枉哪！包老爷，这些都是有人信口编造的陷害于我。求包老爷明察。"

包拯大怒，道："你的这些罪状，都是人证、物证俱全，铁证如山。你竟敢抵赖？好个恶贼！来呀！先给我重打二十大板！"

两个值班衙役遵命，执板上前，按倒乔恶虎，举高刑板，"啪啪"地将乔恶虎打了二十大板。乔恶虎趴在地上呼爹叫娘，但仔细一瞧，竟没有痛楚之象。

打罢之后，包拯喝问："乔润虎，有招无招？"

乔恶虎爬跪在地上，假作疼痛，应道："唉哟——唉哟！包老爷，小人实实无罪哪！"

包拯愈怒："来呀，夹棍伺候！"

四个衙役上前，用夹棍将过街虎夹住。

包拯一拍公案："上刑三分。"扔下签来，两个衙役遵命，扯紧夹棍绳索上起刑来。

包拯定睛细瞅，虽然乔恶虎龇牙咧嘴地号叫，其实仍无多少苦痛情形。包拯又传命："加刑二成。"只见两个衙役咬着牙瞪着眼加刑。再看乔恶虎，还是没有多大苦楚，而且听声音也不痛。

"有招无招？"

"小人冤枉哪！"

包拯心中疑惑，暗道，"哎，奇怪呀？为何两度用刑，乔润虎竟无痛楚之状？难道他的贼骨头当真硬吗？"略思片刻，传下堂谕："把乔润虎押下去，按重犯关押。退堂。"

包拯退到二堂，坐在椅上休息，一面饮茶，一面琢磨堂上之事。琢磨了一阵，不得要领。于是，命包兴去叫王文案来辨析。

王文案来到二堂，施礼毕，包拯赐坐。

包拯问道："王文案，你今日也在堂上，我对恶贼乔润虎两度用刑，看上去并无多大痛楚。是何道理？"

王文案回道："乔恶虎与衙内公差都很熟识，想是公差手下留情，做了手脚罢。"

包拯听了，点点头，立时吩咐包兴去监中查验乔润虎的刑伤。

包兴答应一声，前去验伤。不一时，包兴回来，对包拯禀告道："乔润虎两次用刑，只破了点皮。"

包拯听了，心中想了想，定下主意，对王文案道："我现在就封李保为定远县衙门公差。王文案，你去府里上报审批，办理文凭等项。”

“是。卑职这就去办。”王文案遵命去凤阳府办理。

候了几日，上面批复下来，李保就正式当了定远县县衙公差。

改日，包拯传谕，再次升堂，接着审乔恶虎。

一个衙役把乔润虎带上公堂，当堂跪下。

包拯再拍惊堂木，喝问道：“乔润虎，你招是不招？”

乔恶虎也再次应道：“青天大老爷，小人冤枉哪！”

包拯怒道：“乔润虎，你休想蒙混过关！就凭你人人痛恨，民愤极大，就凭现在已经落实的玉蝴蝶一案，我也能定你的案，判你的罪。来呀，给我先打二十大板！”

话音一落，两个值班衙役上前，就要行刑。包拯传命：“你二人按住乔润虎。李保掌刑，给我狠狠地重打。”

李保身穿公服，手执刑板，走出班列，来到乔恶虎身边，举起刑板，抡圆双臂，使劲打下，“啪啪”一顿暴揍。乔恶虎被打得肉绽如刀切，鲜血飞溅，缩挺乱动，身子颤抖，像杀猪一般尖嘶号叫。

乔恶虎不法横行十几年，衙门里连个手指头都未动过他，气焰嚣张，猖獗无忌。今日，遇上了冤家对头，顿时气焰消弭，丧心落胆，被按在地上挣命。乔恶虎一边在地上挣扎，一边想：“啊呀，我的娘呀，不好啦！包拯铁面无情，是我的死对头啊。我若继续抵赖，焉有我的活路呀？我还是招吧。”还没打完呢，乔恶虎就上气不接下气地呼叫：“包老爷哪！暂息雷霆之怒。小人愿招！”

包拯传命：“停刑。赶快招来。”过街虎侧起身，用手揉了揉屁股，擦了擦头上的汗水，喘息了片时。他跪在地上，把念过的几桩罪行，一五一十全部细说招供。

供完之后，包拯要痛打落水狗，又拍惊堂木，大喝道：“乔润虎，现有谢来宝、解二全二人状告你把玉蝴蝶抢劫到手。从实招来！”

乔润虎一听，心里是直打战。“为什么？”他想，“啊呀，这件案子一招，就把胡班头也扯进去了。不行，我还得抵赖。”想至此，把牙一咬，应道：“青天大老爷哪！这桩案子，小人确实不知。小人冤枉啊！包老爷，谢来宝有玉蝴蝶，别人也能有玉蝴蝶呀。我的玉蝴蝶，是十年前从一个过路商人手里买的。”

包拯冷笑道：“乔润虎，你是不见棺材不掉泪。来呀，夹棍伺候！”

四个衙役出来，走上前，将乔恶虎上了刑具。包拯传命：“李保掌刑。上刑五分。”

李保上前，扯住刑具。只听“嘎吱吱”响动，把刑慢慢加到五成。只见乔恶虎面色大变，头上的汗珠如同雨落，手脚乱抽，又听声嘶力竭的呼号。

包拯喝道：“要想人不知，除非己莫为。乔润虎你从实招来，争取从轻发落；若要继续抗拒，严惩不饶！你快招来！”

乔恶虎见新县令严惩于他，心内惧怕；又痛楚难忍，又感到无法抵抗，只得应道：“小人有招。”

包拯命：“暂且缓刑。”

乔恶虎喊得口干舌焦，声音嘶哑，歪头招道：“三年前，腊月初，我伙中的‘大耳猴’侯贵，探得皮革铺学徒解二全到乡下收账，回茶馆向我报告。我召集‘无尾狐’胡谋、‘小耳猪’朱强、‘长腿兔’常喜三人，预先埋伏在城东二里外小树林里。傍晚时分，见解二全返回。我四人，手执短刀，拦住要钱。‘小耳猪’朱强用刀背劈头把解二全打倒。众人拳打脚踢了一顿，从他身上搜了五十两银子，又见有个玉蝴蝶可爱也一并拿走。以上所招，句句属实。”

包拯追问：“玉蝴蝶，后来如何？”乔润虎支吾道：“这个，这个……”

包拯喝道：“胡成已经供认不讳。你快招来！”

乔润虎只好招供道：“后来，听说解二全被打成残废，和谢来宝二人三番五次来衙门报案。我有点儿心慌，就把五十两银子和玉蝴蝶全部送给了胡班头胡成。全凭胡成上下支撑，我们这一案才未被破了。”

包拯继续追问：“你们与胡成还有何关系？”

“经常在一块儿吃喝。”

“除此以外，还有什么勾当？”

“这个，这个……”乔恶虎不想兜了底。

包拯哪容恶徒喘息，大喝道："如实招来！不然，我夹断你的狗腿！"喝罢，将惊堂木重重一拍："再施刑三成！"

乔润虎一听，着了慌，急忙求饶道："包老爷息怒。我讲，我讲！我们经常将些金银财宝送给胡成。"

"还和衙中什么人勾结？"

"还有王和、李秉忠。"

包拯思考片刻，又追问："你的同伙还有何人？如实招来！"

乔润虎迟迟疑疑，招道："还有刘瑞、刘祥、王胜、李吉……"连着说出十一个歹徒。

包拯命："画供。"

乔润虎接住一叠供词，趴在地上，颤抖着手一一画了押。

包拯想了想，传谕："把乔润虎押下公堂，严加看押。"然后退堂。

包拯退堂之后，在书房休息，包兴献茶。包拯吩咐包兴火速去传步兵都头卢旺和骑兵都头郭俊前来听令。包兴答应一声，快步出去传话。

过了一个时辰，两个都头前后来衙，在二堂拜见包拯。包拯赐坐，对两个都头道："现在，乔润虎供出了十一名同伙罪犯。我命你们二位都头，分兵十一路，同时动手，务必在天明之前将他们拘捕归案。不得有误！"

两都头应道："遵命。"领命后，立即分头行动去了。

次日天明，一网捕捉到九名罪犯，其他二犯脱网，半月之后，也一齐被缉捕归案。

简短说，包拯将这些罪犯分别审问，各个击破，三堂对证，落实罪状。

包拯对这些社会渣滓，是毫不容情，毫不顾惜，一个个严刑拷问，穷追猛打。乔润虎是这个犯罪团伙的主要头目，又被进行了几次严刑拷问。"无尾狐"胡谋，"小耳猪"朱强，"长腿兔"常喜，"大耳猴"侯贵和其他犯罪分子，也都几次被打得血水横流。

街上，乡下的人闻听后，无不拍手称快，沽酒相庆。于是，许多人纷纷来衙对其告发、做证，这样一来，对包拯破案、惩处不法分子是一个很大的支持。

经过三个多月的时间，不但把社会上的不法分子拘捕归案，而且把隐藏在官府中的不法分子也都挖出来了。

再说胡班头胡成。通过在押罪犯的招供和社会群众各方面的检举揭发，胡成这个违法乱纪分子暴露出来，其累累罪行和不法行为被揭露无遗。

包拯掌握了胡成的大量罪证后，这一日，升堂提审胡成。

包拯入座，三班衙役侍立两旁。胡成被押上公堂，当堂跪倒，叩头道：“小的参见包老爷。”

包拯传下堂谕：“来呀，将胡成的公服剥掉。”

两个值班衙役上前，将胡成的公帽摘掉，将公衣脱去，放在公案上。

包拯一拍惊堂木，骂道：“嘟，国贼胡成，尔身在衙门，竟然狗胆包天，知法犯法，着实可恶！将你的罪恶细细招供！”

胡成听了，朝上叩头，道：“包老爷，小的平时误失检点，犯有些许错误，小的认错。若说是罪恶行为，小的确实不曾有过。求老爷明察。求老爷开恩。”

包拯一拍公案，大声呵斥道：“恶贼胡成！监中在押的十多名罪犯，异口同声，都招供你与他们通气作恶，贪赃枉法。你还敢抵赖吗？”

胡成闻听，慌恐失色，但又强作镇定，道：“啊呀，包老爷哪！常言道，贼咬一口，入骨三分。老爷若是信这伙贼盗乱攀乱咬，小的就是浑身是口，也难分辩哪！小的冤枉啊！”

包拯冷笑几声，道：“胡成，除了在押罪犯供你犯罪，城里城外有许多人，前来对你指证、做证。从你家中已搜出巨额金条银块，还有一些奇珍异宝，就连你日常奢侈腐化用的东西，多数竟也是赃物，现已被物主辨认。你休得欺心狡辩！来呀，先给我狠打二十大板！”

仍是两个衙役按倒，李保掌刑。这一顿严惩，将胡成打得肉绽血流，呼爹叫娘，浑身直抖。

行完刑，包拯喝道：“胡成，从实招来！”

胡成这顿挨揍，也确实够呛。但是，他暗自心想，哎哟，娘呀！若是一招，就全完啦。于是，将心一横，应道：“包老爷，小的确实无罪，冤枉啊！”

包拯听了大怒，骂道："呸！好个狗头！在押罪犯中，豺狼虎豹都有，还缺个狈。你就是个人面狈！老爷我定要剁掉你的画皮，让你露出凶恶原形。来呀，夹棍伺候！"

说毕，两个衙役将胡成上了刑具，仍是李保掌刑。"嘎吱吱"一声响，胡成被夹翻在地。

"胡成，从实招来！"

胡成虽然被夹得三魂悠悠，气息难续，但他心里还不糊涂。他深知若是招供，那后果就不堪设想啦。于是，把兽牙一咬，不应声。包拯愈怒，气得脸色青紫，大喝道："加刑！"

李保奉命加刑，当时就把这个人面狈胡成夹昏过去。

包拯命人用凉水喷醒胡成，想了想，传谕："把胡成押下，严加看管，改日再审，退堂。"

过了几日，包拯升堂，再审胡成。

胡成被押上公堂，当堂跪倒。

包拯喝问："胡成，你招是不招？"

胡成铁了心了，妄图挺刑抵赖，叩头应道："包老爷，小的无罪，不能胡乱招供呀。"

包拯道："胡成，老爷我未出茅庐，就已经想好，该如何对付你们这些人面兽。我先让你尝尝十八般刑法的滋味。来呀，给胡成上好脑箍。"

一个衙役从堂口拿起脑箍'啪'地扔在人面狈胡成面前，与李保上好刑具。

包拯一拍惊堂木道："行刑。"扔下一支签来。

二个衙役一较劲，将胡成夹得伸出舌头缩不回去，大张着吃人的嘴，呼呼喘气，昏了过去。

李保提起一桶凉水，"哗"地浇在胡成头上。胡成身子一动，苏醒过来。

包拯见胡成醒来，也不多问，再传堂谕："来呀，给胡成换上夹棍伺候。"

堂上几个衙役回命，给胡成上好夹棍。

"行刑三成。"包拯又扔一支签来。

还是李保施刑，加到三成刑，把胡成夹得呼爹喊娘，痛楚难忍。

包拯又传堂谕："加刑至五成。"只听"嘎吱吱"一阵响，胡成被夹得乌珠迸出，天旋地转，呼吸微弱，真魂出窍。这只人面狈看看遇上了死对头，自思挺刑不过，断断续续应道："包老爷，息怒，小的愿招。"

"停刑。快招。"

胡成像一头受了重伤的野兽，颤动着兽头，喘息了一阵，爬起来跪在地上，将他与乔恶虎、无尾狐等罪犯通气作恶的罪行，一一招供出来。

包拯追问道："玉蝴蝶是如何到了你手中？又是如何送人的？从实招来！"

胡成哭丧着脸招道："玉蝴蝶是乔润虎送给我的，同时还送我五十两银子。他也没隐瞒，说是抢了解二全的，求我平息此案。是我从中作梗，遮盖了此案。因宋宾和我是儿女亲家，宋宾见玉蝴蝶可爱，向我要，我就赠送于他了。"

包拯又问："胡成，在署衙中，还有何衙役与罪犯勾结作恶？老实招来。"

胡成闻听恐惧胆战，事到如今，自知无法抗拒了，只好垂头招道："还有王和、李秉忠、乔茂、樊良、于昆。"

包拯命："画押。"胡成趴在地上，画了押，颓然瘫倒。

包拯传堂谕："把胡成押下公堂，收监看管。"

一个衙役上前，把胡成押下公堂。

包拯退堂。

又经过一段时间，包拯把乔润虎、胡成等人的罪行落实之后，分别对其做出判刑处理：将罪犯乔润虎判处死刑，将其他罪犯判处了三年至无期徒刑，将胡成、王和等人开除公职，判处三年至十年有期徒刑。之后逐一报到上面审批，上面维持原判，严厉惩治了这一批罪犯。

包拯上任定远县县令后，从玉蝴蝶一案着手，从重打击了本县的邪恶势力，严厉惩治了署衙内的败类污吏。定远县内邪风顿息，上下安宁，人心大悦，远近称颂。

这真是：铁面无私包青天，出庐首安定远县。

第二十五回　包拯私访刘霸田　县令受害入水牢

上回书说到，包拯审问玉蝴蝶一案，严厉惩处了署衙内的污吏，沉重打击了境内的邪恶势力。大快人心，远近赞扬，纷纷传颂定远县来了一位青天包老爷。

未隔多日，竟有许多状纸，纷纷传递进衙门。包拯在文案上细细翻阅，见其中有很多状子皆状告牛角川刘家庄的刘福——外号刘霸田。有状告刘福侵田的，有状告刘福霸产的，有状告刘福抢人妻女的，有状告刘福逼死人命的，有状告刘福滥用私刑的，种种不一，其罪行多至七十余条。

包拯看得多了，心中疑惑不解，暗想：这个刘福刘霸田，多年横行乡里，为何官府任其猖狂无忌？包拯派包兴去叫王文案前来议案。

王文案前来，包拯在后堂接待，赐坐。

包拯问道："王文案，现在有很多人状告牛角川刘家庄的刘福，说他多年来在乡里横行霸道，为非作恶。我以前细阅诉讼积案，却并未见到半点儿痕迹。为何以前无人告发？"

王文案应道："这个刘福，是本县显赫有名的富户，几乎人人闻其名。以前，也有告发刘福的。听说有一次，刘福抢霸人妻，逼出人命，状告到县衙。当时，县衙三审六问，人证、物证、口供合一，定成死罪，上报刑部。不料，来了公文，指名把刘福提到刑部。刘福去到刑部后，大事化小，小事化了，竟然释放回家。后来才知道，刑部正堂刘财进，原来是刘福的近亲叔父，庇护于他。之后，县衙就不接告发刘福的状子，乡间的人也都死了心，不敢告发。”

包拯又问道：“以前这个告状之人，姓甚名谁，家住何处？”

王文案应道：“不清楚。不过，去牛角川一问便知道了。”

包拯沉吟片刻，再问道：“王文案，如今，对这么多告发刘福的状子，该如何处理才好？”王文案曾吃过刘福几次贿赂，心中有意要为刘福解脱，沉思片刻，应道：“这个刘福，我也听说他有些劣迹。不过，告他的人，也有言过其实的地方。请老爷明察。还有，以前有个县老爷名叫王文举，因得罪了刘福，被颠弄的革职丢了官。包老爷，也要三思而后行。”

包拯道：“王文案，你提供的情况很好，你先回去吧。”王文案告退，起身走了。

王文案走后，包拯暗想，看来，这个刘福的势头不小哇。要想打死老虎，须得找要害。我须得先去那儿体察民情，访查要害，甚至登门视察，观其动静，然后再做打算。包拯寻思后，决定改服易装，前去牛角川私访刘霸田。

包拯回到私宅，与李小姐、李保、包兴一起吃饭，说明此举。三人听了，一齐劝阻。李保劝道：“姑爷，您这是小题大做。区区一个乡下恶霸，派人去访就行了，何必亲受辛劳？”包兴劝道：“三叔，不必你屈驾去访，派我去查访得了。”李小姐也劝道：“是啊。老爷不必多此一举。”

包拯应道：“你们有所不知。这个刘福，非寻常之辈。他上有刑部正堂刘财进庇护，下面树大根深。其恶远比猛虎厉害。打恶虎，不动它则已，动它必得置于死地。我这次深入实地，体察民情，访查他的要害，然后才好动手。”

三人听包拯一说，更是心生忧虑。李保竟大叫起来：“啊呀，姑爷！如此说来，你更不能轻易去冒风险啦！”

包拯神态威严，语气铿锵道：“我这辈子，立誓诛斩吃人虎。不入虎穴，焉得虎子？为了给百姓们除此一害，就是受些辛劳，担点儿风险，也是值得的。我意已决。你们不必劝阻了。”

三人知道劝阻不了，只好作罢。

包兴道：“三叔，那我陪你去。”包拯道：“好。我扮作算命先生，你就扮作徒弟。”

次日，乘着天刚亮，包拯与包兴改装微服，悄悄出城，径往牛角川查访。

且说牛角川离县城四十多里远。包拯身穿八卦仙衣，头戴道冠，腰系丝绦，包拯手拿串铃。包兴手执招牌，肩挎行囊。二人步行前往。在半路上，寻户人家，打个站，吃了顿饭，休息了一会儿。

整整走了一天，抬头看看天色，天上白云朵朵，太阳快要落山了，这才走进了牛角川。

放眼一望，这个牛角川可真不小，长有十几里，宽七八里，越往里看越狭窄，两面山峦层叠，恰似一个牛角；中间地势平坦，土地肥沃。地里的庄稼有半尺多高，绿油油地呈现在眼前。山上树木稀疏，杂草茂盛。

来到一个小村子，包拯坐在路边休息，让包兴寻人打探，询问被刘福抢妻害命之人的姓名、住处。

包兴在村口遇一老者，施礼问讯，得知被刘福抢妻害命之人名叫岳满贵，家住离刘家庄不远的小沙梁村。

包拯决定：夜宿岳满贵家。边走边问，径直去往小沙梁村。

来到岳满贵家，见两间茅屋已破败不堪。进屋一看，其家极贫。两张破床，床上破单少被。一张床上坐着一个年近六旬的老妇人，满头白发，愁眉不展。还坐着一个小姑娘，衣衫褴褛，面黄肌瘦。灶前的小木墩上，坐着个三十出头的年轻人，形容憔悴。三人正喝玉米面加野菜稀饭。

三人见有人进屋，一齐停住不吃，睁大眼看。

包拯问道：“这是岳满贵家吗？”年轻人应道：“正是。”

“你就是岳满贵？”年轻人又应道：“正是。客人从哪里来？来我家有何贵干？”

包拯道：“我是个算命先生，到处给人算命、看相、断事情。”

老妇人露出一丝笑容，道：“噢，原来是算命先生。请床上坐吧。”

包拯道：“谢谢。”说罢，把串铃放在另一张床上，坐在床边。包兴把招牌立在屋角，解下行囊，放在床上，站在包拯身边。

包拯又问道："你们一家几口人？"

老妇人应道："这是我儿子。这是我孙女。我那苦命的儿媳妇，五年前坐水牢死了。剩下我们三口人。"说罢，不觉眼含泪花。

包拯道："今日路过你家，天色已晚，想借住一宿，明日早行。"

岳满贵听了，急忙惊慌应道："啊呀，在我家住宿可使不得，使不得呀！客人还是去别人家住宿吧。"

包拯问道："这是为何？"

岳满贵心有余悸，道："客人不知，听我解释。我与本地首户刘福打了场官司。刘福释放归家后，更加厉害。不许我与人交接，更不许我与人交谈。因此我不敢与人来往，更不敢留人住宿。"

包拯听了，不由得气往上撞，问道："如若违抗了，他便怎样？"

"啊呀，要是违抗了，轻则毒打一顿，重则关进他的私牢受苦。"

包兴又问道："哎，你这个人，不会远走高飞，离开这里吗？"

岳满贵哭丧着脸，应道："我也是想离开，但刘福不许走。我是被人家握在手心里的呀。"

包拯更加气愤，骂道："真是可恶！"

老妇人道："先生，你们还是赶紧走吧。刘福经常派人监视我们。要被他们知道了，你们也会不走运的。"

包拯道："我是个算卦先生，走南闯北，哪儿都走。无妨，量他们对我也不至于怎么样。这样吧，我暂歇一会儿，就走。"

接着，包拯问道："你们如此过日子，难道不想个出头的法子吗？"

老妇人应道："怎不想呢，没有法子呀。先生给算算，看何时能够出头？"

包拯对岳满贵道："把你的生辰八字报出来，我推算。"岳满贵报了八字。

包拯假意掐着手算了算，道："快啦。你家最近就要遇到贵人。若得贵人救助，很快就会有出头的日子。"

老妇人微将愁眉展开一点儿，面部现出一点儿喜容，道："谢谢先生的福口。"

包拯又问道："听人说，你的儿媳妇被人害死。难道真的不想申冤了吗？"

妇人应道:“谁说不想呢？只是人家的势力大,钱又买通神啦。我们无依无靠，贫寒力小，无法申冤哪。”

岳满贵瞪了他娘一眼，惴惴不安道：“娘，不要多嘴多舌的。”

包拯道：“我是个算卦先生，千家走，万家落，东耳朵进去，西耳朵出来。且当闲聊，说说又有何妨？我听了，说不定能给你们指条明路呢。”

包兴站在一旁，一百个不服气，道:“嘿！你也太胆小如鼠了。说一说，有什么要紧？”

妇人问道：“先生，你算算，这冤能不能申？”

包拯答道：“你们心诚说来，我给你们算算。”

岳满贵犹豫了一会儿，对小姑娘说：“花儿，你下来，去门外盯着人。如有人来，就赶快回来说知。”

花儿答应一声，跳下床，出门盯人去了。

岳满贵愁容满面，悲恨交集，靠近包拯，低声诉说起来：“四年前，那年收成不好。冬天，我爹又去世了。我向刘福借了十两银子，两年中，连本带利算成三十两银子。第二年腊月，刘福上门要钱。我未能还清，求他宽限。他叫我妻子去他庄里做些针线营生，便可抵消一些。我和妻子不应承。几天后，刘福带了几个打手，上门逼我妻子去，连拉带推拉走了。我妻子去到刘家庄，刘福想霸占她。我妻子不从，刘福找人痛打了几次，后来，就被关进水牢中折磨。等我前去探望，我妻子已被折磨得不成人样了，而且生了重病。刘福叫我领回家。没等过了年，我妻子就死了。我咽不下这口气，跑到县衙门告了一状。县衙接了状子，派公差把他拘捕。当时，好多人也乘机告他。因他罪恶太大，县衙判为死刑，上报刑部。谁知，刑部有他个叔叔任正堂。他又拿钱买通了上下官府，竟将他放出来。以后，他对我多次威胁。我看告他不倒，只好忍气。”

包拯听罢,又假意推算了一番,道:“你是未遇上青天。若遇青天,仍能申冤。”

岳满贵长叹一声，道：“我望星星，望月亮，盼望着山沟里出太阳，听说来了个包青天，不知能不能给我申了冤？”

包拯又问道：“我听人说，刘福人称刘霸田。他的田产，尽是霸占来的么？”

老妇人应道："刘福家有好地一百多顷，牛马成群，财产数不清。谁家欠了他的债，按期还不了，就要出低价要地；谁要是不卖给他，就生法儿坑害。惹不起，就只好把地送他。他把这么大个牛角川的好地差不多全霸占了。就这样，人们给他送了个绰号叫'刘霸田'。"

包拯又问："刘福除了霸占田地外，还干什么？"

岳满贵应道："干的坏事可多得很啦，一时也说不完。反正，在牛角川横着走，什么坏事都干。养了三个打手，见谁不顺眼，不合他的意，轻则打骂，重则关进私牢。"

老妇人插言道："这些年，别的不说，光人命就逼出好几个呢。"

正在谈话，小姑娘慌慌张张跑进来说："来人啦！来人啦！"

岳满贵听了，很紧张，对包拯道："你快走！快走！"

包拯怕给岳满贵引起麻烦，从床上拿起行囊和串铃就往外走。包兴也急忙提了招牌，随后紧跟。

包拯、包兴刚走到院中，迎面走来四个人。为首一个大胖子，满脸络腮胡须，立眉瞪眼，手提马鞭。身后其他几人拿刀握棍、提绳索，如狼似虎，拦住去路。

来人正是刘福刘霸田及其打手。包拯仔细一看，刘福刘霸田，年近五旬，头戴员外帽，顶上安一块美玉；身穿红团花锦缎员外氅；长着一双母狗眼，高鼻梁，大嘴岔，满脸横肉，全身肥胖。原来，有人报告刘霸田，说有个外路人寻问岳满贵。刘霸田不放心，亲自领了三个人来查问。

刘霸田上前，一把抓住包拯的前胸衣领，喝问道："你是什么人？"

包拯应道："我是个四方游走的算卦先生。"

刘霸田白眼睛一转，问："算卦先生？你既然走处很多，为何偏要到这里来？"

包拯道："我走南往北，哪里都走。难道这个地方不能来？"

刘霸田听罢，大骂道："你竟敢在老子面前犟嘴。老实说，究竟干什么来啦？"说罢，"啪"照包拯脸上扇了一个大耳光。那几个打手，也晃拳摆势，汹汹逼问："干什么来啦？干什么来啦？"

正在这时，岳满贵也从家中走出来。刘霸田放开包拯道："不许走了！"又抓住岳满贵，恶狠狠问道："老实说，你跟这个算命先生干了些什么？"

岳满贵哆嗦地辩解道："什么也没干哪！他是个外地人，路过我家，进家喝了口水，就要走。"

刘霸田凶相十足，大骂道："你不说实话。看我今天剥了你的皮！"说罢，喝令三个打手："给我狠狠地打！"三个打手一拥而上，脚踢手打，将岳满贵打得在地上翻滚哀叫。

包拯上前，道："这事与他不相干。是我路过，进去喝了口水。"

刘霸田听了，又恶狠狠对包拯道："与他不相干？你想兜揽？好。我今天叫你兜揽。把岳满贵放开，你们给我把这个小子狠狠教训一顿。"

三个打手住了手，喘息了一会儿，比疯狗还厉害，扑向包拯，就要行凶。

包拯大喝道："尔等休得无礼！"

这帮家伙横行惯了，哪听人话呀？不由分说，将包拯拳打脚踢一番。包兴站在一旁，咬牙切齿，干着急，没办法。几个打手打了一会儿，包拯鼻破脸肿。

刘霸田吩咐："把这三人捆了，带回去审问。"

打手拿出绳索，把包拯三人勒肩头，扭二臂，捆了个结结实实，带着回庄。

包拯分辩不得，挣扎不得，心中这个气呀，就甭提啦。

刘霸田与众打手一路骂骂咧咧，把包拯三人带回刘家庄。

到了庄前，包拯一看，但见庄宅方圆可够三亩大，四周全用一丈高的砖墙围住，门楼高大。两扇朱漆大门，门上排列蘑菇铜钉。门前排着上马石，这刘宅还真够阔气威风的。进了宅内，定睛再看，房屋一大片，一层接一层，东西厢房相配，院内榆树、柳树密密麻麻。

走过两重院落，刘霸田吩咐打手道："今天晚了，明天再审。先把他们关进牢中，小心跑了。"

三个打手答应一声："是，刘员外放心。"将包拯三人带上，拐弯抹角地走来走去，走到一处僻静处。来到一座地窖前，开了铁板门，把包拯三人推了进去。锁上铁门走了。

包拯三人被推进地窖里，只觉得跌进个水池子。衣服全被水浸湿了，挣扎着站起来，头上、身上污水淋漓。窖中黑漆漆的，不见一丝光亮。脚下水深至膝，叫人无法坐下。包拯三人只好靠着墙壁站着。

包拯狠狠道："真气煞我也。"

包兴接道："我也是又气又恨。这个刘霸田真损，把人关在水牢里。"

岳满贵长吁短叹，劝道："莫要大声说话，小心他们听见，更要遭罪。"

三人半时说几句，在水牢中熬呀，熬呀。睡又不能睡，困得三人直打战。一直熬到半前晌，才见牢门被人打开。

门口出现两人，把他们喊到门前。两人揪住他们的肩头，一个个被提上去，然后又锁好铁门。

两个打手把包拯三人带到一个黑房内。三人这才坐在地上。

隔一会儿，先把包拯带到一间审讯室。

包拯进到审讯室，抬头一看，正中桌前坐着刘福刘霸田，身边还坐着一个五十多岁的人，蛇眼大鼻子，多少带点儿厮文气。两边环立三个打手，凶相十足。地上放着老虎凳，燃着一个大火盆。墙上挂着皮革鞭、藤条鞭、铁丝鞭。

刘霸田叫包拯坐在桌前的小凳子上，说道："我是刘福。谁在我面前都得老实讲。你老实招来，还则罢了；若不老实，今天叫你皮肉受苦。你听明白了没有？"

打手们也跟着嚷叫："快讲！""快讲！"

包拯心里火冒万丈，但是还不能显露出来，平静地应道："我是个安分守己的算卦先生，闲事不管，问事不知，走得口渴，进去喝了口水。我与岳满贵萍水相逢，并没有干过什么，说过什么。你叫我招什么？"

刘福怒道："不给你点儿厉害，谅你也不招。来呀，给我用皮鞭打。"

两个打手从墙上取下皮鞭，左右分开，劈头盖脸打来。

包拯端坐不动，高声道："你们如此无理，不怕王法吗？"

刘福嘿嘿冷笑道："王法？王法护着我们，专治你们这些贱人。你招是不招？"

包拯义正词严应道："我乃一过路之人，与你们毫无干系。招什么？"

刘霸田气急败坏，心狠手毒，又命打手："给我换上藤条鞭打。"

另一个打手又从墙上取下藤条鞭，仍是左右开弓，猛抽下来，打得包拯衣服裂开，脸上血迹条条。包拯觉得头晕眼黑，跌倒在地上。打手用凉水将包拯喷醒。

刘福喝问："有招无招？"包拯无力地低声应道："你叫我招什么？"

刘霸田怒不可遏，骂道："好贱骨，看是你骨头硬，还是我硬。"说罢，立起身，就要亲自动手打人。

坐在桌旁的那个人是刘福的谋士。他见包拯正气凛然，打而无招，心想，怕是误打无辜。如此打下去，如何是了？于是，用手拦住刘福，道："刘员外，何必生这么大的气呢？他既然自称是个算卦先生，待我考考他是真是假？"

刘霸田又坐下，气哼哼道："打了半天，仍是一句话。怎不叫人气恼？"

谋士问道："算命先生，你会算？先算算我们刘员外几男几女？"

一个打手阴阳怪气地从旁插言，道："哎，你先算算有几个女儿？"

包拯听这个打手的言外之意，像是无女试探。包拯坐到凳上，伸直腰，道："刘员外，报上生辰八字。"刘福报了生辰八字。包拯掐指算了算，答道："怕是没有女儿吧。"

众人一时怔住。另一个打手上前，双手往胸前交叉一搭，晃着头问道："那你再算有几个儿子？"包拯应道："有三个儿子。"那个打手听了，跳起来，手指着包拯的鼻尖，骂道："你胡说！不对，我们员外爷只有两个儿子。"

包拯微微一笑，道："你哪里知晓？刘员外命中注定有三个儿子，往后还要生一个。"

谋士听了，笑道："恭喜刘员外还要生个贵子。刘员外再娶一房小的，说不定当真还能生个胖小子呢？"说得众打手也乐了。

刘霸田皮笑肉不笑地问包拯："你再算，我的命运如何？"

包拯低头在手上又算了算，抬起头，仔细打量着刘霸田，心里骂道：你早晚要挨刀。口里却应道："刘员外的生辰八字很好，又生得天庭饱满，鼻直口方，是个大富大贵之人。以前，享受荣华富贵，家大业大。曾有几次逢凶化吉，贵人相助往后更加富贵。今年就走大红运，还能与官相连哪。”

说得刘霸田咧开嘴，似笑非笑道：“算你小子会说。来呀，给他松绑，饶他去吧。”

一个打手上前，解开绳子，给包拯松了绑。

包拯站起来，在地上走动，活动活动身子，道：“刘员外，请把我徒弟也放出来，给我们东西银两。”

刘霸田对一个打手吩咐:“去,把那个小崽子也放了。”打手答应一声:“是。”出去放包兴。

刘霸田对包拯又道：“东西给你，银子留下，当作你交的治安费。”说罢，又命另一个打手去取东西。

不多时，包兴被放出来，东西也拿来了，交给包拯。

刘霸田对包拯训斥道：“你赶快走得远远的！不许询问这里的事情，休得招惹是非！如其不然，叫我再遇上，决不轻饶！”说罢，又吩咐一个打手道：“把他二人带出庄外。”

两个打手应了，把包拯、包兴带出庄外，转身返回。

包拯与包兴急急走了一段路。包拯恨声不绝，道：“这个刘霸田，实实可恶极啦！”包兴接言道：“对我们尚如此虐待，可想在当地是如何横行霸道啦？三叔，回去后，把他逮了，为民除害。”

包拯应道：“这等恶人，不除掉如何得了！”

这才是：只因为民除祸患，挺身前往虎山行。

第二十六回　包拯接状审理刘福　为民除害县令进京

上回书说到，包拯私访刘霸田，竟身遭大难。

包拯回衙后即刻升堂，唤来骑兵都头郭俊，抽出一张火票，当堂传令："郭都头，命你带领二百军兵，今夜去牛角川，剿查刘家庄，拘捕刘福及其众打手回衙归案。"

郭都头双手接签，应道："是。卑职遵命。"说罢，出去点兵。郭都头点齐二百军兵，各持刀枪，又命人拿了木枷、锁链、绳索。夜间行军，到拂晓前，将刘家庄四面围住。郭俊带一百士兵，在正门擂打敲门。

且说，刘霸田正在睡觉。忽然，一个庄丁惊慌失色地跑到其寝房门外呼喊："刘员外，不好啦！官兵把庄宅包围了！现在，正敲门要进呢。"

刘霸田闻听，吃了一惊，睡意全消。他慌忙穿上衣服，开门出来，与庄丁飞奔门口，探听情况。

其时，外面"咚咚"敲门，喊声如雷："开门！快开门！"

二人把门打开。从外面涌进一百官兵。郭都头问道："庄主刘福，在家吗？"

刘霸田应道："我就是庄主刘福。军爷有何贵干？"

郭都头道："我奉县太爷包老爷之命，前来捕你。"

刘霸田闻听，虽然有靠山庇护，却也立时惊得面色更变，踉跄退步。

郭都头喝道："刘福，你的打手在哪里？领我们去捉。"

刘霸田翻着狗眼，想了想，无可奈何。只好领着郭都头和许多官兵，去到一排上等房间，捉拿了三个打手，又从庄外捉拿了二个打手，各个用绳绑了。

郭都头给刘霸田上了木枷，戴上锁链。然后，剿查刘家庄。

郭都头带领众军兵，押着刘霸田及其打手，抬着剿查到的物品，回归县衙交差。

包拯收下犯人和物品，吩咐郭都头及官兵回去休息。

然后，立即升堂。刘霸田与众打手一齐被带上公堂，当堂跪下。

包拯一拍惊堂木，愤怒大喝道："恶徒刘福！你罪恶累累，路人皆知。今日将你伏法归案。你要给我老老实实低头认罪！"

刘霸田从上叩头，道："包老爷在上，小的一向安分守己，知法守法。不知身犯何罪？"

包拯怒喝道："刘福，抬起头来。睁开你的狗眼看看，还认得老爷我吗？"

刘霸田抬起头，仔细端详。刘霸田不看则已，这一看呀，惊得是半舌不展，抖着声音问道："包老爷，您莫不就是前日那个算卦先生吗？"

包拯一拍公案，大声道："正是老爷。刘福，你的恶行我已目睹，亲身领略。你伤残无辜，私设水牢，私设刑堂，严刑逼供，罪大恶极！连老爷我也几乎被你要了性命。今日伏法，你还敢抵赖吗？从实招来！"

刘霸田闻听后，不由得哆嗦起来。众打手一听，更是一个个抖衣而颤。

刘霸田定了定心神，自思无法抵赖，只好应道："小的知罪，求老爷开恩。"

包拯冷笑道："哼！你的罪状，我已写好。你且听听，看对也不对？"说罢，从公案上拿起状纸，念道：

"甲午年，定远县县令包拯，前去本境牛角川刘家庄附近体察民情。为了便于访察民情，县令包拯扮一算卦先生，带一个衙役包兴，扮作徒弟。二人路过岳满贵家，进屋喝水。刘家庄庄主刘福，闻知后，猜疑对其有不利之端，亲带打手三人，各拿刀棒，提绳索，去岳家拦截。在院中拦住包拯、包兴。刘福上前，揪住县令包拯，不问青红皂白，先打了一个耳光，喝问。适逢岳满贵出屋，刘福命三个打手，一拥上前，将岳满贵打倒，脚踢手打了一顿。包县令上前辩解，刘福命打手殴打。三个打手围住包县令，也施脚踢手打，毒打一顿。然后，刘福命打手将三人用绳索捆绑，带回刘宅。当夜，将三人关进用地窖做成的水牢中，水深至膝，令人苦不堪言。次日，至半前晌，方将三人提出水牢，关入黑房。先将包县令押到私设的审讯室。审讯室内，地上放一刑具老虎凳，燃一盆火；墙上挂列皮革鞭、藤条鞭、铁丝鞭。刘福居中高坐，旁坐文笔先生，环列三个彪形打手。刘福喝令招供，命两个打手用皮鞭劈头盖脸打包县令。包县令据实应对，刘福愈怒，又命两个打手换了藤条鞭抽打，打得包县令衣服开裂，脸上血痕条条，竟至昏倒。喷醒包县令后，刘福站起来，意欲亲手毒打，被旁坐文笔先生拦住。经考验算命后，方才松绑。放行前，将包县令随身所带二十两纹银抢夺不还。令二个打手将包县令、包兴送出庄外。”

包拯念毕，大声喝问：“刘福，以上所述，是否属实？招来！”

刘霸田越听越着怕，越听越觉得罪责难逃，头上早已冒出了豆大的汗珠。这时，他才感到自己的行为太严重了。但是，这上面写的句句实在，如何能抵赖得了？他用手背擦了一把额上的汗水，不得不低头应道：“回老爷，这上面写的句句属实。小的不敢抵赖。”

包拯一拍惊堂木：“刘福，签上供词。画押。”说罢，将状纸扔下公案。刘霸田爬跪一步，拿起状纸看了一遍，接过笔墨，签上：“以上所述，句句属实。”然后画了押。

包拯接住状纸，看过，拿在手中，起身离座，走到众打手面前。他认出一个毒打过自己的凶手，用脚踏在打手胸上，一脚踏倒，踩在地上。他瞪着眼，厉声喝问众打手：“你们讲！我念的是真是假？”

众打手俯伏在地，抖衣面战，一齐连忙应道：“一点儿不假。”

包拯又喝道：“众狗头！尔等在上面填上供词，画押。”喝罢，将状纸扔在地上，回身入座。

众打手爬跪到状纸前，围在一处，一个个抖着手指填上供词，画了押。

包拯收状纸，再拍惊堂木，怒喝道：“狂匪刘福，先将你残害岳满贵之妻致死的经过，从实招来！”

刘霸田自知难以隐瞒，只好避重就轻，胡扯乱谈。

未等他乱扯完，包拯早已怒不可遏，大骂道："刘福！你的这一罪行，牛角川妇孺皆知。你还妄想什么？来呀，夹棍伺候。"

班中闪出四个衙役，要夹刘霸田。李保弯腰从堂口捡起夹棍，冲着刘霸田的脸上扔去，打在刘霸田身上。"咣嗒"一声响，落在他面前。

包兴近前，用拳头猛击刘霸田的前额，骂道："好狗儿，睁开你的狗眼看看！还认得我吗？"

刘霸田被打得仰面跌倒，躺在地上，定睛一瞅，心说，啊呀，这莫不是跟随算卦先生的徒弟吗？

只听包兴又骂道："恶匪刘福！我就是那个跟随算卦先生的徒弟。无端被你残害得好苦！今日，你老实招供，免得包大人费力；若不老实，叫你死去活来！"

四个衙役将刘霸田上好刑具。包拯扔下一支签来，大声传命："施刑！"仍是李保掌刑，两人两膀一较劲，登时把刘霸田夹成一团，痛楚钻心，呼爹叫娘，头上的汗珠纷纷滚落。二人换口气，再一夹。霎时，把个横行霸道的刘霸田夹得三魂悠悠觅地府，七魄荡荡欲上天，看看昏了过去，包拯方才停了刑。

李保端起一盆凉水，照刘霸田的狗头"哗"地浇下。刘霸田一哆嗦，慢慢睁开狗眼，"呼呼"喘息。

那些打手们早已吓得心头乱跳，屁滚尿流。

这时，忽听包拯愤怒传令："来呀，把这群恶狗，每人给我痛打二十大板！"

八个衙役出班，将众打手轮番按倒在地，每人痛打了二十大板。众打手被打得伸腿晃臂，龇牙咧嘴，一个个呼号呻唤。

包拯一拍公案，大声道："众恶狗听的，去劝劝你们庄主刘福。"

三个打手闻听后，连忙连滚带爬，去到刘霸田跟前。他们垂头丧气，丑态百出，咧嘴，抽鼻子，抹眼睛，揉屁股，劝道："刘庄主，这事儿，咱牛角川差不多人人都知道哪。你还是招吧。"

刘霸田抬眼看看众奴才，"咳"了一声，心中合计："哎哟！我的罪行太昭彰了。看来，我是抵赖不过的。”他心怀侥幸，又寻思，莫若先招了，免得皮肉吃苦；再设法，让我叔父刘财进解救吧。

刘霸田正在胡思乱想之际，包拯拿起一份状纸，再次离座，走到刘霸田面前，用手指刘霸田的狗眼道：“我已派人把岳满贵叫来县衙，写状在此，上面说得清清楚楚。”出掌狠擢刘霸田的眉间，怒喝道：“你胆敢继续顽抗抵赖，今天就叫你灵魂出壳！从实招来！”喝罢，回座坐好。

刘霸田叩头，道：“老爷饶命，小的招供。”接着，润了润干燥焦苦的口唇和舌头，招道：“四年前，岳满贵借了我十两银子。当年未要，次年腊月去索。重利盘剥，连本带利算成三十两。当时，岳满贵付还二十两，还欠十两。我叫他妻子黄氏进庄做活儿相抵，其时不肯。过了三日，我领三个打手，连绑带推将黄氏拉回我的宅内。我欲霸占黄氏，黄氏不从，我着打手狠打了两次，黄氏仍不从，我把黄氏关入水牢。其时，水牢中虽然已无水，但阴湿难挡，气候寒冷，连冻带饿，将黄氏摧残成重病。适逢岳满贵探牢，我命其领回。黄氏回到家中，未及十天，就死去。以上所招，句句属实。”

包拯命：“画供。”刘霸田当堂画了供。

包拯道：“刘福，下去后，仔细把你的罪行一桩桩、一件件全都招供。”说完，又传下堂谕：“将刘福和他的打手们全都收监入狱，严加关押，退堂。”

次日，包拯升堂，再审刘霸田。差役将刘霸田押上公堂，跪倒听审。

包拯怒喝道：“狂匪刘福！把你毒打孙钱贵致残的罪行供上来！”

刘霸田闻听，心想，哎哟，又告了一状，口里应道：“这个，这个……”

包拯一拍惊堂木，呵斥：“支吾什么？你的暴行，我已尽皆领教过。若再支吾，大刑伺候。”

刘霸田心中打战，连忙应道：“老爷息怒。我讲，我讲。三年前的一个夏天，我家养的一只看家大黑狗疯了，跑出在外，窜进东趟子村孙钱贵院中，将孙钱贵院中玩耍的八岁小女孩孙润莲咬伤。孙钱贵从家中提一条扁提跑出解救。不想大黑狗不怕人，再咬孙钱贵，被孙钱贵当场打死。我闻知后，带领三个打手，各拿棍棒，去到孙家。我硬说孙钱贵打狗欺主，喝令打手用棍棒乱打孙钱贵。三个打手围住孙钱贵一顿棍打，打得孙钱贵一年没爬起来，胳膊断了两处，至今成了残废。”

包拯追问：“那孙润莲后来如何？”“孙润莲被疯狗咬疯，未过一个月，死了。”

包拯再拍惊堂木，喝道：“刘福！把摧残高拴牛致死的罪行供上来！”

刘霸田闻听，心头乱跳，娘呀！这一状更严重哪。这个罪行，跟害死人命一样呀。嗯，掂量掂量。看如何应对？

刘霸田正在打鬼主意呢，包拯传谕：“来呀，给刘福把脑箍上了，施刑。”李保上前，给刘霸田上好脑箍，二人施开刑法。这一夹，把刘霸田夹得脑瓜生疼，全身哆嗦，冷汗如雨，张大嘴，吐出舌，不能动弹。

包拯喝道：“刘福，从实招来！不然，另换刑法。”刘霸田翻着白眼，点点头。包拯命：“缓刑。”

刘霸田直挺挺地倒在地上，喘息了片刻，招道：“两年前的一个秋天，高拴牛因交不起我的地租，被我关进水牢五天。因折磨太重，在水牢患病倒下。我放回家后，过了一天，死了。今年春天，高拴牛死后，其儿子高奎，年方十九岁，到我刘宅内评理。被我喝令三个打手，拉进审讯室，用铁丝鞭毒打。高奎头部受伤太重，当时昏死过去，至今疯癫致残。以上所招，句句属实。”

包拯命：“画供。”刘霸田画了押。刘霸田的这些罪行，堂上堂下的人听了，都恨得直咬牙。

包拯咬着牙，传下堂谕：“把刘福打入死囚牢中，不得有误。退堂。”

且说，过了几日，前来衙门对刘霸田告发、揭发、做证的人络绎不绝。包拯一一亲自接待审理。自后一个多月，包拯差不多日日升堂，主要审理刘霸田之案。刘霸田起先还不肯老老实实招供。在许多人证、物证面前无法抵赖，又被包拯严刑拷打，后来渐渐失去抵抗力，只好老老实实招供。把主要的摘录出来，其罪行有七十余条。其中，致死人命案三起，致残无辜案六起。

包拯把刘霸田的这些案件，都认真详细地做了人证、物证，口供落实合一，然后判处刘霸田死刑。

包拯又对刘霸田的打手们也过了几堂，上了几次刑惩办，对其中两名罪恶重的汪月喜、赵功成判处无期徒刑，将其他打手分别判处五年至十五年有期徒刑。

却说，包拯将刘霸田之案选作公文，派一个公差，飞速送到府衙。

过了一个多月，上面来了公文。

包拯在公堂接收公文，就在公案上拆开细看。上面命包拯将刘霸田送往刑部。

包拯看罢公文，心中恼火，将公文扔在案头。寻思，看来又是朝中奸贼刘财进从中作梗，妄图重蹈覆辙，解救刘霸田。这次须得亲自将刘福押解进京，去刑部大张义愤，据理力争。好歹得为民除此一害。如其不然，绝不甘休。

包拯想定主意，立即派包兴把骑兵都头郭俊传来。当堂命郭俊挑选三十名精兵猛将，做好押解犯人进京的准备。郭俊领命去办。

包拯匆匆将衙内诸事料理好，将县衙日常事务托付于县丞乔吉和王文案主持。启程之日，郭俊带三十名猛将，一个个顶盔带甲，手执兵刃，腰悬利剑和弓箭，前来听差。

包拯命郭都头从死囚牢中提出罪犯刘福，依然上枷带链，装入木轮囚车。包拯带李保各上坐骑，相随押解犯人。郭都头与三十名兵将一齐上马。包拯一声令下，一行人押着囚车，取路进京而去。

一路上，起早贪黑攒程。十二日后，便抵达京城。

去到刑部，包拯将公文传递进去。

时辰不长，刑部正堂刘财进传出堂谕：命包拯带犯人上堂。包拯与郭都头从囚车中提出刘福，押上公堂。刘福当堂跪下。包拯与郭都头也拜见正堂刘财进和刑部副堂杜文辉。

刘财进也不赐坐，一招手："二人站起侍立。"

刘财进见侄子刘福面无人色，全身枷夹链锁，是骤发心疼。当时传命：给刘福去了刑具，收监看管。

刘福被带下公堂后，刘财进不怀好意地瞅了一眼包拯，心中很不满。暗自琢磨，看来，包拯亲自将犯人押来刑部，很显然，是冲着我来的。其用心很深哪，唯恐我做手脚放了刘福。哼！我让你等着瞧吧。想毕，刘财进皮笑肉不笑地冷嘲热讽道："嘎！包县令不辞辛劳，亲押刘福进京，精神可嘉呀。"

包拯见刘财进一上堂就把重大死囚犯放松，心中很不如然。又听刘财进阴阳怪气地讲论，更是气生两肋，反唇相讥道："谢大人夸奖。卑职唯恐歹人将死有余辜的刘福解救了，放虎归山，继续伤人。因此，不得不小心在意，甘愿辛劳，亲押进京。"

刘财进又道："包县令，你先回去吧。静等刑部判决。"

包拯应道："我也不打算一时半时回去。我要在京城打一客店住下，等一些日子，得到个结果，再回去。"

刘财进听了，心中思想，好个倔县令，竟然要在京城住下，等个结果。好，我叫你等上三年六个月。看你等得等不得？想罢，鼻子一翘，道："好，你既然自行安排，那我就不另行招待了。你等着吧。"说完，还把肚子往前腆了腆。

包拯道："告辞啦。"说罢，与郭都头走出公堂，带领兵士，赶着空囚车，去街上寻店住下。

过了七八日，包拯去到刑部打探。刑部官员告诉他，说刘福的案子纹丝未提。

包拯扔下一句话："要求刑部尽快判决刘福。"而后走了。

又过了七八天，包拯再去刑部打探。这次，刘财进正在堂上。

包拯上了堂，跪倒行礼，然后站起身，问道："刘大人，刘福一案，判决的如何？"刘财进似笑非笑，应道："只因刑部案情较多，一时未能将刘福之案处理。包县令，你一下也等不出个结果来，你还是先回去吧。我想你衙中当要事务也不少。你还是顾全大局吧。"

包拯听了，心里骂道："这个奸贼！"是想推我走呀。哼！休想！口里应道："多谢刘大人关心。不过，下官这次前来，不打算空手回去。我衙中当要事务虽多，但最最当要的就是判决刘福一案。不处决刘福，我夜不能寐。我就是等上三年六个月，也要等出这个结果来，方才回去。"

刘财进听了，不觉把眉头皱成个大疙瘩，撇着嘴道："好吧。那你们就接着等吧。"

包拯告辞，回归客店。包拯回到店房中，把情况与众人述说。郭都头听了，着急起来，道："啊呀，如此等下去，何时是了？包老爷，还是快拿个主意吧。"

包拯道："我的主意，早已拿好了。咱们再等他半月二十天，且看分晓。"

包拯在店房中，暗自合计开啦，是呀，看来，奸贼刘财进是要和我泡蘑菇，想把我拖败。我如此死等下去，可万万不行。我先找王丞相商议去。

包拯想定主意，第二天一早就去到了丞相府。

门人往里一禀报，王丞相听说包拯到来，非常高兴，立即在书房接见。师生二人相见，欣喜万分。分宾主落座，下人献茶。先叙了一阵阔别之情，又谈了一些别的事儿。

然后，王丞相问道："你千里迢迢来京城有何主要事儿？"

包拯答道："恩师容禀，晚生这次来京，主要是为了刘福一案。"接着，把刘福之案拣重点，简洁明了地叙说了一番，然后又道："刑部正堂刘财进，是刘福的近亲叔父。三年前，定远县衙就把刘福判为死刑。结果，被刘财进提到刑部，释放归家。这次，刘财进仍想旧戏重演。目前，想把我拖败，再做手脚。"

王丞相听了，气得直咬牙，骂道："这个奸贼刘财进，实乃国家之巨贼，执法枉法。只因有刘太后支持，多年来才安居刑部要职。叫人好不气闷！"

包拯道："无论刘财进如何执法枉法，我这次定要除了刘福这个人间祸害。我想先请恩师出面催促刑部。如若不听，我就写个奏本。请恩师申奏万岁。"

王丞相沉思片刻，道："对，咱们就这么办。"

王丞相与包拯又谈论了一会儿，吩咐下人设宴招待包拯。

包拯在丞相府吃过午饭，告辞恩师，回归店房。

第二日，王丞相派人叫来刑部副堂杜文辉，询问了刘福一案，命其回去急速处理。杜文辉点头应是，回转刑部。

杜文辉将王丞相之意，转达刘财进。

刘财进听了，心里不由得敲起鼓来。寻思，哎哟，不好！包拯竟然把刘福之案捅到王丞相那儿了。若要再闹，说不定还要捅到皇上那去呢。若要再窝下去，可要做成醋啦。怎么办？怎么办呢？哎，我去找庞太师商议商议，再做定夺。

刘财进乱想了一阵，急忙去太师府去找庞吉。

两个奸贼聚在一起商议。庞吉道："这个包拯，胆大妄为。他考进士时，曾闹过考场。这次不如意，必定会闹到皇上那去。要是让皇上知道了，除救不成刘福，怪罪下来，你可没有好果子吃。还是先救你自己要紧，把刘福按律判决吧。”

刘财进咬着牙，应道：“好吧，就按太师说的办吧。没想到，遇上这么个魔头。”刘财进回到刑部，被迫无奈，只好着手处理刘福之案，不提。

又过了七八天，包拯去到刑部打探。

刑部官员告诉他，说现在正在处理刘福之案，请他稍候。

包拯回转店房再等。再过了七八日，包拯再去刑部打探。

刘财进在公堂接见了包拯，脸色阴沉沉地说道：“包县令，你已等出结果来了。已将刘福判处死刑，留在刑部缓期执行。你该起身了吧？”

包拯听了，仍不满意，道：“刘大人容禀。这个刘福，在定远县民愤极大，人人恨不得剥他的皮，吃他的肉。我恳请刑部将刘福判为斩立决，让我带回定远县，斩首示众，以平民愤。”

刘财进听了，不由怒容满面，大声道：“刑部自有法度。难道你还怀疑刑部不成？再说，是我说了算，还是你说了算？你想凌驾于刑部之上不成？”

包拯听了，心中合计，看来，这又是奸贼刘财进施的伎俩，妄图以后将刘福放了。包拯想到刘福凶残狠毒，罪恶累累；又想到岳满贵一家老小悲恨难申，备受刘福欺凌，泪水不干，望眼欲穿，亟盼青天日出；再想到牛角川多少无辜惨遭刘福摧残；全县上下多少人对我满怀期望……包拯越想越热血沸腾，义愤填膺。他把钢牙一咬，应道：“刘大人，这个罪犯刘福，实在罪大恶极，纵然千刀万剐，也难消定远县民众的愤恨。我必须得把刘福押回去，斩首示众以谢定远县民众。”说着，伸手从头上摘下乌纱帽，双手高举过头，斩钉截铁道：“这个七品芝麻官，虽然官小，可也是朝廷命官，也是我的一点儿前程。我愿以此顶乌纱换取刘福的项上人头。”

刘财进见了，不由得倒吸了一口凉气，心说：“啊呀，我的娘呀，包拯原来如此刚烈倔强，如此正气凛然。我留下刘福，也是白费心机，也是一场枉然。如若日后将其放松，定会惹是生非。罢罢罢，还是让包拯领回去算啦。”想至此，横了横心，说道："好吧。包县令，我成全你。但愿你日后事遂人愿。"

包拯一听，知刘财进言外之意是想伺机报复。但是，包拯不但要斩狂匪刘福，还要斩朝野食人恶虎。为了斩豹狼，诛恶虎，为民除害，为国除奸，包拯早已是奋不顾身，在所不惜。包拯昂然应道："刘大人，我若能为民除害，为国明法，纵然丢官罢职，也心中欢畅，也心甘情愿，在所不惜。"

刘财进听了，立时像霜打了的毒草，精神萎靡下来，无力地挥了挥手道："三日后，你来刑部，把刘福押回去吧。你退下吧。"

包拯施一礼，戴上乌纱帽，道："刘大人，下官告辞啦。"说罢，走出刑部，回到店房。

三日后，包拯与郭都头带领兵士，赶着空囚车，去到刑部。包拯接了公文，办完手续，从狱中提出刘霸田，将刘福上了木枷，戴上镣铐，装入囚车。急速出京，赶路回转定远县。

包拯回到县衙，定于三日后处斩罪犯刘福。他亲自写好布告，派人四处张贴。然后，急速处理当紧公务。

到了行刑之期，定远县街上、乡下来看恶匪刘福伏法受诛的人极多，尤其是牛角川一带，大部分人赶来观看，将城西外方圆二里大的一片刑场围了个水泄不通。

时近午时，衙内一声炮响。包拯当堂传命，将刘福及其三个打手，一齐捆绑，押往刑场。先见，一队队骑兵，在刑场、街上巡逻。后见，三百步兵顶盔贯甲，手执刀枪，在前后左右护送执法队伍。执法队走在中间，两名刽子手披红挂彩，手捧明晃晃鬼头刀前行；身后恶匪刘福骑在木驴背上，五花大绑，背插招牌，口箍铁嚼，脚戴铁链；十六个衙役，腰悬利刃，在两边押着刘福众犯；包拯与卢都头、郭都头骑马监押。执法队沿街出西门，去到法场。

包拯与二位都头登上法场高台。包拯坐在监斩位上，亲自监斩。两都头居旁坐下。刘福众犯一齐跪在执法台下。

法场上，四面万头攒动，哗然唾骂刘福众犯。包拯两手示意场中安静，然后高声宣读刘福的条条罪款。念完罪犯的罪状，拖放了一声追魂炮。午时，又放了一炮。午时三刻，第三声炮响。

包拯站起，愤怒地将手往下一挥，大声下令："将罪大恶极的罪犯刘福，开刀斩首！"话音刚落，扔下一根斩首令牌。刽子手举起钢刀，将刘霸田的脑袋砍落，终于把恶匪典刑正法。

场外百姓见了，尽皆眉开眼笑，欢声雷动。

包拯斩了刘福，回到衙署，升座公堂，将刘福的众打手宣判从军。

自此，刘福一案结束。

经过刘福一案，"包青天"的名声更加响亮，传遍天下，闻者莫不钦佩。

这正是：青天当把包拯数，做官要与民做主。

第二十七回　包拯审讯无头案　庞吉挟私罢县令

上回书说到，包拯审理刘福一案，为国明法，为民除害，天下传颂“包青天”。之后，在两年中，包拯又审了八十多件新案，四十多件旧案，俱是讲求实际，断案如神，扶助良善，严惩邪恶。

一日，包拯在公堂批阅文件，忽听大堂外有击鼓之声。

包拯升堂入座后，一个衙役把击鼓之人带上公堂，跪在堂口，叩头道：“小民叩见包青天。”

包拯探身往下一看，是一个老者，年约六旬，长一捋山羊胡子，形体消瘦，悲惨惨地跪在那里。

包拯问道：“下跪者何人，因何击鼓？”老人叩头回道：“我女儿赵翠，年已十九岁。昨日上午巳时，去村北三里远的山洼里挖野菜未回家，当天下午半后晌出去寻找，在山洼里找见尸身，凭衣裤鞋袜可以确认，人头不知落到什么地方去了。今日上午特来击鼓报案。求大老爷缉拿凶手，为我女儿报仇。”

包拯问道：“你叫何名，家住何处？”

老者回道：“我叫赵本栓，家住离县城四十多里的目花镇小李村。”

包拯问：“你村里有几户人家，多少人口，有无凶恶不法之人？”

老者回道：“我村住了三户人家，十四口人，村中都是老实巴交的庄户人，没有凶恶不法之人。”

包拯问道："你女儿何处有伤？"赵本栓回道："只是砍去人头，全身再无伤痕。"

包拯道："你写个诉状上来。"赵本栓回道："小人不会写字。"

如果遇到贪官、昏官，必然刁难推诿，不予受理。包拯对平民百姓非常亲热，所以对王文案道："你代他写一份诉状，放在公文袋中。"

"是。我代他写一份。"王文案答应一声，当堂为赵本栓代写了一份诉状，呈给包拯。

包拯看过，道："赵本栓，你先回家去吧。听候消息。""是。小民告辞。"赵本栓站起身，走出衙门。包拯宣布退堂。

包拯叫上王文案，去到二堂，分主次坐下，共同研究案情。

包拯道："凶手杀人用尖细凶器必然先伤死者胸腹部位。今凶手不先刺死者胸腹，只是砍去人头。显见不是用长刀，就是用短刀。"

王文案道："包大人分析得入情入理，丝毫不差。凶手确实是用短刀杀人。"

包拯道："那么，我们就以短刀为凶器，侦查凶手如何？""是。包大人明鉴。"

二人退堂，休息不提。

第二日，包拯换上布衣、小帽，上身穿一件褪了色的蓝布长衫，下身穿黑布灯笼束腿裤，穿着白袜，脚踏麻头布鞋。他手持一丈长的招牌，招牌上大书着四个墨字"卜算星相"，招牌上挂着一串小铃铛，一走一摇晃，"叮咚"地响。他肩背一个大褡裢，内装着《玉匣记》、皇历、卜筮正宗和一些日用品等。包兴相伴，前去小李村。

傍晚时候，包拯去到小李村。抬头一望，果见东一家西一户住着三户人家。村子依山傍水，村前淌着一条河流，村子周围全是小山包小山洼，庄稼都种在洼地，东一块西一块，绿油油的都是禾苗。村北三里有个大山洼，离山洼四五里就是崇山峻岭。放眼再一望，村东西山洼中有个大一点儿的村子，住着十几户人家。

包拯一打探，赵本栓就住在西边一户中。包拯来到赵本栓家，把招牌立在窗口下，背着褡裢挑门帘低头进入赵本栓家。包兴随后跟进。

赵本栓一家人干完活刚回家。赵本栓一见包拯，急忙跪下叩头道："包青天亲自来我家，感激不尽。"

包拯道："起来说话。我这次化装成算卦人出来私访凶手，你们千万不要说我是县令，不要张扬，就把我当作是一个算卦先生好了。若要被人知道了，恐怕你们的案子破不了。"

赵本栓家中还有老伴魏氏，长得瘦骨嶙峋，六十出头。家中还有赵本栓的独生儿子名叫赵全虎，二十四五岁，长得粗壮结实。

三人听了，齐声应道："我们一定保密。"

包拯把褡裢放在地上。魏氏搬个木凳，用抹布擦干净，让包拯坐。

包拯坐下，四人环立，站在地上。

包拯问道："你们可知道，有什么带长刀或短刀的人从此地路过？"

三人回道："未见过。"

包拯道："今日已晚，我就在你家歇息过夜，给我打一盆洗脸水来。"

魏氏应道："没有现成的热水。我们正要做饭，先给先生烧一盆洗脸水。"说罢，生火烧水。

包拯对赵本栓和他儿子道："你俩出去打探一下，有谁见过带长刀或带短刀的人从此路过。回来回话。千万别泄露了我的身份。"

"是。"二人出去打探去了。

包拯问魏氏道："你女儿性情如何？你家可有什么仇人？"

魏氏回道："我女儿十九岁，性情温和，从未与人红过脸。她安分守己地帮助我们做营生。我家是老实巴交的庄户人，掉下片树叶来也躲着，与人无争，从来没有一个仇人。"

烧好洗脸水，魏氏又把洗脸盆擦干净，盛上水，端在包拯面前道："先生请洗脸。"

包拯接过洗脸盆，放在地上，从褡裢里取出毛巾、肥皂，蹲下身子洗了一把脸，取毛巾擦干净。然后，把木凳搬放在脸盆前，坐在木凳上脱鞋去袜，就要洗脚。

魏氏急忙拦阻道："我给先生再烧一盆热水洗脚。"

包拯道:“你们干了一天的活儿,早累了。不必客气。我也是农村里长大的人,小时候,我比你们家还穷哩,拿洗脸水洗脚是常有的事。走了一天,脚都走痛了,洗一洗好休息。”说罢,将双脚伸到水盆里,用脚洗擦脚。洗完脚后,包兴倒了水。包拯坐在木凳上。

赵本栓父子也回来了,报告说:“没有人看见有带刀的人从此处路过。”

包拯道:“好吧。明天我再出去访查。你们村东的那个村叫什么村?住着多少户人家?”

赵本栓回道:“叫侯家村,住着近二十户人家。在我们这儿也算是一个大村子了。”接着,赵本栓很不如意地说道:“说来叫先生笑话,我们这个穷地方连白面大米也没吃过。每天吃高粱、玉米、小米和红薯,都不知道给先生做啥饭吃。”

包拯道:“我小时候连这些也吃不饱。遇到荒年厄月,还要吞糠咽菜。我最爱吃红薯,甜丝丝,香喷喷的。今天咱们就吃一顿红薯好了。”

魏氏道:“先生要吃红薯,我最会做。要吃别的饭,我还端不上来呢。”说罢,取红薯洗了好几遍,焖起红薯来。

包拯又向赵本栓问了一些案情情况,一无进展。

魏氏焖好红薯,端上饭桌,几人围桌而坐,吃起红薯来。

包拯一边吃红薯,一边询问赵本栓,问这几年收成情况,家中生活如何,税赋情况如何,等等。吃罢,包拯要早些休息。

赵本栓安排包拯和包兴去客房早早休息了。

第二日,包拯早早起床,又吃了一个红薯,喝了半碗白开水,权作早点。之后,他从褡裢中拿出假胡子、墨镜,粘上假胡子,戴上墨镜,背了褡裢,拿上招牌,与包兴向东去侯家村去了。

其时,玉米、谷子出苗不久,路两边、山野里,处处是绿油油的庄稼。包拯顺着牛车大道向东走去,翻过两个小山包,去到了侯家村。

侯家村东西住户一长溜,顺着山湾修盖。包拯一进村就摇动招牌,“丁零零、丁零零”地响个不停。走到村中间,包拯选一块宽阔地,将招牌交给包兴,从褡裢中取出一块大红布，布上饱蘸墨汁画一个大八卦图形，又取出《玉匣记》、皇历、卜易正宗，摆放在红布上，口里高声吆喝："卜算命运，卜命算卦。"包兴站在一旁，把招牌用手扶住竖在地上。

当时正值农忙季节，人们多数已下地锄草去了。先是有几个小孩子跑来观看，接着，走来几位老汉、老妇和一位年轻女人。其中有一位老汉，年高七旬开外，白头发、白胡子，瘦骨嶙峋，大概念过几天书，开通一些，与包拯答话道："听口音先生是个外地人，看排场先生是个神算子。不知先生高明到什么程度？"

包拯对老者笑了笑道："老伯真会说话。我虽然比不上袁天罡、李春风，看相貌，看指纹，算个流年运气，多数差不了。"

老者又问道："先生卜算一卦，不知要多少卦金？"

包拯应道："我走千村，算万户，收益不少，不在乎卦金多少。卜算一卦，看相，算命，富者多收，贫者少收，分文没有者，也可卜算，替我传扬名声，广开财路。"

一位老妇年过六旬，也是满头白发，矮个头，面黄肌瘦，忧愁满面，说道："听说先生不要卦金也能算卦。给我的儿子算一算，看何时能娶个媳妇？"

包拯道："见了本人方好看相卜算。未见本人，你就说说他的生辰八字，相貌品行。我也好推算。"

老妇道："我家喜儿辛丑年八月十八日辰时生。长得中等个头，相貌一般。只是爱吃爱喝酒，又常输钱。不想做营生，气得我贫病交加，无法过日子。"

包拯假意掐指算了算，道："你家喜儿，本来早该娶妻生子，只是毛病太多，影响了婚姻大事。嗜吃狂饮那是自找疾病，赌钱那是水中捞月。赌博个小钱，倒也无妨。只有头脑不清醒的人或者不怕倒霉的人，才会赌博大钱，一定会输得精光，结果是走投无路直至死路一条。你儿只要改掉游手好闲、狂饮、赌博这三个坏毛病，不出三年，就能娶上媳妇。"

卦摊边又有一妇人，年纪二十七八岁，细条个儿，秀眉秀眼，面带忧愁，问道："我有一个男孩子三岁了，肚大脖子细，两胳膊两腿也细，吃了就拉屎。请几位大夫治疗，也治不好。这孩子什么时候能够病愈好？"

包拯道:“你孩子得的是疳积痨。我这里有一个偏方,专治疳积痨病。鸡内金、鸡矢藤各等分，研成面，每次服一钱，一日服两次，半个月有望愈好。”

年轻妇人欢喜道：“多谢先生。这可太好啦。”

包拯道:“我替人打听一件事情,四月十一日下午,你们谁知道有带大片刀,或有带砍柴刀、切菜刀的人来过这里。”

年轻妇人应道:“先生你可问对了。那一天,目花镇白铁匠的徒弟拿着切菜刀、砍柴刀、锄片来我们村子里卖。我还买了一把切菜刀呢，刀很快的。”

包拯听了，很重视这一情况，问年轻妇人道：“你唤何名?”

年轻妇人应道：“我叫贺翠莲。”包拯牢记心头。

白胡子老头道：“先生有所不知，离我们这里二十五里有个目花镇，全镇有近二百户人家。镇中开着米铺、油铺、布铺、柳货铺、铁匠铺等铺子。那个铁匠铺叫白铁匠铺，老师傅名叫白德贵，打得好家具、好铁器。我们这一带的人经常进镇去买他的铁器。有时派他的徒弟出来卖货。”

包拯问道：“不知去目花镇怎么走？请老伯指点一下路径。”

老者应道：“从村北往北走，走过大山，再绕山，走二十五里路。从西北小路上走，近五里，二十里到。”

包拯又问道：“从西北小路走，是不是路过小李村北面的山洼地？”

老者应道：“正好路过那个山洼地。”

包拯深思片刻，道：“幸会，幸会。我趁天色还早，去目花镇买些日用品。告辞。咱们改日再会。”说罢,收拾好东西,背起褡裢,拿了招牌,与包兴出了村,向西北小路走去。

包拯顺小路走到小李村北山洼里，见有一处血迹，庄稼被踏坏一大片，显然是杀人现场。再仔细观察，并未发现什么证物。

包拯顺小路往前走，再走五里，就是崇山峻岭了。小路两边都是长着杂草的小山包，是一个狭长的地带。包拯心想，凶手绝不会带着凶器、人头，穿着血衣走路，大概把这些就埋在这个狭长的地带，以免被人撞见。

再往前走，走上崇山峻岭，顺着崎岖危险的山路，翻过两座大山，就是目花镇了。

包拯走入目花镇，先找一个饭铺，吃了顿饭。上街又买了几样日用品。然后，手持招牌，上街入巷，口里吆喝道："卜卦，算命。卜卦，算命。"一边算卦，一边打听石铁匠有几个徒弟和徒弟的一些情况。

原来石铁匠有两个徒弟，大徒弟名叫鲍二虎，年纪四十多岁，早已娶妻生子，生了两儿一女，生得膀宽腰粗，力气蛮大，人却忠厚老实，与人无争。二徒弟名叫辛在在，年纪将近三十，生得高个头，粗壮结实，生性蛮横无理，经常与人打架斗殴，因此至今光棍一条。

包拯又问清辛在在的家居住何处，于是与包兴径直向辛在在的家走去。

包拯临近辛家，放慢脚步，高声吆喝道："卜卦，算命。前知前事，后知后事。算卦算命啰！"故意在辛在在家门前停留不走。

果然，辛母匆匆走出门来，招手道："先生进来，给我算一卦。"辛母年近七旬，白发苍苍，脸上布满皱纹，愁眉不展，让包拯进屋中。包拯把招牌立在门边，背褡裢推门进屋。包兴站在外面。

辛母随后跟进，取了个小木凳，擦干净，道："先生请坐下算卦。"

包拯道："多谢。"取下褡裢放在地上，坐在木凳上。包拯问道："老妈妈，有何事卜算。"

辛母答道："我的儿子叫辛在在，今年二十八岁了，因情性不好，姑娘们不敢嫁他，至今未娶上媳妇。今天，先算算我儿何时能娶上个媳妇。"

包拯道："报上你儿子的生辰八字。"辛母想了想，道："是乙未年，九月二十八日申时生的。"包拯假意掐指一算，声色俱变，道："哎呀！不好，不好。"

辛母急忙问道："先生，有什么不好？"

包拯道："你儿子一时娶不上媳妇，不出半年就有血光之灾，伤身之祸。"

辛母听了，形色更加惶恐，道："我的儿子，性格不好，经常与人打架。前几天出外卖刃器家具，回来后，鞋上有几点血迹，裤子上也有血迹，上身衫子也没穿回来。我问他因何身上有血，他说是与人打架染的。他脱下裤子和鞋，填到灶膛里烧了。烧完之后，换了鞋和衣服出门去了。莫非我儿子今年有大灾大难不成？”

包拯道：“这个无妨。老妈妈，把你儿子叫回来，我亲自在他内衣上画一道神符，就能躲过今年这一劫。”

辛母道：“那太好啦。我儿今天去铁匠铺打铁去了，晚上回家吃饭。先生出去在附近算卦，等他回来，我去叫先生。”

包拯道：“这样也好。”说罢起身背了褡裢，出门外又拿了招牌，走在附近，逗留着给人算卦，等候辛在在。

太阳刚落山，辛母前来，道：“我儿回家了。先生请吧。”

包拯道：“好。这就去你家。”

包拯在前面走，将招牌放在门边，推门进屋。辛母和包兴后面跟入。

包拯放下褡裢，抬眼一看，只见一个年轻人正坐在桌边木凳上，喝酒吃咸菜。

包拯问道：“你就叫辛在在？”

辛在在粗声大气地应道：“是，我就是辛在在。”

包拯仔细观瞧，见辛在在长得高大粗壮，低眉头，卧蚕眼睑。玻璃眼球突出，眼闪凶光，低鼻梁，厚嘴唇，粗脖子。

包拯道：“辛在在，你母亲让我给你算了生辰八字，按流年推算你今年有大灾大难。你脱去外衣，我在你衬衣上画一道神符，可保你今年平安无事。”

辛在在本来犯了王法心虚，道：“我这几天心慌心跳得很厉害，好像要出什么事。谢先生画一道神符镇住。”很顺从地脱去外衣。

包拯从褡裢中拿出朱砂面、毛笔和石砚，让辛在在倒了些热水化开朱砂。执笔在手，饱蘸朱砂，在辛在在内衣背心上画了一道神符。画毕，让辛在在穿好上衣。包拯道：“这道神符不贵，要五文钱。”

辛母取出五文钱递给包拯。包拯接钱在手，对他母子二人道：“告辞了。后会有期。说罢，背了褡裢出屋，拿了招牌，与包兴去街上寻一家客店住下。

第二日，包拯雇了一辆马车，回到县衙。

包拯回到县衙后，马上分兵二路，展开破案。一路派王文案去目花镇，找石铁匠了解一些情况。二路亲自带领一队衙役，去那山包间狭长小路两旁搜索人头和凶器。

众人展开搜索，果然在大山脚，离小路往南一百多步的地方发现一个新土堆，挖开一看，人头、凶器切菜刀、血上衣，都在里面埋着。切刀柄上隐隐约约还有一个左手血小印。包拯拿了证物，带队回归衙门。

王文案也回归衙门，对包拯报告说：“我去目花镇铁匠铺与石铁匠调查辛在在。第一，辛在在于四月十一日果然带着切菜刀、锄片等去侯家村一带卖货。第二，辛在在平时用力的手是左手。第三，辛在在四月十一日卖货回来后，一直心神不安、心不在焉的样子，很是反常。”

包拯道：“王文案辛苦了，回去休息吧。”

“告辞包大人。”王文案离衙回家。

至此，案情大白。包拯填写了逮捕证，差四个衙役去目花镇逮捕辛在在，辛在在被上木枷戴脚链带回县衙，入牢收监。

过了几天，包拯把辛在在的母亲和侯家庄的贺翠莲一齐叫来衙门，安排住下。

次日，包拯升堂，传下堂喻：“将辛在在带上公堂。”

衙役樊永旺转身下去，将辛在在带上公堂。辛在在在堂口跪倒，叩头道：“给大老爷叩头。”

包拯一拍惊堂木，大喝道：“大胆狂徒，杀死人命，还割去人头，手段残忍。快快招来。”

辛在在急忙叩头，道：“小人没有杀人。小人冤枉呀。”

包拯道：“四月十一日，你是否去目花镇东南二十里的侯家村卖过切菜刀？”

辛在在一听，形色慌张，道：“这个，这个，我记不清了。我没有去卖过切菜刀。”

包拯道：“那一日，你回到家中，脱去上衣，裤子上、鞋上有血迹。你母亲问你为何有血迹，你说与人打架染的，然后就脱下鞋和裤子，填到灶膛里烧了。是也不是？”

辛在在听了，惊得灵魂出窍，支支吾吾道：“这个，这个，没有过的事。”

包拯道：“那一天我去你家里算卦，你母亲与我说得一清二楚。你抬头看一看，我是不是算卦先生？我还给你在背心上画了一道朱砂符。是也不是？”

辛在在听了，抬头一看，惊得半舌不展，目瞪口呆。

包拯又从公案上拿起一件血衣，扔在堂口，道：“辛在在，你拾起血衣看看，是不是你穿的上衣？”

辛在在看了看，道：“大老爷，这不是我的上衣。”

包拯命：“传二位证人上堂。”

辛在在的母亲和贺翠莲被带上公堂。二人在堂口跪倒叩头道：“给大老爷叩头。”

包拯道：“二人起来，为辛在在做证。”

贺翠莲站在辛在在面前，道：“四月十一日上午，你去侯家村卖切菜刀、锄片，我买了你一把切刀。你就招认了吧。”辛在在道：“你诬告我。”

辛母站在辛在在面前，道：“四月十一日中午，你回家来，脱掉上衣，裤子上、鞋上沾着血，填到灶膛里烧了。你这些情况，我与算命先生都说了，你就应了吧。”

辛在在哭道：“娘呀，我不能应了。我要是承认了就没命了。”

包拯道：“辛在在母亲，你拿起血衣看，是不是你儿子的上衣。你要是包庇，就犯了包庇罪，一并惩治。”

辛母颤抖着手，双手拿起血衣，翻来覆去地细看，道：“回包大人，这是我儿的上衣。”辛母对辛在在道：“儿呀，你那天烧了血裤、血鞋，娘就怀疑你是杀了人。只是不敢相信。事到如今，你就招了吧，免得皮肉受苦。”

辛在在嘶声道：“娘，别怕，儿我没有杀人。”

包拯对王文案道：“将切菜刀拿去，对比血手印。”

“是。”王文案从公案上拿了切刀，走到堂口，抓住辛在在的左手，一比对，竟十分相符。王文案道：“包大人，比对血手印完毕，十分符合。”

包拯道：“罪犯辛在在，现在人证物证俱在，你还有何话说？”一拍惊堂木道：“罪犯辛在在，快快如实招供杀人经过。”

辛在在瘫在地上，口里却道：“这个，这个……我没有杀人呀。”

包拯大怒，道：“你这个狂徒，不动大刑，谅你也不招。来呀，大刑三夹棍伺候。”

两个站堂衙役上前，把辛在在拉起，拖在刑具前，上了三夹棍。包拯问道：“辛在在，有招无招？”

辛在在道：“这个，这个，我没有杀人。谁见我杀了人了。”

包拯下令：“行刑。”

两边衙役拽着三夹棍的绳索一用劲，“咯吱吱”一声响，看着辛在在面色转白，“哎呀”一声，辛在在倒在地上，无声无息了。

衙役上前一听，呼吸停顿，再用手一摸辛在在的脉搏，脉搏平息。眼见辛在在昏死了过去。

包拯命人抢救，抢救无效死亡。包拯让衙役把辛在在的尸体抬下堂去，宣布退堂。

次日，包拯亲自写了辛在在一案的理案经过，并附上人证、物证等材料，叠成公文，派公差送往凤阳府。

凤阳府知府看过公文后，又上递到刑部。刑部尚书刘财进，在公堂看罢定远县呈上的公文，如获至宝，三角眼快笑成一条线了。国贼心中骂道：“好个包黑子，一个小小的芝麻官，弄出个公堂夹死无口供人命来。上次，你当堂打死了杀人嫌疑犯赵大，因是初次，难以罢你的官。这次，又当堂打死了杀人嫌疑犯辛在在。我一定要摘掉你的乌纱帽。”刘财进又一想，啊呀，听庞太师说过，包拯与丞相王苞有师生之谊，还不能贸然行事。他眼珠一转，对，找庞太师商议去。只要庞太师一出面，摘掉包黑子的乌纱帽那是易如反掌。刘财进想到此处，连公事也顾不上办了，拿上定远县的上呈公文，吩咐下人备轿。然后，乘上轿，就去到了太师府。

刘财进去到太师府前，庞吉闻报，连忙将其迎进书房，分宾主而坐，献上香茗。

二奸贼寒暄一阵后，刘财进就说：“太师，如今刑部接到定远县呈来的公文。内容是述说县令包拯审讯一个杀人嫌疑犯辛在在一案。辛在在无有口供，包拯则严刑逼供，竟被夹死在公堂之上。”

庞吉闻听，精神一振：“此事当真？”“千真万确。现在定远县公文在此。”

刘财进说着，掏出公文，递给庞吉。

庞吉接过，从头看毕，激动得差点出差了气，干吭了几声，连声说："好，好。你提供的情况太好啦！"

刘财进也把眉头纹都乐开了，道："我看了这件公文后，就赶着来告诉太师。咱商议如何处置包拯。"

庞吉骂道："这个包拯，素来就目无王法。他考进士时，在考场中竟敢无视圣上，犯有欺君之罪。这次，又违法乱纪，严刑逼供，竟至夹死人命。哼！我非得好好惩治这个不法之徒。"

刘财进也骂道："对。太师，我们决不能让这等不法之徒，逍遥法外。"

庞吉道："你在刑部使劲。我嘛，再去皇上那儿多'美言'他包拯几句。咱们两路合攻，他一个小小的芝麻官，能不像根草一样被大风吹掉吗？哈哈哈！"

两个奸贼开心地狂笑起来。

狂笑之后，刘财进告辞，庞吉送出书房。刘财进回府。

且说，庞吉次日乘轿，进了皇家内院，请旨求见。

仁宗出旨，让一名太监领庞吉进勤政殿召见。

庞吉去到勤政殿，参王见驾。

仁宗问道："太师请旨召见，有何要事？"

庞吉奏道："臣为一个不法之人，求见圣上。"

仁宗听了惊异，问道："是朝中哪家大臣？"

"万岁，这个人，不是朝中的大臣，是定远县县令包拯。"

"包拯有何不法之举？"

庞吉振振有词，奏道："包拯自圣上钦封定远县知县之后，非但不感恩图报，反而更加无视国法。听说在定远县违法乱纪，草菅人命，劣迹累累，民怨纷纷；更有甚者，审案全凭严刑逼供，屈枉无辜。去年，包拯当堂打死了杀人嫌疑犯赵大，公文上呈到刑部。今年，又呈到刑部一件公文，自述其公堂上严刑逼供，当堂刑毙了一个无口供杀人嫌疑犯辛在在。万岁呀，这样的劣官，必须得严惩。"

庞吉编排着胡讲情况，难道皇上听信吗？可不是，那听谁呢？当万岁的，成天浮在上面，不接触实际，每天只能听人讲说情况办事。庞吉是万岁的红人，是信任的重臣，如何能不听信呢？

仁宗听了，心中不悦，道："这个包拯，朕以为他是一个人才，点了进士，钦封为知县。不料，竟然如此鲁莽。"

庞吉继续胡诌："现在，刑部和吏部对包拯议论一致，都要革职处理。"

仁宗问道："依太师之见呢？"

"圣上，依臣之见，这等人决不可留用。若不罢免包拯，长此下去，下面官吏泛滥起来，如何得了？对包拯，不但不能留用，还应提到吏部严加惩处。"

仁宗嗔怒，道："把包拯罢免就是了。"

庞吉进谗言，就等这句话。如今，听皇上一说，心中大喜。见目的已达到，便说："万岁圣明。臣告退。"然后，退出勤政殿。

庞吉回府，马上派一心腹，把这一消息告诉刘财进。

刘财进听了，心中大喜，立即把早已写好的奏折呈进龙案御批。

仁宗拿起一看，里面历数包拯的条条劣迹。仁宗愈加恼怒，提起朱笔，将包拯罢免革职，然后将奏折退回刑部。

刘财进接住皇上的批文，看过之后，高兴得蹦起来，再找庞吉。二奸贼相议后，上下运动，把一个用重金买爵的郝占喜，填了文凭，安排到定远县，接任包拯。郝占喜谢过二奸贼，带着罢免包拯的公文和继任文凭，骑马飞速奔往定远县。

且说，包拯正在衙署办公。郝占喜走进衙署，当堂取出公文和继任文凭，一齐交给包拯。

包拯接过公文一看，方知自己已被罢免革职，是前来之人郝占喜接任。

包拯马上命人献茶。茶罢，包拯就在公堂上交出印信，交接诸项手续。然后，交接官库。

诸项已毕，晚上，包拯带包兴、李保回归私宅。

包拯回到私宅，与夫人李小姐述说了详情。他坐在竹椅上唉声叹气，自责办事疏忽。

李小姐劝道："你休要灰心丧气。常言不是说：'福兮祸所伏，祸兮福所倚吗？你廉洁奉公，办案如神，抑恶扬善，深得人心，将来必有好报应。来日方长嘛。”

包拯听了，心中稍宽，道：“我现在心里烦乱。弄了个丢官罢职，脸上无光。我哪里也不想去。只想到了然大师那儿，去住一段时间。”

李小姐问道：“我怎么办呢？”包拯答道：“我和李保、包兴送你回隐逸村住些日子。你看好么？”李小姐应道：“也好。”

包拯、李小姐与包兴、李保匆匆收拾，准备了两日。

第三日上午，李小姐乘坐已雇好的马篷车，载了细软东西。包兴、李保各牵马匹，与包拯步行相随走出私宅。路过衙署，三人回头，看了看衙署，走上街头。

却说，定远县上至官吏人员，下至平民百姓，多数都感恩于包拯。听说包拯被罢了县令，付印要走，早已遮道相阻。

包拯与李小姐一行，走到十字街前，但见层层叠叠跪满了人，遮盖街道，哭声不绝。为首几人，上前劝阻，要求包拯留下在定远县居住，也好感恩报德。

包拯解释一番，决意要走。那几人唏嘘落泪，献上万民旌旗，上绣“定远青天”四个大红字，以表定远人民的敬意与留念；又献上一把万民伞，上绣“万民敬仰”四个大红字，以遮包拯一路风雨。只因包拯被奸贼陷害，丢官罢职，却出现了一个雄浑壮阔、催人泪下的场面。

包拯看着层层叠叠、满街满道跪在自己面前的男女老幼，不由得感动万分，眼里噙着泪花，连连抱拳致谢。他向定远人民相别道：“谢谢你们！谢谢你们！我无论走到哪里，也要为你们着想，为你们排忧解难！”

这一雄壮的送别场面，深深感动了包拯，使包拯日后更加奋不顾身，为民造福。

包拯说完，缓缓移步走开。道中闪开一条人胡同，包拯一行往前走，人们在身后相送。人心大悲，哭声一片，一直送出城外。

这正是：清官原来与民亲，民众不忘清官恩。

第二十八回　李小姐回归隐逸村　土龙岗幸会四豪杰

上回书说到，包拯因刑毙人命，被罢官免职。包拯临行，定远县人民遮道哭送。

包拯告别了定远县众百姓，与李小姐、包兴、李保，取路径往隐逸村。

一路上，饥餐渴饮，夜住晓行。过了几日，来到隐逸村。

李大人、夫人相见之后，喜出望外，把包拯、包兴、李保接进客厅。打水端茶，洗漱已毕，设宴招待。李小姐自回绣房安歇不提。

且说，酒席宴上，李大人乐呵呵笑道："贤婿在百忙之中，抽出时间前来探亲，大慰我心。"李夫人也笑道："我与你们几年不见，真想煞我啦。"

包拯却愁眉不展，闷闷不乐，一言不发。李大人见状，心中诧异，忙问："贤婿，今日一家人相聚，应该高兴才是。你为何闷闷不乐？"

包拯长叹一声，应道："我今天不是衣锦还乡，而是丢官罢职归家，因此心中不乐。"

李大人、夫人听了，就是一怔。李大人瞪大眼，急忙问道："贤婿，这话如何说起？你快讲来。"

包拯遂把辛在在一案说出。李大人听完辛在在一案，手捋长须，道："这件凶案已明，铁证如山。辛在在已死，罪有应得。贤婿不必过于自责。"

李保接道："也是那辛在在的身体有病，不禁夹就死了。"

李大人、夫人频频劝酒布菜，宽慰包拯。李大人道："贤婿不可自伤志气。

只要你有过功名，就好办了。凭你的才学志气，以后不愁报国为民。这个县令，好比是个台阶罢了。当那个芝麻官，那是委屈了贤婿。日后遇上机会，当个大官才对哩。”

说得包拯开怀笑起来。夫人笑道：“我的贤婿，是李老爷选中的。别看现在丢了官职，朝中有王丞相相助，日后一定会官运亨通。我相信，李老爷是不会看错人的。贤婿不必灰心丧气。”

几人不再灰心丧气，满怀信心瞻望未来。

吃过饭，李大人、夫人让包拯等人早些休息，自回寝房，不提。

包拯在隐逸村住下。李大人、夫人常来包拯客房相聚。包拯把在定远县的详细情况，与二老叙说一番。二老听了点头赞许。

住了十几日，包拯在家宴上，对李大人道：“我结识了个了然大师。这个了然大师学问渊深，明了世道，不但词诗文章极好，而且还精通医道。我心中烦闷，想去他那走动走动。”

李大人应道：“走动走动也好。这个了然大师，现居何处？”“在庐州府白马寺内。”

李大人道：“白马寺是佛门静地，一尘不染，是个清静地方。了然大师是世上高人，对人生、对社会必有特别的见解。去那里静心修养，探讨道理，住一些日子也好。”

当日，包拯就收拾行装，又吩咐包兴回家乡小包村探亲。

次日，包拯、包兴与李大人、夫人、李小姐作别。包拯骑一匹白马，取道去往庐州府。包兴径回小包村。

包拯去到庐州府白马寺中。一问，才知道了然大师几年前已被请到京城大相国寺当了住持。包拯在白马寺住了一宿。第二日，又上路进京而去。

一日，行至一处山前，抬头一望，但见崇山峻岭，十分险恶。正走之间，忽听一棒锣响，从树林里走出一百哨兵，当中一个黑大汉，两旁跟着三条好汉，拦住去路。

包拯正要发问，见那四条好汉抢步来到包拯马前，扑翻身纳头便拜。当中黑大汉道："王朝拜见恩公。"

包拯低头细看，果然是招贤店帮助过的王朝。包拯跳下马来，上前扶住王朝道："你们快起来。"四人站起。

包拯问道："王朝，你怎么会在这里？"

王朝道："一言难尽。恩公，我给你引见。这个就是我和您说过的马汉兄弟，这是张龙，这是赵虎。他们三人，都是我的盟兄弟。"

包拯道："你的盟兄弟都不错，个个是条英雄好汉。"

马、张、赵三人笑着应道："恩公，过奖啦。过奖啦。"

王朝拉过包拯的马，道："恩公上马。请到山上一叙。"

包拯应道："我们一齐步行相随，跟你们上山一叙。"

王朝命哨兵牵着马，与马、张、赵簇拥着包拯上山。

包拯问道："这是什么地方？"王朝应道："这里名叫土龙岗，现在改为四杰岭。"

张龙道："原是山贼窝藏之地。我和赵虎为民除害，杀死当地一个恶霸，逃在此地。杀死山大王，夺了山寨。从此，住在此处。"

赵虎接着道："住下后，我们以开荒种地为主。不伤良民百姓与过往行人，偶尔去劫远处恶霸。"

马汉道："我与王朝进京会试武举，被庞吉逐赶。我愤恨还乡，路过此山。闻得山上有两位好汉，替天行道，不伤害黎民，惩恶扶贫。我就上山来观看，被张龙赵虎留下，又回乡邀来王朝兄长。"

张龙道："自从王朝兄长来到山寨后，大整山寨，增旧构新，法令严明，使山寨更为兴旺。"

包拯道："我看你们四位俱是英杰，绝不能伤害无辜百姓与贤良之人。"

马汉应道："我等俱是功名不就，报国无门，不得已在此暂居。将来明公居官高职，必然前往投奔。

几人边走边谈，不觉上了高山。走进山寨，接着进入聚义厅。

聚义厅内，早已准备好下酒饭。王朝就让包拯居上坐在第一把虎皮金交椅上。

王朝四人，又参拜了包拯，然后在下首坐了。王朝亲自斟茶，双手捧给包拯。

包拯接过茶碗，喝了几口，道："深谢众位豪杰盛情的款待。"

王朝道："恩公侠肝义胆，扶危济困，实乃我等楷模。多亏恩公疏财解救，使我脱离厄运。我王朝就是为恩公执鞭坠镫，也难报万一。"说着，竟有些哽咽。

马汉道："包恩公仗义疏财，挥金救了我王兄长，又听说在定远县为民除害，严惩奸邪。我们闻听，如雷贯耳。今日得见恩公，大慰平生。"

张龙道："闻听包恩公严惩胡班头，歼剿乔恶虎，愤斩刘霸田。我们弟兄们听了，心里万分钦佩，痛快极啦。"

赵虎更是踊跃，道："我若追随恩公除暴安良，纵然肝脑涂地，也心中欢畅！"

王朝道："我与三位弟兄经常在一起谈论恩公满腹经纶、报国为民、惩恶除凶的事儿，十分敬仰。本欲前往定远县投奔，不料，闻听恩公被朝中奸贼借端陷害，罢了县令。我想恩公必进京城。因此，与众哨兵细说恩公的相貌，四处留心。今日，闻得恩公要临山下，所以预先迎候。天遂人愿，正好遇见恩公。"

马汉道："今日喜从天降，咱都来个一醉方休。"

"对，对，今日一醉方休。"王朝领头，站起身，斟满一杯，双手捧杯，恭恭敬敬地敬了包拯一杯。

包拯也双手接杯，一饮而尽；接着，依次接杯饮尽。然后，众人边吃边谈，开怀畅饮。

包拯道："我今日得遇四位英杰，实乃三生有幸。日后，倘我包拯再居官位，请四位壮士前去相助，一同报国为民。"

王、马、张、赵四人听了，一齐应道："我等一定遵命。"

王朝道："我等久有此心。倘恩公日后蒙朝廷起用，我们立即前去效力，虽赴汤蹈火，决不退缩！"

赵虎更是拍着胸膛叫道："到那时，我这一腔热血付于包恩公。"

包拯道："我一生最忧的是黎民百姓，最恨的是贪官污吏，最恼的是强暴歹徒。若得四位壮士相助，助我除暴安良。"

马汉将袖一捋，紧握拳头，将饭桌猛一击，道："对那些贪官污吏，朝中奸贼，我是恨之入骨。只要恩公一声令下，我是一马当先！”

张龙道：“我也恨的是贪官污吏，忧的是老百姓。”说着，对包拯双手一抱拳，“今日，我当着包恩公的面起誓，日后唯包恩公之命是从，纵然一死，也心甘情愿。”

几人骂贪官，责污吏，志报国，忧民难。慷慨陈词，情怀激烈，情投意合，心心相印。这一场倾心相谈，开怀畅饮，一直到半夜之后，方才罢宴安寝。

次日，包拯执意要走，四人苦留不住，只得送下山来。

临行，王朝跪在包拯面前，双手奉献二百两银子，为恩公备作盘费。包拯推辞不得，只好收下，又再三嘱咐王朝四人不可枉作枉为。四人应允，一一与包拯执手相别。

包拯牵着坐骑，缓步走开，频频回首，招手致意。

四人站在高岗，一直目送包拯远去。

这正是：世上英杰择明主，包拯幸会得良才。

第二十九回　王丞相荐贤才上本　包文正相国寺抒怀

上回书说到，包拯路过土龙岗，幸会四豪杰。包拯别了王朝、马汉、张龙、赵虎，乘坐骑，飞奔京城。

匆匆走了几日，这日进了京城。来到大相国寺门前，包拯牵着马，向门僧问讯："师父，这里面可有个了然大师吗？"

门僧应道："有，有。是寺中的住持方丈。"

包拯道："我是合肥县人，姓包名拯字文正，与了然大师相交甚厚。请小师父传报。"

"施主稍候，待我去报。"门僧说罢，快步而去。

包拯入寺内，将马拴在树上，取下行装，坐着等候。

时辰不长，只见了然大师身披袈裟，项挂串珠，大步流星兴冲冲地出来，迎接包拯。包拯一见，连忙站起，抢行几步，躬身施礼道："大师在上，弟子拜见。"

了然大师一把抓住包拯的手，异常亲热地问道："你是从哪里来的，这几年，可想煞我啦。"

包拯应道："弟子从隐逸村寻访而来。"

大师道："快，快往里请。到我寝房相叙。"说罢转头，吩咐门僧把马上槽喂好；又招手叫来扫院小僧，替包拯提了行装。

三人进入大师的寝房，小僧将行装放好，大师命小僧提水、端茶、备饭。

小僧答应一声，遵命去办。

包拯洗了脸，与了然大师隔着茶几相对坐下，独自饮茶。

了然大师笑逐颜开，对包拯笑道："听说你考中进士后，赴任定远县。我心里很高兴。你登上仕途，从此就可以逐步舒展志气才学啦。"说罢，放声"哈哈"大笑。

再看，包拯却面色阴沉，摇摇头道："承蒙大师救助，谆谆教导，使我成就功名。不想命途多舛，在定远县动用刑具，致毙人命。因此，被革职罢官。想来实在令人烦闷。"

大师听了深感意外："哦？你快把经过细细说来。"

于是，包拯一五一十把赵大一案和辛在在一案细述出来。

了然大师听后，沉吟片刻，道："依我看来，这也并非全因妄动刑具而死。有的人心脏有病，受刺激致死的现象，屡见不鲜。你莫要过于自责。"

包拯听了，心中"砰然"一动，抱拳致谢道："多谢大师指点。"

大师又道:"这两件案子人证、物证俱已足备,真相已经大白。纵然刑毙真凶,也不至于免官罢职，必是朝中有人从中颠弄。"

经大师一说，包拯沉思起来，点点头，道："我曾六进刑部，违抗刑部正堂刘财进，怒斩了刘财进的远房侄子刘福。因此，与刘财进为仇结怨。又与庞太师不睦。怕是此二人挟私报复。"

了然大师将茶几一击道："这就是了，必是此二贼颠弄的。"说着靠近包拯，问道："你与朝中何人有交情？"

包拯道："我是王丞相的门生，王丞相待我甚厚。我考中举人，考中进士，都是王丞相给争到的。"

大师听了，喜出望外，道："这就好啦。你须向王丞相说明原委，与朝中奸贼相争。千万不可坐以观望。"

包拯听了，霍地跃起，在地上低着头踱了几步，道："哎呀，我以前还觉得无颜去见王丞相呢，几乎误了大事。经师父指破迷津，我现在是豁然心亮啦。"

正谈论间，一个小僧端来饭菜，摆在桌上，自然是些素食素菜。大师与包拯同吃同谈。吃过饭，又谈了一阵子话。然后，大师领包拯去待客房安歇，自回禅堂不提。

次日，大师又把包拯叫到自己的寝房。二人坐下，茶罢搁盏，继续相叙。包拯就把考举人、考进士和在定远县当县令之事备细说了一遍。大师听了，鼓掌称善。这一日，一直叙到夜静更深方散。

包拯就在大相国寺住下，每日与了然大师说古论今，吟诗作赋，切磋文章精奥。

一日，包拯与大师在寝房相叙。包拯道："弟子与朝中权奸庞吉、刘财进不睦。这两人地位显赫，权倾朝野，只怕不易复职。"

大师应道："天有不测风云，人有旦夕祸福。庞刘二奸虽然一手遮天，据我所知，皇上还算圣明，朝中还有王丞相这些贤正之臣。只要你不懈努力，你定有机缘。"

包拯又道："古今权奸逞狂，忠良受害，朝朝屡见。我若再入官场，必与庞刘之类难合。之后，仍难免遭其毒手。"

大师又应道："人无伤虎意，虎有吃人心。庞吉、刘财进之类，乃世之恶虎也，吃朝中忠良，吃黎民百姓。任其相吃，则吃人无算也。若不能容忍，必得与其争斗。或者伤虎，或者被伤。"

包拯再问道："大师以为，如是何为？"

大师听之，端然正坐，情绪激昂，铿锵答道："人生百岁，难免一死耳。生而何欢？死而何惧？面对虎豹食人，虫蛇为害。当奋臂挥刀，斩虎豹，诛蛇虫，报国家，解民难，浴血奋战，至死方休。纵然一死，也是死得其所了。"

未等大师说完，包拯早已心潮激荡，热血沸腾，点头赞同道："对。大师说得好！书中太史公也曾有评说：人固有一死，或重于泰山，或轻于鸿毛。"说着，握拳在桌上一击，竟将茶杯震倒，道："我必与权奸斗争到底！为国为民，死而后已。"

二人又谈论了一阵其他事理，包拯回客房休息。

次日，包拯去丞相府拜见王丞相。

王丞相闻报后，喜不自胜，立即在书房接见。包拯见了王丞相，倒身便拜："晚生拜见恩师。"

王丞相满面笑容，双手相搀，道："贤契，快快请起。"

包拯站起。王丞相让包拯坐了，命下人献茶。

王丞相道："包拯，听说你在定远县被罢了县令。人们议论纷纷，说得很多。我也不知真情。我想，你很快就会来京找我。怎么到今天才来呀？"

包拯应道："因路途阻滞，所以来得迟些。望大人见谅。"这时，侍人献上茶来，放在桌上，退出。

王丞相斟茶相让道："贤契用茶。"

"谢恩师。"

王丞相呷了一口茶，又道："包拯，先把你因何被革职罢官的经过跟我讲讲。"

包拯就把审讯赵大一案和辛在在一案的详细经过叙述一番。

王大人听毕，思忖了一会儿，道："此案大白，人证、物证俱全，铁证如山。其真凶就是赵大和辛在在。你虽然刑毙真凶，也不至于革职罢官。必是朝中有人做了手脚。"

包拯应道："我也是这么想的。特来告诉恩师。"

王丞相道："这个，我已知晓。再把你在定远县的事儿，拣主要的讲来。"

包拯又如此这般，把在定远县的主要事儿细述了一番。

王大人听毕，点头称赞，道："包拯，你办的这些事儿，很对，很好。我现在全清楚了。你先找个客店住下。我去刑部、吏部查问。如有机会，还要向皇上说明。我尽全力恢复你的官职。你静候佳音吧。"

包拯拜谢，道："多谢恩师大恩，晚生将永生不忘。恩师，我以后就住在大相国寺。若找我，就去那儿找吧。"

"好。"

包拯告辞了王丞相，回转相国寺，不提。

却说，有一日，皇上命一太监传出旨来，在勤政殿召见王丞相。王丞相随值班太监来到勤政殿，参见驾毕，起身侍立。仁宗赐座。

仁宗道："大理寺呈进折本，说京城作案太多，街市上极不安静。连续换了几个开封府尹治理，均不称职。请旨定夺。因此，朕招来你商议。"

王丞相应道："京城乃天子居处，乃紧要之地，全国规范，务必得选择良才，方能治理好京城。"

仁宗问道："王丞相，朝中谁可担当此职？"

王丞相答道："闻得京城作乱，乃由朝中官吏之亲属祸患为主，必得从外地选一铁面无私、疾恶如仇、破案有方之人前来任职为好。"

仁宗道："王丞相去刑部、吏部查询，为朕选一外地人才。"

王丞相答道："几任开封府府尹都是因为心有私心杂念，又贪污爱钱财，所以不能当好开封府府尹，不能治理好京城之地。臣已选好定远县县令包拯，他铁面无私，才能超群，一定能够当好开封府府尹，能够治理好京城之地。"

仁宗听了，连连摇头，道："这个包拯，朝中有人说，他在定远县劣迹种种，刑毙嫌疑犯，朕已让吏部把他革职了。"

王丞相听罢，霍地跪倒在仁宗面前，道："臣有本奏上。"

仁宗道："奏来。"

王丞相奏道："臣已确定，包拯刑毙嫌疑犯一事，实乃心脏病发之真凶猝死于公堂。所谓包拯劣迹皆属谣传。包拯在定远县惩恶扬善，办案神明，把地方治理得道不拾遗，夜不闭户。他断了八十多件新案，四十多件旧案，丝毫无差，百姓敬仰。革职离县时，百姓遮道相送，赠'万民伞''万民旌旗'。包拯是一个难得的人才，若治理开封府，必不辜负圣上。"

仁宗听了，沉吟片时，摇了摇手臂，道："怎奈包拯已受处分，一时不便起用。"

王丞相爬跪一步，取下头上的乌纱帽，双手高举过头，道："万岁呀，臣以这顶乌纱帽替包拯担保！"

仁宗一看，眼珠转了转道："王丞相平身。朕知你所荐之人，皆无差错。朕相信你。你把包拯找来，朕要召见他。看看他究竟是何许人也。"

王丞相叩头谢恩："谢主隆恩。臣遵旨。"王丞相站起，道："臣告退。"说罢，退出勤政殿，回府而去。

再说，包拯在相国寺客房中正与了然大师谈话，忽见一个小沙弥进来，道：“外面有一个朝廷官员，自称王大人，带几名虞候，来找包施主。”

包拯和了然大师一听，急忙出去迎接。走到禅堂院中，包拯一看，果然是王丞相，赶紧跪倒叩头道：“拜见王大人。”王大人搀扶包拯道：“快快起来。”

包拯站起，对了然大师道：“师父，这就是我常与您说的那位朝中大臣王丞相。”了然听了，也急忙跪倒叩头道：“贫僧了然，拜见王丞相。”

王丞相同样搀扶道：“大师免礼。”

包拯引荐道：“王大人，这位大师，是我的师父。我是他的弟子。”

王丞相笑道：“你们是高师出高徒哪。可喜可贺。”

了然大师也笑道：“承奖，承奖。王大人，里边请。”

了然大师将王丞相几人请进待客房。王大人上坐，了然大师和包拯居下对坐相陪。小僧献茶。

了然大师问道：“王大人前来敝寺，有何贵谕？”

王丞相满面春风道：“包拯，恭喜你了。我是前来报喜的。”

包拯闻听，急忙问道：“王大人，这喜从何来？”

王丞相笑容满面道：“皇上出旨，叫我把你找到，要在勤政殿召见，欲封你为开封府府尹。”

包拯听了，赶紧拱手施礼道：“谢主隆恩。”

大师听了，也乐得眯着眼道：“这可太好啦！太好啦！”

王丞相道：“包拯，你赶快收拾一下，跟我走。”

“是。王大人。”包拯答应一声，连忙站起，快步走出待客房，收拾东西去了。

时辰不长，包拯来到客房，对王丞相道：“王大人，我已收拾好了。咱们何时动身？”

“现在就动身。”王丞相对了然大师道：“只因我官务繁忙，不能久留。告辞啦。”说罢，站起身，往外走去。包拯相随出走，了然大师也一道送出客房。

三人走到禅堂院中，路过两排石碑，碑上由石工雕刻着历代名人的手书。又来到一个照壁前。

了然大师道："王大人、包拯，请留步。"

王大人和包拯止住脚步，回头顾望大师。

大师道："包拯，我很喜欢你的诗词文章。今日相别，不知何时才能再见。你就留诗一首，写在照壁上，给我留个纪念吧。"

包拯应道："师父之命，弟子敬遵。请师父出题。"

了然大师道："包拯，再作《壮歌行》吧。"说毕，从手提的布袋中取出文房四宝，递给包拯。

包拯接过文房四宝，一边研墨，一边思考。

了然大师指着面前的照壁道："包拯，你把诗句用笔写在这面照壁上。我雇个石工凿刻出来。日后见诗如见人，以慰我心。"

包拯应道："师父，弟子遵命。"说罢，拣了根粗笔，饱蘸墨汁，把诗句抄在照壁上。诗曰：

"仓充鼠雀喜，草无孤兔愁。秀木成栋梁，金刚不作钩。
清心以治本，直道是身谋。贤人有遗训，不教来者羞。"

王丞相和了然大师看了，都赞不绝口。了然大师道："但愿包拯你能够矢志不渝，坚持到底。"

包拯应道："师父放心，我一定矢志不渝，坚持到底。"

了然大师把王丞相和包拯送出寺门外老远，方才告别回寺。

包拯骑着马，随在王丞相轿后，径回丞相府，要去面见当今天子仁宗皇上。

有分教：忧国忧民一包拯，但悲不见九州同。世间纵有千般险，惩恶扬善不顾身。俯首甘为民造福，横眉权奸不容情。休论官大地位高，剥去画皮还原形。

第三十回　宋仁宗召见包文正　包府尹倒座开封府

上回书说到，丞相王芑奉了仁宗皇帝的旨意，去相国寺寻见包拯，宣旨入朝。

包拯离开相国寺，随王丞相来到京城，先在丞相府住了一夜。

第二日，王丞相领包拯进了紫禁城正门，进入候朝房。王丞相对包拯道：“你坐在候朝房等候。我去面圣，请旨召见。”

包拯道：“王丞相早去早回，静候佳音。”

“不会误事的。我走了。”王丞相说罢，从偏门而入。进到金殿台阶下，让侍卫进金殿，启奏王丞相引领包拯请旨求见。

侍卫进去启奏。不一会儿，传旨官出来，道：“王丞相，皇上有旨，命包拯和王丞相上殿。”

王丞相应道：“遵旨。”转身走向朝房，回到朝房，对包拯道：“皇上有旨，宣你和我一同上殿。”

包拯道：“天遂人愿，快走。”整了整衣帽，弹了弹尘埃，迈步与王丞相走进旁门。

出了旁门一看，面前就是金殿，抬眼看去，金殿建得高大宏伟，装饰得金碧辉煌，金殿基础高有九尺，金殿前是几十级大理石台阶，中间是一块巨大的云龙石板，斜坡直达金殿门前。

值侍太监引包拯和王丞相从左边的台阶拾级而上，走到金殿大门前，大门敞开着。包拯抬头向里一望，金殿内异常宽大，有二十四根红木大柱支撑全殿，一人合围不过来。宋仁宗居中坐在高台上。王丞相和包拯一齐跪在九龙口，齐呼："吾皇万岁，万岁，万万岁！"二人行跪拜大礼。

宋仁宗道："王丞相和包爱卿平身。"

"谢万岁。"二人站起。

仁宗道："王丞相坐在丞相位。赐包爱卿披龙锦墩，坐在王丞相身旁说话。"

值侍太监搬一披龙锦墩，放在王丞相身旁。包拯道："谢万岁赐坐。"说罢坐在锦墩上。

仁宗道："包拯，王丞相说你廉正严明，治理有方，正气凛然，才华出众，朕欲封你京城开封府府尹之职。"

包拯道："万岁恩典，包拯感激万分，定当尽心竭力当好这个府尹。"

仁宗道："开封府达官贵人云集，权高势大者甚多，又有一些邪恶势力作乱。前面五任府尹，因无能力治理好开封府，都被朕削职为民。王丞相说得你如天神下凡，能力高强，说你定能治好开封府。你今天可敢立军令状？如其不然，朕可要治你个欺君之罪。"

包拯道："微臣恳求万岁赐三道御扎，就敢立军令状，保证治理好开封府。如其不然，请万岁取微臣的性命以谢天下。"

仁宗问道："包爱卿，你说的三道御扎，是些什么内容？"

包拯道："第一，请万岁赐我天子宝剑，行先斩后奏之权。"

仁宗道："这个恐怕有些太过分。朕许你便宜行事。但是，处理重要的人和事时，要先行启奏，然后定夺。"

包拯赶紧站起身，跪下叩头道："谢万岁。"

仁宗道："包爱卿平身。这第二道御扎是什么？"

包拯站起身来，奏道："第二，请万岁亲书'王子犯法与民同罪'的牌匾，挂在开封府的公堂上。"

仁宗道："这第二条，朕依你。第三条呢？"

包拯道："自古以来，天下衙门朝南开。微臣治理开封府，效仿商君，要实行变法革新，要将开封府的衙门朝北开。”

仁宗深思片刻，道：“这个恐怕不妥吧。衙门朝南开，自古沿袭，这是祖制。反其道而行之，恐怕引起天下非议。”

王丞相在旁道：“启奏万岁，臣以为包拯效仿商君，改革图新。这一创举，令天下侧目相看，也许能震慑不法官吏和社会上的邪恶势力。这是一个好创举。请万岁批准。”

仁宗道：“也好。第三条，朕也依你。”

包拯跪下叩头道：“谢主隆恩。”仁宗道：“包爱卿平身。朕知你才华横溢，朕赐你御笔、宣纸、金砚研墨，就在金殿写一篇《京城赋》。你可否写来？”

包拯平身道：“就请皇上赐下文房四宝，微臣一定不辱君命。”

仁宗命值侍太监搬来书桌，放在金殿。仁宗赐下文房四宝，命包拯作辞赋。

包拯搬锦墩坐在桌边，挽起衣袖，将书桌上的水倒进金砚中，拿起块京墨就研起墨来。

王丞相对仁宗道：“老臣愿替包拯研墨，让包拯静心构思。恳请万岁下旨。”

仁宗笑道：“朕下旨，命王丞相为包拯研墨。”

“遵旨。”王丞相起身，走到书桌旁，要过包拯手中的京墨，捋起衣袖，站着研起墨来。

包拯静坐在那里构思。一会儿墨汁研好了。包拯铺开宣纸，饱蘸墨汁，一边思想，一边书写，没用半个时辰，一首《京城赋》就写好了。

包拯放下笔，双手捧起《京城赋》，对仁宗道：“万岁，臣的《京城赋》写好了。请万岁御览。”

“呈上来。”值侍太监将《京城赋》捧放在龙案上。

仁宗拿起《京城赋》念道：

京城赋

和风拂煦，时值三春。红日高照万物生，春风吹过气象新。

君臣议政，整肃京都。金銮殿上，君命作赋。包拯领旨，丞相作辅，天子美意，千载少有。心激动而感皇恩，报国家而献忠诚。

京城之地，天子居处。金殿金碧辉煌，众文武齐朝圣主。出文告以安天下，决良策定邦神州。

京城之内，兴龙伏虎。天子怀德，万民安居乐业。官吏廉正，九州夜不闭户。王公云集，达官聚首。文有安邦定国之臣，武能封疆驱达虏。

天子脚下，胜景悦目。九街繁华，良宅起伏，亭台园阁，假山真湖。二十四巷，市场物流，熙熙攘攘，万人行走。

中华繁荣富强兮，八方朝贡而俯首。农家丰裕而欢庆，齐颂当今圣主。市井繁华广财路，尽赞万岁功不朽。

丙辰年间，三月十五日

仁宗读罢《京城赋》，拍案叫好。“好，好。包爱卿果然是才华横溢。”

王丞相道：“万岁圣明。就让包拯上任去吧。”

仁宗道：“朕封包拯为开封府府尹。王丞相带包拯下殿去吏部办理好手续，即刻上任。包拯，你可不能辜负朕的期望啊。”

包拯应道：“包拯风里火里，定要为皇上分忧。”

王丞相、包拯与仁宗叩头辞别，走下金殿。

话说，包拯上任开封府府尹后，奉了皇上的三道御扎，将“王子犯法与民同罪”的金匾挂在公堂之上。然后，做的第一件事就是把衙门的南门改为北门。包拯招募民工巧匠，彻底推倒南门，拆除一切设备，把南门变成一堵院墙。接着，修建北门。北门修得与以前衙门截然不同，既修得雄伟壮丽，又去掉了森严恐怖之象。将两个张牙舞爪的石狮子砸得稀烂，门前去掉了石狮子蹲伏。大门两旁用大理石砌成两个长条装饰，上边写上镏金大字，右边写：“除暴安良衙门职”，左边写“伸张正义安天下”。包拯一反常态，将衙门朝北大开，轰动朝野，令人刮目相看。

过了几日，来了一位饱学之士，报名要进府衙，求见包拯。此人名叫公孙策，进士出身，被封为县令，因气愤官场腐败黑暗，挂印回家隐居。闻听包拯的衙门与众不同，特来相助。

包拯在二堂接见公孙策，分主次坐下，说古论今，谈论时策。二人越说越投机，相见恨晚。

包拯问公孙策道："先生投奔开封府，想谋个什么职位？"

公孙策应道："想当开封府主簿，替包大人出谋划策，辅助包大人处理案件。"

包拯道："好。我先试用你一年。一年后，干得出色，一定录用。"

"谢包大人。下僚绝不会辜负包大人的厚望。"

包拯问道："我改衙门南大门为北大门，倒坐开封府，你认为我这一做法如何？"

公孙策答道："包大人，这是一种正确的做法。自古以来，天下衙门朝南开，有理无钱莫进来。只有包大人能一反常态把衙门朝北开，有理无钱能进来，打破了陈旧的意识形态，打破腐朽陈旧思想，这是一种改革，一种创举。凡改革，多数具有先进性。包大人这一举措，显示了包大人决心与过去的官场势利和腐败作风断然决裂，截然区分，可以鼓舞善良百姓的悲观心理，可以震慑贪官污吏和邪恶势力。但是，要做到与以前官场截然不同，也不是件容易的事。首先，必须得自己大公无私，不以权利谋私利。多数人，在未当官以前极力反对官场的黑暗面和腐败作风，一旦当上了官，却又极力维护这些东西，而不以权力谋私的人太少了，也太难做了。"

包拯道："公孙先生说得入木三分。知我心也。公孙先生，我再问你两个案件如何审理？""包大人请问。"包拯道："第一个案子，是有一年轻寡妇想嫁人，公婆阻挡，父母不许。这该如何审理？"

公孙先生答道："老天要下，寡妇要嫁。这是天经地义的事。要鼓励和支持寡妇嫁人，要打击和严惩阻拦寡妇嫁人的人。这是上合天意也。"

包拯道："第二个案子，是关于家庭暴力案件。家庭中男人是家长，依靠身强力大，随意打骂和虐待其女人与小孩。这案件又该如何审理？"

公孙策应道："家庭暴力行为是社会上一大恐怖案件。此男人绝无人性，全是兽性，只知道弱肉强食。对于这种野兽如狼的人，则应严惩，决不能养虎殆患。

说什么对其要说服教育，苦口婆心，只是空谈，无济于事。对施家庭暴力者应拘捕到衙严加管教，一次不行，多次管教直至重判。对于虐待其女人者应判决离婚，并保证妇女人身安全。”包拯道：“好。正合我意。”

至此，公孙策留在开封府当主簿，辅助包拯处理公务。

却说，又过了几日，衙门外又来了四位壮士，名唤王朝、马汉、张龙、赵虎。四人将姓名让守门士卒通报进衙门。

包拯即刻传命，命包兴出去带四人在二堂接见。

四人随包兴走进二堂，包拯早在堂口迎候。四人一见包拯，扑翻身拜倒在地，道：“叩见包大人。”

包拯道：“免礼。四位壮士快快请起。欢迎四位壮士光临我府。”包拯往里相让，四人相随在后。

进入二堂，包拯一指早已安排好的座位道：四位壮士坐下叙谈。”

“谢大人。”四位壮士一排坐下。

包拯道:“日久不见，甚是想念四位。今日幸会。我安排筵席，招待四位客人。”说罢，坐在公案旁。

王朝道：“自从离开恩公，我一直想见恩公。今天遂了我的心愿。”马汉道：“我们四人经常议论包大人，今天得见包大人，高兴万分。”张龙道：“不知包大人能否把我们留在府中录用？”赵虎道：“如果一时不能录用，我们就住一些日子等待。”

包拯道：“我把你们都报上去，等待批复。你们暂且留下。”王朝道：“好，那我们就留下等待。但愿称心如意。”

包拯道：“我们先去饮宴，一边饮宴，一边叙谈。”“如此甚好。”

于是，包拯与四人相随，一起走到客厅。

客厅里早已排开筵席，席上摆着美酒佳肴。

包拯居中而坐，四人在下首两边坐下。

酒席筵上，五人开怀畅饮，共诉衷肠，谈论往事，议论今朝，不胜感慨。

王朝道：“闻听恩人当了开封府知府，我心里万分高兴。前来相助恩人，赴汤蹈火，在所不辞。”马汉道：“听说包大人当了开封府知府，我们高兴得不得了。收拾了山寨，与王朝兄弟相随就都来了。”张龙道：“我们虽然占山为王，当了草寇，其实是被贪官污吏逼上梁山的良民。听说包大人与以往官衙大不相同，拆南门，开北门，倒座开封府，就知道包大人定能遂了我们惩恶扬善、伸张正义、严惩贪官污吏的心。因此前来投奔。”赵虎道：“我是个实心眼，打心里佩服包大人，就是肝脑涂地，也要为包大人效力。”

包拯道：“承蒙四位壮士抬爱，我想方设法都把你们留在开封府办事。今后论功行赏，再行提拔。希望四位努力报效国家。”四人齐声道：“愿听包大人驱使。”

包拯道：“诸位有所不知，官场十分艰险，一不小心，就会有性命之忧。我一生决心与贪官污吏斗争，与社会上的邪恶势力交战。诸位到时说拿就拿，说打就打，决不可退缩不前。”

四人齐声又应道：“愿与包大人出生入死，舍命相随。”

包拯道：“好。这才是男儿本色，这才是英雄行为。我谢四位了。来，咱们共同再干一杯，祝我们同舟共济，乘风破浪。干！”“干杯。”“干杯。”“干杯。”

包拯要收四位壮士为府衙公差相助，上报上面批准。月半之后，经上面批复，封王朝、马汉、张龙、赵虎为站班衙役。以后，包拯如虎添翼。

有分教：掀开蛇穴除祸害，打翻猛虎快人心。

第三十一回　包府尹查访不法事　贾来运增税索布庄

上回书说到，包拯倒坐开封府，要为国除害，为民谋利。

一日，包拯升堂议事。公孙策、王朝、马汉、张龙、赵虎和三班衙役齐集堂上。

包拯坐在公案后，开言道："我上任开封府，首先要整顿开封府的正常秩序。王朝、马汉、张龙、赵虎，你四人各带领二个衙役，都穿上老百姓的衣服，去开封府各处，明察暗访不法之人和不法之事。回来禀报。"

王朝、马汉、张龙、赵虎领命，各带领二个衙役，走下公堂，办事去了。包拯退堂。

且说，马汉穿了一身又旧又破烂的普通衣服，带领二个衙役张旺、李顺子，去到紫花街明察暗访。

他们走到一个当铺门前，看见有三个穿着官服的人走出来。人们急忙躲开。看这三个人走进旁边的一家胡记布庄。

马汉听得身旁一个男人低声骂道："这些地头蛇又窜出来了。"

马汉闻听，感觉奇怪，明明是朝廷命官，怎么都成了地头蛇呢？马汉将这个人拉到一棵大树下问道："这位大哥，这四个人穿着官服，明明是朝廷命官，怎么都成了地头蛇呢？"

这个男人长得粗眉大眼，三十多岁，上下打量了马汉几眼，应道："你是个外地人吧？你不知道我们这里的情况。这些人穿着官服，明是朝廷命官，实则每天敲诈勒索，作恶多端。人们都恨他们，给他们起了个名叫地头蛇。”

马汉道：“这位大哥，能不能说点儿他们的事，我想听个新奇。”

年轻人道：“他们私自增加收税项目或者收税数量，交不够，就抢物拘留人，闹得哭声不断。每天不是说这个铺子的秤不准，就是说那个店庄的尺寸不够，找碴儿罚款。毁物打人，拿够罚款，才肯罢休。他们进了那个布庄了，你快去看吧。”

马汉道：“多谢了。张旺、李顺子，咱们快看去。”三人快步向胡记布庄走去。

布庄的铺门大敞着，马汉走进去一看，征税的三个人并排站在布庄柜台前。

布庄掌柜胡进喜五十多岁，矮胖身体，站在柜台内，正愁眉苦脸地对征税人分辩道：“你们上一个季度量增加了一倍，这个季度又增加了一半。这叫我们如何受得了，如何做买卖呀？”

话音刚落，征税的三人中为首一人名叫贾来运，长得又高又胖，满脸横肉，恶狼眼，扫帚眉，四十多岁。这个凶神恶狠狠骂道：“谁叫你开这个布庄，没法做买卖就别做了。就是不开布庄了，这一季度的税款也得交齐。”骂着，一伸手扇了胡进喜一记耳光。

胡进喜被打倒在地，挣扎着爬起来，已是脸肿鼻青，口角流血。

这个胡进喜还想诉苦情。贾来运从地上拿起一个木凳子，举起木凳，“咔嚓”一声，将柜台门砸烂，怒冲冲走进柜台。他上前一把揪住胡进喜的衣领，骂道：“你们这些奸猾买卖人，赚钱不少，还要哭穷。这征税多少是国家的法令。你想抗税不成？”骂着，左右开弓，“啪啪”又打了胡进喜两记耳光。凶神对随从人员道：“李三、赵树维，你们拿上些好布料抵税。”

这时从布庄的里屋走出胡进喜的老伴张氏，一边走一边痛哭，手里拿着银子，走到贾来运面前，道：“店里只有六两银子，你们拿去。不够的，以后再补吧。”

贾来运接银子在手，道：“李三，你们看着拿些布料就算了。”

李三、赵树维走进柜台，向货架走去。

马汉看得头有些晕了，大概是气的。马汉走到凶神面前，问道：“这位官员你贵姓何名？”

凶神道：“怎么，你想多管闲事？我坐不改姓，行不更名，叫贾来运。你想告我，尽管去告。”

马汉又问道：“不知你担任何职？”

贾来运道：“我是负责此次征税的官员。”

马汉道：“贾大人，我看你们随便打人，这恐怕不妥吧？再说，你们口口声声说是依照朝廷法令收税，我想看看你们的收税凭证。”

贾来运一听，心中暗思，看来这确实是个爱管闲事的。看到马汉穿着一身又旧又破烂的衣服，以为是个普通老百姓，根本不放在眼里。他凶狠狠道：“哼，看来你真想管闲事。凭证我没拿着。你想怎么样？”

马汉道：“你们随意增税收款。这不符合收税规定。”

贾来运早已怒气冲天，骂道：“你这是妨碍公务。看来，你小子是欠打。”骂着，举起右掌就向马汉头上扇去。马汉伸手抓住贾来运的右手腕，向后扭转，一脚把贾来运踢倒在地。

贾来运躺在地上大喊：“李三、赵树维，你们快给我揍这小子。”

李三、赵树维早已冲到马汉身前，挥起拳头围攻马汉，三个人厮打在一处。这二人也有点儿三脚猫功夫，但是，最终都被马汉打趴在地上。

其时，贾来运已经爬起。马汉从衣袋中掏出开封府府衙的证件，一把揪住贾来运的衣领，将工作证件举在贾来运眼前，道：“贾来运，我们是开封府府衙的公差人员。拿去看过。”

贾来运接过证件一看，大吃一惊，急忙赔着笑脸道：“我们不知是上差来到，多有冒犯。望乞恕罪。”

马汉接过证件，道：“你们是朝廷官员，不维护法纪，却违法乱纪，为非作歹。今日被我亲眼看见。跟我去开封府府衙走一趟论理。”

贾来运再赔笑脸道：“我们有眼无珠，今天全是误会。您大人不计小人过。念在我们同为朝廷官员，恳请放过这一次。以后，我们一定改过自新，好好为府衙办事。”

马汉道：“今日所见，你们倚权仗势，穷凶极恶，对老百姓如凶神恶煞一般。对于你们这些违法乱纪的人，我绝不能轻饶。走吧，随我们去一趟开封府府衙。”

此时，胡进喜两口儿是又惊又喜。胡进喜走到马汉跟前，道："这位军爷，您难得来我们小店一次。喝口茶再走吧。"

马汉道："我们公务在身，就不打扰了。胡大叔，您去买些治伤药治疗治疗吧。咱们日后再见。"转过身，道："贾来运，你们三人别想溜走，排成一行，随我走吧。"说毕，向店门外走去。

张旺、李顺子在旁催促道："快走。"

贾来运三人哭丧着脸，垂头丧气地跟着马汉走出布店。走出布店，这三人规规矩矩地排成一行，低着头走上大街。张旺、李顺子跟在后面监押着走。

马汉把贾来运三人押回开封府府衙，关押在拘留室，然后去禀报包拯。

第二日，包拯升堂。马汉把贾来运三人带上公堂。

贾来运三人走上公堂，两厢站立的衙役齐喊："威武。"只见包拯面色黑沉，横眉怒目，端坐在公案后。公案旁坐着主簿公孙策。公堂口摆放着三般刑具。

贾来运三人立而不跪，一齐弯腰施礼道："拜见包大人。"

王朝喝道："你三人好大胆，见了包大人还不跪下。赶快跪下。"

贾来运道："我穿着官服，又有公职在身，怎能轻易跪倒在公堂上。请包大人见谅。"

包拯喝道："尔等本应当维护国家的法令，你们却违法乱纪，胆大妄为。昨天，你们随意打骂良民百姓，抢夺店铺的布料。可有此事？"

贾来运哭丧着脸道："包大人，我们知错了。今后一定痛改前非。"

包拯怒道："来呀，给我把他们的官服剥掉，各打二十大板。"

站班中走出八个衙役，上前脱掉他们的官服，将贾来运三人按倒在地，各打了二十大板，打得贾来运三人哭爹喊娘，在地上乱滚。

贾来运气焰顿消，跪倒在公堂上，一连磕了几个响头，哭天抹泪道："包大人，您打也打了，罚也罚了。念在我们是朝廷命官，饶了我们这一次。今后我们一定遵纪守法，好好为国家办事。我们牢记包大人的大恩大德，日后一定感恩报答。"

包拯道："我从小就深受贪官污吏的欺压，发誓铁面无情，要严惩贪官污吏。我绝不与贪官污吏同流合污。你休存妄想。我未来开封府之前，就早已听说开封府有些官员违法乱纪，为非作歹，搞得民怨沸腾。不仅老百姓怨气冲天，还有官官相护的行为。我不狠狠整肃一下，就会上负皇恩，下负民心。”

贾来运三人跪在公堂上，一齐磕头求饶道：“我们再也不敢了。恳求包大人开恩。”

包拯暗自沉思，这些案件，一时也难以审问，不如多收集些证据，那时事半功倍，一定会审问出许多隐情。思毕，传命道：“马汉，把他们三人带下去，关进牢房，严加看押。

马汉答应一声：“遵命。”把贾来运三人带下公堂。包拯退堂。

包拯退堂后，写了一个公告，命人誊写了许多张，盖上开封府府衙的红印，派衙役到开封府的大街小巷四处张贴。

城乡百姓多处围观。有识字的人念道：

“开封府府衙告示城乡诸人：鼓励前来开封府府衙诉告、揭发不法之人和不法之事。府衙设立接待公署，凡来府衙诉告、揭发者，不收任何费用，管吃、管住、管路费。言者无罪。对于阻挠、报复者，一经查实，严惩不贷。现有贾来运因违法乱纪，为非作歹，已经被逮捕归案；如有诉告、揭发其罪行者，速来莫误。特此公告。”

这一公告在城乡广泛传扬，一时欢声雷动，大快人心。从古到今，都说是天下衙门朝南开，有理无钱莫进来。如今，递诉状不但不要钱，还管吃、管住、管路费。只说是官场上官官相卫，如今，开封府来了位包青天，广告城乡，要严惩贪官污吏。开封府城乡的人们欢欣鼓舞，纷纷前来诉告、揭发不法之人和不法之事。

过了十几天，来府衙告状和揭发贾来运违法乱纪、为非作歹的案件有几十起，其中最严重的案件有三起。

开封府月坛街居民张玉良，击鼓申冤，上公堂告状。诉告贾来运在收税时发生纠纷，当场打死他父亲张林海。后去晋安县县衙告状，不了了之。还有两起案件，状告贾来运在两次收税时发生纠纷，两次当场打伤姜后娃、吴银锁二人。

另外，包拯派人调查，查明朝廷并没有颁发过增加税项、税款的指令。

包拯掌握了贾来运的许多犯罪证据之后，传命升堂。王朝把贾来运带上公堂。

贾来运已穿上囚衣囚裤，上了公堂，再不敢猖狂，马上跪倒在公案前。

包拯“啪”一拍惊堂木，怒喝道：“贾来运，经过半个多月的调查，还有许多人前来府衙状告和揭发你的罪行，你真是罪大恶极。今日问你什么，都从实招来。休存妄想。”

贾来运叩头应道：“我一定老老实实地说。求包大人从轻发落。”

包拯道：“贾来运，姜后娃、吴银锁状告你带着人收税时打伤他们两人。可有此事？”贾来运应道：“回包大人，我带着人执行公务时打伤过他们两人。有过此事。”

包拯又问道：“张玉良击鼓申冤，公堂上状告你在收税时发生纠纷，当场打死他父亲张林海。可有此事？”

贾来运应道：“回包大人，我带着人收税时打伤过张林海，但是并没有当场死亡，只是以后病死了。”

包拯怒喝道：“贾来运，对于这个案子，我已经具备确凿证据。你还敢抵赖不成？”

贾来运叩头道：“我不敢抵赖。一切唯包大人明鉴。求包大人开恩。”

包拯再问道：“贾来运，你在任多久了？”

贾来运应道：“三年之久。”

包拯问道：“你增加收税数量和收税项目，有没有朝廷颁发的指令？”

贾来运应道：“我想包大人已经查明了。没有指令。都是我私自增加的。”

包拯问道：“贾来运，你想一想，每年大约多收多少税款？”

贾来运回道：“每年大约多收五十万两银子。”

包拯冷笑道：“你这个恶徒，极不老实。这些是个小数。据实招供。”

贾来运翻了翻三角眼，回道：“每年大约多收六十万两。”

包拯道：“我早已给你计算出来了。看来，不用大刑，你是不会老实招供。来呀，大刑伺候。”

一个站堂衙役走到堂口，拿起三夹棍，走到贾来运跟前将三夹棍扔在地上。

贾来运一见，吓得魂飞魄散，急忙回答道：“包大人息怒。小的据实招供。每年大约多收八十万两。”

包拯怒喝道：“还是不老实。行刑。”从站堂衙役班中又走出两个衙役，将贾来运的腿上了夹棍。两人一头一个，双膀较劲。“咯吱吱”一声响，把贾来运夹得号叫不已，哭喊着道：“我招。我招。”

包拯传命：“停刑。”贾来运趴在地上，喘着粗气，过了片刻，才缓过气来，招道：“每年大约多收一百二十万两银子。”

包拯问道：“你每年多收一百二十万两银子。这些银子现在何处？”

贾来运结结巴巴道：“这……这些多征收的税款，留二成作为我们的日常费用，那八成上缴到上面了。”

包拯传命：“贾来运，画供。”公孙策拿着供词从公案后走下来，交到贾来运手中，又从公案上拿了笔、墨、印泥，放在贾来运面前。贾来运跪在地上，仔细看过供词，然后画了押，按了手印。

公孙策拿着供词，放在公案上。包拯拿起供词，看了看，放在案上。传命：“将贾来运押下公堂，关在监牢，严加看管。”

一个站堂衙役上前，把贾来运押下公堂。包拯传命：“退堂。”

贾来运一案，触目惊心。

这才是：贪官污吏人间多，百姓日夜盼青天。

第三十二回　包青天深挖贪污案　李少明官场现原形

且说，开封府李少明，年纪五十多岁，身体瘦长，长得刀条脸，黑豆眼。李少明居住一处大院，此外还有多处院落。几年内，娶了三房姨太太。

这一日，李少明召集属下的七位官员布置如何多征收下一季度的税收事项。

刚布置完毕，手下贺祥进来报告："李大人，现有开封府府衙公差张龙带着公文前来，叫您去开封府府衙走一趟。我让他们在前厅喝茶等候。"

李少明听罢，立即宣布停止商讨，然后走到前厅。

李少明一进前厅，果然见有两个衙门公差坐在茶几旁边喝茶。李少明道："我就是李少明。二位上差前来，不知有何贵干？"

张龙与另一个衙役一齐站起。

张龙道："半个月前，你的属下贾来运带着两名收税人员，去紫花街胡记布庄索要增加的税款，打人、抢物，被我们当场看见。现在都被拘留在开封府府衙内。包大人命我前来，叫你去开封府府衙走一趟，要了解一些情况。"说毕，从公文袋中拿出公文，交给李少明道："这是公文。你看吧。"

李少明接过公文，从头至尾看过，放在桌上，道："包大人接任开封府府尹，不用来唤，我也正要前去祝贺，送点儿微薄的见面礼。好吧，二位先行一步。我安顿一下，随后就去了。"

张龙道："好。我们先回去。你可要快点儿去。告辞了。"

李少明将张龙二人送出大门外，张龙二人骑上快马，挥鞭先走了。

李少明回到前厅，唤来祁明胜商议。

李少明道："包拯上任开封府府尹后，广贴公告，宣传要惩罚不法之人和不法之事。贾来运带着两名收税人员，去紫花街胡记布庄索要增加的税款，打人、抢物，被开封府府衙公差当场看见。现在都被拘留在开封府府衙内。如果贾来运在收税方面交代出些什么来，该如何是好？"

祁明胜道："李大人不必多心，放宽心前去好了。别看包拯广贴公告，大肆宣传，那只不过是沽名钓誉罢了。从古到今，官场上有几个人能够真正做到铁面无私？还不是千里做官，为了银钱。官场上有几个人能够不怕风险，认真办事？还不是顺水行舟。"

李少明深思着道："你说得也是。就是这么回事。古往今来，能有几个清官？历史上曾经有过几个人想做什么青天，最后落得个什么结果？都落了个身败名裂的下场。"

祁明胜道："再说，我们上通朝廷大官，下联府县众多官员。我们多征收的银子，与他们共同分享。官场上又是互相维护着自己的安危。怕他什么？"

李少明道："对。我们送给吏部、刑部那么多银子，一定能够起到作用。"

祁明胜道："以前，因为给你儿子买了个七品芝麻官儿，有人启奏了皇上。皇上下旨命开封府府尹白照田查办。你送给白照田一些金银财宝，不也是敷衍了事，安然无事嘛。现在，你多拿些金银礼品，送给包拯。只要千方百计送出去，保你平安无事。"

李少明道："看来，眼下只有如此了。但愿能过了这一关。"

李少明坐一辆轿车，带着二十万两银子和礼品，去到开封府府衙。

门人报告了张龙。张龙迎入府衙内，将轿车安顿在客房处，带李少明到二堂，去见包拯。

李少明走进二堂，见包拯坐在公案后，公孙策坐在公案旁，急忙上去，撩袍衣跪倒，叩头道："卑职李少明拜见包大人。"

包拯道："李大人免礼。坐下回话。""谢包大人赐座。"

李少明站起身来，走到公文案前的披锦椅上坐下。张龙侍立二堂。”

包拯道：“李大人日进千金，财源滚滚，可喜可贺。”

李少明微笑道：“包大人明鉴。我府确实是财源滚滚，那是为国辛劳，卑职只是得了点儿小利。今日不劳包大人传唤，卑职也正要前来向包大人贺喜，并送点儿微薄的见面礼。万望包大人笑纳。”

包拯道：“这见面礼我是万万不能收的。你叫随从人员带回去吧。”

李少明满脸堆笑道：“包大人不必多心。这点儿见面礼微不足道。恳请包大人收下。再说，如今上上下下都收见面礼，送礼成风。送见面礼成了一种正常的礼节。不送见面礼则失了礼节，总不能两手空空拜见您。还有请客送礼是鸡毛小事。就是皇上也不管，也管不了这些小事。”

包拯道:“李大人有所不知,常言道人生如戏,我从小就想在人生中当个黑脸。收了见面礼，就得讲面情。皇上赐给我三道御扎，要我治理好开封府。我要是收下见面礼，在私下讲面情，徇私枉法，岂不是上负皇恩，下负民心。所以，这见面礼我是绝不能收的。李大人务必拿回去。”

李少明面色惨白，垂头丧气道：“这……这叫卑职怎好意思再拿回去呢。”

包拯道：“李大人，因为收税情况事务繁多，一时半会你也说不清。你今日不能走，必须留下，在府衙内住几天。”

李少明一听，心中吃惊，暗自思量，闻听包拯铁面无私，果然不假。如今遇上个清官，事就不好办了。看来须得小心应对。思毕，他笑眯眯道：“在开封府府衙内住几天，是我的荣幸。只是我的见面礼拿来了，又拿回去，我心里很不舒畅。”

包拯道：“一会儿我向你了解一些收税情况，你能据实回答，比送我见面礼还好。”

李少明赶忙应道：“包大人放心，我一定全都据实回答。”

包拯传命：“张龙，你去告诉李大人的随从人员，李大人在府衙住几天，让他把礼物拿回去。”

张龙答应道：“遵命。”转身走出二堂。

包拯道："李大人，我们谈正事吧。"

李少明应道："请包大人示下。"

包拯道："贾来运交代，每年都是由您下达增加税收数量。他们就在下面多增收税款。李大人，可有此事？"

李少明听了，心中惊慌，结结巴巴应道："这……这是贾来运擅自在下面增收税款。他怕承担错误，把这个错误推给了本官。本官从来没有下达过这样的公文。请包大人明察。"

包拯道："贾来运又交代，他说把每年多增收的税款，提出八成上缴。李大人，可有此事？"

李少明听了，心中更加恐慌，隐隐感到大难临头，心想，这事绝不能承认，于是硬着头皮回答道："包大人，这件事更不能相信贾来运的话。红白事宴，逢年过节，下面向本府送些财物礼品，倒是有的。税务所把一年多增收的税款上缴八成，这事绝对没有。"

包拯听了，沉思片刻，道："李大人，看来你现在不想实话实说。你先去府衙休息吧。下去好好想一想。我以后再问你。"

公孙策道："李大人，我奉劝你老实讲吧。包大人铁面无私，明察秋毫。你不可心存什么幻想。"

李少明道："多谢公孙先生关照。"

包拯向外喊道："张龙，进来。"话音刚落，张龙从二堂外走进来。

包拯道："张龙，你带李大人安排休息，命人保护好李大人。""遵命。李大人走吧。"

李少明站起来，拱手告辞道："包大人，公孙先生，卑职告辞了。"说罢，与张龙走出二堂。

李少明走后，包拯对公孙策道："公孙先生，我们明日再审问贾来运。通过贾来运咱们多掌握一些李少明的不法行为。"

公孙策应道："如果贾来运再提供出李少明的一些不法证据，我想就能公开审问李少明了。"

二人商议完毕，一起退出二堂。

第二日，包拯升堂，赵虎把贾来运带上公堂。贾来运跪倒在公堂上。

包拯道："贾来运，你抬起头来看。"说着，用手指敲了敲放在公案上的几十份状告贾来运的案宗，道："这半个月来，有三十七个受害者前来揭发、诉告你。这是他们的诉告状子。你先看过。"

公孙策起身离座,捧着厚厚一叠诉状,走出公案,放在贾来运面前,然后归座。

贾来运拿起诉状，看了一案又看一案，愈看愈慌恐。

待贾来运看完诉状，包拯问道："贾来运，这些状告你的案件，是否属实？"

贾来运面色惨白，哭丧着脸回道："回包大人，这些大体上属实。"

包拯道："贾来运，你犯了这么多的案件，真是罪恶累累。再加上你打死一人和打伤致残二人。判你个无期徒刑或者死刑，也是应该的。"

贾来运急忙叩头求饶道："小的知错。求包大人千万开恩。"

包拯道："如果你能戴罪立功，就能够从轻发落。"

贾来运赶忙应道："小的一定戴罪立功。"

包拯道："现在，我已经把李少明拘捕在府衙，如果你能多揭发李少明的不法事实，根据立功多少，可以减刑。"

公孙策道："贾来运，包大人说话算数。你就放心大胆地招吧。"

贾来运听罢，迟迟疑疑道："这……"

包拯看出贾来运心有疑虑，道："李少明的罪证确凿，不判处罪行，也要办他个罢职查处。你不必怕他打击报复，也不要指望他以后再能帮助你。我有皇上的三道御扎，允许我'便宜行事'。你果真能立了大功，本官一定会从轻发落。"

贾来运听罢，赶紧叩头道："谢包大人。小的一定要立功。求包大人开恩。"

包拯道："贾来运，你说多征收税款是李少明指示你征收的。你把详细情况讲来。"

贾来运道："回包大人，我哪有那么大的胆子敢多征收那么多的税款。李大人每年都要召集我们议事三四次。李大人亲自给我们下达多征收税款的数量，要求我们务必完成。这种情况，我们都知道，都能做证。”

包拯问道：“贾来运，你上次招供，说你把多征收的税款，按八成上缴给李少明。这是否属实？”

贾来运道：“回包大人，这个情况千真万确。多征收的税款大得很，我哪敢私自侵吞。要是私自侵吞了，上面不要了我的命，也早已将我罢职，哪能逍遥自在到现在。”

包拯道：“贾来运，你仔细想想，李少明还有哪些违法乱纪行为，一齐给我提供出来。”

贾来运道：“是。包大人，小的一定多提供李少明的不法行为。”

公孙策在旁道：“贾来运，如果你能立功赎罪，包大人一定能为你做主。你赶快说吧。”

贾来运想了想，道：“包大人，我今天想起两件事。先说这两件。”

包拯催促道：“快讲。”

贾来运道：“前年夏天，我带着两个衙役去月坛街征收税款，走进张林海的水果店收税。因张林海态度不好，我与他扭打起来。不料张林海是个老病人，被我当场打死了。我非常害怕，去找李少明，恳求他援救我。李少明说大不过停职罢官，回家了事。我说我有个远房舅舅在吏部任职，想出些银子送亲戚，让亲戚给我平息了事。李少明说上面有人也得依靠下面的人办理。说他与开封府府尹白照田很好，让我拿出一万五千两银子交他再送给白照田。我拿出一万五千两银子交给李少明，以后果然平安无事。张林海的亲属去县衙、府衙告状都无一点儿事。”

包拯道：“贾来运，再讲第二件事。”

贾来运道：“李少明有个儿子叫李月龙，今年二十六岁。李月龙从小不学好，经常与街上的地痞流氓混在一起胡作非为，几次被关进大牢。因李少明有权有势，每次都放出来。去年，李少明跟我说，想通过我舅舅送给吏部尚书徐文学一百万两银子，买一个七品官职位。跟我亲戚联系后，我拿了李少明一百万两银子，送到我舅舅手里。今年夏季，吏部发来了一个七品县令官任命凭，命李少明的儿子李月龙去林泉县上任。李月龙上任还不到两个月。”

包拯问道：“贾来运，你还有李少明的犯罪事实吗？”

贾来运回道：“回包大人，有证据的没有了。我还能提供一条调查的线索。”

包拯道：“讲来。”

贾来运道：“每年上缴给李大人的增税银两是个巨大的数目。李少明绝不敢私自侵吞，必然与上面一些官员分享。如今官官相通，官官相护，已经成风。包大人应该从这方面进行调查。”

包拯道：“贾来运，画供。”贾来运画了供，被赵虎带下公堂。

包拯退堂。

包拯退堂后，立即分配七组人员，分头调查、取证。

过了几日，包拯升堂。王朝把李少明带上公堂。

李少明走上公堂，见三班衙役威严站立，三般刑具摆放堂口。李少明感到情况不妙，心中惊慌，慌忙上前拱手施礼，道：“卑职拜见包大人。”包拯端坐在公案后，面色黑沉，厉声喝道：“来呀，王朝把李少明的官服脱掉，换上囚衣囚裤。”

李少明赶忙说道：“包大人，卑职身居要职，您不能这样对待呀。”

从站班中走出两个衙役，手拿囚衣囚裤，走上前，不由分说，将李少明的官服脱掉，换上了囚衣囚裤。

包拯大声喝道：“罪犯李少明，跪在堂上招供。”

李少明站立不跪，道：“包大人……”话未说完，早被王朝按倒跪下。

包拯从公案上拿起八份调查材料，对李少明道：“李少明你看，这几日，我进行了调查、取证，他们一致供认你向他们下达增收税款的数量，并收取增收税款数量的八成。这些就是他们的供词。你自己看过。”

公孙策接过供词，走出公案，放在李少明面前，回坐原位。

李少明看过供词之后，立时心中慌乱，汗流满面。

包拯问道：“李少明，这些供词，是真是假？”

李少明咽着口水，结结巴巴道：“包大人，这么多人做证诬陷我，我就是浑身是口也难分辩了。”

包拯怒容满面道：“李少明，事到如今，你还强辩。说什么他们诬陷你。你们那些事，都是明摆在光天化日之下的，人人皆知。只因有些贪官收了你的贿赂，分了你的钱财，他们维护你，不追查你，所以你才能够安然无事。如今，我要为国家严惩贪官污吏，为百姓申冤除害。你的罪行，铁证如山。你还是老实招供了，免得我动用大刑。”

李少明自知铁证如山，无法抵赖，有气无力地道：“包大人不必动刑。我全招认了。”

包拯从公案上又拿起一份供词，道：“李少明，现有贾来运招供，说你给了他一百万两银子，托他转交到吏部尚书徐文学手中，给你儿子李月龙买了一个七品县令。你拿去看过。”说罢，把供词扔在李少明面前。

李少明拿起贾来运的供词，从头至尾看了，呆在那里，不能动弹。李少明知道，如果把这件事招认了，不仅自己的职位保不住，儿子的县令当不成，而且吏部尚书徐文学也会被重重法办。思考了一会儿，咬了咬牙，道：“包大人，这件事纯属诬陷卑职。求包大人明察。”

包拯骂道：“李少明，你休想顽抗抵赖。我已经了解，你的儿子李月龙文字不识几个，无德无才。从小与地痞流氓混在一起，胡作非为，三进监狱。如果不是用银子买上官职，如何能够去林泉县当上县令？看来，不用大刑，你是不会招供的。来呀，大刑伺候。”

话音刚落，从站堂班中走出两个衙役，片刻给李少明上好三夹棍，拉开架势，听候命令。包拯问道：“李少明，你招是不招？”

公孙策道：“李少明，这件事是明白摆着的。你难以自圆其说，赶快招吧。”

李少明又咬了咬牙，回道：“包大人，这完全是诬陷呀。”

包拯道：“李少明，谅你也扛不过三般刑具。行刑。”

两个衙役两膀只用了五分力，就把李少明夹得连连号叫，豆大的汗珠从脸上滚落。

李少明见包拯当真动用大刑，幻想化为泡影，自思扛不过三般刑具。他上气不接下气地呼道："包——大——人，停刑。愿——招。愿——招。"

包拯传命："停刑。"

去掉刑具后，李少明龇牙咧嘴，抱着受伤的腿揉搓着，喘息了一会儿，说道："包大人，贾来运说我送给吏部尚书徐文学手中一百万两银子，给我儿子李月龙买了一个七品县令。句句都是真的。"

包拯又问道："李少明，他们上缴的多征收税款数量巨大，想你也不能够全部私自侵吞。这些银子哪里去了？你再从实招来。"

李少明道："这些银子，我确实不能够私自侵吞。一部分用于日常消费，一部分是送礼，剩下的是我自己留用了。"

包拯再问道："李少明，你说把银子送礼了。送给些什么人？各送了多少？如实招来。"

李少明翻了翻眼，回道："包大人，夹棍夹得我天旋地转，我一时也想不全。容我想一想再说。"

包拯道："李少明，今天不问你了。你回到牢房，仔细想好。如实招供。王朝，把李少明带下公堂，关进监牢，严加看押。"

王朝应道："遵命。"将李少明带下公堂。包拯退堂。

过了几日，包拯升堂。王朝把李少明带上公堂。

李少明上堂跪倒，叩头见礼。包拯坐在公案后，怒容满面，审问道："李少明，你听着。我把你的案情写成奏本，亲自交给当今皇上。皇上看了，非常震怒，传旨要斩立决，杀一儆百。我又奏一本，皇上允你坦白从宽处置。你的案件，皇上亲自过问，朝中上下恐怕谁也不敢救你。只有你自己能救你。你莫要错过机会，争取从宽处置。"

李少明急忙叩头道："包大人，我想从宽处置。求包大人开恩。"

包拯道："如果你想从宽处置，就得如实招供。你把银子送给了什么人？各送了多少数量？都一一招来。"

李少明应道："包大人，我招。我招。包大人哪，现在请客送礼成为风气，官场更是严重。我不想请客也不行，不想送礼也不行。前任开封府府尹白照田，每年都要给自己和儿女、太太们大摆筵席过生日。我借这个机会，每年送贺礼五十万两银子给白照田，连续送了三年。四年前的秋天，户部尚书李德全过生日，我送去贺礼二十万两银子。三年前的夏天，刑部尚书刘财进过生日，我送去贺礼二十万两银子。去年冬天，吏部尚书徐文学过生日，我送去贺礼三十万两银子。开封府内各个衙门中的百十名官员，这几年内，我借他们摆红白事宴、生日庆典的机会，送给礼物共计五万两银子。”

包拯问道：“李少明，还送给过谁十万两以上的银子作为礼物？”

李少明回道：“回包大人，没有了。就这四个人。”

包拯道：“李少明，回到牢房，仔细再想。想起来，接着再提供。”

李少明应道：“包大人，我一定要详细地全部提供出来。”

包拯传命：“王朝，把李少明带下公堂。”王朝答应一声，把李少明带下公堂。

以后经过调查、取证，把祁明胜也逮捕归案。经过审讯，把祁明胜也定为重案犯。

包拯与公孙策商议后，做出判断，判处李少明十二年，判处祁明胜十二年，判处贾来运八年，然后上报刑部批复。刑部按原判批准，依法执行。

因李少明之案，牵连出朝中大贪官户部尚书李德全、吏部尚书徐文学二人。皇上下旨查办。经过调查、取证、审讯后，将其二人定为重案犯。李德全、徐文学二人罢官后，判处死刑。

这才是：贪官污吏是罪人，时时祸国又殃民。

第三十三回　无尾狼街道横行　白额虎官府隐形

话说，开封府城内有一些地痞，组成一个犯罪团伙。他们每日在京城的大街小巷打人毁物，敲诈勒索，抢劫偷盗，欺蒙拐骗，作恶多端。这些人搅得百姓人心惶惶，昼夜不安。每天都有人前来府衙哭诉。

哪位要问："这些人如此胡作非为，难道无人来管？"管是有人管过。巡街衙役把他们关进监牢，第二天就被毫发无损地放出来；再把他们关进监狱，过个十天半月，又安安全全地走出来。因此，巡街衙役懒得去管，当官的更不巡街去管，致使这些人一天比一天猖狂。

包拯得知街面上有些人胡作非为，搅得社会不安，决定对这些人实行严厉打击，以安定社会秩序。

包拯命张龙、赵虎和一些衙役，去大街小巷巡视访查不法歹徒，拘留回衙。

却说，赵虎穿了一身粗布衣服，肩上搭了条黑白相混的旧手巾，扮作一个磨刀人，挑了一个磨刀担子，在大街上一边走，一边吆喝："磨剪子来——磨菜刀。"走着，走着，看见街道旁边一片空地上，有一个人在地上摆了一个卦摊子。地上铺着一块大黄布，黄布上画着阴阳八卦图，八卦图后，靠着高墙在矮凳子上坐着算卦人，年纪有三十多岁，半闭着眼睛，手中摇着一把题字黄绸扇。还有两个人年纪都在二十多岁，坐在旁边的树荫下乘凉。

这两人看见赵虎挑着磨刀担儿走过，赶紧站起，一齐向赵虎走来。一人上前，伸手拦住赵虎的去路，道："你是个手艺人吧。走，去我们卦摊子上算一卦。我们的卦灵验得很，保你生财有道。"

赵虎放下担子，取毛巾擦了把汗，道："好。我正想算一卦，问一件事儿。不知算一卦得多少钱？"

一人应道："因为我们的卦灵验得很，算一卦收一两银子。"

赵虎一听，心想，太贵了，道："我没有那么多的银子。不算卦，不算卦了。"

两人听罢，立刻凶相毕露，眼睛瞪大，咆哮道："今天你不算也得算。你不算卦也行，留下一两银子，就放你走。如果拿不出银子，可别怪我们手下无情。"

赵虎也横眉怒目道："青天白日，你们在大街上横行霸道，敲诈钱财。你们也不怕国家的王法？"

一人应道："我们天天在此这么算卦，也没人来管。就是进了衙门，住个十天半月，也会毫发无损地被放出衙门。不相信，你试试看。"

另一个人怒喝道："你要晓事，就快把银子拿出来吧。"

赵虎看到他们蛮横无理，十分生气，道："我没有银子。就是有，也不会给你们。"

两人一听，恼怒异常，一齐恶狠狠地挥舞拳头，向赵虎打来。赵虎怒火腾腾，与这两个人打在一处。这两个歹徒都有点儿三脚猫功夫，对付一个平民百姓绰绰有余。怎奈不是赵虎的对手，几个回合，被赵虎打趴在地上。

只见算卦先生从卦摊上窜起，手里拿着一把明晃晃的尖刀，凶狠狠地向赵虎扑来。

赵虎飞起一脚，将尖刀踢落。算卦先生的武功比那两个歹徒还高，与赵虎打了十几个回合，也被赵虎打趴在地上。

赵虎从怀中掏出证件，对算卦先生道："我是开封府府衙的公差。你拿去看过。"

算卦先生接过一看，大吃一惊，连忙跪在地上磕头求饶道："小人有眼无珠，不知是军爷到来，望乞恕罪。军爷饶过我们这一次，以后再也不敢了。我们一辈子感谢军爷的大恩大德。"

那两个歹徒也跪在地上磕头求饶。

赵虎从挑担中拿出一把利刀，一手提着刀，一手指着三个歹徒道：“你们目无王法，竟然敢在大街上胡作非为。今天被我看见，绝不轻饶。老老实实给我跪着。”说完，又从挑担中拿出一根绳子，将为首的算卦先生捆绑住，道：“你们排成一行，规规矩矩地跟我去府衙走一趟。”

三个歹徒排成一行，被赵虎押回府衙，关进监狱。

第二日，包拯升堂。张龙、赵虎把三个歹徒押上公堂。

三个歹徒走上公堂后，一齐跪在公案前，叩头道：“叩见包大人。”

包拯一拍惊堂木，怒喝道：“尔等目无王法，竟敢在光天化日之下拦路抢劫，行凶打人，胡作非为。是可忍孰不可忍。尔等老老实实地把姓名、年龄、住址、职业招出来。”

一人招道：“小民叫柴秀，今年二十岁，家住在东坊街红石巷，没有职业，在街上游荡。”

另一个招道：“小民叫白金贵，今年二十三岁，家住在东坊街红石巷，没有职业，在街上游荡。”

算卦的招道：“小民叫秦二宝，今年三十一岁，家住在鼓楼街李宅胡同，开一个小饭店营业。”

包拯问道：“秦二宝，你开一个饭店，为何不在饭店内营业，却到街道上结伙拦路抢劫？”

秦二宝回道：“包大人，小人知错了。是小人一时糊涂，受柴秀和白金贵蛊惑，不该去街道上假设卦摊，强收卦费。小民再也不敢了。求包大人开恩，饶过这一回。小民一定痛改前非，安分守己，老老实实地在饭店内营业。”

包拯骂道：“秦二宝，大胆的狂徒。你分明是假开饭店作掩护，却组成犯罪团伙，在街道上敲诈勒索，拦路抢劫。你现在如果能老实招供，我可以从轻发落。若敢隐瞒不招，待我查出你的其他犯罪事实，一定要严加惩处。”

秦二宝回道：“小民看过卜筮正宗和麻衣相，只会蒙混算卦。再没做过别的不法事。求包大人明察。”

包拯道："柴秀，你老实招来。"柴秀回道："回包大人，有一天，我在街上闲走，遇见秦二宝摆个卦摊在算卦。我上去算卦，问问几时能找到个正经职业。他听说我是个无业人员，叫我为他拉客算卦。从此，我们就搭伙算卦。小人再没做过别的不法事。"

包拯道："白金贵，你老实招来。"

白金贵回道："回包大人，我和柴秀住在一个巷子，我们从小就在一起玩耍长大。是柴秀三番五次拉我做这件不法事。我从小胆子小，再没做别的不法事。"

包拯暗思，人常说，贼无铁证，嘴比铁硬。看来，这三个歹徒一时也不会老实招供。待再调查到他们的罪证后，那时审问，事半功倍。想毕，道："秦二宝、柴秀、白金贵听着，我一定会再查出你们的罪行。你们回到监牢，好好想想，可随时向我招供。"说罢，传命道："张龙、赵虎，把这三个人押到监牢严加看押。"

"遵命。"张龙、赵虎上前，把三个歹徒押下公堂。包拯退堂。

话说，包拯逮捕并且严惩了贾来运和李少明之后，一时，京城内外纷纷传颂，欢欣鼓舞，赞颂开封府府衙出了个包青天。听说无尾狼秦二宝已经被拘留在开封府府衙中，正在审讯。那些受京城黑社会犯罪团伙欺压残害的人们，接连不断地前来府衙告发犯罪团伙的种种罪恶行为。

原来，京都有个由许多人组成的犯罪团伙，秦二宝是这个团伙的小头目。多年来，秦二宝作案累累，抢劫偷盗，勒索坑骗，人们叫他无尾狼。这个犯罪团伙的总头目叫姜文焕，四十多岁，家住西城区广益街，因头部有一块白色印记，人称白额虎。五六年前，姜文焕出人意外地当上了安宁县县衙的巡捕人员，后来又当上了巡捕房的巡捕都头，无人敢惹他。秦二宝起初蹲过三次监狱，两次关了十几天就放了，第三次蹲了三年多监狱才释放。秦二宝出狱之后，不但不思悔过，反而更加猖狂。以后，他在街道上为非作歹无人来管。受害百姓把秦二宝告到县衙、府衙，也安然无事，反遭到秦二宝的凶恶报复。京城之内，人们对秦二宝这一犯罪团伙恨之入骨，却无可奈何。

半个月后，包拯掌握了这个犯罪团伙的大量犯罪事实，人证、物证俱全。

包拯看到那些控告这个犯罪团伙的人悲伤哭泣，痛苦不堪；听到这个犯罪团伙凶恶残忍，无恶不作，义愤填膺，决心彻底消灭这个犯罪团伙。包拯又掌握了秦二宝的一些犯罪事实，准备了人证、物证。然后，传命升堂。

三个歹徒被两个衙役带上公堂后，一齐跪在公案前。

包拯一拍惊堂木，喝道："罪犯秦二宝听审。这半个月来，前来府衙控告你的人有十八人。你以前因作案被三次关进监狱，是个犯有前科的罪犯。近几年来，你继续作案，仅我知道的就有十八起。秦二宝，可有此事？"

秦二宝回道："回包大人，小人以前确实进过三次班房。近几年来，小人没有犯过那么多的案子。"

包拯道："庆发街达茂巷蒋林贵来府衙诉告说，你领着两个人撬开他家的大门进院。他发现后，看见你们有三个人，未敢出面捉贼，躲在暗处，借着月光看清是你。你们进祀堂把他家祖传的玉菩萨拿走了。秦二宝，把这个案子从实招来。"

秦二宝回道："回包大人，那蒋林贵借着月光看不清楚，一定是看错人了。"

包拯骂道："你这歹徒，还想狡辩。告诉你，我已经派人从你家里把玉菩萨搜出来了。"

秦二宝闻听，心惊胆战，汗水"唰"地一下从头上流下来。心想，哎呀，不好。我的家已经被抄了。家里的赃物不少，这可是捉贼见赃。我是不能抵赖了，还是招吧，便道："包大人息怒。我招。我确实是偷了蒋林贵家的玉菩萨。"

包拯道："锦化街呼宅巷吴全喜来府衙诉告说，去年七月十六日天黑以后，你领着两个人，脸上都蒙着黑巾，闯入他家，勒索三百两银子。他不给，你掏出一把尖刀威胁，他非常害怕，只好拿出一百两银子给了你。你们走后，他认出你的身，听出你的声音。他去县衙诉告不管，忍耐至今。"

秦二宝回道："回包大人，这次吴全喜确实是认错人了。我没有作过这个案子。求包大人明察。"

包拯骂道："好个奸贼。不打不招。来呀，先重打二十大板。"

话音刚落，两个衙役上前，将秦二宝按倒在地，狠狠抽了二人十大板，打得秦二宝皮开肉绽，号叫连声。

打完之后，包拯问道："秦二宝，有招无招？如不招供，大刑伺候。"

公孙策道："秦二宝，我劝你赶紧招吧，免得包大人动刑。"

秦二宝暗自琢磨,我作的案子太多了,这个案子招不招,罪过也差不多。还有，我的同伙柴秀、白金贵扛刑不过，说不定都要招认。还是招认吧，免得再受大刑，便道："我招。我招。"

秦二宝跪在地上，招道："去年七月十六日天黑以后，我领着柴秀、白金贵，脸上都蒙着黑巾，闯入吴全喜家，硬要了一百两银子。我得了六十两，柴秀和白金贵每人分了二十两。"

包拯道："秦二宝，把你作的那十六件案子全都招出来。"秦二宝回道："包大人，小人只作了九件案子。""招来。"秦二宝舔了舔干裂的嘴唇，把九件案子一一招供出来。

待秦二宝把案情招供完毕，包拯问道："秦二宝，有个叫姜文焕的人，年纪四十多岁，家住西城区广益街，因头部有一块白色印记，人称'白额虎'。你是否认识？"

秦二宝回道："包大人，小人不认识这个姜文焕。一直没有见过他。"

包拯怒喝道："秦二宝，你休想欺瞒本府。这些天，有许多人前来府衙诉告，控告七八年前姜文焕是京城犯罪团伙的总头目。你是他手下的小头目。你俩熟悉得很。看来，不动大刑，你是不会如实招供的。来呀，大刑伺候。"

秦二宝低头思忖，这个姜文焕以前作的案子太多了，罪恶累累，京城里许多人认识他，也知道他的那些事。我想隐瞒也隐瞒不了。以前，送给贪官污吏一些钱财，就能网开一面。如今，包拯对有权、有势、有钱的李少明和贾来运这些人也铁面无情，不受贿赂，严查严办。我再不招供，会白白受一回大刑。想到此处，他道："包大人不要再动大刑。小人愿招。"

"如实招来。"

秦二宝咽了口苦水，说道："八年前，我在府兴巷撬开一家日用品店铺偷东西，被店主逮住，送到县衙门。当时，姜文焕也因偷盗罪被关押在牢房中，我和他初次认识。出牢房后，姜文焕去到我家，说他手下有六个人合伙干，拉我入了他的团伙。以后，我跟着他偷盗了几次东西。”

包拯道：“你说得简单。好些人来府衙诉告说，姜文焕的犯罪团伙无恶不作，拦路抢劫案就有几起。看来你是不肯老实招供。樊成、刘茂生，给我大刑伺候。”

樊成、刘茂生答应一声，取了三夹棍，给秦二宝上了刑具。

“行刑。”两个衙役只用了三分力，把秦二宝夹得死去活来，灵魂出窍。秦二宝悠悠醒转，上气不接下气道：“包大人停刑。我招，我招。”

“停刑，招来。”

秦二宝招供道：“我加入姜文焕的团伙后，主要是偷盗。我跟着姜文焕还抢劫了两次。”

“讲。”秦二宝继续招供道：“一次在四道街麦胜巷抢了一个三十多岁女人的首饰。又一次在吉庆街杏树巷抢了皮衣店掌柜身上带的二百两银票。”

包拯问道：“现在，你们这个团伙有多少人？供出姓名、住址来。”

秦二宝供道：“现在有二十多个人。一个叫孔和明，住孔家巷。还有徐二毛，住巧报巷。谢金金，住大店巷。辛吉龙，住大店巷。薛润林，住大墙巷。张永旺，住西城门巷。赵庭，住兴政巷。孙玉虎，住清巷。贾宝宝，住白塔巷。方小三，住宾州巷。戴金元，住虎门巷。其他人我就不知道了。”

包拯又问道：“姜文焕因何当上巡捕都头？”

秦二宝招供道：“后来，姜文焕人多势大，聚财不少。他对我说光干黑道买卖不行，迟早要翻船，还得做些白道买卖才能长久。他把团伙中的人安排着开了粮店、布店、饭店、旅店、日用品店。并且，通过请客送礼，当上了县衙门的巡捕人员，后来，又升任了巡捕都头。当了巡捕人员以后，再没有干过什么，只是庇护团伙中的成员，团伙成员每年给他送一些礼物。”

包拯命道：“秦二宝，画供。”一个衙役从公案上拿了口供，交给秦二宝。

秦二宝看过口供之后，在口供上画了押。

衙役拿着口供放在公案上。包拯拿起口供，仔细看过，放下供词，道：“柴秀，你对姜文焕有何揭发？”

柴秀回道："回包大人，秦二宝跟我说，姜文焕是这个团伙的总头目，现在任县衙门巡捕都头，在暗中保护这个团伙。我才加入这个团伙。"

包拯又道："白金贵，你对姜文焕有何揭发？"

白金贵回道："回包大人，秦二宝跟我说，姜文焕是这个团伙的总头目，现在任县衙门巡捕都头，在暗中保护这个团伙，叫我不要害怕。我从小胆子小，听后才加入这个团伙。"

包拯命道："柴秀、白金贵，画供。"柴秀、白金贵都画了供。

包拯看过柴秀、白金贵的口供后，传命："张龙、赵虎，把秦二宝、柴秀、白金贵押入监牢，严加看管。"

张龙、赵虎上前，把三人押下公堂。包拯退堂。

退堂之后，包拯立即命王朝、马汉、张龙、赵虎和一些衙役按照秦二宝提过的姓名、地址，将罪犯逮捕归案。

经过升堂审讯，供出罪犯已有六十四人。包拯把他们全部逮捕归案。又经过几次升堂审讯，供出大量的犯罪事实。团伙成员一致供认姜文焕是总头目，并且供认出秦二宝、孔和明、徐二毛、谢金金、辛吉龙、薛润林等人。这六个小头目供认出他们每人每年送给姜文焕五六百两银子。他们的犯罪事实暴露无遗。

包拯升堂，审讯过犯罪团伙后，包拯对公孙先生道："公孙先生，现在，姜文焕的犯罪行为已充分暴露，该逮捕归案了。"

公孙先生道："这个姜文焕竟然隐藏到衙门中。怪不得他们如此猖狂。"

包拯即刻命王朝、马汉带领四个衙役，拿着逮捕证，去县衙巡捕房逮捕姜文焕。

王朝、马汉带领衙役，去县衙巡捕房，拿出逮捕证让姜文焕验看。

姜文焕看过逮捕证，大吃一惊，虚汗从脸上冒出来，却故作镇静道："我这几年遵纪守法，没干违法之事。为何竟然来逮捕我？"

王朝道："犯没犯王法，你心里清楚。走吧，到了府衙，你就知道了。"说着，取出木枷给姜文焕戴上，逮捕归案，关进监狱。

包拯闻报已经逮捕回姜文焕，击鼓升堂。

张龙、赵虎把姜文焕带上公堂。

姜文焕一看堂口摆放着三般刑具，三班衙役横眉怒目，包拯端坐公案后，不怒自威。姜文焕做贼心虚，心中惊慌，急忙上前，跪倒叩头道："卑职拜见包大人。"

包拯大声道："张龙、赵虎，把姜文焕的官服脱掉。"

"遵命。"

姜文焕站起，分辩道："包大人——"张龙、赵虎上前，不容分说，把姜文焕的官服脱掉。

姜文焕穿着布衣，问道："包大人，卑职这几年秉公执法，克己奉公，没有触犯一点儿国法。怎能将我押上公堂，如此对待？"

包拯怒喝道："狗胆包天的姜文焕，还敢发问本府？这几年你一直是无法无天，假公济私。要想人不知，除非己莫为。你未进衙门之前，组织犯罪团伙，为非作歹。进入衙门之后，又操纵、庇护犯罪团伙。你给本府跪在公案前，老实认罪。"

姜文焕立而不跪，被张龙一脚踢倒，跪在公案前。

包拯用手指指着姜文焕道："姜文焕，因为你为非作歹的罪行太多，人们叫你白额虎。这些天来，许多受害人前来府衙诉告你，你的六十四个犯罪团伙成员招供你。你休想逃出法网。"

姜文焕叩头道："包大人，我以前作过案子，进过监牢。可自从成为衙门官员，再无犯案。求包大人高抬贵手，放我一条生路。我一辈子铭记心中，感恩图报。"

包拯指着公案上厚厚的几层诉状和口供，道："姜文焕，你抬起头来看，公案上这么多诉状和口供，都诉告和供认你罪行累累。"说罢，传命道："霍明、贾英，把诉状和口供拿给姜文焕看。"

霍明、贾英从站班中走出来，从公案上拿了诉状和口供放在姜文焕面前，退回站班。

姜文焕拿起诉状，略略一看，心中明白，放在一边。他又拿起团伙成员的口供，逐一细看，越看越惊慌，越看越害怕，浑身冒冷汗。

待姜文焕看过诉状和口供后，包拯问道："姜文焕，你已经看过那些诉状和口供，你还有何话讲？"

姜文焕心里"通通"直跳，哭丧着脸回道："这么多人诉告我，招供我，我就是跳进黄河也洗不清了。以前，我打过人，偷过人，抢过人，我都承认。我坐过牢，判过刑，受过责罚，也都法办了。我自从进入巡捕房，改过自新，重新做人，再没有做过犯法之事。这些口供是无中生有，是他们想把罪责往我身上推。求包大人明察。"

公孙策道："赶快招供吧。"

包拯一拍惊堂木，怒喝道："姜文焕，你休想抵赖。不动大刑，你是不想老实招供。来呀，大刑伺候。"

话音一落，从衙役站班中走出樊成、刘茂生，取了三夹棍，给姜文焕上了刑具。

"行刑。"两个衙役双膀使劲，只听得"咯吱吱"一声响，把姜文焕夹得天旋地转，汗流满面，疼痛难挡，号叫道："包大人停刑。我愿招，我招。""停刑。"

姜文焕疼得龇牙咧嘴，直喘大气，歇了一会儿，招道："是我最初组成了犯罪团伙，我是头目。进入巡捕房以后，我私放了十几个犯罪团伙成员，他们感恩图报，每年给我送三千多两银子。"

包拯问道："姜文焕，你是如何进入巡捕房的？"

姜文焕回道："回包大人，我协助巡捕房破了几个案子。因此，我被吸收进巡捕房，和他们一起破案。"

包拯大喝道："姜文焕，你作案累累，三进监狱，罪大恶极，臭名昭著，巡捕房怎能让你轻易进去。秦二宝招供，说你用请客送礼的方法进了巡捕房。"

姜文焕结结巴巴道："这……"

包拯又喝道："若不从实招供，再用大刑。"

姜文焕一听，急忙喊道："包大人，别再用大刑。我招。我招。""快招。"

姜文焕思忖着，秦二宝已经咬出我。就是无人咬我，包拯也不会相信。看来这一关是过不了的，还是招了，免受皮肉之苦。想到此处，不情愿地招道：“我是送给巡捕房前任都头沈吉三千两银子，是沈吉让我进了巡捕房的。”

包拯道：“沈吉有职无权，没有县衙门的批准，岂能进入巡捕房当上巡捕人员？你再从实招来。”

姜文焕支支吾吾道：“这个……我送给县令乔清明两千两银子，才进入巡捕房当上巡捕人员。”

包拯命道：“姜文焕，画供。”

公孙策拿着口供，从公案旁走下来，将口供放在姜文焕面前。姜文焕拿起口供从头看过，在口供上画了押。公孙策把姜文焕的口供放在公案上，回归本座。

包拯看过口供后，传命：“史旺、李福，把姜文焕押到牢房，吩咐监狱长严加看押。”

史旺、李福答应一声：“遵命。”上前把姜文焕押下公堂。包拯退堂。

以后，包拯又升了几次堂，把姜文焕和犯罪团伙成员的犯罪事实都落实清楚。然后，将姜文焕、秦二宝、孔和明、徐二毛、谢金金、辛吉龙、薛润林判处死刑。

刑部按原判批准。包拯依法执行。同时，将安宁县县令乔清明罢官查办，以儆效尤。

这正是：违法犯罪休侥幸恶有恶报才公平。

第三十四回　京城虎街头抢民女　包青天初查南明府

上回书说到，包拯严惩了一些欺压百姓的恶霸，为民除害。

一日，包拯在二堂与公孙策议事，忽听得堂外有击鼓之声。包拯即刻升堂。

升堂之后，包拯命值班衙役秦元奎将击鼓之人带上公堂。秦元奎出去带人。

击鼓之人随秦元奎走上公堂，跪倒在公案前，叩头道：“小民叩见青天大老爷。”

包拯问道：“下跪者何人？因何击鼓？”

击鼓之人年近六十，头发花白，胡子也花白了。他低头诉道：“小民李二全，家住开封府近郊十五里李家庄。小民生有三个女儿，两个已经出嫁，三女李润莲还未出嫁。三年前的八月十二，我和三女儿进城卖水果，在步行街摆了个摊子叫卖。日头近午时，从街道走来三个人，前来买水果。为首一人，长得瘦高个儿，长条脸，狸猫眼，年纪三十多岁。后来我才知道是南明王刘瑞的儿子刘福全。刘福全看了我女儿几眼后，问我贵姓，我答应说姓李。刘福全对我做了个笑脸道：“老人家，恭喜你了。你女儿跟着你卖水果，太辛苦啦。我娶了三房姨太太，都没有你女儿长得好。我今天把你女儿带回去，当我的第四房姨太太。我一定对她百般好，保你们父女俩一辈子不愁吃穿，享不尽的荣华富贵。”我一听，吓坏啦，急忙拒道：“不行。不行。我女儿已经有婆家了。你们青天白日在大街上抢人，还有没有王法了。”

刘福全不容分说，说声："请吧。"手下两人，如狼似虎扑上前动手抢人。我上前阻挡，被他们推倒在地，对我脚踢手打了一顿，硬把我女儿抢走了，至今下落不明。求包老爷为我做主，寻找我的女儿回家。"

包拯听了，问道："你女儿三年前就被刘福全抢走了，为何不去衙门诉告？"

李二全回道："两个月后，我才打听到是南明王的儿子刘福全抢走我的女儿。我当时求人写了诉状，先到县衙门告状。县衙接了我的诉状，县令回复我进行查访，按下一年不理。第二年，我又写了诉状，来开封府府衙诉告，府衙接了案子，也至今不管。"

包拯问道："李二全，你现在上堂有无诉状？"

李二全回道："小民听说开封府来了一位远近闻名的包青天，又有了盼头。求人写了诉状，带在身上。"

包拯道："拿出来，呈上。"

李二全从怀中掏出状纸，双手举过头顶，道："今天遇到包青天大老爷，请为我做主申冤。"

赵虎上前取了状纸，放在公案上。

包拯道："李二全，我一定为你做主申冤，寻找回你的女儿。你先回家去吧，等候信息。"

李二全叩头道："谢包老爷。"站起身子，走下公堂。

李二全走下公堂后，包拯传命："张龙、赵虎，你二人出去打探南明王刘瑞和他儿子刘福全的情况，回来禀告。"

"是。"张龙、赵虎领命而去。包拯退堂。

过了两日，张龙、赵虎回府衙。包拯和公孙策在二堂见了他们两人。

张龙、赵虎走入二堂，参见包拯。

张龙道："禀告包大人，南明王刘瑞是刘太后的亲二哥。当今皇上登基不久，刘太后逼皇上封刘瑞为南明王，修了一处南明王府。"

赵虎道："禀告包大人，刘瑞的儿子刘福全多年来经常在开封府城内横行霸道，为非作歹，欺男霸女，作案累累，无人敢管，人人恨他，起了个名叫京城虎，包拯一听,道:“这个刘福全后台硬得很哪。怪不得县衙、府衙不敢审查此案。”

公孙策道：“包大人，这个案子太扎人啦。谁要是审查此案，谁就要得罪刘太后。恐怕是轻则丢官罢职，重则性命难保。”

包拯面色严正，道：“我一生最恼的是权奸虎威，最恨的是贪官污吏。纵然丢了性命，也要与他们斗争到底。明日，我亲自带领王朝、马汉、张龙、赵虎去南明王府缉拿罪犯刘福全。”

公孙策道：“包大人，去到南明王府中，可千万要小心。”

包拯道：“公孙先生说得是。我自会随机应变，不至于事出意外。”四人退出二堂。

第二日，包拯带领王朝、马汉、张龙、赵虎和十六个衙役，前去南明王府缉拿罪犯刘福全。

前面两个衙役鸣锣开道，包拯乘轿。王朝、马汉、张龙、赵虎各骑战马，腰悬利刀。一行人齐向南明王府走去。

走了约一个时辰，来到南明王府门前。

见南明王府规模宏大,方圆有十亩大小,院墙高有一丈。府门门楼高大雄壮。两扇红漆大门高有九尺，宽有七尺，红漆大门上排列着三排拳头大的铜钉。大门上面有一横眉,横眉上面写着碗口大的四个大字——南明王府。字字金光闪闪,耀人眼目。门前两旁，蹲着两头牛大的石狮子，张牙舞爪。大门两侧，各站着一名家丁，腰悬利刀，守卫府门。

来到南明王府门前,包拯传命:“停轿。”探出头来观看。王朝、马汉、张龙、赵虎一齐下了坐骑。

一名家丁走近前来，问道：“请问，你们是不是开封府府衙的公差？”

王朝应道：“正是。开封府府尹包大人也来了。现坐在轿中。”

家丁走近轿前，对包拯道：“包大人，请稍等片刻，我去通报南明王。”

包拯道:“不必通报。我出来办理公务,除了皇宫内院,哪里都可以随便进去。”

家丁道：“这……回包大人，南明王立下规矩，除了皇上、刘太后，任何人进南明王府，都必须得先行通报。南明王允许进府，才能进府。要是南明王怪罪下来，小的可受不了。”

包拯道：“你放心，我给你承担着。快去打开大门。”

家丁迟疑不走。包拯命道：“张龙、赵虎，上前打开大门。”

张龙、赵虎上前开门，两名家丁急忙阻拦，被王朝、马汉推在一旁。张龙、赵虎打开府门。一名家丁慌慌忙忙跑入府内，报告去了。

包拯乘轿进入府内。众人一看，府内也是好大的气派。府门内迎门是一个巨大的登山猛虎照壁，里面是五亩大小的前院，地上铺着清一色的大块长条石砖。东西两侧都是厢房和客房、客厅。厢房、客房前面，各有一排绿色的松树，修剪得整整齐齐。松树前面，各是一个方形大花池，花池中种植着无数奇花异草，万紫千红，黄绿相间，随风摇曳。照壁背面，是一个大型兵器架，兵器架上摆置着刀枪剑戟，斧鞭锤棍，以壮虎威。

一行人走到前院中间，包拯传命：“停轿。”在轿中等候南明王出来相见。

一会儿，南明王带着一个狗头师爷、一个管家和两名彪形护卫，从后院门走出来。

包拯从轿中探出头来观看，仔细打量南明王，见刘瑞六十多岁，中等身材，身体微胖，长方形脸，两道修饰过的眉毛又粗又黑，眼球溜转，鼻子较大，络腮胡须，身穿王服，脚穿官靴。

南明王刘瑞走到轿前，问道：“轿内之人，可是开封府府尹包大人？”

包拯应道：“正是本官。”说罢，走下轿子。

南明王问道：“包府尹今日来我府中，不知有何贵干？”

包拯问道：“你就是南明王刘瑞？”

刘瑞神气十足地应道：“正是本王。”

包拯道：“本府衙有件案件，与你南明王府有关系，特来进行查访。”

南明王道：“那随我去客厅叙话。”说罢，前行引路。

包拯吩咐：“王朝、马汉、张龙、赵虎随我去客厅。其他的人留在此处等候。”

南明王道：“包府尹，你一个人进去就行了，其他人都留在此处吧。”

包拯道：“王朝、马汉、张龙、赵虎是我的贴身护卫。除了皇宫内院，他们都与我贴身护卫，协助办案。他们四人必须与我相随进去。”

南明王转了转眼珠，道：“也罢。就让这四人一同进去。”

南明王前行引路，几人随后走入客厅。

几人走入客厅一看，客厅也非常阔气。客厅内又高又大。地上铺满红色的地毯。东面有一个台阶，台阶上设有一个主席座位。主席座位下面设有三排客席座位。南北墙上各有几个窗户。东面墙上挂着一幅大型松鹤迎宾图。迎宾图两侧悬挂着一副镏金字对联，金光闪闪，上联写：“身受皇恩兴旺业”，下联写：“书香门第道德家”。西墙上挂着一幅很大的山水胜景画。

南明王对包拯道：“包大人，你们是客人，请在客位上坐吧。我是主人，要到主席上去坐。”说罢要走。

包拯一把拉住道：“南明王慢走。我今天公务在身，来你府上是办公务的，不是来做客人的。实话告诉你，你儿子是本府衙的查办对象，你就是查办对象的家属。我是朝廷命官，本应该我坐在上面，你坐在下面。念你身居王位，咱们谁也别讲究了。你就坐在我的面前，接受调查。”

南明王听了，心中不满，蛮横地道：“包府尹，我也实话告诉你，除了皇上、刘太后，我从来就是坐在主席位上与人讲话。今天难道你想破了这个规矩不成？再说，我是刘太后的亲二哥，是当今皇上的亲国舅。有多少比你大的朝廷命官，在我面前，都是诺诺连声，不敢不敬我，不敢违拗我。你敢做大，小心摘了你的乌纱帽。”说罢，又要向主席位走去。

包拯传命道：“王朝、马汉，把南明王拉住。张龙，拿把椅子放在我面前，让南明王坐了。”

王朝、马汉上前拉住南明王。

南明王的两个护卫见状，一齐上前阻挡，八只手紧抓在一处，互相施力。

包拯大喝一声：“住手。”

四人听了，一齐松手，退在两边。

包拯道：“南明王听着，我是当今皇上钦封的开封府府尹，皇上赐予我三道御扎，其中有一道是：‘王子犯法与民同罪’。我把这道御扎，写成镏金大字，挂在府衙大堂上。如今，你儿子刘福全涉嫌犯法，我来你府上查访案犯，是在办理公务。你要是不配合查访，就是阻碍公务，我把你也一并拘捕。那时，你就不是坐在我面前讲话，而是坐在开封府府衙的大堂公案前回话了。”

南明王听罢，心中暗思，看来包拯真是铁面无私，是个硬碴子。今天硬僵下去，说不定会闹出个什么结果来。今天不如先顺了他，日后再跟他算账。想到这里，道：“包大人，看在你是皇上钦封的开封府府尹面上，我就和你坐在一起讲话。”说罢，很不情愿地坐在包拯面前。

王朝、马汉、张龙、赵虎侍立在包拯两侧。

南明王的两名护卫站在他身后。南明王道：“侯总管，出去安排，献上茶来。”

侯总管答应一声，走出客厅。

南明王轻咳了一声，问道：“包大人，究竟是什么案子，会牵连到本王的府上？”

包拯道：“告状之人李二全，家住在开封府近郊十五里李家庄。三年前的八月十二，李二全和他三女儿李润莲进城卖水果，在步行街摆了个摊子叫卖。你儿子刘福全带着两名家丁，把他的女儿李润莲抢走了，至今下落不明。特来你府中查访。”

南明王道：“原来是这么个事。包大人有所不知，我儿子刘福全一向是循规蹈矩，安分守法，绝不会做出这种事。恐怕是李二全认错人了。”

包拯道：“李二全是一个小小的老百姓，怎敢到本府衙诬告南明王的儿子刘福全。你恐怕是明知此事，却故意庇护你儿子。”

南明王道：“我与刘福全分院另住，他做什么事，抢什么人，从来不跟我说。我确实不知道。”

包拯道：“叫你儿子出来见我。我带他去府衙走一趟，让苦主辨认。如果不是，我就放他回来。南明王放心，我保证不伤你儿子一根毫发。”

刘瑞一听，心想，这不是前来拘捕我儿子么。故意作态道：“哎呀，不巧得很。我儿子刘福全不在府中，出府去了。”

包拯问道：“不知因何出府？”

刘瑞道："到皇宫内院找他姑姑刘太后去了。"

"何时回来？"

刘瑞道："也许很快回来。也许十天半月回来。"

包拯道："到皇宫内院还能住上十天半月回来？"

刘瑞听了，把嘴一咧，道："我这个儿子野性得很，一出府外，不是进戏院看戏，就是出城外游山玩水，没有个准时回府。"

包拯一听，暗自思量，这个南明王，一定会千方百计地庇护他儿子，看来办理这个案子是不会顺利的。想毕，道："南明王，你身为王爷，应该知道国家的法律。你是皇亲国戚，应该做遵纪守法的表率。你的话，我应该相信。我要在你府中看一看，并且向其他人调查一些情况，希望你能协助我办理公务。"

南明王道："包府尹，你要见的是我儿子刘福全。他回得府来，我让他去开封府府衙走一趟。你让苦主辨认是真是假，事情不就落实了嘛。何必多此一举。我绝不能让你在我府内瞎折腾。"

包拯问道："南明王，如何才能在你府中进行查访？"

南明王气恶恶道："你想在我府中查抄，你必须得奉旨查抄。否则，刘太后会发怒的。你会丢了乌纱帽。"

包拯听了，心中沉重，道："南明王，我会奉旨来府中查访的。等你儿子刘福全回府，你叫他立刻去开封府府衙走一趟。我等着他去好了。告辞。"

其时，南明王府中的两个丫鬟献上茶来。南明王道："包大人，喝杯茶再走不迟。"

包拯道："谢南明王。我公务繁忙，就不喝了。"说罢站起，走出客厅。王朝、马汉、张龙、赵虎后跟出。

南明王送出客厅，道："包大人，恕不远送。"说毕，与护卫、师爷四人走了。

包拯在前院中乘上轿，一行人打道回府衙。

包拯回到府衙，认定南明王刘瑞一定要负隅顽抗，绝不会让他儿子刘福全来府衙投案自首。决定在开封府各条大街上张贴布告，告之各行各业民众前来开封府府衙投诉状子，诉曲申冤。布告贴出之后，前来开封府衙告状申冤的人接连不断。状告南明王儿子刘福全的案件八十多起，其中有两件严重案件。第一件，开封府永安街兴达茶庄祁明贵来府衙诉告：六年前，南明王儿子刘福全带领两名家丁到兴达茶庄，抢夺茶庄掌柜祁润奎的女儿祁香枝。祁润奎和祁香枝的母亲陈氏因拼命阻挡，陈氏被刘福全和他的家丁当场打死，抢走祁香枝。第二件，开封府乾吉街诚信当铺肖丰年前来府衙诉告：七年前，南明王的儿子刘福全带领两名家丁到诚信当铺勒索银两，因凑不够数量，当铺掌柜肖二海被刘福全和他的家丁当场打死。

包拯接了状告刘福全的八十多起案件，感到刘福全罪大恶极，民愤极大，不把罪恶累累的刘福全绳之以法，不能明国法，不能平民愤。

包拯与公孙策商议之后，写了一个奏本。

次日，包拯乘轿，王朝、马汉和八个衙役相随，去到东兴街丞相府门前，落轿走下。

门人领进府中，进去通报。

王丞相与管家胡彬迎接出来。管家胡彬把王朝、马汉等人引到东厢房招待。

王丞相将包拯请入客厅，分宾主坐下，献茶招待。

王丞相问道："包拯，你上任开封府后，有没有碰到棘手难办的事？"

包拯道："禀王丞相，我现在就有一件棘手难办的案子。"

王丞相道："哦，说来听听。"

包拯就把南明王的儿子刘福全如何作恶多端，罪恶累累，南明王刘瑞又如何顽抗庇护刘福全的情况细说了一遍。

王丞相听了，沉吟着道："皇亲国戚有恃无恐，倚权仗势为非作歹。历朝历代，官员们束手难办。南明王刘瑞是刘太后的亲哥哥。这个案子，只有让皇上下旨，才能够顺利审理。"

包拯道："王丞相，我已经写好了奏本，请王丞相为我上奏，并请旨召见。"

王丞相道："拿出奏本，我先看看。"

包拯从怀中取出奏本，递给王丞相。

王丞相接过奏本，仔细看过，放在茶儿上，道："我明日就把你的奏本启奏皇上，并请旨皇上召见你。你后天早点儿到候朝房等候。”

包拯道：“晚生有劳丞相了。”

王丞相道：“包拯，我一定全力支持你。你大胆地干吧。”

包拯激动万分，道：“多谢恩师厚爱。晚生公务繁忙，告辞了。”

王丞相握着包拯的手送出客厅，说声：“再会。”转回后宅。

包拯走出丞相府，乘上轿，一行人走回府衙，不提。

第三日一早，包拯乘轿，带王朝、马汉等人去到皇宫外。

包拯下了轿，命王朝等人等候。自己步行去候朝房，让值班太监启奏皇上，请旨召见。

辰时，宣旨官来到候朝房，高声道：“皇上有旨，宣开封府府尹包拯进勤政殿召见。随我进殿。”

包拯答应道：“下官在。”说罢，随从在宣旨官身后，走到勤政殿。

宣旨官奏道：“万岁爷，包拯带到。”

包拯走进勤政殿，抬头一看，仁宗皇帝坐在龙案后面。旁边立着一个值班太监。

包拯急忙跪倒在龙案前，叩头道：“吾皇万岁，万万岁。”

仁宗道：“包爱卿平身。坐下说话。”

包拯道：“谢万岁赐座。”说罢站起，走到龙案旁的绣龙墩前坐下。

仁宗问道：“包爱卿，你上任开封府，整顿得怎么样了？”

包拯道：“启奏万岁，开封府有一些贪官污吏多征收税款，中饱私囊，搞得民间不安，民怨沸腾。我进行调查审讯，严惩了一批贪官污吏。现在，已经杜绝了乱征乱收的恶劣现象。民间欢愉，齐声赞扬朝廷英明。”

仁宗听了，笑道：“包爱卿，你果然不辜负朕对你的厚望。”

包拯道：“启奏万岁，开封县有一些高层官员的子弟，倚权仗势为非作歹，搅扰民间，罪恶累累。我要对这些人绳之以法，昭明国法，平息民愤，以维护京都安定。”

仁宗道：“包爱卿，你这样做，上合朕心，下合民意。你就放手昭明国法，平息民愤，以维护京都安定好了。”

包拯道：“微臣有一事，想启奏万岁。”

仁宗道：“赦你无罪。大胆奏来。”

包拯道：“南明王的儿子刘福全，多年来作案很多，情节严重。南明王却顽强庇护他儿子刘福全，阻挠审查。南明王是皇亲国戚，微臣不敢审查。今日特来向万岁请旨。”

仁宗道：“包爱卿，朕大力支持你整肃京都。你的奏本，朕已看过。朕已经写好圣旨。你以后就是奉旨钦差，为朕大胆地整肃好京都。”

包拯急忙跪倒在龙案前，叩头道：“谢万岁。”

仁宗从龙案上拿起圣旨，道：“这就是圣旨。赐予包爱卿。”说罢，交到太监手中。

太监捧着圣旨，走下龙案交到包拯手中。

包拯双手高举过头，接住圣旨，道：“臣接旨。谢万岁。”

仁宗道：“包爱卿平身。下去吧。”

包拯又叩了一个头，道：“臣告退。”站起身来，平捧着圣旨退出勤政殿。

这正是：倚权仗势易作威，青天安能畏权势。

第三十五回　包青天再查南明府　南明王纵火烧客房

上回书说到，包拯决定为民除害，誓死彻查南明府。

话说，包拯与公孙策在二堂商议如何缉捕凶犯刘福全。王朝走进二堂，禀报道："包大人，外面来了一个年轻人自称姓展名昭字熊飞，来求见包大人。"

包拯一听，心中大喜，道："好呀。展昭在江湖上被人称赞为南侠，侠肝义胆，武艺超群。如果能把他留在府衙中协助办案，我是如虎添翼。王朝，快去把他请入二堂。"

王朝出去，恭请展昭。展昭随王朝来到二堂。包拯与公孙策早已在二堂门外迎接。

展昭一见包拯，倒身下拜，道："拜见包大人。"

包拯急忙弯下腰，双手扶住展昭道："展贤弟免礼。快快起来。"

展昭起身。包拯拉住展昭的手道："展贤弟，你我一别，就是数年，真想煞我啦。今日相见，我是高兴万分。走，快随我进二堂叙谈。"放开展昭的手，道："展贤弟，我给你引见引见。这位是府衙主簿公孙策先生。这位是我的贴身校尉王朝。"

展昭施礼道："展昭拜见公孙先生、王大哥。"

公孙策笑道："展大侠不必客气。"

几人进入二堂，包拯亲自搬了把披花椅子，放在公案前，让展昭坐下。然后，包拯与公孙策各自落座。

包拯道："王朝，你也坐下。"王朝道："谢包大人赐座。"也坐在披花椅上。

包拯道："贤弟在江湖上被人们称赞为南侠，做了不少行侠仗义之事。我早已有所耳闻，甚慰我心。今日是从何而来？"

展昭道："我是从南京转道前来。包大人，我做的那些行侠仗义之事，与包大人相比，何足挂齿。我听说包大人荣升开封府府尹，严惩了许多贪官污吏，连朝中的大贪官吏部尚书、户部尚书也被包大人揪出来了。真是大快人心。"

公孙策道："展大侠你还有所不知，开封府李少明送给包大人二十万两银子作为见面礼，想让包大人对他徇私枉法，蒙混过关。包大人一两未收，全部退回，硬把李少明绳之以法。"

展昭道："当官要是有了私心杂念，就必然要徇私枉法。包大人铁面无私，更让我佩服万分。"

包拯道："展贤弟说得不错，当个好官，就不能生有半点儿私心杂念，否则就会同流合污。"

王朝道："展大侠我跟你说，我与张龙、赵虎、马汉四人，也是看到包大人铁面无私，全心全意地为国为民着想，才来开封府投奔包大人。愿为包大人肝脑涂地，死而无憾。"

展昭道："王大哥，你我真是同心合意，太好啦。"

包拯道："展贤弟今日前来，我异常高兴。我想留贤弟在府衙中协助办案。展贤弟千万不要推辞。"

展昭道："包大人，我今日前来，就是想留在开封府府衙，协助包大人办案，惩处邪恶，扶弱扬善。愿为包大人执鞭随镫，唯包大人马首是瞻。"

包拯闻听，欣喜万分，道："多谢展贤弟倾心合意，与我相随相伴。我今日大摆筵席，为贤弟接风洗尘，欢庆你我二人相聚一处。"

王朝道："今天得见展大侠，真是三生有幸。你们欢聚。我去安排筵席。"说罢站起，转身走出二堂。

王朝走出二堂后，包拯道："展贤弟，眼下，我有一桩案子，很是棘手。我说与你听。"

展昭问道："是一桩什么样的重大案件，能让包大人难以审理？"

包拯道："南明王刘瑞是刘太后的亲二哥。南明王有个儿子叫刘福全。多年来，刘福全在京都为非作歹，罪恶累累，案件八十多个，其中有人命案两个。"

公孙策道："这个刘福全真是罪大恶极，不绳之以法，天理难容。"

包拯道："半个月前，我带领衙役去南明王府拘捕刘福全。南明王倚仗着皇亲国戚的身份，负隅顽抗，千方百计地庇护他儿子。我没有贸然动手，未能将刘福全拘捕到案。前几天，我去勤政殿面见皇上。皇上赐给我一道圣旨，封我为奉旨钦差，整肃京都。"

展昭道："现在，包大人持有皇上的圣旨，再去南明王府，准能把刘福全拘捕到案。"

包拯道："我也是这么想的。人常说，不怕一万，就怕万一。为了防止万一，我想让你同去南明王府。只是你还没有官方职称，就扮作衙役，随我同行。"

展昭应道："愿随包大人前去南明王府，见识见识这个南明王。"

公孙策在旁接道："包大人，这次有了圣旨，谅他南明王再不敢阻挡，也不敢胡为。展大侠本领高强，是不是让展大侠暗中保护包大人前去南明王府，以防万一？"

包拯道："公孙先生的主意不错。就这么办。"

三人商议妥当，一齐走出二堂，前去赴宴欢饮。

次日，包拯带上圣旨，率领原班校尉衙役再去南明王府。

来到南明王府前，展昭身穿布衣，离开后，去到别处入府。

包拯乘轿来到府门前，张龙、赵虎推开府门，包拯继续乘轿，率领一行人走入府内。

这次，守门家丁未敢阻拦，一名家丁急忙跑到后院报告去了。

包拯在前院落轿，坐在轿中等候南明王刘瑞到来。

时辰不长，南明王与管家侯明九和两名护卫走出后院，前来迎接。

包拯命十六个衙役在院中等候，带着王朝、马汉、张龙、赵虎，随南明王去到客厅。

进入客厅，包拯走上主席平台，从公文袋中取出圣旨，双手捧着，道："南明王刘瑞听旨。"

南明王急忙用手指弹了弹王袍，跪倒在地，道："南明王刘瑞接旨。"

包拯高声念道："奉天承运皇帝诏曰：朕位九五，企盼国泰民安，繁荣富强。御封包拯为奉旨钦差，整肃京都。钦差所到之处，如朕亲躬。上至王侯将相，下至各级官吏，一律依法遵行，幸勿违抗失误。钦此。"

包拯念毕，道："南明王前来，接去圣旨看过。"

南明王抖了抖袍袖，上前接过圣旨，仔细验看，确信无疑，气焰顿时消失了一半。

包拯道："南明王，你儿子刘福全在我开封府府衙涉嫌有案，我今日奉旨前来，要带你儿子刘福全回衙查问。你快把刘福全交出来吧。"

南明王听了，知道这次难以抵抗，两只眼贼溜溜地转了转，道："包大人稍等，待我去后院寻找。这一次我一定交给你。"说罢，转身要走。

包拯道："南明王且慢。我命王朝与你一同前去。"

南明王笑了笑，道："包大人多虑了。我绝不会放走刘福全。王朝身穿公服，腰悬利刀，恐怕惊扰了我的家属。"

包拯道："也罢，你要快去快回。"

南明王对管家和两名护卫道："走，咱们一齐到后院去寻找。"说完，回转身子，走出客厅。管家和两名护卫也都走出客厅。

不到半个时辰，南明王带着两个穿红着绿的小丫鬟进入客厅。

一个丫鬟提着一大铜壶茶水，一个丫鬟双手托着楠木茶盘，茶盘中放置六只花纹瓷茶杯。

包拯仍坐在主席座上，王朝、马汉、张龙、赵虎侍立在两旁。包拯见刘福全未来，问道："南明王，刘福全为何未到？"

南明王笑容可掬，道："包大人放心，我已在后宅找到刘福全。他说要在后宅安顿一下，片刻就来。我叫丫鬟献上龙井极品，请包大人和四位上差先喝一杯茶，稍等片刻。"

包拯心中不愉，看到南明王循规蹈矩，以茶招待，也不便发作，道："王朝、马汉、张龙、赵虎，你们四人去客席坐下，且喝一杯茶，再等他片刻。"

王朝、马汉、张龙、赵虎一齐走下平台，在客席坐下。南明王也在客席坐下。

穿红衣的丫鬟托着茶盘上前，在包拯、南明王、王朝、马汉、张龙、赵虎面前桌上各放了一只茶杯，然后，提着茶盘退在一旁。

穿绿衣的丫鬟提着铜壶上前，依次在包拯、南明王、王朝、马汉、张龙、赵虎面前的茶杯中斟满茶水，然后提着茶壶退在一旁。

南明王举起茶杯道："今日本王以茶代酒招待钦差。包大人，请品茶。"说完，先自喝起茶来。

王朝、马汉、张龙、赵虎也一齐喝起茶来。包拯喝了几口，道："南明王，一会儿刘福全不来，就别怪本钦差不客气，我可要搜查你府了。"

南明王道："包大人不必心急，马上就到。马上就到。"

包大人与王朝、马汉、张龙、赵虎喝完茶之后，时辰不长，都感觉头晕起来，都迷迷糊糊倒在桌上。

南明王早已吃了解药，所以无妨。一看自己的阴谋诡计得逞了，奸笑了一声，道："包拯，人们把你吹得神乎其神，今天却败在我的手中。哼，竟敢与本王斗，你必败无疑。"然后，走出客厅，命管家侯明九把十六个衙役和轿夫请到西厢房，也用茶水全都蒙倒。

南明王又命两名心腹家丁把包拯抬到客房隐藏。

再说，展昭在僻静处飞身上墙，潜入南明王府。又飞上客厅，在屋脊后隐身，观察动静。忽见两名家丁抬着包拯向院中东侧的客房走去。

展昭心知有异，从客厅后面跳在地上，跃到客房背面，见后窗开着，进入客房，关闭后窗，跃上屋顶，潜身观察。

两名家丁抬着包拯走近客房，落锁开门，又抬着包拯走到床前，将包拯放在床上。一名家丁从床上取了一块红缎单子，把包拯的头面和身子罩住。然后，两名家丁回转身走出客房，"咔嚓"一声，锁了客房，报告去了。

展昭飞身落地，走到床前，揭起缎单，看包拯面色正常，双目紧闭，使劲推了一下，包拯昏迷不醒。他弯下腰听了听呼吸，呼吸声音也很正常。展昭心里明白，这是中了蒙汗药了，一时无性命之忧。展昭心想，这个南明王真是胆大包天，心狠手辣，竟敢陷害包大人，不知以后还有什么鬼点子。我现在把包大人救出去，恐怕被人发现后不妙，我须在暗中保护，待天黑下来，再救出去。想到此处，又用缎单按原样罩住，跃上屋梁，等待天黑。

天黑以后，展昭跳下屋梁，正准备施救包拯。忽听得有人开门，急忙跃上屋梁，观察情况。看见几名家丁背着柴草走进客房。一名家丁把柴草放在床边，上前揭起缎单，看见包拯还是原样躺着，又盖上缎单。几名家丁把柴草都放在床边。转身走了。过了一会儿，这几名家丁又背来柴草，堆放在床边。然后走了出去，锁上客房。

展昭心中暗暗骂道："这个奸王，真是罪该万死，想纵火烧死包大人。现在趁天黑人稀，必须赶快把包大人救走。"想到此处，展昭飞身落地，走近床前，上了床，揭去缎单，把包拯抱下床，放在地上。又跃上床，将一叠被褥铺在床上，仍然罩上缎单，飞身下床。展昭背起包拯，爬上后窗台，跳出客房外。他继续背着包拯跑到高墙下，从百宝囊中取出绳索，拴好包拯，然后跃上高墙，把包拯吊起，轻轻放在墙外的草地上，接着飞身跳下高墙。他解去绳索，放入百宝囊中。展昭背起包拯，飞奔急走，跑回府衙。

却说，南明王命两名家丁前去客房纵火。两名家丁走到客房，开了锁，见缎单下鼓囊囊的，也未细查，就点燃了床边的柴草。转眼之间，火势大作。两名家丁急忙跑出客房，又把门外堆放的柴草点燃，跑着报告南明王去了。

一时间，客房火焰冲天，呼呼风响。烧了不到半个时辰，客房"轰隆"一声倒塌。

南明王刘瑞和手下家丁等人早已站在客房外幸灾乐祸。南明王一面命人扑灭余火蔓延，一面命管家侯明九去西厢房用解药把众衙役和轿夫救醒。

接着，南明王带着护卫崔三、韩虎娃去到客厅，二人给王朝、马汉、张龙、赵虎灌下解药，将四人一齐救醒。

王朝醒来，揉了揉眼睛，仔细一看，见南明王和两个护卫站在面前，包拯却不在客厅里。王朝感觉身体发软，急忙问道：“包大人现在何处？”

南明王应道：“包大人喝过茶后生了病，我不敢耽搁，派人把他送回府衙去了。”

王朝心中疑惑，问道：“南明王，此话当真？”

南明王笑了笑，道：“你放心，我绝不会骗你。你去西厢房召集那些衙役和轿夫，带着他们也回府衙去吧。”

王朝此时无法可想，和马汉、张龙、赵虎商议了一会儿，只好召集衙役和轿夫，抬着空轿，回府衙去了。

再说，展昭背着包拯跑回府衙，进行解救。

包拯醒来，气得大骂道：“南明王真恶毒。罪该万死。”

包拯休息了几日，感觉身体康复，派王朝传命府衙外面的守备营谢玉喜带领三百士兵前来府衙听从调用。

谢玉喜得令，带领士兵前来府衙。

调来官兵之后，包拯乘轿，带着展昭、王朝、马汉、张龙、赵虎、十八个衙役和谢玉喜的三百士兵，再次前去南明王府。

离南明王府不远，包拯命令谢玉喜道：“你带二百士兵，围住南明王府后门，并在南明王府周围布置岗哨，严防南明王刘瑞和他儿子刘福全逃跑。如有私自放走南明王刘瑞和他儿子刘福全者，按军法处置。”

谢玉喜应道：“包大人放心，我一定小心在意。”说罢，分出二百士兵，带着离去。

包拯估计谢玉喜的士兵已经把南明王府围住，对部属下令道：“到了南明王府，除了丫鬟、婆子、家属，见一个抓一个。如若反抗，格杀勿论。”

众人齐声应道：“遵命。”

包拯带着部属走到南明王府门前，王朝、马汉立即把守门的两名家丁抓住，捆绑起来，命三十个士兵守住前门，其他人众冲进府中。

进了府中，包拯下轿指挥，官兵见一名家丁抓一个，都捆绑起来。

南明王闻声，和两个护卫从后院走出来，正好与包拯的队伍相遇。

包拯一见南明王，怒火冲天，大喝道：“给我把南明王刘瑞拿下。”

南明王看见包拯，惊得目瞪口呆，浑身打战。

张龙、赵虎大吼一声，扑上前缉拿南明王刘瑞。

南明王的两个护卫上前保护，被展昭、王朝、马汉、张龙四人围攻，当场杀死。

南明王见势不妙，扭头想跑，赵虎和一个衙役冲上前去，抓住南明王的双臂扭到身后，按倒在地，然后绳缠索绑，捆了个结结实实。

刘瑞躺在地上，挣扎着道："包拯，你好大的胆子，竟敢捆绑当朝国舅。刘太后知道了，绝不会饶你。"

包拯想也不想这些，命王朝、马汉和八个衙役把南明王刘瑞推进客厅，看押起来。

接着，带领展昭、张龙、赵虎和官兵，去到后院搜查刘福全。搜来搜去，刘福全踪迹全无。

包拯命几个衙役和官兵将南明王府的下人全部集中在前院的西厢房内，然后，命张龙把下人一个一个叫到另外一间西厢房里，亲自用好言开导，查问刘福全的下落。

一个老妈子年纪约五十岁，头发花白，说出了一个秘密。她说道："包大人，我从三十多岁起就进了南明王府，二十多年来一直为王府缝衣服。无意中知道，刘福全卧室中有个密室。刘福全说不定就藏在密室中。"

包拯听后，立即传命："张龙，你带八个衙役快去刘福全的卧室中搜寻刘福全。"

张龙领命，马上带着八个衙役去到刘福全的卧室，经过仔细察看，终于发现暗门，启动机关，走进密室。见刘福全神色惶恐，躲在里面。张龙上前，将刘福全捆绑结实，带出密室。

此时，包拯见南明王刘瑞和他儿子刘福全已经全都落入法网，派人传命谢玉喜收兵。

包拯乘轿，带领校尉、衙役和官兵，押着南明王刘瑞、刘福全和刘瑞的师爷、管家、家丁、众下人，一齐向府衙走去。

这才是：权势原来是祸根，胡作非为见古今。

第三十六回　包青天怒斩南明王　刘太后挟恨毁栋梁

上回书说到，南明王刘瑞胆大包天，欲纵火烧包拯。

包拯回到府衙后，把刘瑞和刘福全关进死囚牢中，把南明王府的师爷、管家、家丁、众下人，一齐关进拘留处。

随后，包拯立即办案，命公孙先生、王朝、马汉和几名精干的衙役向南明王府的师爷、管家、家丁、丫鬟取证南明王陷害奉旨钦差的罪行。

南明王府的师爷、管家、家丁、丫鬟都供认了南明王刘瑞用蒙汗药茶水毒害钦差和纵火烧客房的事实。

包拯拿到这些人的供词之后，立即升堂。

张龙、赵虎把南明王刘瑞从死囚牢中提出来，带上公堂，当堂取了木枷和脚链。南明王刘瑞上了公堂，立而不跪。

包拯端坐在公案后，横眉怒目，道："张龙、赵虎，把南明王刘瑞的王冠摘掉，王服脱掉，打跪在公案前。"

张龙、赵虎高声应道："遵命。"上前把南明王刘瑞的王冠摘掉，王服脱掉。张龙从刘瑞的后腿狠踢一脚，刘瑞跪在公案前。

刘瑞还想站起来，被马汉使劲按在地上，挣扎了几下，只好跪在公案前。马汉方才松手。

刘瑞喊叫道："包拯，你好大的胆子，刑部也不敢审讯皇亲国戚。你一个小小的开封府府尹，竟敢审讯本王。”

包拯“啪”地一拍惊堂木，大声怒喝道：“刘瑞，你才是胆大妄为，竟敢陷害奉旨钦差，朝廷命官。你罪大恶极，罪在不赦。今天，你若老实招供，免受皮肉之苦。如不招供，大刑伺候。”

刘瑞应道：“本王要招也得在刑部大堂上招认。你把本王解到刑部，自然有招。在你这小小的开封府府衙，本王无招。”

包拯从公案上拿起他家师爷、管家、家丁、丫鬟的供词，“哗”的一声扔在刘瑞面前，道：“刘瑞，你家的师爷、管家、家丁、丫鬟都已经把你用蒙汗药茶水毒害钦差和纵火烧客房的事全部招供了，人证、物证俱在。再说，你的罪行，是你知，我知，不必取证落实。你招供也好，不招供也罢，已经是铁证如山。你先看过，休想抵赖。”

刘瑞从地上拿起供词，一份一份地看，立时心慌意乱。又一想，我有刘太后势力，怕他什么，谅包拯也不敢对我来硬的，慌乱的心又安定下来，应道：“要想让我招供，须得先向皇上启奏。皇上再下圣旨，我才招供。”

包拯骂道：“刘瑞，你休生妄想。皇上御封我开封府府尹时赐给我三道御扎，其中第一道是‘王子犯法与民同罪’。第二道是‘便宜行事’。现在，我不用启奏皇上，也能审讯你。你招是不招？”

刘瑞心想，招也不好，不招也不好，把脖子一硬，应道：“本王无招。”

公孙策道：“南明王，你的罪行包大人完全知道，休想抵赖。你还是老实招供吧，免受皮肉之苦。”

包拯骂道：“好你个不知死活的狂妄之辈。看来不动大刑你是不肯招供的。来呀，大刑伺候。”

话音刚落，两个站堂衙役走出站班，一个衙役走到堂口，从地上拿起三夹棍，走到刘瑞身前，两人将刘瑞的腿夹住，拉开架势，等候命令。

包拯问道：“刘瑞，你招是不招？”

刘瑞应道：“本王无招。”

包拯命令：“行刑。”两个衙役双膀较劲，把刘瑞夹得呼天唤地，连声号叫。

刘瑞一边号叫，一边思想："哎呀，不好。看来包拯是铁了心要整治我。这大刑实难抵挡，不如先招认了，免受皮肉之苦。缓开时日，以后刘太后知道了，必来救我。"想到此处，道："包大——包府尹停刑。我招，我招。"

包拯传命："停刑。如实招来。"

此时，刘瑞被夹得上气不接下气，浑身乱颤，满脸的汗珠纷纷滚落。刘瑞躺在地上喘息了一会儿，爬起来，跪在地上，把他用蒙汗药茶水毒害钦差和纵火烧客房的事实，从头至尾细说了一遍。

包拯听完之后，命道："画供。"

公孙策拿着刘瑞的口供从公案后走下来，放在刘瑞面前，又从公案上取了笔、墨、印泥也放在刘瑞面前。

刘瑞拿起自己的口供，仔细看了一遍，不情愿地在口供上签了姓名，又按上手印。公孙策拿着刘瑞的口供放到公案上，又把笔、墨、印泥放到公案上，回到本座坐下。

包拯拿起刘瑞的口供从头至尾细看了一遍，放在公案上。包拯"啪"的一声再拍惊堂木，大声道："刘瑞听判。"

刘瑞闻听，打一冷战，竖耳听判。

包拯从公案上拿起早已写好的判决书大声念道：

"罪犯南明王刘瑞，在南明王府客厅内把蒙汗药放在茶水中，献与奉旨钦差、开封府府尹包拯饮茶，致使包拯中毒昏迷。而后，罪犯刘瑞把包拯锁在客房内，又纵火烧毁客房。包拯被展昭急救，幸免于难。查刘瑞的犯罪事实确凿，人证、物证俱全。刘瑞本人供认不讳。罪犯南明王刘瑞已经触犯死刑条例，罪在不赦，依法判处南明王刘瑞死刑。立即执行。"

刘瑞听罢，惊得魂飞魄散，晕倒在地。一会儿，他悠悠醒转，定了定神，从地上站起，对包拯道："包拯，今天你要我的命，几天后刘太后就会要了你的命。你还是三思而后行，把我送到刑部审理，免得丢了性命。"

包拯怒容满面，道："刘瑞，你罪大恶极，休想活命。我早已三思过了。人生在世，固有一死。只要死得其所，死而无憾。我就是赔上性命，也要把你处死，为民除害，为国除奸。”

刘瑞听后，长叹一声，仰天呼叫道：“天哪，天哪。想我当朝国舅，钦封王爷，落在包拯手中，性命难保。”

包拯传命道：“张龙、赵虎，给刘瑞戴上木枷、脚链，押入死囚牢中，严加看管。”

张龙、赵虎齐声应道：“遵命。”上前给刘瑞戴上刑具，押下公堂，关入死囚牢中。

刘瑞被押走后，包拯吩咐公孙策、王朝、马汉和几个衙役，分别审问南明王府的师爷、管家、家丁，分别询问南明王府的下人们，调查李二全女儿李润莲的下落。

王朝在审问南明王的一名家丁时，查到了李润莲的下落。这名家丁招供说：“我叫黄全虎。刘福全命我和秦三毛把李润莲抢回南明王府。李润莲被抢回府后，因为拼死不从，被刘福全打死了。刘福全打死人后，命我拉出去埋掉。我趁夜深人静，把李润莲放在小车上，用布盖住，拉出南明王府，拉到府西北一片高草中，挖了个坑，埋掉了。”王朝得到了李润莲的下落，立刻禀报了包拯。

同时，包拯又命三个衙役去李二全、祁润奎、肖丰年三个苦主家中，把他们都叫到府衙，安置在招待署，等候传唤。

次日，包拯升堂。赵虎和一个衙役把刘福全押上公堂，刘福全跪倒在公案前。

包拯“啪”地一拍惊堂木，道：“刘福全，多年来，你在京都横行霸道，作恶累累。前来府衙诉告你的人至今有八十一人。其中，开封府永安街兴达茶庄祁润奎来府衙诉告：六年前，你带领两名家丁到兴达茶庄，抢夺他的女儿祁香枝。祁香枝的母亲陈氏因拼命阻挡，被你和你的家丁当场打死，抢走祁香枝。第二件，乾吉街诚信当铺肖丰年前来府衙诉告：七年前，你带领两名家丁到诚信当铺勒索银两，因凑不够银两，当铺掌柜肖二海被你和你的家丁当场打死。刘福全，你先把这两个案子，从实招来。”

刘福全闻听，惊得目瞪口呆，险些晕过去，定了定神，向上叩头道：“包大人，我一向安分守法，绝没有打死过人。”

包拯骂道："刘福全，你休想抵赖。两个苦主证人早已把你告下。赵虎，带祁润奎和肖丰年上堂。"

"遵命。"赵虎答应一声，走下公堂去带人。

时辰不长，赵虎把祁润奎和肖丰年带上公堂。

二人一齐跪在公案前，叩头道："叩见包大人。"

包拯道："祁润奎站起来，上前仔细看看，在大堂上跪着的那个人，是不是打死你妻子陈氏的凶手？"

祁润奎站起来，走到刘福全身前仔细端详，不禁失声痛哭，道："包大人，这个比土匪还厉害的人，正是打死我妻子的凶手刘福全。包大人可要为我做主申冤。"

包拯道："祁润奎，你跪近公案前，详细诉来。"

祁润奎擦着泪水，跪在公案前，诉道："不知道什么时候，南明王的儿子刘福全看上了我的女儿祁香枝。六年前的五月十三，刘福全带领两名家丁到我兴达茶庄。刘福全说要娶我女儿当他的二姨太。说完，就叫他的两名家丁拉住我女儿要走。我和香枝的母亲拼命阻挡。我被刘福全和他的家丁打得浑身是伤，晕倒在地上。香枝的母亲被他们当场打死了，香枝也被他们抢走了。第二年，香枝逃回家中，被刘福全折磨得不成人样了。"

包拯道："祁润奎站起，去大堂门口听审。"祁润奎站起，去到大堂门口，站立听审。

包拯又道："肖丰年站起来，上前仔细看看，在大堂上跪着的这个人，是不是打死你父亲的凶手？"

肖丰年站起来，走到刘福全身前仔细看了看，骂道："你这个吃人不吐骨头的京城虎，仗着你是南明王的儿子，对我父亲进行讹诈，还把我父亲打死。还我父亲的命来。"骂着，举起拳头要打刘福全，被马汉拦住。

包拯道："肖丰年，你跪近公案前，详细诉来。"

肖丰年跪在公案前，诉道："七年前的八月初三，有一个中年人来我家当铺当一对普通的镯子。当了一两银子，说五天后来赎取。五天后，刘福全带领两名家丁到我诚信当铺来，一名家丁说是来赎取镯子。我父亲确认是他，就拿出原封镯子给他。不料这个人说不是他的原封镯子，硬说他当的是对玉镯子。我父亲与他们争吵起了。刘福全向我父亲勒索五十两银子。因凑不够银子，我父亲肖二海被刘福全和他的家丁当场打死了。求包大人为我申冤。”

包拯道：“肖丰年，去大堂门口听审。”肖丰年站起，走到大堂门口听审。

包拯道：“刘福全，今日两个苦主当堂指控你打死了他们的亲人。铁证如山，把你的罪行老实招来。”

刘福全叩头道：“包大人，我从来没有打死过人。是他们认错人了。求包大人明察。”

公孙策道：“祁香枝已经逃回家中，她是绝不会认错人的。”

包拯心中恼怒，骂道：“你这个恶徒。你说你一向安分守法，怎么会有八十一个人来府衙诉告你？你说是他们认错人了，难道他们都会认错了你？再者，你的打手贺宝子、杨云旺都已经招供了。看来，你是不想老实招供。来呀，给我先重打三十大板。”

两个衙役上前，把刘福全按倒在地，重打了三十大板。打得刘福全皮开肉绽，鲜血淋漓。

打完之后，包拯问道：“刘福全，你招是不招？若不招供，大刑伺候。”

刘福全思忖着，我仗着是皇亲国戚，无人敢管，无人来管，做下不少恶事。如今，包拯斗胆敢管，铁面要管。苦主当堂指证诉告我，家丁招供证实我。我就是浑身是口也难抵赖。这三十大板打得我疼痛难挡，再要动起大刑来，如何挡得住。这两个人命案，是辩不了，也赖不了。若不招供，看来包拯是绝不会善罢甘休的。还是招认吧，免受皮肉之苦。想到此处，道：“包大人，我招。我招。”

包拯道：“如实招来。”

刘福全跪在地上把这两件杀人案，一件一件都如实招供出来。

刘福全招供完之后，包拯传命：“赵虎，把李二全带上堂来。”

赵虎出去，把李二全带上公堂。李二全跪倒在公案前，道：“小民叩见包大人。”

包拯道："李二全，上前仔细辨认跪在公堂上的人，看看是不是抢走你女儿李润莲的那个人。"

李二全走到刘福全面前，仔细看了之后，不禁放声痛哭，泪流满面，道："包大人，抢走我女儿李润莲的正是这个人。"

包拯道："李二全，去到大堂门口，站着听审。"李二全去到大堂门口。

包拯怒喝道："刘福全，李二全现在当堂指认诉告你抢走了他的女儿李润莲。还有，你的家丁黄全虎已经招供，供认你和黄全虎、秦三毛把李润莲抢回南明王府。黄全虎还供认你把李润莲打死了。打死李润莲后，是你命他拉出府外埋掉了。你再不招供，就大刑伺候。"

刘福全闻听，心想："李二全当堂指认我，黄全虎已经招供了。秦三毛迟早也会招供。我不招供也不行了。我就招吧，免受大刑。"想毕，道："包大人，不要动大刑，我招。"

抱拯道："赶快招来。"

刘福全哭丧着脸招道："三年前，快过八月十五时，我和家丁黄全虎、秦三毛上街溜达，走到步行街，看到李二全和他女儿卖水果。我见李润莲长得好，就想把她抢回府中当姨太太。李润莲宁死不从，我用棍子抽打她，不想下手太重，打死了李润莲。后来，我叫黄全虎把李润莲拉出府外埋掉了。"

包拯道："刘福全画供。"刘福全当堂画了供。

等刘福全画了供之后，包拯道："刘福全听判。"

刘福全一听，心惊胆战，浑身打战，不知如何宣判。

包拯大声念道："罪犯刘福全带领两名家丁到永安街抢夺兴达茶庄掌柜祁润奎的女儿祁香枝。祁香枝的母亲陈氏，因拼命阻挡，被刘福全和他的家丁当场打死，抢走祁香枝。罪犯刘福全带领两名家丁到乾吉街诚信当铺勒索银两，因凑不够数量，当铺掌柜肖二海被刘福全和他的家丁当场打死。罪犯刘福全带领两名家丁在步行街把李二全的女儿李润莲抢回南明王府，在南明王府中打死李润莲。查刘福全的犯罪事实确凿，人证、物证俱全，刘福全本人供认不讳。罪犯刘福全已经触犯律法，罪在不赦，依法判处刘福全死刑，立即执行。"

刘福全听罢，吓得软倒在地，号啕大哭。

包拯传命："张龙、赵虎，把刘福全押入死囚牢中，严加看管。"

张龙、赵虎上前，把刘福全押入死囚牢中。

包拯对李二全、肖丰年、祁润奎三人安慰了一阵儿，让他们下堂回家。

然后，宣布退堂。

退堂之后，包拯命王朝前去守备营，命令谢玉喜带领五百士兵，火速来府衙听调。

谢玉喜奉命，带五百士兵，来到府衙，驻扎听调。

第二日，天刚放亮，包拯命令王朝、马汉带领十个衙役去西门口设置刑场。命令谢玉喜带领二百士兵清理、保护刑场。

一个时辰后，包拯从死囚牢中提出刘瑞和刘福全，装入木笼囚车。八个衙役在前面鸣锣开道，囚车左面由张龙、赵虎带领十名官兵护卫，囚车右面由马汉带领十名官兵护卫。包拯乘轿紧跟在囚车后面监押，展昭走在轿前，保护包拯。随后是二百多官兵卫护包拯和囚车。

行刑队伍在大街上快步前进，街道两旁的人拥挤观看。人们听说南明王刘瑞和他儿子京城虎刘福全恶贯满盈，被包青天押赴刑场，绳之以法，无不欢愉异常。百姓看到一向横行霸道、飞扬跋扈的南明王和京城虎刘福全，今日成过街老鼠，人人喊打，真是大快人心。人们想到包青天舍生忘死地严惩邪恶势力，无不对包拯钦佩万分。

押解囚车的队伍走进刑场后，二百多官兵奉命卫护刑场，包拯坐在监斩台上发号施令。

未到午时三刻，包拯就传令鸣放三声追魂炮。三声炮响后，包拯发出正法刘瑞和刘福全的命令。王朝、马汉、张龙、赵虎把刘瑞和刘福全提出囚笼，将这两个罪大恶极的罪犯依法典刑，斩首示众。

正法了刘瑞和刘福全之后，包拯遣走了谢玉喜带领的官兵，率众校尉、衙役回到府衙。

回到府衙后，在二堂，包拯与公孙策商议如何向皇上启奏，如何应对不测之事。

包拯对公孙策道："南明王刘瑞之事，本应该先启奏皇上。现在斩了刘瑞和他儿子，这是先斩后奏，我明日必须得赶快进宫启奏皇上。不知皇上如何处置。"

公孙策道："刘瑞父子是皇亲国戚，先斩后奏有些不妥。再加上刘太后挟恨报复，恐怕是凶多吉少。"

包拯道："我虽然有皇上御赐的御扎，但皇上有过口旨，命我处理重要人物和重大事件时，要先行启奏，再做处置。我显然是违抗了圣旨，还有刘太后肯定要报复。我这次不仅保不住乌纱帽，恐怕连性命也难保住。"

公孙策道："我曾劝说过包大人，可包大人不听。真是叫人担心。"

包拯正气凛然道："我从小饱受贪官污吏和邪恶势力的欺凌，一心想铲除，无能为力。今日有了权力，焉能不除？为民除害，为国除奸，是我一生的心愿。我早将生死置之度外，只要还有一口气，我就要与贪官污吏和邪恶势力斗争到底。"

公孙策道："包大人的志气令我万分钦佩。这次确实凶险得很。包大人何不找王丞相，向他说明情况，使他心中有底，也好向皇上保释你。"

包拯道："如今之计，也只好如此。我现在就派王朝、马汉去丞相府找王丞相说明情况。"

二人商议完之后，包拯马上派王朝、马汉去丞相府找王丞相。

次日一早，包拯将奏本和刘瑞、刘福全的案件宗卷装入公务袋中。他拿着公务袋，乘轿前去皇宫，张龙、赵虎、展昭和八个衙役保护前去。

去到皇宫外，包拯下轿，步行走进候朝房，让值班太监请旨召见。

等了半个时辰，传旨官前来候朝房宣旨召见。包拯怀内装着公务袋，跟随传旨官走到勤政殿。

包拯进了勤政殿，见仁宗皇帝坐在龙案后，案旁立着一个太监。

包拯急忙跪倒行礼，道："微臣包拯叩见万岁，万万岁。"

仁宗道："包爱卿平身。"

包拯道："微臣不敢站起。"

仁宗问道："包爱卿为何不敢平身？"

包拯奏道："微臣今日是来向万岁领罪的。"

仁宗一听，很诧异，问道："包爱卿身犯何罪？快快奏来。"

包拯奏道："启奏万岁，微臣前日怒斩了南明王刘瑞和他儿子刘福全。"

仁宗听后，吃了一惊，把龙案一拍，问道："南明王父子俩身犯何罪？遭此极刑。"

包拯从公务袋中取出奏本和刘瑞、刘福全的案卷，奏道："微臣一言难尽。今日微臣将奏本和刘瑞、刘福全的案件宗卷一齐拿来了。请万岁御审。"说罢，把奏本和案件宗卷举在头上。

太监走下来，接过奏本和案件宗卷，放在龙案上。"

仁宗先看了刘瑞、刘福全的案件宗卷，再看包拯的奏本。看过之后，面色沉重，双眉紧锁，叹息了一声，道："包拯，你太过任性了。这叫我如何处置才好？"

包拯奏道："南明王刘瑞和他儿子刘福全，罪大恶极，罪在不赦。不杀他们，不能明国法。不杀他们，不能平民愤。他们两人罪有应得。"

仁宗道："真如案卷中所写事实，南明王父子俩的罪行也太严重了。但是，南明王父子俩是皇亲国戚，按大宋律法，你应该先启奏于朕，把他们两人送到刑部审理。你却先斩后奏，触犯了大宋律法，该当何罪？"

包拯奏道："万岁钦封微臣开封府府尹时，赐予微臣三道御扎，其中有一道是'便宜行事'。对南明王父子俩先斩后奏，就是'便宜行事'。"

仁宗道："朕赐予你三道御扎时，还下过口旨，命你处理重要人物和重大事件时，要先行启奏，再做处置。你难道忘了？"

包拯奏道："当时南明王无视国法，设计陷害，纵火想烧死微臣。微臣对南明王深恶痛绝，怒火万丈，一时性起，怒斩了南明王。事后思想，觉得有些处置不当，特来向万岁领罪。"

仁宗道："朕把此事告于太后，看看太后的态度如何。"说完，传命："罗永忠，宣太后来勤政殿议事。"

值班太监罗永忠走出勤政殿传旨去了。不大一会儿，刘太后带着两个宫女在前，罗永忠在后一起走进勤政殿。

仁宗一见刘太后，急忙站起，道："太后请坐。"刘太后在龙案旁坐下，两个宫女侍立在身后。罗永忠回到原位。

刘太后问道："皇上，今天宣我来勤政殿，有何事相议？"

仁宗道："今日，包拯前来启奏南明王刘瑞犯下的大罪。"

刘太后一听，急忙问道："南明王刘瑞犯下什么大罪？"

仁宗道："他的儿子刘福全打死三人。包拯去南明府逮捕刘福全，南明王将蒙汗药放在茶水中，献与奉旨钦差、开封府府尹包拯饮茶，致使包拯中毒昏迷。而后，南明王把包拯锁在客房内，又纵火烧毁客房。包拯被展昭急救，幸免于难。"

刘太后又急忙问道："那刘福全被逮捕了没有？"仁宗道："包拯把南明王和刘福全全都逮捕，带回府衙。经过审理后，包拯把南明王和刘福全全都正法斩首了。"

刘太后闻听，柳眉倒竖，贼眼圆瞪，指着包拯大骂道："好个包拯，你胆大包天，竟敢杀哀家的二哥和侄儿刘福全。哀家一定要你偿命。"骂毕，放声大哭。

仁宗道:"人死不能复生，太后还须节哀。对包拯还不能马上问斩，明日早朝，我须听听文武大臣们的意见，再做处置。"

刘太后用手帕擦了把泪水，咬牙切齿道:"我等不到明天。今天就得斩包拯。皇上，不斩包拯，今天我与你没完。"说罢，又痛哭起来。

仁宗看到太后如此哭闹，一时不好收场。想着先把包拯绑赴刑场，问罪候斩，再做处置。想毕，道："罗永忠，出去命传旨官宣旨，宣旨禁军统领边成贵派禁军去午朝门外设置刑场，再来勤政殿把包拯绑赴刑场，候旨问斩。"

刘太后闻听，这才止住痛哭，抽抽噎噎地低声悲泣。

罗永忠走出勤政殿宣旨，然后回转本位。

仁宗道："太后莫哭，一会儿就会把包拯绑赴刑场。"

时辰不长，禁军统领边成贵走进勤政殿，跪倒行礼，道："卑职边成贵叩见圣上。边将军平身。"边成贵站起。

仁宗道："边将军，你把包拯的官帽和官服去掉，绑赴刑场，候旨问斩。"

边成贵上前，将包拯的官帽和官服脱掉，捆绑起来。

仁宗道："包拯，你现在就要被绑赴刑场，候旨问斩。你有何话说？"

包拯应道："万岁钦封微臣为开封府府尹，赐予微臣三道御扎，又钦封微臣为奉旨钦差。这是历朝历代少有的荣幸。微臣遇到的是世上少有的明主。微臣就是肝脑涂地也难报圣上万一，微臣感激圣上皇恩浩荡。"

仁宗听了，神色黯然。包拯跪在地上叩了一个头，道："万岁，来世再见吧。如果还有来世，我与万岁再做君臣，微臣一定悔过改错，做得更好，以报效皇恩。"

仁宗默默无语，闭着眼睛，把手一摆，道："边将军，带包拯去吧。"

边成贵把包拯押出勤政殿。

包拯走后，仁宗对刘太后道："太后，您要保重。也回去吧。"

刘太后抹着眼泪，带着宫女走出勤政殿。

且说，王丞相早已在候朝房探听包拯的信息，听说包拯被绑赴刑场，候旨问斩，心急万分，急忙让值班太监前去请旨召见。很快，宣旨官前来宣旨，宣王丞相进勤政殿召见。

王丞相走入勤政殿，见仁宗皇帝坐在龙案后，案旁立着一个太监。

王丞相急忙跪倒行礼，道："老臣叩见万岁，万万岁。"

仁宗道："王丞相平身。坐在案旁奏本。"

"谢皇上赐座。"王丞相站起，坐在龙案旁。

仁宗问道："王丞相有何奏本？快快奏来。"

王丞相道："启奏万岁，闻听包拯被推出午门，候旨问斩。不知包拯身犯何罪？"

仁宗道："包拯在开封府斩了太后的二哥南明王刘瑞和她侄儿刘福全，太后痛不欲生，一定要朕斩了包拯报仇。再者，包拯对皇亲国戚先斩后奏，罪在不赦。"

王丞相道："启奏万岁，据老臣所知，那南明王刘瑞用蒙汗药毒倒奉旨钦差、朝廷命官，又纵火想烧死奉旨钦差包拯，罪行严重。刘福全打死三人，更是罪恶深重。包拯对他们父子俩依法典刑，情有可原。还有，古往今来，为官者谋取私利，徇私枉法者遍地都是。包拯铁面无私，不谋取私利，不徇私枉法，是一个千古难得的好官。杀了包拯，恐怕朝野有些非议，杀了包拯怕是令人惋惜。老臣愿保释包拯，让他继续为朝廷戴罪立功，尽忠出力。”

仁宗道：“朕把包拯推出午门，候旨问斩，就是想看看朝中众臣反应如何。”

王丞相急忙跪倒在龙案前面，叩头道：“老臣替包拯谢万岁不斩之恩。”

仁宗道：“王丞相平身，坐在案旁。”王丞相站起，依旧坐下。

仁宗道：“罗永忠，出去命传旨官宣旨，赦免包拯，回殿见朕。”

罗永忠走出勤政殿，传旨之后，回归本位。

时辰不长，包拯被边成贵带回勤政殿。

包拯穿着布衣布裤，一进勤政殿，跪倒在龙案前面，叩头道：“包拯谢万岁不斩之恩。”

仁宗道：“包拯，多亏王丞相保释，朕赦免你死罪，但活罪不免。朕将你削职为民。你去开封府交接一下，回家去吧。”

包拯叩头道：“谢万岁。我在家中期盼再见天颜。”

仁宗道：“朕知道。包拯，与王丞相下殿去吧。”

包拯叩头告辞，与王丞相走出勤政殿。

这才是：包拯一生行直道，千秋万代美名传。

第三十七回　徐永旺雇凶杀人　包青天复审改判

话说，包拯被削职为民后，带着李夫人、包兴去到相国寺。在相国寺附近的客栈住下。包拯与了然大师经常在一起谈古论今，评论社会利弊，隐居了一年多。

朝中庞太师结党营私，祸国殃民，收受贿赂，庇护贪官污吏，残害贤臣忠良，作恶多端。

先是御史张进忠奏本弹劾庞太师，仁宗留中不发。后其他大臣又奏本弹劾庞太师，仁宗下旨调查庞太师。可朝中噤若寒蝉，无一人敢领旨调查庞太师。仁宗写了圣旨，宣王丞相召包拯回朝。王丞相再去相国寺，将包拯召回朝中。

包拯回朝后，仁宗宣旨封包拯在刑部任一般职务，钦封包拯为奉旨钦差，调查庞太师之案。

包拯领旨后，铁面无情，舍生忘死，审理了庞太师之案，把庞太师绳之以法。

包拯审理完庞太师之案，仁宗宣旨封包拯为端州知府。包拯在端州为国为民，办理了几年公务。

之后，仁宗宣旨包拯官复原职，再任开封府府尹。

包拯在开封府府衙办理公务。一日，开封府凤林县上报了一起雇凶杀人案。却说，开封府有个凤林县，凤林县辖区有个右樱沟村。右樱沟村地处山丘地带，耕地都是靠天吃饭的山坡地。一遇天旱，农户们都遭了灾荒，这里的农户们过着艰难困苦的生活。

右樱沟村有一家农户，户主叫田迷根，妻子陈氏，都年过半百，只生一女名叫田春莲，年近十七岁。这一天田迷根上山砍柴，不小心从山坡摔到沟底，跌滚得浑身是伤，又跌折了一条腿。因无钱治病，只用了几个偏方，全然无效。因伤口过度感染，不幸身亡。

田迷根死后，家中连糊口度日的粮食也没有，更无钱安葬死人。万般无奈，陈氏托任氏婆娘去开封城内寻一人家为女儿许婚，以求安葬亡人，糊口度日。

开封城内有个一步行巷，巷内有一家粮米店。店主人叫徐永旺。买卖做得很兴隆，不幸妻子难产身亡。其时徐永旺已年近四十岁了，想要娶个续房。

正巧任氏婆娘认识徐永旺，就去徐永旺家提起这件婚事。

情急之下，田迷根的妻子陈氏随任氏婆娘走了三十里路，去步行巷为女儿相看人家。陈氏一见徐永旺长得也可以，精明能干，又开了一个粮米店，买卖兴隆。竟将女儿许配给了徐永旺。

徐永旺将田春莲的父亲安葬之后，从店中拉来几石粮米和日常用品供陈氏用，择个良辰吉日将田春莲娶回家中。

过了六年，田春莲生下了一女，抚养至今已有三岁了。田春莲本来嫌徐永旺岁数大，又舍不得丢下从小在一起青梅竹马的李三胖子。田春莲让李三胖子来粮米店当了粮店伙计，后来两人寻机会勾搭成奸。日子一久，徐永旺有所觉察。

一日，徐永旺对田春莲道："我和宋有生去右玉县走一趟。听说那里今年大丰收，粮食囤积很多，降价出售。我去那儿设置个收购点，收购半个月粮食。你在家好生照料店铺，我就放心了。"

田春莲应道："当家的尽管放心吧。我会照料好的。"

徐永旺吩咐以后，就叫上另一个粮店伙计宋有生出门去了。

田春莲去店铺把李三胖子叫回家中，早早关好院门，落了锁。二人先吃了顿宵夜饭，酒足饭饱之后，脱衣上床，睡在一处。

原来徐永旺出门办事是假，设计捉奸是真。徐永旺出门躲藏了半天多，叫伙计宋有生乘天黑人静之时，准备了梯子，翻墙入院，高抬脚，慢移步，悄悄走至家门前，擂鼓似的敲门道："春莲，是我回来了。开门，快开门。"

田春莲和李三胖子睡得正香，忽然听到徐永旺喊叫开门，两人惊得六神无主，慌忙穿衣起床。田春莲抖着手将灯点亮，迟迟疑疑地开了门。

徐永旺闯入屋内，见李三胖子站在屋中，怒气冲冲，挥拳便打。

李三胖子用双手抱住了头，讨饶说："徐掌柜，饶了我这一次，往后再不敢了。"

徐永旺将李三胖子好一顿拳打脚踢。

事已至此，田春莲耍个大胆，上前舍命拉住徐永旺，道："李三胖子快跑吧。"

李三胖子回过神来，拔腿跑出屋外，慌忙逃跑。墙角有一木梯，爬上木梯翻墙逃走了。

徐永旺被田春莲死命拉住不放，气恨不过，又对田春莲拳打脚踢了一顿。

徐永旺连番打人，打得又乏又困，喘着粗气，只好作罢。

徐永旺在家中这么大闹喧天，轰动左邻右舍。此事过后不久，街坊多事人编出一段顺口溜："步行街上徐掌柜，娶个媳妇真不赖，年纪小了二十岁，给个绿帽不想戴。"

经过这一次大闹之后，徐永旺将李三胖子解雇。李三胖子又回到右樱沟村。

徐永旺对李三胖子耿耿于怀，又听到街坊传流着他俩的丑事，更是火上浇油，怒火腾腾地在心中翻滚，按捺不住。于是，他朝思暮想，想杀死李三胖子以解心头之恨。徐永旺又想到自己手无缚鸡之力，再说杀了之后后果不堪设想。这该怎么办呢？思来想去，一筹莫展。他苦思冥想，忽然想到离此巷不远的悠悠板巷，住着一个魔头叫刘二，外号小牛二。此人三十出头，光棍一条，生来带些愣气，是个市井无赖，经常欺蒙拐骗，打架斗殴，人人怕他三分。徐永旺又想到，人常说，有钱使得鬼推磨，何不用重金买动刘二，让他出手杀人，定能成功。

一日，徐永旺去到街头，正好与刘二相遇。

徐永旺一见刘二，笑脸相迎，一把拉住刘二的胳膊，说是有件事情商量。徐永旺先请刘二去东来顺饭店饮酒吃饭。

刘二很是纳闷，便问道："徐掌柜，你今天请我吃饭，究竟有何事商量？"

徐永旺摇着头道："咱们先吃饭，吃过了饭，再商谈。"

刘二翻着牛蛋眼，在后面相跟着徐永旺，二人走进了东来顺饭店。

选了干净的饭桌坐下后，徐永旺唤来伙计，点了上好酒菜，招待刘二。

刘二也不多问，将摆上来的酒菜狼吞虎咽，饱餐一顿，直吃得东倒西歪，酒气醺醺。

吃过了饭，徐永旺付了酒饭钱，扶着刘二走出饭店，走出小巷外，走进一个小树林。

徐永旺看看左右无人，停住脚步，道："我就在这里和你商谈吧。"

刘二打着饱嗝，喷着酒气，催促道："我早就想问了。你快说，快说吧。"

徐永旺靠近刘二，小声道："我有一个大仇人，名叫李三胖子。我愿给你出二百两银子，想让你杀死李三胖子。"

刘二闻听，吃了一惊，惊出不少冷汗，酒醒了一半，应道："徐掌柜，你让我要账、砸东西、打人都行。你让我杀人，我不给你干。"

徐永旺一听，很是失望。他低头想，人传说刘二愣气很多，看来他的愣气没那么多。我来个激将加哄骗，看他如何反应，想毕，开言道："哎哟，刘二，这方圆几十里，谁不惧怕你三分？你每日称英雄，打闷棍，欺行霸市，你的胆量哪里去了？"刘二闻听，抓耳挠腮道："这个……"

徐永旺又哄骗道："你和李三胖子往日无冤，近日无仇。你杀死李三胖子，只有你知我知。谁能怀疑到你头上去？"

刘二傻里傻气地问道："你说当真没有人会怀疑到我？"

徐永旺连连点头道："你放心吧。没有人会怀疑到你。再说，我想办法先让你认得李三胖子。他现在每天在山沟的坡地里锄地，趁着无人之际，悄悄杀死他，是谁也不知道的。你就放心大胆地干去吧。"

刘二沉思了片刻，道："这么说来，我杀了人也没人知道。你再给我加五十两银子，我给你杀了李三胖子。"

徐永旺闻听，急忙答应道："好。咱们一言为定。我给你再加五十两。今天我先给你五十两。你杀死李三胖子后，我一次全部付清。”说罢，从怀中掏出五十了银子，递在刘二手中。

刘二接过银子，数了数，咬了咬，又吹了吹，听了听，放入怀中，道：“好喽，就这么定了。”

二人分开，各自回家。

过了几天以后，李三胖子出去锄地，返家时，天色已晚，被人杀死在荒山小路边。

第二日早上，本村人出去锄地，发现了李三胖子的尸体，报告了官府。

李三胖子三十多岁，老实憨厚，平日与人和和气气的，从未与人红过脸，一无冤家，二无仇家。

田春莲自从被徐永旺捉奸以后，心里一直忐忑不安，闻听李三胖子被人杀死，立刻怀疑到徐永旺头上。她设法多方打探，得知前几天徐永旺请刘二在东来顺饭店吃饭，又怀疑凶手可能是刘二。

田春莲回到娘家右樱沟村里，去李三胖子家进行调查。

李三胖子的母亲对她说，前几天有两个人挑着布匹和一些日用品，接连两天来村中叫卖。其中一个人长着牛蛋眼，身高和长相很像刘二。

田春莲托人去县衙揭发了徐永旺和刘二。县衙门派衙役勘察案情，锁定凶手是徐永旺和刘二。

县衙将徐永旺和刘二抓捕归案，经过重刑拷问，二人知道事情败露，又熬刑不过，只好从实招供。

县衙判处刘二死刑，判处徐永旺有期徒刑三年，上报开封府府衙。

却说，包拯在任上，很重视审查案情，平息冤案，解疑纠错。包拯闲时，就坐在二堂，从命案宗卷中抽出案卷仔细审查。当查阅过这一案件后，感到对于徐永旺雇凶杀人，判刑太轻。于是，他命包兴叫公孙策前来二堂商议。

公孙策随包兴前来二堂，在下首坐下。

包拯道：“公孙先生，我刚才看过一案，是个雇凶杀人案。杀人凶手判处了死刑，而雇凶杀人的同案犯徐永旺判处三年有期徒刑。这个徐永旺是不是判处得太轻了？”

公孙策应道：“卑职认为，在雇凶杀人案中，凶手已经被判处死刑，雇凶杀人者虽然不判处死刑，但是也要判处有期徒刑。这里面应该有个分别。”

包拯问道：“依公孙先生的意见，这里面应该如何进行分别？”

公孙策回道：“我认为，在雇凶杀人案中，如果被杀的人是个为非作歹、民愤很大的人，这个雇凶杀人者应该从轻判处。如果被杀的人是个循规蹈矩、没有民愤的人，这个雇凶杀人者应该从重判处。”

包拯听了，点头赞同，道：“公孙先生的见解，正合我意。我有复审之权，将此案移来，我要重新审查，重新判刑。”

公孙策称赞道：“包大人英明非凡。”

商讨已毕，二人退出二堂。

包拯退出二堂后，立即命张龙带领两个衙役去凤林县，先调查一番，然后将徐永旺、刘二和田润莲带回府衙。

包拯升堂，张龙把徐永旺、刘二和田润莲带上公堂。三人一齐跪倒在公堂上。

包拯复审了这一案件后，当堂宣判：“判处刘二死刑。判处徐永旺有期徒刑十年。”

徐永旺听完判决以后，心如刀绞，瘫在地上，心里那个后悔就别提了。

接着，包拯传下堂喻：“将两名犯人押下公堂。”

站班中走出两个衙役，上前把刘二和徐永旺押下了公堂。

将犯人押下公堂以后，包拯又征求田润莲的意见，不经过徐永旺的同意，判决田润莲与徐永旺离婚。

田润莲用双手捧着官府的判决书，热泪盈眶，叩头谢恩，也走下公堂。

包拯退堂，本案结束。

看此一案，有道是：奉劝世人莫贪心，法网恢恢不容情。

第三十八回　赵氏无奈杀亲子　包拯有意释凶犯

上回书说到，包拯奉旨回朝调查庞太师一案。

且说，兴安县有一个平地泉村。平地泉村地处平原，因此水源多，水浇地也很多，被人们称为米粮川。本乡村物产丰富，民众丰衣足食。

因为此地赌博成风，出了几个赌徒。看官听说，赌博求财，其实是水中捞月。赌博赢了，以后还要输出去。赌博输了，再赌再输。赌博之人，如果不会弄虚作假，赌来赌去，结果是输得精光，负债如山，害人害己，走投无路。

平地泉村出了一个赌徒名叫张玉柱，从二十几岁起就热衷于赌博，赌来赌去，输了不少。因为赌博成性，难以成家，他至三十出头，仍然是光棍一条。这一日，张玉柱怀藏一两碎银子，兴冲冲去双山赌场赌博。

一进赌场，是一个很大的院子，靠墙处是一个赌场。地上面铺着一块大红宝毡，宝毡上面斜画着十字交叉线，线内标着一、二、三、四。

宝毡周围坐着十几个赌徒，在他们身后又稀稀拉拉地站着十几个赌徒。

众人一看张玉柱来了，一个赌徒道："玉柱是个大好家。来，坐在我这儿，好好赢几把。"说着站起身子，让开一个座位。

张玉柱大大咧咧坐下，眉开眼笑，问旁边的人："上次开了个几？"旁边一人应道："上次开了个三，恐怕要上四。"

张玉柱又向身旁一人问道："你猜出了个几？"身旁赌徒应道："我看不

敢掏出别的，硬着头皮往四上走。”说罢，把一些钱押在四上面。

张玉柱又想了想，道：“对。就押四、二杠。”说着把一钱银子放在宝毡上。

等众赌徒把钱押好后，坐宝的人高喊：“免四去二。”坐宝的人四十多岁，生得五大三粗，秃脑门，铜铃眼，脸色黑沉沉的。坐宝之人把宝盒递给跟前一个赌徒开宝。

这个赌徒也眉开眼笑，接住宝盒，从四的方向慢慢掀开一条缝，立刻脸色变白，精神不振，歪着头将宝盒盖取开，把宝盒放在宝毡中间。

张玉柱一看，掏出的宝是“三”，知道自己输了。但是，他没有失败感，也不灰心丧气，有的却是胜利者的喜悦，有的却是满怀信心。赌博的人自以为精得很，灵得很，却不承认自己早已经是个败家亡命之徒，已经失魂落魄。想的是这场能赢多少钱，不想输了怎么办，输得要寻死却下不了狠心。张玉柱在想，下一回一定会赢了。下一宝，他押了个一、三杠，谁知宝盒开出个四来，他又输了。

如此，他押了三十多次宝，输输赢赢，押来押去，把身上的钱输了个精光，只好垂头丧气地坐在那里看别人押宝。

张玉柱坐在宝毡边上，不停地看看这个，看看那个，按捺不住争强好胜的猴子心，站起来走出宝摊。他找到放高利贷的主人，以一两银子偿还两石粮食的约定借了五两银子。

张玉柱回到押宝处，将五两银子输光后，又借了十两银子。赌博的人，越输越心狠，越输越不由自主。这次，他妄图一把赢回五两银子，满怀侥幸心理，以五两银子为赌注，连续输了两次，呆在那里。

第二日，张玉柱领着要债人和两辆马车，回到家里付粮食。

张玉柱的父亲名叫张二元，年过六十，因劳累过度，头发花白，老脸老态。他母亲赵氏也年近六十，满脸皱纹，瘦骨嶙峋。他弟弟张玉锁，二十三岁，老实温和，每日下地里务农。他妹妹张玉莲，十七岁，憨厚温柔，帮助家里干活儿。张二元一家人住着三间草房，养着一头牛，种着二亩水浇地，二亩多沙土地，每年辛辛苦苦地耕作，日子过得也不算困苦。

两辆马车停在张玉柱家院内，张玉柱领着要债人挑起门帘走进屋里。

其时，张玉柱的父亲和弟、妹下地里干活儿去了，家里只有他的母亲赵氏。

母亲问道："玉儿，你带回马车要干啥呀？"

张玉柱苦着脸，神色很难看，嘟囔道："妈，全怪我不争气，昨天在宝场输了三十石粮食，人家赶着马车要粮来了。"

赵氏听了，是又惊又怕又气，一阵头晕，摇摇欲倒。

张玉柱急忙扶住母亲，惨呼道："妈，妈，你可别吓着我呀。"

赵氏醒过神来，用手指指着张玉柱的脑袋骂道："玉儿，你好不成器呀。众人劝说过你多少次了，你一次也不听。你输个十吊八吊，一两二两，也行了哇。怎么一天就输了三十石粮。这……这把咱们家的粮食全拉走，也不够数哇。"骂着掩面大哭起来。

张玉柱跪倒在母亲面前，也流着泪道："妈，妈，我……"赵氏一边哭，一边说："玉儿，好你个不争气的东西，好你个不争气的东西呀。"

高利贷主人走近前，对赵氏道："老人家，你日后再教训你儿子吧。如今，说什么也晚了。这钱是我借给张玉柱的，不是他输给我的。借债还钱，天经地义。没有粮食，还我十五两银子也行。是还钱，还是还粮食，你们一家人商量着办吧。"

赵氏停住哭声，对张玉柱道："玉儿，你爹在北滩锄地。去找你爹回来，看怎么办吧。""哎。"张玉柱答应一声，起身出门而去。

张玉柱去到北滩，张二元和玉锁、玉莲正在地里锄草。

张玉柱走近前去，道："爹，别锄地了。我出了点儿事，跟您说。"

张二元直起腰来，手拄锄杆，用手擦了把汗，问道："玉儿，出了什么事了？"

张玉柱垂下头，心虚胆怯地应道："这……这全怪我。我拿了一两银子，去双山宝场押宝，没想到输光了。我想赢回来，向放高利贷的人借了十五两银子，不想又输光了。我承认天明付人家三十石粮食。现在，人家赶着两辆马车来咱们家拉粮食来了。"

张二元闻听，气得银须倒竖，怒目圆睁，扔掉大锄，恶狠狠地扇了张玉柱一个耳光，骂道："好你个败家子，小输小闹也罢了，一天就输掉三十石粮食。叫老子从哪里取这些粮食付人家？"骂毕，一把揪住张玉柱的头发，左右开弓，又是一顿猛扇猛打，打得张玉柱口鼻出血，躺倒在地上。

张二元打了一顿，有气无力地瘫坐在地上，颤抖着手，指着张玉柱骂道："败家子，你有本事输，就应该有本事还。你还去。老子还不起。"

张玉莲也惊得面色惨白，却在一旁劝她爹："爹，我哥输了，咱们想扛也扛不过去。还是想办法替他还了吧。我看他经过这次教训，以后能悔改就好了。大概他以后再也不敢去赌博了。"

张玉锁也劝说道："爹，您不替他还钱，我哥就会被人家打成残废的。"

张二元口打唉声，道："唉，唉，我家哪辈子缺了德，出了这么个败家子。事到如今，想办法给人家还债吧。"说罢，站起身来，拍了拍两腿上的土，拿起大锄，扛在肩上，道："这日子怎么过呀？走吧，回家去。"

三人相随，向家里走去。张二元回到家里，果然看见院中停着两辆马车，三个要债人横眉怒目，站在院中等着还债。

张二元早已气鼓了肚子，抖着声音向放债人问道："哪位财主是放债人？贵姓高名？是哪里人氏？"

放债人五十多岁，三角眼，大嘴岔，黑沉着脸应道："我是放债人，姓名休提，别问那么多了。借债还钱，天经地义。张玉柱借了我十五两银子，输掉了。他承认第二天让我来家里拉三十石粮食还债。是付粮食还是付钱，您老看着办吧。"

张二元答应道："这位财主，我先还你十石粮食，那五两银子，宽限一个月补上。你看如何？"

放债人硬邦邦地说道："不行。家里不够，出去借去。这次必须得还清。不然，我可没有好了。"

张二元无奈，先给人家装了十石粮食，出去借了五两银子，还清了债务。

放债人面露笑容地离去了。

经过这场闹腾，张玉柱家里的人气恨难消，都对他白眼相看。但是，他不记教训，继续赌博。在家里弄不到赌资，就与亲戚朋友借，与亲戚朋友借不上，就和邻村的一个赌徒合伙偷盗，在方圆三十里偷牛、偷马、偷鸡。每日不是赌博就是喝酒，游手好闲，不务正业，很少回家。

过了三个多月。一日，半前晌时，张玉柱带着一个放债人和宝场的三个打手回到家中。

其时，正值秋收季节，他的父亲、母亲、弟弟、妹妹都在打谷场打谷子。

张玉柱去到打谷场，走上前去，对张二元道："爹，我又出事了。悔不该不听您的话，没有禁赌。这些天又输了。人家放债人带着人要钱来了。"

张二元闻听，惊得半舌不展，心里"扑通"乱跳动，结结巴巴地忙问道："你又输了多少钱？"

张玉柱迟迟疑疑道："又……又输了二百两银子，把家里的二亩水浇地都输进去了。现在人家要地来了。"

张二元闻听见，气梗咽喉，"扑通"一声栽倒在地上，气死过去了。

众人一见，什么也顾不上了，一时喊的喊，哭的哭，掐的掐，急救张二元。

过了半个时辰，张二元缓过气来，有气无力地坐在地上喘气。

赵氏号啕大哭，手指着张玉柱骂道："玉儿，你这个催命鬼，你要把一家人全气死。"

张玉锁指着张玉柱骂道："你输死，在外面死了算了，回家里想要众人的命。"

张二元喘了一阵子气，站起身子，弯腰从地上拿起一根木棍子，恶狠狠地往张玉柱身上打。

张玉柱用双手抱住头，坐在地上不动弹，任他爹打。

张二元举起木棍又狠狠地往张玉柱身上打了几下，突然口吐鲜血，一阵头晕，倒在地上，又昏死了过去。

众人赶忙七手八脚设法抢救张二元。

张二元再次苏醒，可是坐也坐不住了，话也不能说了，口里一阵一阵吐食物和血水。

放债人见此情景，道："今日且罢。改日再来。走吧。"带着三个打手走了。

张玉柱和张玉锁二人把张二元抬回家中，放在床上。

自此张二元昏迷不醒，卧床不起。请医治疗，百药无效，不幸离世。

张二元死后，张玉柱埋葬了他父亲，就离家出走了。

过了两个多月，放债人带着三个宝场打手，捆着张玉柱，再次登门要债。

赵氏一见，哭泣道："好心的财神爷哇，这二亩水浇地是我们家的命根子。你们要去，我们就没法活了。你们行行好，我先给你们一亩，留下一亩，养活我们活命呀。"

放债人凶相毕露，凶巴巴应道："你不还也行。我们带张玉柱走人。他缺了胳膊少了腿，我们可不保了。那时，别怪我们下手无情。"

赵氏闻听，非常惊慌，心想："这不是在要我儿子的命吗？"颤动着身子，指着张玉柱数落道："玉儿，你死在外面，娘也就省心了。你缺了胳膊少了腿，娘心里更难受。"说着，放声大哭："这不是在要娘的命吗……"

放债人恶狠狠道："老妈子，这可不能怪我们。要怪就怪你这个混蛋儿子吧。不是我们想要你的命。是你的儿子不省心，是你的儿子想要你的命。你现在赶快把那二亩水浇地交给我们，我就放了你儿子。你儿子就平安无事了。"

赵氏思谋了片刻，无可奈何，抽泣着应道："好心的财神爷哪，你把我儿子放开。我今儿个就把二亩水浇地交给你们。"

放债人缓过脸色，现出一点儿笑容，道："老妈子，这就对了。早交出来，省了多少事。"

当下，放债人放开了张玉柱。赵氏和张玉柱办了手续，把二亩水浇地交割给了放债人。

放债人带着三个打手，哼着小曲走了。

张玉柱二害家庭后，有一年多没有回过家。

过了一年多，春节期间，有一天早晨，张玉柱肩膀上披着三匹花缎子，手里提着两盒精美食品，突然回到家中。

其时，张玉柱的母亲、弟弟、妹妹正在吃早饭。

张玉柱把食品盒往饭桌上一放，道："玉莲，把食品盒打开，你们也尝尝这精美食品。恐怕你们从小至今也没有尝过。"说罢，又将三匹花缎子托在两手上，道："我给玉莲找了一家人家。瞧，这些是人家送的聘礼。妈，您看看，好不好？"

赵氏接过缎子，翻过来调过去看了看，道："这些缎子真好。"说着放在床上面，回过身，问道："玉儿，你啥时候给玉莲找的人家？女婿好赖？人家好赖？"

张玉柱坐在凳子上，跷起二郎腿，应道："前三四天找的人家。人家挺富，就是侯家村的侯有富。他家大儿子侯锅扣快三十岁了，还没定下媳妇。我看人家是大富户人家，就上门给玉莲定下这门亲事。"

张玉锁听了，道："妈，您别听他的。我听人说侯家村的侯锅扣是个傻子，大脑发育不全，走路颠颠倒倒的，走三步退两步的。我哥怕是又输了，拿玉莲换钱去赌博。"

张玉柱急忙分辩道："妈，听我说，人家侯锅扣并不傻。只是人太老实，不大会说话。"

赵氏道："你别说了。我让玉锁去看一看，就知道了。"

张玉柱道："妈，我拿了人家的聘礼，等着回话呢。要去早点儿去。"

赵氏道："明天我就叫玉锁去。"

第二天，吃过早饭，张玉柱匆匆忙忙就走了。

张玉锁也起身去侯家村。离侯家村二十多里地，张玉锁不到中午就去到了侯家村，经过询问，走进了侯有富的大院。

侯有富闻听，赶紧把张玉锁请进客房，热情让座，献上好茶招待。

张玉锁问道："锅扣在不在家？我想见见他。"

侯有富笑容满面道："在哩，在家。"你先喝茶。我去叫他出来见你。说罢，起身离去。

一会儿，侯有富相跟着一个年轻人走入客房。

张玉锁定睛一看，这个年轻人长得中等身材，面目不傻也不丑，走路稳重，和正常人一样，穿一身新的好布料衣服。

侯有富笑嘻嘻道："玉锁，这就是锅扣。我给你叫来了。"

侯锅扣也眉开眼笑道："你大老远来到我家，我非常高兴。欢迎，欢迎。"

二人一齐坐下，张玉锁问道："锅扣，你今年多大了？"

侯锅扣应道："我二十八岁了。"

张玉锁又问道："你们这么好的人家，你怎么还没有成家？

侯锅扣应道："我二十三岁时，我爹给我定下一个媳妇。我不称心，吵吵闹闹退了，不料耽搁到现在。听你哥说，你妹妹很好。我岁数大了，也不挑三拣四了，定下心想和你们结亲。"

张玉锁道："我同意。我回去和我妹妹、母亲商议商议。"

侯有富笑道："好，好。有你这句话，我很高兴。你回去劝说你妹妹和你母亲与我结亲好了。"

张玉锁应道："一定，一定。您听好消息吧。"

侯有富早已经安排好了，锅扣妈拿来酒菜，和张玉锁套了几句近乎，入席坐下。

几人在客房饮酒吃饭，锅扣妈为玉锁满酒夹菜，表现得非常热情。

酒席间，几人又告诉了一些其他闲话，不提。

吃过饭后，张玉锁告辞了侯有富一家人，回家去了。

回家以后，玉锁如此这般与母亲、妹妹诉说了一遍，言语间很愿意结这门亲。他母亲和妹妹都没有提出反对意见。

第二天，侯有富就派媒婆罗氏拿了一百两银子当财礼，又拿了精美食品和好酒，上门定亲。

罗氏进了门后，说侯有富家富得百里挑一，好得人人赞扬。

赵氏越听越高兴，接下财礼，就把玉莲许配给侯锅扣，把这门亲事定下了。

过了十几天，媒婆罗氏拿来嫁妆衣服和一些用品。

赵氏迎接进门，急忙让座。

罗氏坐下，开言道："玉莲妈，我今天来，是给你们两家定个娶亲的日子。"

赵氏赶快问道："是哪一天？"

罗氏道："二月初三。"

赵氏听了，道："这太匆忙了吧。为啥这么紧？"

罗氏道："大妹子，你有所不知。锅扣得了个病，昏昏沉沉的。仙家说是中了邪了。又说是办喜事一冲就没事了。所以，定下二月初三娶媳妇。你可赶紧张罗着聘玉莲吧。”

赵氏听了，也说不出个所以然来，只好答应了媒人，定了日子。

二月初三这一天，侯有富用轿车把张玉莲娶回家去。

酒席宴间，因为侯锅扣有病，一直没有露过面，谁也没有产生过怀疑。

进入洞房以后，张玉莲才发现侯锅扣不但是个傻子，而且走路颠颠倒倒，还身有残疾。张玉莲痛哭流涕，想逃跑。侯有富早有防备，安排了三个女人，将张玉莲的嘴堵上，又捆住了手和脚。

第二天一大早，送亲的人吃过早饭，欢欢喜喜地走了。

张玉莲心里难受至极，加上又气又恨。她可以在侯有富的大院里自由活动，但跑不出去。她哭，她闹腾，她痛不欲生。半个月后，她在黑夜里悄悄跑入柴房中，上吊死了。

张玉莲的死讯传到她娘家，赵氏、张玉锁都哭成个泪人。

两人急匆匆去到侯家村。进了村，方才知道是侯有富用“调包计”害死了玉莲。

两人走进侯有富的院子，院内有一个人迎接上前，听说是玉莲的母亲和哥哥，把她们领到玉莲的停尸棚。

进了停尸棚内，看见玉莲动也不动地躺在木板上面，闭着双眼，两人撕心裂肺，趴在玉莲身上大声痛哭，赵氏更是哭得死去活来。

侯有富闻讯走来。二人一见侯有富，停住哭声，都站起来要与侯有富大闹一场。

张玉锁横眉怒目，向侯有富问道：“侯有富，你的良心被狗吃了。你也忍心使用调包计欺骗我们，坑害我们。这后果谁负责？”

侯有富两手一摊，也苦着脸应道：“这可不能怪怨我们。要怨就怨你那个混蛋哥哥张玉柱吧。”

赵氏急忙问道：“玉柱又怎么了？”

张玉锁也恶恶地催促道：“快说，你赶快说。”

侯有富道：“我实话实说吧。是张玉柱先找上我家，开口向我要二百两银子，说是把他妹妹玉莲许配给我的锅扣。他又怕交换不成，和我想法子定了一个调包计，这才把玉莲娶回家来。”

赵氏听了咬牙切齿地骂道：“张玉柱，你太不是人了。”还没骂完，就气死过去了。

众人赶紧急救，赵氏半天才缓过气来。

张玉锁指着侯有富骂道：“就算是怪怨我哥哥，可我妹妹嫁到你们侯家，是被你们侯家折磨死的。我要到县衙门告状去。”

侯有富道：“玉锁，别告状了。把你妹妹留下，我们一定要隆重安葬。我给你们一百两银子，补偿你们。”

张玉锁道：“不行。我要把玉莲拉走。我一定要告状去。”

侯有富身旁一人，五十多岁，对张玉锁道：“玉锁，我是这里的保长。我已经听明白了。事情完全是由你哥哥引起的，并不能全怪怨侯有富。我劝说侯有富给你们二百两银子。你和你母亲商议商议。人死不能复生，你去告状也不能使你妹妹活过来，也告不出个什么结果来。”

张玉锁沉吟片刻，与母亲商议了一阵儿。娘儿俩无可奈何地接了银子，揉肠作罢。

侯有富招待他娘儿俩吃了一顿饭。

吃过饭后，娘儿俩哭啼抹泪地回家去了。

书中暗表，有人说，张玉柱再不是人，也不会做出坑害亲妹妹的事来。看官听说，赌博成性的人，都已经丧心病狂，无耻至极，什么都不考虑了，利己损人，走投无路，是有过之而无不及。家庭中出了这种败家子，是谁也救不了他，让他自生自灭吧。如果姑息养奸，或者慈善辅救，一定会落得个家败甚至人亡的结果。若要是不相信，有无数的事实可以做证。

闲话休提，言归正传。

且说，赵氏回到家中，对张玉柱是又气有恨，恨之入骨，一心要为玉莲报仇雪恨。可张玉柱一直不敢回家，没有机会下手。

在玉莲过一周年的前几天，赵氏让张玉锁出去寻找张玉柱。张玉锁在宝场找到张玉柱后，连拉加劝说，好不容易把张玉柱叫回家。

张玉柱回家后，赵氏把张玉锁支出去，把毒药放在大米饭中。

张玉柱在吃中午饭时，中毒身亡。

赵氏毒死张玉柱以后，却痛哭流涕，悲伤欲绝，感到生不如死，去县衙门投案自首。

县衙门经过调查、审理，判处赵氏为死刑，上报开封府府衙。

包拯看了赵氏这个案子后，认为张玉柱死有余辜，认为赵氏及其家人多次受到张玉柱的严重侵犯，赵氏杀死张玉柱是为了让家人免受其苦。包拯又想到，自己有皇上御赐的“便意行事”这一口旨，何不解救可怜的赵氏？

于是，包青天命赵虎和一个衙役去到兴安县县衙，把赵氏带回开封府府衙。

包拯升堂，一个衙役把赵氏带上公堂。包拯经过复审此案，当时宣判：“赵氏及其家人三次受到张玉柱的严重侵犯，赵氏杀死张玉柱是无奈之举，赵氏无罪释放。”

赵氏被当堂释放。赵氏悲喜交加，泪流满面，叩头谢恩，道：“谢包青天，谢包青天主持公道。”谢罢，走下公堂。

包拯退堂。

这才是：家中出了败家子，可怜天下父母心。

第三十九回　李狗旦施家庭暴力　包青天惩衙门刑法

上回书说到，包拯念事出有因，释放无奈杀子的赵氏。

话说，开封府吉庆街万利巷有一户人家，户主叫李庆和，开着一个杂货铺。李庆和生了一个儿子，名字叫李狗旦。李狗旦二十多岁以后，长得又高又胖，粗胳膊粗腿，牛蛋眼睛，厚嘴唇，满脸横肉。他脾气暴躁，从小与人打架斗殴；长大后酗酒、赌钱、斗殴，臭名远扬。年近三十，万难成个家。

李庆和隔壁住着户人家，户主叫常喜高，性情温和，胆小怕事，掉下个树叶子也害怕打着他。老伴康氏，温柔体弱。有个儿子名叫常根贵，二十二岁，生得身材不高，体瘦力薄。女儿名叫常翠芳，十九岁，生得瘦小，眉目清秀，胆小怯弱。一家四口人开个豆腐坊，糊口度日。

李庆和老两口眼见儿子一年年岁数大了，难以娶个媳妇成家。自思儿子恶名远扬，满脸凶相，姑娘们一看见他就被吓坏啦，哪敢嫁给他。李庆和老两口日夜苦思冥想，议论来议论去，认为常喜高父女们性情软弱，决定软硬兼施，想办法把常翠芳娶进门。

起初，他们让李狗旦去常喜高家帮助拉豆子，挑着担子出去卖豆腐。李狗旦见到常喜高一家人，总是眯着牛蛋眼，咧着厚嘴唇，喜笑颜开，温良恭让，讨得喜常高老两口对李狗旦夸赞不绝。李庆和一家人时不时去喜常高家送好饭、好菜，以示亲热。

李庆和的老伴魏氏五十多岁，生得又高又粗壮，对转眼，厚嘴唇。过了半年多，一日，魏氏去到常喜高家串门子，拉闲话。闲话说了一阵子，魏氏开门见山道："翠芳妈，我思谋着，想让翠芳给我儿当媳妇，咱们两家本来就很好，咱们结了亲，就会好上加好了。"

常喜高的老伴康氏一听，心里"咯噔"一下，心想，怪不得狗旦常来帮忙做营生。这是黄鼠狼给鸡拜年，没安好心。是瞅上翠芳了。可李狗旦生性凶巴巴的，打架斗殴、醉酒、赌博，不务正业，说什么也不能答应了。想毕，回答道："狗旦妈，你儿子动不动就和人吵架、打架。我女儿进了你家，总得经常挨骂、挨打。我可不敢应承你。"

魏氏道："翠芳妈，你是不知道我家狗旦，别看他有时和人吵架、打架，那是鸡毛火，心里好得很。对谁反感，就发鸡毛火，吵闹打架。要是对谁好，千忍百让没得说。这半年来，他每次来你们家，不都是知情达理，温和恭让，喜笑颜开的。再说，娶回媳妇是好好过日子的，并不是娶来打骂的。你也看到了，狗旦现在对翠芳很好，娶回家，一定对她更好。要是有个争吵，我一定对狗旦或骂或打，严加管教。你放心好了。"

康氏摇着头拒绝道："狗旦那鸡毛火大得很，也多得很，我家翠芳温溜溜的，哪能受得了狗旦的鸡毛火。你还是去别处选一个好的吧。"

魏氏尴尬地应道："咱们慢慢再商量。"碰了一鼻子灰，回家去了。

李庆和知道定不成这门婚事了，也就算了。可是魏氏却不肯善罢甘休。魏氏教儿子对常喜高一家进行威胁恐吓，又教儿子不能当真胡来。

于是，李狗旦在腰间经常别着一把尖刀，先是威胁常翠芳道："我跟你打开窗子说亮话，你要是嫁给我，咱们千好万好。我一定很好地对待你。你要是嫁给别人，就别怪我不客气了，我杀了你全家。"后来，又几次去到常喜高家找碴儿吵闹，手里翻腾着明晃晃的尖刀，并且威胁常喜高道："你把翠芳聘给我，咱们两家好上加好。你把翠芳嫁给别人，我一定杀了你们全家，就是跑到别处，也绝不放过你们。"

李狗旦闹得常喜高一家人每天心烦意乱，惶惶不安。

正在常喜高一家人惶惶不可终日之际，常翠芳的一个重叔伯姨姨康杏花找上门来。

康氏母女俩正在屋内做针线活儿。康氏见了康杏花，热情迎接，赶紧让座。

康杏花在桌旁坐下，眉开眼笑道："多年不见，怪想你们的。我进城里买东西，咋说也得来看看你们。"

康氏道："你来得正好。眼下，我们遇上一件麻烦事，和你说说。"

康杏花道："你们遇上啥事啦？快说说。"

康氏口打唉声，道："唉，她姨姨，我们隔壁的李狗旦性情很凶，经常跟人吵闹打架，想娶翠芳做他的媳妇，我们不应承。李狗旦经常拿着刀子来家里找碴儿吵闹，还说要杀我们全家人，这可该怎么办哪。"

康杏花道："这事儿，解决的办法有两个。一是远走高飞躲开他李狗旦。二是把人聘过去。"

康氏坚定地说："把翠芳聘给李狗旦，我决不答应。可这远走高飞，一时该到哪儿去呀？"

康杏花已经接受了李狗旦家的财物，偏向着李狗旦劝说道："姐姐，依我看，这李狗旦娶媳妇是过日子，绝不是打骂的。李狗旦也许是外表很凶，内心好些。也许能好好地对待翠芳。既然不能远走高飞就同意了这门亲事吧。"

常翠芳干干脆脆地说："姨姨，别提他了。我决不会嫁给他。"

康杏花道："哎哟，你这孩子，性子也太犟了。打个赌，我给你们当个媒人，你去到李狗旦家，如果他骂你、打你，我给你做主。我就是拼上老命，也要给你做主。你实在待不下去，我主持着离婚。人们说好女不嫁二男。我们不讲究这些，我给你远远地再找一家。"

常翠芳道："姨姨，您说什么我也不去狗旦家。"

康杏花看看欺骗不了翠芳就继续欺骗康氏，道："姐姐，要不，我去狗旦家探探他们的态度。你们一家人都善良得很，常常受人欺负。李狗旦当了你们的女婿，他能为你们出头露面，顶门立户。"

康氏现在进退两难，心慌意乱，担惊受怕，听康杏花说了一阵子，心里产生了一丝幻想，道："她姨姨，你去探探，再说。"

康杏花巴不得听这句话，道："好。我先去探探。"说完，起身走了。

隔了半日，康杏花返回来了。一进门，就乐呵呵道："姐姐，我探听好了。李庆和老两口发誓一定要好好对待翠芳，不让她受一点儿委屈。李狗旦更是千保证万保证，也是一定要好好对待翠芳，不骂一句，不打一下。你们放心好了。另外，还让我当媒人，办这件喜事。"

康氏道："那等翠芳爹回来商量吧。"

长话短说，那年代是父母包办婚姻。常喜高老两口听信了康杏花的话，心存幻想，把翠芳聘给了李狗旦。

常翠芳去了李狗旦家之后，半年以内，果然是和和气气地过日子。

但是好景不长。起初，李狗旦酗酒回家，或者赌博输了钱回家，经常凶相毕露地喝骂常翠芳，说她这也不好，那也做得不对。过了一个多月，李狗旦对常翠芳除了凶巴巴地大骂外，还要扇耳光子。后来，扇几个耳光子不解气，对常翠芳恶狠狠地拳打脚踢一顿。一年以后，李狗旦常常揪住头发猛打常翠芳，或者打倒在地用脚踩，打得常翠芳鼻青脸肿，遍体鳞伤。

起初，李庆和老两口听见哭声，赶来相劝，训斥李狗旦。李狗旦哪里肯听，只当耳旁风，甩门而去。

一次，李庆和看到常翠芳被打得鼻青脸肿，口鼻出血，一条胳膊也拿不起来了，一边骂，一边用手去打李狗旦。

不料李狗旦几脚把他老子踢倒在地，扬长而去。

从此，李庆和老两口不敢硬管李狗旦了。

一次常翠芳被李狗旦打得身上有几处破伤，哭声嘶哑，趁李狗旦松手喘息的机会，想夺门逃走。

李狗旦大怒，骂道："好你个妨主货，你还敢逃走？看老子打断你的腿。说着从屋中拿起个木凳子追到院中，一脚踢倒常翠芳，举起木凳，在常翠芳大腿上狠打了两下，将她的腿打断了。

左邻右舍闻声跑来，围着看，不敢上前说话。

李庆和老两口和常喜高一家人都急忙赶来，都不敢和李狗旦论理，害怕也被李狗旦打。

康氏痛哭流涕，一家人忍气吞声，抬着常翠芳回到家里去。

常喜高一家人回到家里，个个气得抖着嘴唇，面色惨白。一家人唉声叹气，早已后悔万分，后悔错结了这个亲。常喜高出去请医生前来治疗常翠芳的腿伤，不提。

常喜高急急忙忙前去媒人康杏花家，进了家，就埋怨了一顿康杏花。

康杏花骂道："这个李狗旦，真是禽兽不如。我这个当媒人的去给你管教他。我给你们做主去。"

二人相随，去到李狗旦家。进了李狗旦的院子，李狗旦正在院中搬东西。李狗旦看见他们二人来论理，放下东西等着。

康杏花一见李狗旦，一边怒骂，一边伸手向李狗旦的脸上抓去。

没想到李狗旦飞起一脚，把她踢倒，指着康杏花骂道："疯婆子，你敢管我家的事，我把你的腿也打断。"

康杏花躺在地上号啕大哭。常喜高敢怒不敢言，扶起康杏花回家去了。

众人回到常喜高家里，一家人都埋怨康杏花。

康杏花道："我真没想到李狗旦这么坏，连媒人也不服管，连媒人也要打。"

常喜高道："打你算什么。李庆和出面管教，李狗旦把他老子也打了一顿。"

康杏花道："咱们要想管，就得和李狗旦去拼命。可哪有这拼命的人呀。"

康氏道："这可怎么办呀？"

康杏花道："我有个表弟在县衙门当文案。咱们求他写个状子，让县衙门给管管吧。"

康氏道："杏花，你快去求你表弟，让县衙门管管吧。"

几个人商议之后，康杏花拿了些礼物，出门找她表弟去了。

过了几天，果然县衙门来了两个公差。

公差走进李狗旦家里，对李狗旦训斥了一番，开导了一番。

李狗旦根本不听，心里在想，从古到今，还没有人能管得了家务事。衙门能管得了吗？口里应道："我错了，以后一定要好好对待常翠芳。"

两个公差心知肚明，民间有多少家务事，管不了，也不必管。这次是县太爷差遣，不得不来，调解调解罢了。公差也不管李狗旦听与不听，掉头走了。

公差走后，李狗旦仍然和以前一样，经常对常翠芳不是喝骂，就是殴打。

常翠芳想逃，自思无处可逃，又怕连累了父母，走投无路。在李狗旦家里，常翠芳每天挨打受气，没有三顿饱饭，却有三顿饱打，日夜煎熬。心想，这样活着还不如死了，一了百了。有一天夜晚，趁李狗旦不在家，常翠芳跑出屋子，在附近找见一口水井，头从下就跳了进去。

第二天早上，有个年轻人到井前挑水，发现井中有个人。救上来一看，气息奄奄，是挨打受气的常翠芳，急忙送到常喜高家里。

常喜高老两口悲痛欲绝,都哭成了泪人。幸亏水井不深常翠芳才保住一条命。

常喜高道："翠芳被折磨得死去活来，无法活下去，以后说不定还要出事。"

康氏道："这可怎么办哪。"

常喜高道："下面无人能管，无人敢管，只有靠县衙门管了。我明天去县衙门走一趟，求县太爷亲自管管。"

康氏道："翠芳爹，那你明天赶快去吧。"

当天，常喜高去街道上，请人写好个状子，拿回家里。

第二天，天还未亮，常喜高吃了饭，带着钱物、状子，就往县衙走去。去到县衙门前，日已偏西，住店歇息。

次日，常喜高走到公堂前面，击动堂鼓。

一个衙役走出来，将常喜高带上公堂。常喜高双膝跪在公案前叩头道："小民叩见大老爷。"

县令名叫沈德清，因为断案糊涂，人们叫他沈不清。沈不清坐在公案后面，问道："下跪者何人？因何击鼓告状？"

常喜高回答道："回大老爷，小民叫常喜高，住在吉庆街万利巷。我有个女儿叫常翠芳，三年前，嫁给隔壁的李狗旦。李狗旦不是个人，经常对我女儿不是骂，就是打。去年二月，他把我女儿的腿打断一条。前几天，我女儿受不了李狗旦的打骂虐待，跳到井里寻死，幸亏被人救活了。求大老爷管管他。”

沈不清听完，道：“这个李狗旦确实可恶。常翠芳确实可怜。但是，没有人命，县衙门无法立案审理。再说，你们这是些家务事，更不能立案审理。”

常喜高一听，从头冷到脚，抖着身子高声道：“大老爷哪，您不知道哇，我女儿在他家活不下去了。李狗旦放出狠话来，说要是常翠芳逃走了，就要杀我们全家人。求大老爷千万管一管他。”

沈不清道：“扬言杀人，不是事实，也不能立案审理。常喜高，我实话告诉你吧，我未当县令之前，就已经熟读律法。对于你们这些家务事，没有一条规定该如何处理，我也是无能为力呀。你回去好好开导你女儿，别再寻死。好死不如赖活着，你回去吧。”

常喜高听了以后，知道一点儿希望也没有，叩了一个头道：“谢大老爷教导。”站起来要走。

沈不清道：“常喜高慢走。留下二两诉讼费。”

常喜高从布袋中掏出二两银子，交给了一个站堂衙役，走下公堂。

常喜高回到家里，把去县衙门的情况说与康氏听，康氏听后，感到有理无处申诉，不禁失声痛哭起来。

哭声惊动了左邻右舍的人们前来询问。大家听后，都长吁短叹。其中有个年轻人道：“常叔叔，听说开封府出了个包青天，专管天下不平事。您去开封府府衙，求助包青天，看能不能管这事儿。”

常喜高道：“贤侄不说，我还想不起这个法子。明天我就去开封府府衙，求告包青天。看包青天能不能救救我们。”

次日，常喜高又起了个大早，拿上钱物，往开封府府衙走去。

第二日，常喜高去到公堂前面，击动堂鼓。

堂外一个衙役将常喜高带上公堂。常喜高双膝跪在公案前，叩头道：“小民叩见大老爷。”

包青天坐在公案后面，问道：“下跪者何人？因何击鼓告状？”

常喜高回答道：“回青天大老爷，小民叫常喜高，住在吉庆街万利巷。”接着，将在兴安县县衙说过的话复述了一遍。

包拯闻听，气哼哼骂道："这个李狗旦真是凶恶。"骂毕，又问道："你为何不去县衙门告状？"

常喜高答道："我去县衙门告了一次状。县老爷说，这是些家务事，不能立案审理，也不能管。"

包拯沉吟片刻，道："在民间的家务事中，有无数人惨遭折磨，怀冤抱屈，甚至丢了性命。我要解除民间疾苦，对这些家务事非管不可。常喜高，我一定要为你做主，狠狠管教管教李狗旦。你先回家去吧。"

常喜高喜出望外，叩了一个头道："谢青天大老爷"站起身来，走下公堂。

包拯退堂以后，赵虎相随常喜高去万利巷，先进行了一番调查，然后把李狗旦拘押回府衙，关在牢中。

第二日，包拯升堂。

一个衙役把李狗旦带上公堂。李狗旦跪在公案前，叩头道："小民叩见大老爷。"

包青天坐在公案后面，问道："下跪者何人？"

李狗旦回答道："回包大人，小民叫李狗旦，住在吉庆街万利巷。"

包拯道："开封府的校尉赵虎去万利巷办事，听说你搞家庭暴力，先是打断了常翠芳的一条腿，后又折磨得常翠芳跳井自杀，所以把你拘押回衙。可有这两回事？"

李狗蛋迟迟疑疑道："回包大人，有过这两回事。"

包青天一拍惊堂木，大喝道："嘟，穷凶极恶的李狗旦，我今天先教训你十大板。来呀，把这个恶徒重打十板。"

从站班中走出两个衙役，将李狗旦按倒在地，抡圆膀子，狠打了十大板。李狗旦被打得龇牙咧嘴，连声叫唤。

打完之后，包青天道："李狗旦听真，这次是轻微的小惩罚。你回去好好过日子。以后不许打骂常翠芳。如果继续打骂常翠芳，我把你再次拘捕回府衙，定要重重惩罚，决不轻饶。"

李狗旦跪在公案前，叩头道："小民再也不敢打骂常翠芳了，求包大人开恩。"

包青天道："你可不要忘记本府的话，回家去吧。"

李狗旦叩了一个头，站起身，走下公堂。

李狗旦回到家里，有三个多月没敢打常翠芳。因常翠芳残废了一条腿，不能好好做营生，李狗旦火气腾腾，打骂了一次常翠芳。

眼线去府衙禀报了此事。包拯知道后很是恼怒，立即命赵虎再去万利巷把李狗旦拘捕回府衙。

包拯升堂。李狗旦被提上公堂，跪在公案前。

包拯道："李狗旦，我以为你能够痛改前非，不再打常翠芳。你却继续打骂常翠芳。本官今天要重重惩罚你。先打你二十大板。然后，在牢中劳动改造你一年。来呀，给我重打二十大板。"

包青天惩罚了李狗旦二十大板后，又把李狗旦关进大牢，服苦役一年。

李狗旦被劳动改造了一年以后，释放回家。他回家后，有两年多没敢打常翠芳。

常翠芳渐渐不惧怕李狗旦了，有时不听李狗旦的话，甚至还敢吵架。时间长了，李狗旦逐渐按捺不住了，举起拳头打了常翠芳几下。看看好长时间无人来管，于是恶性发作，又殴打了常翠芳两次。眼线再次去府衙禀报了此事。

包拯闻报后，命赵虎和一个衙役去万利巷拘押李狗旦。包拯又命赵虎道："询问常翠芳，如果想离婚，把常翠芳也带回府衙。"

赵虎遵命，去万利巷将李狗旦、常翠芳二人带回府衙，马上禀报了包拯。

当时已是下午，包拯立即升堂。

赵虎把李狗旦和常翠芳带上公堂，二人跪倒在公案前，叩头见礼。

包拯道："李狗旦，我以前教训了你两次，又苦口婆心地教育开导了你两次。希望你与常翠芳和和气气地过日子，可你不听我的教育开导。这次拘你到府衙，一不打板子，二不判处徒刑，今天本官判决常翠芳与你离婚。"

李狗旦一听，大吃一惊，心中慌乱，高声道："包大人，判决我什么都行，就是不能判决离婚。我决不离婚。"

包拯道："李狗旦，你同意离婚也好，不同意离婚也罢，不需你亲口同意，也不用你按手印，今天本官一定要判决常翠芳与你离婚。你就听判决书宣判吧。

李狗旦仍然不死心，高声道："包大人，小人从来没有听说过判决离婚的事儿。这不是国家的律法，我不服。"

包拯道："李狗旦，你听着，本官有当今皇上赐予'便意行事'的口谕。这判决离婚就是'便意行事'。你不服也得服。你胆敢胡来，就是抗旨，本官能判处你死刑。你千万不可胡来。"

李狗旦听了，这才死心塌地，垂头丧气。

包拯从公案上拿起判决书，宣读道："李狗旦与常翠芳成婚以后，长达六年时间，经常打骂常翠芳。李狗旦先是打断常翠芳一条右腿，后打骂得常翠芳投井自杀。常翠芳向官府提出离婚。开封府府衙认为常翠芳再不能与李狗旦共同生活，判决常翠芳与李狗旦离婚。宣判以后，立即生效。李狗旦从今以后，不许干涉纠缠常翠芳。如果李狗旦干涉纠缠常翠芳，从重判刑处理。"

包拯宣判之后，让公孙策起拿两份判决书交给李狗旦和常翠芳，各执一份。

常翠芳拿着判决书欢喜万分，流着眼泪道："多谢包青天大老爷。多谢包青天大老爷。"叩头谢恩，走下公堂。

李狗旦心中不满，又无可奈何，垂着头走下公堂。

包拯退堂，本案结束。

这真是：家庭暴力血泪淋，世人却说小事情。

第四十回　贺疯子肆意杀路人　包青天变法判死刑

上回书说到，包拯惩戒李狗旦，解除民间疾苦。

话说，开封府清河县辖下有个三兴店村。三兴店村北面是小山，村周围是些坡地，东坡西坡地里有几处果树林，每到开花季节，万紫千红，也有点儿赏心悦目的景象。村前面是一条行走车辆的大道，村中疏疏落落住着十几户人家。

有一户人家紧靠着大路住着，户主名叫贺二奎。贺二奎生有两个儿子，一个女儿。大儿子名叫贺铁柱，次子名叫贺香柱，女儿名叫贺杏枝。贺铁柱娶妻成家，分院另住。贺杏枝出嫁在附近村里。贺二奎与老伴孔氏、次子贺香柱住在一个院内，三人以种地为生。

贺香柱小时候和正常人一样，不呆不傻，与人正常交谈相处。他十八岁那年，给家中盖小房，不慎从墙上掉下来，当时昏死了过去。哥哥贺铁柱把他背回家去，贺香柱慢慢苏醒过来，但神志却不能恢复正常。请医生治疗了几次，不但没有好转，反而神志越来越不清醒了。

起初，贺香柱好静，不愿与人说话，不愿出门行走，经常躺在家中。后来，他时时瞪大眼睛骂他父亲、母亲，一次，还抡起拳头打了他母亲几下。

他父亲、母亲惧怕挨了他的打，把他关在院内的小房中，每日送饭、送水伺候。

一天，贺香柱的父亲、母亲去地里干活儿。他打破小房门，跑到院外去，把本村的一个小男孩按倒在地，拳打脚踢了几下，被人看见拉开。

贺香柱的父母亲闻讯从地里赶回来，把他推进院中，锁上大门。找来木工，修理好小房门，把他锁在小房中。

男孩子的母亲于氏怒气冲冲寻上门来，贺香柱的母亲号啕大哭，他父亲赔了许多不是，给了人家一些银两，劝说走了。

于氏走后，贺香柱的母亲对贺二奎道："咱们香柱的病越来越严重了，今儿个没闯下大祸，算是走运了。说不定哪一天会闯下大祸，该怎么办哪？"

贺二奎点点头道："把他锁在小房子里，打破门，还能跑出来闯祸。我早就琢磨过，必须得给他戴上一副铁铐子，也许能防止他闯祸。"

孔氏道："那你快去梨花镇铁匠铺打一副铁铐子，回来给他戴上。我可被他吓坏啦。"

贺二奎道："今天迟了。我明天就去梨花镇。"

第二天一大早，贺二奎就出了门。走了十几里路，去到梨花镇。进了铁匠铺，与铁匠王师傅诉说了一顿苦情，说着说着，禁不住眼中落泪。

王师傅听了，也是长吁短叹，道："这孩子命真不好，得了这么个病。疯疯癫癫的，不戴个铁铐子也不行。谁也是无可奈何呀。"

二人商议着打造了一副铁铐子。王师傅道："看在你家遭遇不幸，挺可怜的，我优待你，留下十个铜钱，拿去吧。"

贺二奎道："谢谢王师傅。"说罢，拿了铁铐，告辞回家。

贺二奎回到家时，已经日落西山。进家一看，贺香柱把小房的门又踢破了。当天晚上，贺二奎与贺铁柱就给贺香柱戴上了手铐。满以为香柱以后不可能再闯祸了。于是，以后也不修理小房门，不锁小房子门了，任由贺香柱在院子里自由行动。

第二年夏天，贺二奎与孔氏去地里干活儿，忘记锁好大门。

贺香柱推开大门，跑出来，站在路边上东张张，西望望，踢踢土，看看天，消磨时间。

却说，离三兴店十八里远有个大水口村，村子里住着十几户人家。有一家户主叫辛占元，生有两个女儿，一个儿子。三代单传，儿子名字叫辛根旺。

辛根旺从小活泼可爱，聪明伶俐，村里人赞不绝口。他十七岁跟着师傅王喜才学习木工，十九岁定下一个媳妇。全家人喜气洋洋，准备办订婚喜宴。

在办喜宴的前两天，辛根旺去冯家村姥姥家通知姥姥、姥爷、舅舅、姨姨参加订婚喜宴。去冯家村必须路过三兴店，辛根旺高高兴兴向三兴店走去。

且说，贺香柱看见有个人走来，以为是来赶他回院中的，心中发怒。于是，他跑回院中，拿了一根木棍，站在门后，等着打人。

辛根旺进了三兴店，走到贺香柱大门前，满怀喜悦走去。

突然，从大门里跳出一人。他停住脚步，定睛一看，看见跳出来的人披头散发，满面泥垢，上衣破烂又缺了一条袖子，裤子上面沾满泥土少了半条裤腿。辛根旺心知不妙，是遇上一个疯子了。见疯子戴着手铐，高举着木棍恶狠狠地向他扑来。辛根旺惊叫一声，又惊又怕，慌忙往路边躲闪，不料被石块绊倒，面向下趴在地上。

贺香柱扑上前，举木棍打在辛根旺头上，当时把辛根旺打昏过去。

贺香柱仍不停手，他虽戴着手铐，但两只手可以自由活动，连续在辛根旺头上面又打了几下，看看辛根旺不动了，才起身离去。

村子里有人看见贺香柱打倒一个人，急忙跑到地里，告诉了贺二奎。贺二奎老两口闻听，惊得胆战心惊，慌忙往家里走去。

贺二奎跑到大门口，见贺香柱坐在大门口，怀里抱着一根木棍，木棍上沾了许多血迹。贺二奎再一看，路边躺着一个人。

贺二奎赶紧取了贺香柱手里的木棍，把他赶回院内，锁好大门。

贺二奎跑到躺着的人身边，见是个年轻人，闭着双眼，一动也不动。年轻人的头上、衣服上血迹很多，身边流了一摊血。

贺二奎推了推年轻人毫无反应，探了探鼻息毫无气息，猜测是死了。一时惊得面色惨白，灵魂出窍，瘫坐在地上。

贺香柱的母亲气喘吁吁地快步走来，心慌心跳地问道："香柱爹，怎么回事？"贺二奎有气无力地说："香柱妈，闯下大祸了，香柱打死人了。"

孔氏闻听，心惊肉跳，不禁失声痛哭，道："天哪，这可怎么办呀？"

村里有几个人跑过来，围着看。其中有一个人道："这个年轻人我认得，是木匠王喜才的徒弟。快派人通知人家吧。"

当下，贺二奎赶忙叫人寻找大儿子贺铁柱，去通知这个年轻人的父母亲，前来相认。

辛根旺的父亲、母亲听到凶信，痛不欲生，都哭倒于地，唤醒来这个，那个又昏过去。辛根旺的姐姐和妹妹闻讯跑回家，也都哭成了泪人。

好半天，辛根旺的父亲辛占元和母亲林氏才缓过气来。辛占元咬牙切齿骂道："这个疯子，不早早死去，留在世上害死人。"

林氏气哼哼道："说什么也要告到县衙门，和他们评评理。"

辛占元道："咱们赶快到三兴店看看去吧。"

众人醒过神来，忙乱了一番，几人赶着一辆牛车前去三兴店。

长话短说，辛占元、林氏等人去到三兴店以后，吵闹了半天，只能等待打官司解决问题。三个人哭啼啼将辛根旺拉上回家。

回到家里，一家人仍然是捶胸顿足，哭声不断，将辛根旺装棺安置。辛根旺无缘无故惨遭杀害，全家人愤愤不平。

辛占元请人写了一份诉状，第二天就去到县衙门，将杀人凶犯贺香柱告了。

清河县县衙门派出两个公差，去到三兴店村，先进行了一番调查，然后把贺香柱逮捕归案。

次日，清河县县衙升堂后，审理此案。

清河县县令名叫史明法，四十多岁，温良精明，不是一个糊涂官。史县令传命衙役将凶犯贺香柱带上公堂。

一个衙役把凶犯贺香柱带上公堂。贺香柱戴着衙门的手铐、铁链，东张西望，"嘻嘻嘻"地傻笑着，立而不跪。

史明法定睛一看，贺香柱披头散发，满脸泥垢，呆呆傻傻的，穿的上衣破烂不堪缺袖子，穿的裤子少半条裤腿，又听衙役禀报说贺香柱是一个疯了十几年的疯子，于是史明法确认贺香柱是一个疯子无疑。

衙役从贺香柱后腿上狠踢一脚，把贺香柱踢倒，按跪在地上。

史明法问道："下跪之人，报上姓名？"

贺香柱并不答应，挣扎着想站起来。衙役用手在他头上拍了一把，道："问你叫什么？快回答。"

贺香柱答应道："妈叫我香柱。"

"姓什么？"

"以前姓贺。不知道姓什么。"

史明法皱了皱眉头，感到此案无法审理，传命衙役把贺香柱押下公堂，关进死囚牢中，然后传命退堂。史县令与县丞祁海在二堂商议案子。

史明法道："我想把贺香柱在死囚牢中关上一两个月，等平息事态后，就释放出去。"

祁海道："大人明鉴。处置得太好了。"

一个月以后，贺香柱被释放出狱，平安回家。

辛占元一家人知道以后，含冤负屈，怨气难平。

天无绝人之路，一家人早已经听说过开封府出了个包青天，于是决定去向包青天申冤。

辛占元带着林氏和两个女儿，一齐前去开封府府衙申冤。

去到大堂前面，辛占元击动堂鼓。

堂外一个衙役将辛占元四人带上公堂。四人双膝跪在公案前，叩头道："小民叩见青天大老爷。"

包拯问道："击鼓之人姓甚名谁？因何击鼓？"

下跪四人一齐失声痛哭，哭得悲伤欲绝，死去活来。

堂上的众衙役还没有见过这种情形，一个个被弄得目瞪口呆。

包拯道："你们先不要悲伤，停住哭声，慢慢诉来。"

四人停住哭声。辛占元诉道："小民辛占元，家住在清河县大水口村。我的儿子辛根旺，十九岁，今年六月十六去他姥姥家，路过三兴店村，被村中的一个疯子贺香柱用木棍无缘无故地打死了。我报了案，县衙门把贺香柱逮捕回去，关押了一个月后，判处无罪释放。求包大人为我们申冤。"

包拯听罢，热血上涌，深有感想，又看到辛占元一家人含冤负屈，痛不欲生，哭得死去活来，于是定下心来，要改变这一条法律。他对辛占元一家人道：“我一定要管这件事。我一定要为辛根旺讨回公道，为你们申冤。你们放心好了，先回家去吧，等候消息。”

四人叩头谢恩道：“谢包青天，谢包青天。”四人起身，一齐走下公堂。

包拯退堂。

包拯退堂后，叫上公孙策去到二堂，商议此案。

包拯道：“想那疯狂了的人打人、毁物，为非作歹，严重危害社会治安。若有人命，却不依法处理，真个是无法无天了。公孙先生，你对这个问题有何看法？”

公孙策道：“判处贺香柱死刑，上合天理，下合民心。”

包拯道：“上报刑部，必然争议不休。如果不予批准，如何是好。我有皇上御赐的‘便意行事’的口谕，就地处斩，谅也无妨。”

公孙策道：“包大人有皇上的口谕，属下就不必担心了。”

两人商议已毕，退出二堂。

包拯退出二堂后，命张龙和两个衙役去清河县三兴店村先调查一番，收取旁证，将杀人犯贺香柱及其父亲、母亲、贺二奎、孔氏带回府衙。

张龙三人去到三兴店，遵命而行，将贺香柱和他父母亲都带回府衙。

次日，包拯升堂。

一个衙役将戴着手铐和铁链的贺香柱押上公堂，按跪在地上。张龙把贺二奎、孔氏带上公堂，二人跪下，叩头见礼。

包拯坐在公案后审理此案，命贺二奎、孔氏代理贺香柱进行辩护。

在公堂上面，贺二奎、孔氏对于贺香柱的杀人犯罪事实都供认不讳，两人签字画押。

包拯收了罪犯代理人的供词之后，当堂宣读判决书，道：“仁宗十一年六月十六日，罪犯贺香柱在自己家门口无缘无故杀死过路人辛根旺。在公堂上面，贺二奎、孔氏对于贺香柱的杀人犯罪事实都供认不讳。另具三份旁证材料。贺香柱的杀人事实属实。开封府府衙判处罪犯贺香柱死刑。立即执行。”

贺二奎、孔氏感到再分辩也无用，无可奈何，只好站起来，走下堂去。

包拯传命：“把罪犯贺香柱押入死囚牢中，严加看管。”

一个站堂衙役上前，把贺香柱押下公堂。

包拯退堂。

过了三日，包拯命护卫开封府府衙的梁都尉，带领官兵在西门口设置刑场。然后，将罪犯贺香柱验明正身，绑赴刑场，午时三刻，斩首示众。

这才是：人人平等是天理，后世赞扬包青天。

第四十一回　陈喜旺正当自卫　包青天伸张正义

上回书说到，包拯执法严峻，务求忠诚厚道，将随意伤人的贺香柱斩于刀下。

话说，开封府城北有一个商都县，商都县辖下有一个双山村。双山村北面有两座小山头，村南面是平滩地。

双山村住着三十多户人家。有一户人家，户主叫黄来喜，老伴刘氏，生有两个儿子。大儿子名叫黄宝元，二儿子名叫黄金元。

黄金元生得凸脑门，铃铛眼，瘦长脸，薄嘴唇，从小有三分傻气，常常与人打架。黄金元长到十六七岁，就和本村的一个赖皮冯建军偷人家的鸡，宰人家的鹅，经常有人找上门来吵闹不休。

他母亲刘氏是个常病人，病气交加，不幸早早去世。黄宝元娶妻成家，分院另住。黄金元和父亲住在一起，以种地为生。

黄金元好逸恶劳，不务正业。到二十五六岁时，酗酒、赌博，时时向父亲要钱，或者把家里的东西拿出去变卖，闹腾得家中不但贫困，还负有借贷。父亲对他又气又怜，经常唉声叹气。

一次，黄金元又向他父亲要钱去赌博，黄来喜不但不给，气得连连责骂道："家里的钱都被你折腾光了。家里连买咸盐的钱也没有了，我哪有钱给你。"越骂越气，扇了黄金元一个耳光子。

黄金元也不示弱，睁大铃铛眼，恶狠狠地把他父亲推倒在地，还在身上踢了一脚，骂骂咧咧地走了。

第二天早上，黄金元的哥哥黄宝元手提着一根细木棍走进老院子，喊道：“金元，你出来。”

黄金元从屋中走出来，黄宝元手指着骂道：“你这个不孝子，平日里经常骂爹也就算了，连爹也敢打。我早就想教训教训你，憋了好几年了。”骂着，举起木棍要打黄金元。

黄金元大吼一声，闪身躲过，夺过木棍，反手在黄宝元身上打了两棍。

黄宝元见兄弟凶神恶煞一样，蛮横无理，不敢再与他计较，站在那里。

黄金元也手指着哥哥骂道：“你几次不借给我钱，也就算了，还要骂我。我早就想揍你一顿，今儿个打了两棍，才解了我心里的恨。”骂毕，将木棍朝他哥哥虚打过来，转身走了。黄宝元连打唉声，气得直跺脚。

黄金元三十多岁以后，恶性更大，不务正业，游手好闲，继续酗酒、赌博，还时不时腰里别着把明晃晃的刀子四处横行霸道，寻着碴地与人吵闹打架。

一次，黄金元和冯建军偷偷打了村中李虎娃家三棵大树，卖到五里远的谢家村。李虎娃经过调查落实，确认是黄金元偷的。于是，李虎娃气冲冲地找上门来说理。

在黄金元院内，二人争吵起来。黄金元反咬一口，怪人家栽赃陷害，说什么“老虎头上捉虱子”。骂着，从腰间拔出尖刀，往李虎娃身上戳去。

李虎娃躲闪不及，大腿被刺了一刀，倒在地上。

当时，他爹黄来喜也在院中，急忙喊住。黄金元收了刀，又在李虎娃身上踢了一脚，骂骂咧咧地走了。

李虎娃躺在地上，不能动了，口里恶狠狠地乱骂不休。

黄来喜又惊又怕，又是气，跪在李虎娃面前，用好言劝慰道：“他叔叔，看在老哥哥一辈子好心好意对待人的面子上，你消消气。都怪我不知道是哪辈子缺了德，生出这么个祸害来。我给你赔礼道歉。我拿他也没有办法，骂他不听，打他他还要打我，这你也都知道。往后，你少跟他计较，他那个灰样子，总有一天要闯出大祸来。你躺着别动，我叫人抬你回家。”

黄来喜急匆匆走出院子，气喘吁吁地叫来几个人，将李虎娃抬回家去。

黄金元用刀伤了人还自恃有理，瞪大眼不让他爹出银子。李虎娃没办法，只好把黄金元告到县衙门。

县衙门派出两个公差，调查了一番，将黄金元拘捕归案。县衙门判决黄金元出了许多银两。

再说，黄来喜因黄金元闹了这一场，气梗咽喉，得了个噎食病，吃不下饭去。拖了一年多，撒手离世。

近几年，在双山村二十里范围内，有八家人家丢了十一头牛。距离双山村六里远有一个芦草村，村中有个邓二孩，黑夜里邓二孩家的看门狗被药死，一次他家被偷走两条大牛和一条小牛。邓二孩寻找了一个多月没有找到。他气得得了一个重病，后来胃部起了个大疙瘩，病了一年多，含恨死去。

几家失主都怀疑是黄金元偷走，可是，没有真凭实据，无法去县衙门诉告。

有一天，黄金元去到离家二十里远的杜集营踩盘子。杜集营住着他的一个表兄名叫孙和平，黄金元串亲戚走进表兄家。

表兄孙和平明知他行为不好，可不想慢待他。表兄、表嫂热情招待，好酒好饭招待他吃了一顿。

吃完饭，黄金元去院内走动，见西房前面拴着一头大黑牛，牛头上长着一片白毛。

黄金元心中一动，邪念骤生。他在院子四周查看，发现西墙角倒塌后，用树干和杂物堵塞着，黄金元认为很快就能够把堵物拆去，把牛偷走。

黄金元回身进屋，满脸笑容，对表兄、表嫂道："你们对我太好了，比我哥对我还要好得多。我赶天黑前要回去，自从我妈死后，你们谁也没有去过我家。以后，你们千万要去呀。"

表兄、表嫂送出院门外，黄金元告辞走了。

过了十几天，黄金元趁着夜深人静，拆去表兄家的院墙堵物，把大黑牛偷走，拉到三十里远的村子卖掉了。

孙和平寻找了半个多月，没有找到。

一天中午，孙和平走出院子，看见有头大黑牛站在门前面。孙和平仔细再看，原来是自己的大黑牛跑回来了。他当时喜出望外，赶紧拉着牛，拴在院内，喂上草料。

第二天下午，孙和平拿着镰刀出去割地。走出大门不远，迎面走来一人，四十多岁，上前问道："这位兄弟，你有没有看见一头大黑牛跑进村子里？"

"什么样的大黑牛？"

那人道："全身是黑毛，头上面长了一片白毛。"

孙和平惊讶道："哎呀，太巧了。我前半个月丢了头大黑牛，寻找了半个月没找到。不想昨天中午自己跑回家。我的牛与你的牛一模一样。你的牛是家生的，还是买回去的？"

那人道："前十几天，有个三十多岁的年轻人，拉了一头牛，去我村中卖牛。我相中了，花了五两银子买下。前天夜里没拴牢，跑了。我出来寻找，有人告诉我说这头牛跑进你们村子里，我进村问讯。"

孙和平问道："你叫啥名字？住在哪个村？"

那人道："我叫柴长胜，住在黑土凹村。你快领我进院去看看。"

孙和平领着柴长胜走进院内，柴长胜急忙跑到牛跟前，仔细辨认了一会儿，道："啊哟，这个牛确实是我十几天前买下的。"

孙和平问道："这个卖牛的人是不是四尺七八高，长得凸脑门，铃铛眼，瘦长脸，薄嘴唇，穿一身黑衣黑裤子？"

柴长胜听罢，很是惊奇，道："卖给我牛的人正是这个人。你是怎么知道的？"

孙和平心中生气，愤怒地应道："我其实早已怀疑是他。这个人名叫黄金元，住在双山村。说来还是我的亲叔伯兄弟。黄金元从小就爱偷人的东西。喝酒、赌博，不务正业，为非作歹。这几年人们怀疑他偷了人家好几头牛。"

柴长胜一听，神色惨然，道："我可倒了霉了。想不到买了个贼赃。这可把五两银子白花了。"

孙和平道："黄金元对我无情，我也不能对他留情。我的牛跑回家来，是喜从天降。我给你一两银子。你去双山村想办法把这个偷牛贼落实好。确实是黄金元，我去县衙门告发他，你也上公堂做证。”

柴长胜欣然同意，去双山村，隐身在暗处，确认卖给他牛的人就是黄金元。柴长胜返到杜集营村，向孙和平说明卖给他牛的人就是黄金元，千真万确，一点不差。

孙和平听后，气恨交加，拿了一纸诉状，去到县衙门，把黄金元告发了。

县衙门派出公差，进行调查落实，然后，把黄金元逮捕归案。

县衙门经过审问，黄金元又招供出冯建军。县衙门把冯建军也逮捕归案。

县衙门对这两个偷牛贼严刑拷打，两个贼把周围被偷走的十一头牛全部招认。但是，追回的赃物、赃款所剩无几。

县衙门经过审理，判处黄金元三年有期徒刑，判处冯建军三年有期徒刑。两个贼服刑三年后，释放回家。

黄金元刑满释放后，仍然恶性不改，继续横行霸道，胡作非为。他回家后的一天，去清水河镇买东西，水泉庄村的赵存宝因买东西碰了黄金元一下，被黄金元揪住头发，挥拳痛打。围观的人听说是黄金元打架，不敢上前拉架。

赵存宝的邻居栗计毛年过六十，上前拉开。

不料，第二天上午，黄金元腰间插着把尖刀，走进栗计毛家。他凶相毕露，怒火冲天，硬说栗计毛拉了偏架，使他受了伤，索要五两银子作为医疗费。栗计毛一家人不敢惹他，说尽好话，拿出一两银子，才打发走这个瘟神。

黄金元不务正业，游手好闲，没有经济来源，时时与亲戚熟人借钱。借了钱后，再不还账。要的次数多了，还怪怨人家不讲情面，与债主吵架。黄金元在附近几个小卖店，硬赊东西，也从来不还账。他臭名昭著，人人躲着他。

本村有个陈喜旺，三十五六岁，身强力壮，是个木匠。第一次黄金元向陈喜旺借钱，陈喜旺推说没有钱，不借给他。黄金元怀恨在心，第三天就把陈喜旺家的十几只鸡偷光了。过了几天，黄金元又去向陈喜旺借钱。陈喜旺为了息事宁人，忍着气，很不情愿地借给他一些钱，以后又借给他一次钱。

却说，隔了半年多，有一天上午，黄金元腰里插着把尖刀，第三次去陈喜旺家借钱。当时，陈喜旺家中只有他一个人，陈喜旺把黄金元迎接在院内。这次，黄金元向陈喜旺提出要借十两银子。

陈喜旺一听，心中恼火，没好气地答复道："你以前借我的钱，一个也不还。又来借这么多的银子。我手头没钱，不能借给你了。"

黄金元听了，十分恼怒，拍了拍腰间的刀，威胁道："你借给我十两银子，我一辈子说你好。你要是不借给，我让你每天不得安生。迟早捅你几刀。"

陈喜旺恨黄金元三番五次上门威胁借钱，又恨他三番五次调戏自己的媳妇。

看到黄金元如此横行霸道，欺人太甚，不由得怒火万丈，恶从胆边生。陈喜旺却佯装笑脸，道："好商量。好商量。你不要发火。我出去小便一下，回来就借给你十两银子。"

说罢，陈喜旺走出屋外，去到小房内，拿了一把劈斧，藏在后衣襟下。

回到屋中。陈喜旺对黄金元道："我拿了十两银子。你来取吧。"黄金元信以为真，走近前来。陈喜旺趁黄金元不防备，取出劈斧向黄金元头上砍去。

黄金元慌忙躲闪，斧头劈在黄金元肩膀上。黄金元倒在地上号叫，陈喜旺又在黄金元头上面砍了两斧头，把黄金元当场劈死。

陈喜旺劈死黄金元以后，主动去县衙门投案自首。县衙门逮捕了陈喜旺。

县衙门经过调查和审理，判处陈喜旺死刑。然后，上报到开封府府衙。

包拯看过这桩人命案之后，认为黄金元为非作歹，作恶多端，是罪有应得。而陈喜旺在黄金元的威胁损害下，奋起自卫，为民除害，是属于正当自卫。

包拯命张龙与一个衙役去商都县双山村及其周围进行调查和取证。

张龙遵命而行，去双山村及其周围进行了广泛的调查和取证。回府衙后，张花向包拯禀报道："包大人，这个黄金元十几年来，在乡村中横行霸道，胡作非为，作恶多端，是人人唾骂。我带回很多证明材料。"

包拯道："这就是了。你们下去休息吧。"二人离去。

包拯又命赵虎去商都县县衙将陈喜旺提回府衙，又命赵虎把黄金元的亲属带几个来府衙。

赵虎遵命，将陈喜旺和黄金元的哥哥黄宝元、姐姐黄粉枝带回府衙。

次日，包拯升堂。

两个衙役分别把陈喜旺、黄宝元、黄粉枝带上公堂。三人一齐跪倒在公堂上。

包拯坐在公案后，公孙策坐在公案旁边，审理此案。

审理完之后，包拯道："黄金元为非作歹，作恶多端，陈喜旺在黄金元的威胁损害下，进行反抗，打死了黄金元。陈喜旺可以按无罪处理，无罪释放。黄宝元你有何意见？"

黄宝元应道："回包大人，黄金元为非作歹，作恶多端，害了家人害外人。我也是很生气，可是管不了。他早死少害人，迟死多害人。包大人这样判断这个案子，小民没有一点儿意见。"

接着，包拯当堂宣读判决书，道："商都县双山村的黄金元，男，三十八岁。十几年来，他在乡村作恶多端，民愤很大，并且具有五次违法行为。同村的陈喜旺，男，三十六岁，在黄金元的威胁损害下，进行反击，打死了黄金元。陈喜旺是属于正当自卫，判处陈喜旺无罪释放。"

陈喜旺手拿着判决书欣喜万分，热泪盈眶，叩头道："多谢包青天。多谢包青天伸张正义。"

包拯传下堂喻："你们三人，都下堂回家去吧。"

陈喜旺再次叩头谢恩，万分感谢地走下公堂。

黄宝元站起身，也走下公堂。

包拯退堂，本案结束。

这真是：为非作歹人人恨，身败名裂是下场。